Servants of the Moon

Lana Rotaru verliert sich seit frühester Kindheit nur zu gern in Büchern. Es ist also kein Wunder, dass sie inzwischen selbst Geschichten verfasst. Wenn sie nicht gerade an neuen fantastischen und romantischen Werken arbeitet, verbringt sie ihre Zeit am liebsten mit ihrem Mann und ihrem Sohn an der frischen Luft, wo sie neue Kraft und Inspiration findet. Gemeinsam mit ihrer Familie und zwei schnurrenden Vierbeinern lebt sie im Bergischen Land.
Für mehr Informationen zu Lana Rotaru, ihren Büchern und spannenden Aktionen folgt ihr auf Instagram **@lana.rotaru.autorin** oder Tiktok **@lanarotaru**

Mehr über Loomlight und unsere Autor*innen unter:
www.loomlight-books.de und auf Instagram
@thienemannesslinger_booklove

LANA ROTARU

SERVANTS OF THE MOON

LOOM LIGHT

Für jeden, der nicht die Sonne,
sondern der Mond sein möchte,
um anderen auch in finsterster Dunkelheit
ein wenig Licht spenden zu können.

PROLOG

In jener Nacht, als mein Leben endete, lag über dem parkähnlichen Garten, der künftig als Fundort meines Leichnams bekannt sein würde, eine Finsternis, die nicht einmal das Leuchten der Sterne oder den Schein des Mondes durchließ.

Vielleicht waren die nächtlichen Himmelslichter nicht stark genug. Vielleicht waren sie von meiner Tat – meinem Verrat – zu erschüttert, um den Menschen länger ein Zeichen des Lichts und der Hoffnung zu schicken. Vielleicht jedoch – und insgeheim glaubte ich, dass dies der wahre Grund war, wieso ich meine letzten Atemzüge in einem Meer aus eisigen Schatten tätigte – hatte die Göttin des Mondes erkannt, dass sie nicht alle ihre Kinder retten konnte.

»Wird es wehtun?« Meine Stimme klang fest, obwohl ein Beben meinen Körper beutelte. Ich wusste nicht, ob ich vor Kälte oder Furcht zitterte. Aber machte es einen Unterschied? Die Antwort auf diese Frage würde weder etwas an den Tränen ändern, die mir über die eiskalten Wangen liefen, noch mein Schicksal abwenden.

In weniger als einer Minute würde ich sterben.

Weil ich es wollte.

Weil es sein *musste.*

»Ja, es wird wehtun.« Die schonungslos ehrliche, jedoch wenig überraschende Antwort wurde von einem Atemzug begleitet, der meinen Nacken wie ein Eiswürfel liebkoste.

Unweigerlich erschauderte ich. Gleichzeitig verstärkte ich den Druck meiner tauben Finger um den Griff des goldenen Dolches. Die rasiermesserscharfe Spitze presste sich gegen die helle Haut meines Bauches, nachdem der dünne Stoff meines weißen Nachthemds bereits gerissen war.

»Aber nur ein allerletztes Mal.« Der eisige Atem wehte gegen die empfindliche Stelle unter meinem Haaransatz und verlieh mir eine Gänsehaut. »Danach wirst du nie wieder leiden müssen, meine Schöne. Nie wieder Kummer und Qual erleben oder Angst haben müssen. Nie wieder wirst du Albträume ertragen müssen.« Mit jeder Silbe war die Stimme leiser geworden, bis sie am Ende kaum noch auszumachen war. Doch ich hatte jedes Wort gehört und eine Woge der Erleichterung durchfloss mich.

Nie wieder Albträume …

Wann hatte ich die letzte Nacht ohne grauenvolle Träume verbringen dürfen? Wann hatte ich das letzte Mal durchschlafen können, ohne am Ende schweißgebadet in meinem Bett hochzuschrecken?

Ich konnte mich nicht erinnern. Es musste Monate her sein.

Die Zehen in das taufeuchte Gras gegraben, senkte ich die Lider und nahm einen letzten tiefen Atemzug. Hauchfeine Duftnuancen kitzelten mir in der Nase und der Knoten in meiner Brust surrte sich fester zusammen.

Tat ich wirklich das Richtige?

Gab es sicher keine Alternative?

Was wäre, wenn ich stärker kämpfen würde? Wäre es nicht möglich, beides zu haben? Mein Leben und meine Liebe?

»Gräme dich nicht, meine Schöne«, ertönte es hinter mir, als spürte mein Begleiter meine Unsicherheit. »Du tust das Richtige.«

Das brachte mich zum Lächeln. Er hatte schon immer genau gewusst, was er sagen musste, damit ich mich besser fühlte. Nicht ohne Grund war er mein sicherer Hafen. Mein Leuchtturm auf stürmischer See.

Trotz der Furcht, die sich mit eiskalten Klauen durch mein Innerstes grub und jede Zelle meines Körpers infizierte, nickte ich und öffnete die Augen. Dunkelheit sollte nicht das Letzte sein, was ich in meinem Leben sah.

»Ich weiß«, sagte ich und mein Atem verließ rasselnd meinen Mund. »Nur eine letzte Sache muss ich noch loswerden.« Ohne die Position des Dolches zu verändern, drehte ich mich zu meinem Begleiter um. Das Paar dunkle Iriden, das mir entgegenblickte, war mir so vertraut wie mein eigenes. »Es tut mir leid, wegen unseres Streites.« Ein neuerlicher Schwall Tränen ließ meine Sicht verschwimmen, als ich an die hässlichen Worte dachte, die zwischen uns gefallen waren. »Ich habe nicht gewollt, dass es so endet.«

Die Mundwinkel meines Begleiters verzogen sich zu einem milden Lächeln, das aufgrund der Finsternis um uns herum gespenstisch wirkte.

»Ich weiß, meine Schöne. Aber das hier ist nicht das Ende. Es ist ein Anfang.« Mit einer sanften Geste strich er mir eine Haarsträhne aus der Stirn und klemmte sie hinter meinem Ohr fest. »Es ist *unser* Anfang. Deswegen verzeihe ich dir.« Er sah hinab zu dem Dolch zwischen uns und ich tat es ihm nach. »Nun ist es aber so weit.«

Meine Lippen bebten und ich schluckte mühsam gegen den Kloß in meiner Kehle an.

Er hat recht.

Es gab nur einen Weg, wie ich meinen Verrat wiedergutmachen konnte – durch meinen Tod. Mein vergossenes Blut würde meine Brüder und Schwestern befreien. Das war der einzige Weg.

Ich tue das Richtige!

Entschlossen griff ich den Dolch zwischen meinen Fingern fester

... und stach mit einem kräftigen Ruck zu.

KAPITEL EINS

Hat einer von euch heute ein Wort von Dr. Blackwoods Vorlesung verstanden?« Christina sah fragend in die Runde. »Ich meine, der Stoff allein ist bereits die reinste Qual. Aber seit er sich die Zähne hat machen lassen, kann man den Saal nicht mehr ohne Regencape betreten.« Sie zog angewidert die Nase kraus und schüttelte sich wie ein nass gewordener Hund.

»Reg dich nicht auf, Babe.« Nate, der neben Christina saß und ebenfalls zu unserer Lerngruppe für den Kurs *Amerikanische Geschichte* gehörte, legte ihr genau in der Sekunde einen Arm um die Schultern, als ich meinen Blick von den Jahrmarktbuden wandte, die uns mit wild flackernden Lichtern, dröhnender Popmusik und dem Geruch nach Zucker, Fett und Alkohol umgaben.

»Erstens bekommst du davon nur Falten.« Er zwinkerte ihr zu, was Christina dazu animierte, seinen Arm abzuschütteln, als wäre er ein lästiger Käfer.

»Zweitens«, sprach Nate ungerührt weiter und legte die Arme auf dem lang gezogenen Holztisch zwischen uns ab. »Wen interessiert es schon, was der alte Greis von sich gibt? Würde er für die Prüfungsanmeldung nicht eine achtzigprozentige Anwesenheitsquote fordern, würde vermutlich niemand auch nur einen Fuß in seinen Hörsaal setzen. Immerhin steht alles, was wir für die Klausur benötigen, in dem Vorlesungsskript – das wir in die Prüfung mitnehmen dürfen.« Er zuckte mit den Schultern und der dunkelgrüne Stoff seines Kapuzenhoodies streifte dabei die unteren Spitzen seiner braunen Haarsträhnen.

Christina schnaubte. Vermutlich fragte sie sich, wieso sich Nate unserer Lerngruppe angeschlossen hatte, wenn er gar nicht beabsichtigte, den Stoff zu pauken.

Anfangs hatte ich mir dieselbe Frage gestellt. Doch inzwischen kannte ich die Antwort darauf: Nate war hoffnungslos in Christina verknallt und wollte ihr auf diese Weise näherkommen.

»JJ! Jetzt sag auch mal was! Du willst doch mehr erreichen, als nur bestehen, oder?« Sie klang verzweifelt, was mich zum Schmunzeln brachte. Natürlich stand ich in dieser Frage auf Christinas Seite. Schließlich hatte ich mich allein aus dem Grund an der *UWYO*, der *University of Wyoming*, eingeschrieben, weil sie im Studiengang *American Studies* den besten Ruf im gesamten Bundesstaat genoss. Das bedeutete jedoch nicht, dass ich scharf darauf war, erneut darüber zu diskutieren, welche Art von Prüfungsvorbereitung am effektivsten war.

»Matt ist schon eine ganze Weile weg, findet ihr nicht auch? Ich geh mal nachsehen, wo er bleibt.« Ich wollte mich gerade aus der Affäre ziehen, als ein aufkommender Oktoberwind meine kastanienroten Locken in alle Himmelsrichtungen davonwehte. Normalerweise trug ich mein Haar zu einem Zopf gebunden, aber heute hatte ich mich dagegen entschieden – und bereute es zutiefst. Den gesamten Abend über flogen mir die Strähnen ins Gesicht, verhakten sich an meinen Wimpern oder blieben an meinem Lipgloss-Mund hängen. Es war zum Verrücktwerden!

Während ich damit beschäftigt war, mein Gesicht zum wiederholten Mal zu befreien, entdeckte ich eine vertraute Gestalt, die sich bei den Fressbuden aufhielt.

Matt Brownfield.

Das vierte Mitglied unserer Lerngruppe und die Quelle meiner Tagträume.

»June!« Trotz ihres empörten Tonfalls konnte Christina eine gewisse Erheiterung nicht unterdrücken. Natürlich war sie nicht böse auf mich. Dafür war sie viel zu sehr in die Idee vernarrt, dass sich zwischen Matt und mir etwas entwickeln könnte.

Da Matt gerade den Weg in unsere Richtung einschlug, verwarf ich die Idee, nach ihm zu sehen. Stattdessen blieb ich auf meinem Platz sitzen und nutzte die Gelegenheit, meinen Schwarm zum wiederholten Mal an diesem Abend anzuschmachten. Mit den sandblonden Haaren und dem Sonnenscheingrinsen sah Matt einfach unglaublich gut aus.

»Du hast da ein wenig Sabber am linken Mundwinkel«, wisperte Christina und unterbrach damit meine Bewunderung für unseren Kommilitonen, der auf seinen Armen einen ganzen Berg Snacks balancierte und es dabei überraschend souverän schaffte, den im Weg herumstehenden Jahrmarktgästen und verstreuten Tischen auszuweichen.

Mit glühenden Wangen wirbelte ich zu Christina herum. Diese erwiderte die Geste nur unbeeindruckt, widmete sich aber kurz darauf Nate, der zu meinem – und Christinas! – Glück nichts von unserer Unterhaltung mitbekommen hatte. Er war völlig in sein Handy vertieft.

Erleichtert atmete ich auf. Das Letzte, was ich gebrauchen konnte, war, dass Matts bester Freund erfuhr, wie ich für seinen Kumpel empfand. Seit ich Matt in der ersten Vorlesungswoche an einem der Kaffeewagen kennengelernt hatte, war dies mein bestgehütetes Geheimnis. Nur Christina wusste davon, und das auch eher unfreiwillig. Denn dank ihres geradezu gespenstischen Spürsinns für Romantik, war es schier unmöglich gewesen, ihr meine Schwärmerei vorzuenthalten.

Bis heute vertrat sie die felsenfeste Überzeugung, dass es sich um Schicksal handelte, dass Matt und ich denselben Kaffeewagen für uns auserkoren hatten.

Dass ich ebenso wenig an Seelenverschwandtschaft glaubte wie an Vorbestimmung oder Schicksal, hinderte meine Kommilitonin nicht daran, mir seitdem jedes Mal, wenn wir einander trafen, mein Tageshoroskop vorzulesen. Christina war davon überzeugt, dass das gesamte Leben eines Menschen in den Sternen geschrieben stand und sich dort ablesen ließ – inklusive des Seelenverwandten, der in meinem Fall Matt sein sollte.

Anfangs hatte ich noch versucht, Christina klarzumachen, dass sie sich die Mühe einer Bekehrung sparen konnte, da sich meine Meinung zu diesem Thema nicht ändern würde. Doch als sie daraufhin nur beharrlicher wurde, hatte ich beschlossen, diesen Schwachsinn künftig kommentarlos über mich ergehen zu lassen.

»Mal ehrlich, Nate«, stöhnte Matt, kaum dass er in Hörweite war. »Chilli-Cheese-Fritten mit Schokosoße und Marshmallows? Das klingt nicht nur ekelhaft, es sieht auch ebenso scheußlich aus.« Er verzog das Gesicht und überreichte seinem Freund eine mit Fettflecken überzogene braune Papiertüte.

»Tja, was soll ich sagen.« Nate legte das Handy neben sich auf den Tisch und nahm seine Essensbestellung entgegen. »Ich stehe halt auf die Kombination aus scharf und süß.« Er warf Christina einen aufreizenden Augenaufschlag zu, den sie gekonnt ignorierte. Stattdessen nahm auch sie Matt einen Teil seiner Last ab.

»Ich weiß, du sagtest, dass du nichts möchtest«, richtete Matt das Wort an mich und stellte einen weiß-braun gestreiften Pappbecher mit einem hellen Plastikdeckel vor mir ab. Dann setzte er sich neben mich. Obwohl zwischen uns genug Platz war, streifte sein Bein wie zufällig das meine und mich durchlief ein wohliger Schauder.

»Aber es kam mir einfach nicht richtig vor, dir als Einziger nichts mitzubringen.« Auf seinen Zügen breitete sich dieses charmant-schüchterne Lächeln aus, das meine Wollstrumpfhosen-Knie weich werden ließ. »Leider hatten sie am Kaffeestand keinen Lebkuchensirup mehr. Deshalb habe ich dir als Trost das hier zu deinem Soja-Latte-Macchiato mit Zimtzucker mitgebracht.« Er zog den Reißverschluss seiner Weste ein Stück herunter und zum Vorschein kam ein Lebkuchenherz, das an einem rosaglitzernden Geschenkband hing. Weiße Zuckerblüten zierten den Rand und in der Mitte stand in pastellfarbener Schnörkelschrift die Frage »Will you be my Honeybee?«.

Mir entfloh ein Keuchen und das Blut schoss mir in die Wangen. Matt und ich kannten uns seit etwa acht Wochen und in all der Zeit hatte er nie irgendwelche Andeutungen gemacht, dass er in mir mehr sah als eine Kommilitonin. Umso überraschter war ich gewesen, als er mich am Montag nach unserer Vorlesung gefragt hatte, ob ich am Freitag gemeinsam mit ihm und den anderen auf den Jahrmarkt gehen wollte.

Dass er seine Sympathien für mich jetzt so offenkundig zur Schau stellte, ließ mich auf Wolke sieben schweben. Allein Christinas Reaktion auf Matts Date-Einladung trübte ein wenig meine Freude. Nachdem ich meiner Freundin via Whatsapp von der wohl größten Wendung meines Liebeslebens der letzten zwei Jahre erzählt hatte, hatte sie mir ein breites Grinse-Emoji samt einem Screenshot von meinem Tageshoroskop geschickt.

Frauen des achten Abschnitts des Tierkreiszeichens sollten sich wappnen, denn ihnen stehen gravierende Veränderungen bevor. Ein attraktiver Fremder hat es auf ihr Herz abgesehen und manche Schützen verfehlen ihr Ziel nie.

Damals war ich so enttäuscht und wütend über Christinas Reaktion gewesen, dass ich ihr nur geantwortet hatte, dass Matt Widder und kein Schütze sei und er deshalb wohl nicht der attraktive Fremde war, vor dem ich mich in Acht nehmen sollte.

»Ähm … danke«, brachte ich stotternd hervor und wischte mir die schweißfeuchten Finger unauffällig an meinem Jeansrock trocken. Matt löste unterdessen die Schleife von seinem Hals und zog sie mir über den Kopf. »Das ist wirklich sehr aufmerksam von dir.«

Christina, die die Unterhaltung zwischen Matt und mir genauestens verfolgte, warf mir ein vielsagendes Zwinkern zu.

Nachdem sich Matt zufrieden seinem Cheeseburger widmete, nahm ich mein Heißgetränk zwischen die Finger. Eigentlich mochte ich meinen Kaffee schwarz, maximal mit einem Schuss Milch. Aber Matts Geste rührte mich so sehr, dass ich wenigstens einen Schluck probieren wollte.

Während alle mit ihrem Essen beschäftigt waren, herrschte am Tisch eine angenehme Gesprächspause, die ich nutzte, um immer wieder unauffällig an meiner Kleidung zu zupfen. Ich hoffte, dass ich mit dem olivgrünen Kaschmirpullover und der rostroten Steppjacke, in Kombination mit meinen heiß geliebten Ankle Boots, einen sexy und gleichzeitig lockerlegeren Look erreicht hatte.

»Was wollen wir als Nächstes machen?«, fragte Nate mit

vollem Mund und nicht nur ich sah ihn angeekelt an. Hatten die Chilli-Cheese-Fritten mit der Schokosoße und den Marshmallows bereits in ihrer ursprünglichen Version unappetitlich ausgesehen, wurde es im zerkauten Zustand nicht besser.

»Wir können zum Riesenrad gehen«, schlug Matt vor, nachdem er seinen letzten Bissen hinuntergeschluckt hatte.

Da niemand etwas dagegen einzuwenden hatte, machten wir uns auf den Weg, und ich nutzte die Gelegenheit, meinen noch vollen Kaffeebecher auf dem Tisch stehen zu lassen. So lieb ich Matts Geste auch fand, der Kaffee schmeckte einfach grauenhaft.

Unterwegs passierten wir eine Bühne, auf der eine Band Rockklassiker coverte; verschiedene Spielautomaten, bei denen man mit metallischen Greifarmen Plüschtiere aus einer Box befreien musste; und wir philosophierten über die Erfolgschancen, mit nur drei Würfen die aufeinandergestapelten Metalldosen in einer Bude abzuräumen, um den Hauptpreis, ein XXL-großes und kunterbuntes Plüschtier, zu erhalten.

»Da will ich mein Glück versuchen!« Nate deutete auf einen Schießstand. Die eingestaubten Plastikblumen und anderen kitschigen Gewinne, die die Jahrmarktbesucher dazu verführen sollten, ihr hart verdientes Geld in eine öffentliche Blamage zu verwandeln, wirkten hier noch trostloser als anderswo.

Ein kollektives »Was?« erfüllte die Luft und wir alle starrten Nate entgeistert an.

»*Du* willst zum Schießstand?«, fragte Christina, während Matt ein »Dude, hast du vergessen, was beim letzten Mal passiert ist?« von sich gab.

Doch Nate dachte gar nicht daran, sich von seinem Vorhaben abhalten zu lassen. Zielsicher peilte er die kleine Holzbude an, deren Rückwand mit Tonfiguren behangen war, die durch Mechanismen in Bewegung gehalten wurden.

»Du bist verrückt«, sagte Christina, nachdem sie sich neben Nate an die Theke gestellt hatte. »Für Fische ist nicht der richtige Tag, sich aus ihrer Komfortzone herauszuwagen. Ihr steht noch immer unter dem Einfluss des Saturns.«

»Ich schieß dir ein Plüschtier«, kommentierte Nate schlicht und postierte sich hinter einem der Gewehre. »Dann hast du nachts etwas, an das du dich pressen kannst, wenn die Sehnsucht nach meinem stählernen Körper zu groß wird.«

Christinas Erwiderung bekam ich nicht mehr mit, da eine andere Stimme mich erschrocken zusammenfahren ließ.

»Ich kenne die beiden jetzt seit einem Jahr und werde trotzdem nicht schlau aus ihnen.« Matt seufzte, wechselte jedoch zu einem sanften Lächeln, als sich unsere Blicke trafen.

»Ich weiß genau, was du meinst. Manchmal kommen sie mir wie Kindergartenkinder vor. Aber dann erinnere ich mich daran, dass sich sogar Kindergartenkinder besser zu benehmen wissen.«

Matt gab ein warmes, tiefes Lachen von sich.

»Wie es scheint, habe ich mich nicht getäuscht. Du bist tatsächlich ebenso schlagfertig wie klug und hübsch.« Den Fokus wieder auf seinen Kumpel gerichtet, fügte er hinzu: »Du hast keine Vorstellung davon, wie gern ich mich aus dem Spektakel raushalten würde. Aber leider verlangt es das Gesetz der Männerfreundschaft, dass ich Nate bei seinem Himmelfahrtskommando unterstütze und nach Möglichkeit – wobei das eine fast unlösbare Aufgabe sein wird – gut dastehen lasse.« Mit einem gequälten Lächeln rieb er sich den Nacken, ehe er mich wieder ansah. »Glaubst du, es wäre möglich, dass du dich neben mich stellst? Dann kann ich zur Wahrung meiner

Ehre behaupten, dass ich von einer schönen Frau abgelenkt wurde und deshalb danebengeschossen habe.«

»Du willst *mich* als Grund vorschieben, um beim Schießen schlechter abschneiden zu dürfen als Nate?« Mir entfloh ein heiseres Kichern. »Okay, aber auf deine Verantwortung. Ich will nicht schuld sein, dass du dem armen Budenbetreiber dafür in die Brust schießen musst, oder so.«

Erneut stieß Matt dieses warme Lachen aus, ehe er meine Hand ergriff und mich zu dem freien Gewehr auf der anderen Seite von Nate führte. Dieser feilschte noch immer mit dem Standbesitzer darüber, wie viele Tonfiguren getroffen werden mussten, um den Hauptpreis – einen gigantischen Plüschelefanten – zu gewinnen.

Nachdem sich beide Parteien geeinigt hatten, wechselten Dollarscheine ihren Besitzer und das Schauspiel begann.

Mit wachsender Erheiterung verfolgte ich die Schüsse, die alle so deutlich danebengingen, dass ich fast glaubte, dass nicht nur Matt eine Show abzog. Aber wie es schien, war Nate wirklich eine totale Katastrophe, wenn es ums Zielen ging.

Einige Minuten zogen auf diese Weise ins Land und es fiel mir immer schwerer, mich zu konzentrieren. Es war, als würde irgendjemand oder etwas um jeden Preis meine Aufmerksamkeit auf sich ziehen wollen.

Schlussendlich ergab ich mich dem unerklärlichen Drängen und sah mich um, bis mir eine kleine Bude ins Auge fiel, die unmittelbar an den Schießstand angrenzte. Im Vergleich zu den anderen Hütten war sie geradezu winzig und lag tief in Schatten gehüllt, weshalb sie mir nicht sofort aufgefallen war.

Irritiert krauste ich die Stirn. Anstatt einer Theke wie bei der Schießbude war der mit dunklem Stoff bespannte Innenbereich frei zugänglich. In der Mitte stand ein kleiner runder

Tisch mit einer glänzenden Tischdecke und darauf lag eine Glaskugel, die einen schwachen Silberschein warf.

Auf einem von zwei Klappstühlen saß eine Dame, deren Alter ich unmöglich einschätzen konnte. Auch sie war in dunkle Tücher gehüllt, und auf ihren grau melierten Haaren saß ein schwarzer Turban mit glänzenden Sternensymbolen. Das runde Gesicht der Wahrsagerin – zumindest nahm ich an, dass sie das war – wirkte durch die geschlossenen Lider entspannt, fast so, als schliefe sie. Doch ihre zuckenden Mundwinkel verrieten, dass sie mehr mitbekam, als es den Anschein hatte.

»Wow, das war noch peinlicher, als ich befürchtet hatte.« Matt schob sich in mein Blickfeld und unterbrach meine Musterung der filigranen Symbole, die mit goldglänzendem Garn in die Tischdecke eingestickt waren und von verschiedenen Kreisen, Dreiecken, Pentagrammen, Kelchen, Spiralen und anderen rätselhaften Formen zeugten. »Beim nächsten Mal ziehe ich die Liveübertragung einer Darmspiegelung vor. Das kann unmöglich unangenehmer sein.« Lachend schüttelte er den Kopf.

»Wie bitte?« Blinzelnd erwachte ich aus ... ja, aus was eigentlich? Mein Kopf war mit einem Mal merkwürdig wattig und hinter meinen Schläfen pochte es schmerzhaft.

Was ist auf einmal los?

»Ist alles okay bei dir?« Matt musterte mich mit gefurchter Stirn. »Du siehst ein bisschen blass aus um die Nase.« Er legte mir vorsichtig eine Hand auf die Schulter, was mich heftig zurückzucken ließ. »Was machst du überhaupt hier?«, fragte er, vermutlich um seine Enttäuschung wegen meiner Reaktion zu kaschieren. »Willst du dir die Zukunft voraussagen lassen?«

»Wieso denkst du ...?« Ich rieb mir über die mit einer Gänsehaut überzogenen Arme. Unbewusst hatte ich den Schießstand verlassen und mich der Bude der Wahrsagerin genähert.

»Was zum ...?!«, murmelte ich an mich selbst gerichtet. *Was machte ich hier?*

Da mich Matt weiterhin besorgt ansah, drehte ich mich mit einem zittrigen Lächeln zu ihm herum. »Nein, nein, ich wollte nur ... ich meine, ich dachte, ich hätte hier was gesehen. Aber ich habe mich geirrt.« Schnell schüttelte ich den Kopf und sah mich nach dem Rest unserer Gruppe um. Glücklicherweise traf dieser gerade ein.

»O Gott, JJ! Hast du das gesehen?« Lachend vergrub Christina die Nase in einem kleinen gelben Nashorn, das sie in den Händen hielt. »Wir müssen uns dringend nach neuen Freunden umsehen. Sollte es nämlich jemals zu einer Zombieapokalypse kommen, sind wir mit diesen zwei Exemplaren rettungslos aufgeschmissen.«

Ich nickte mit einem künstlichen Lächeln, obwohl ich keine Ahnung hatte, wovon Christina sprach.

»June? Ich weiß, ich bin etwa zwei Stunden zu früh dran, aber ...« Matt zog eine Hand hinter dem Rücken hervor. »Happy Birthday.« Zwischen seinen Finger hielt er ein Stofftier mit riesigen, kugelrunden und goldglänzenden Augen. Der Kopf war etwa so groß wie meine Faust und wirkte im Verhältnis zum Rest des eher schmächtigen Körpers viel zu wuchtig.

Verdutzt sah ich zwischen dem Plüschtier und Matt hin und her. Das fuchsiafarbene Fell des Tierchens sah unglaublich weich aus und neben einem langen, buschigen Schwanz, der an den eines Eichhörnchens erinnerte, entdeckte ich kleine, spitze Ohren und eine schwarze Nase samt Plastikschnurrhaaren. Weiße Ringe zogen sich um die Glupschaugen und ich glaubte zunächst, dass es sich bei dem Plüschtier um einen Rotpanda handelte. Doch dann entdeckte ich auf seinem Rücken kleine goldene Flügel wie bei einem Drachen.

»Ist der niedlich!«, quietschte Christina, während ich damit beschäftigt war, meine Gedanken zu sortieren. Sosehr mich Matts Geschenk auch rührte, kämpfte ich noch immer gegen die Nachwehen meines kurzzeitigen Aussetzers.

»Danke.« Ich nahm das Tierchen entgegen und drückte es an meine Brust. Es fühlte sich tatsächlich so weich an, wie es aussah.

»Wie willst du es taufen?«, fragte Christina, hörbar aufgeregter, als ich es war.

»Er muss nicht getauft werden, er hat bereits einen Namen«, ertönte plötzlich eine fremde Stimme mit einem Akzent, den ich nicht genau zuordnen konnte. »Er heißt Drake. Dracolus Ruberum der Erste, um genau zu sein. Aber seine Freunde dürfen ihn Drake nennen. Und«, die Dame vom Wahrsagerstand, die unsere Unterhaltung belauscht hatte, kicherte amüsiert, »June und Drake werden Freunde. Das weiß ich aus sicherer Quelle.«

»Dracolus Ru… was?« Nate klang ebenso verwirrt, wie ich mich fühlte. Doch neben Irritation schwappten noch weitere Emotionen durch mich hindurch – vorneweg eine nie zuvor gekannte Angst, die mein Herz wie verrückt galoppieren ließ. Nicht nur, dass die vermeintliche Wahrsagerin woher auch immer meinen Namen kannte, nein, jetzt hatte sie auch noch die Lider gehoben und sah mich unumwunden an. Dabei wirkten ihre Iriden so dunkel, dass sie mit den Pupillen verschmolzen und fast das gesamte Weiß verdrängten.

»Dracolus Ruberum der Erste«, wiederholte die Frau mit polterndem Akzent und ihre schmalen, faltigen Lippen verzogen sich zu einem Furcht einflößenden Lächeln.

»Ah, jaaaa ...« Nate drehte sich zu uns herum und tippte sich unauffällig mit seinem Zeigefinger gegen die Schläfe.

»Kennst du die Frau, JJ?« Auch Christina schien die ältere Dame eher für bemitleidenswert zu halten.

Ich hingegen ...

Wieso zum Geier weiß die Dame, wie ich heiße?

Diese Frage raste in Schallgeschwindigkeit durch meinen Verstand, während ich auf Christinas Worte mit einem Kopfschütteln antwortete. Mein Puls musste jenseits aller messbaren Bereiche liegen und meine Knie zitterten wie Wackelpudding. Auf keinen Fall würde ich ein verständliches Wort über die Lippen bekommen.

»Vergiss die Schreckschraube«, sagte Matt an mich gerichtet. »Solche Leute arbeiten mit schäbigen Tricks. Vermutlich beobachtet sie uns schon eine ganze Weile und hat dabei deinen Namen aufgeschnappt.« Er strich mir in einer liebevollen Geste eine Haarsträhne aus dem Gesicht, doch die beruhigende Wirkung blieb aus.

»Kommt, wir wollten doch zum Riesenrad.« Nate schlang erneut einen Arm um Christinas Schultern, den diese erst mit einer kleinen Verzögerung abschüttelte.

Matt folgte dem Beispiel seines Kumpels und zog mich selbstbewusst an seine Seite. Normalerweise hätte ich vor Freude überquellen müssen. Doch stattdessen zitterte ich noch immer, als fröre ich von innen heraus. Was auch immer es mit dieser Wahrsagerin auf sich hatte, ich war unbeschreiblich froh, als wir sie endlich hinter uns ließen.

KAPITEL ZWEI

»Bist du dir *wirklich* sicher, dass du gehen willst?« Christina sah mich flehend an. Seit ich ihr anvertraut hatte, dass ich lieber nach Hause gehen würde, versuchte sie, mich umzustimmen. »Was ist mit Matt? Ihr seid euch heute so nahgekommen.« Sie deutete mit der riesigen rosaroten Zuckerwattekugel in ihrer Hand in Richtung Matt, der bei seinem Kumpel stand. Nate hatte sich die gesamte Woche damit gebrüstet, dass er einen Bekannten am Verkaufsstand des Getränkehauses hatte, der uns mit Bier versorgen würde, obwohl keiner von uns einundzwanzig war.

Ich seufzte leise und meine Finger krampften sich tief in das weiche Fell meines Plüschtiers. Christina hatte recht. Matt sendete mir heute ziemlich eindeutige Signale. Daher wäre *Nachhause gehen* das Letzte, was ich normalerweise wollen würde.

Aber die Kopfschmerzen, die mich seit der Begegnung mit der Wahrsagerin plagten, drohten zu einer regelrechten Migräne anzuwachsen. Und wenn ich Matt auf die Füße kotzte, wäre er ganz sicher nicht von mir entzückt.

»Wenn mich Matt so gern hat, wie es aussieht, dann wird er Verständnis haben.«

Christina bedachte mich mit einem zweifelnden, ja fast schon beleidigten Blick, ehe sie sich mit einem Schulterzucken von mir abwandte.

»Wie du meinst«, sagte sie und ihrem kühlen Ton nach zu

urteilen, war sie ernsthaft gekränkt. »Aber heul mir später nicht die Ohren voll, dass du dir mit deinem Abgang sämtliche Chancen bei Matt verbaut hast. Du weißt, wie begehrt er ist. Wenn sich rumspricht, dass aus euch nichts geworden ist, wird es genug willige Frauen geben, die ihn trösten wollen.«

Sprachlos starrte ich Christina an. Ich verstand natürlich, dass es für sie unschön war, dass ich sie mit den beiden Jungs allein ließ. Aber war ihr eine erfolgreiche Verkupplung wirklich wichtiger als meine Gesundheit?

»Wir sehen uns in der Uni«, sagte ich mit einem Kloß im Hals. Die Enttäuschung über meine Kommilitonin saß tief.

Ich schaute ein letztes Mal in Richtung der Jungs, dann machte ich mich auf den Weg. Vermutlich hätte ich Matt erklären sollen, warum ich ging. Aber im Moment war ich nicht in der Stimmung für weitere Diskussionen – nicht, dass ich so etwas von ihm erwartete. Dennoch wollte ich nur noch so schnell wie möglich zu meinem Wagen – der leider Gottes am entgegengesetzten Ende des Jahrmarktes parkte. Auch hatte sich die Anzahl der Besucher in der letzten halben Stunde drastisch vermehrt, sodass ich kaum einen Schritt nach vorn machen konnte, ohne von jemandem angerempelt zu werden. Ähnlich einem Krebs im Wasser wurde ich willenlos hin und her gespült.

Die Zeit verstrich, ohne dass ich sagen konnte, wie lange ich orientierungslos durch die Menschenmasse taumelte. Doch irgendwann wurde ich in einer Ecke des Geländes ausgespuckt, die mir schmerzlichst vertraut war.

»Oh, nein!«, stöhnte ich frustiert und musterte den Platz vor dem Schießstand. Zwar war es von hier aus nicht mehr weit bis zum Parkplatz, aber dieser Ort war aktuell der mit Abstand letzte, an dem ich mich aufhalten wollte.

Entschlossen, diesen Abend so schnell wie möglich zu beenden, wollte ich meinen Weg fortsetzen ...

... doch Christinas düstere Progonose tanzte wie ein Broadway Musical durch meinen Kopf und ich erstarrte mitten in der Bewegung.

Du weißt, wie begehrt er ist. Es wird genug willige Frauen geben, die ihn trösten wollen.

Mir entfloh ein leiser Fluch.

An dem Debakel war nur diese dämliche Wahrsagerin schuld!

Vor meiner Begegnung mit ihr war alles in bester Ordnung gewesen. Doch jetzt sah es stark danach aus, als würde ich mir nicht nur neue Freunde, sondern auch eine neue Lerngruppe suchen müssen.

Mein Ärger wuchs an und ehe ich michs versah, fand ich mich vor der unbesetzten Wahrsagerhütte wieder. Da wir erst zehn Uhr hatten, bezweifelte ich, dass die alte Dame bereits Feierabend gemacht hatte.

Um die Zeit bis zu ihrer Rückkehr zu überbrücken, nahm ich die Glaskugel im Zentrum des Tisches unter die Lupe. Die Oberfläche fühlte sich kühl an, als ich mit meinen Fingerspitzen darüberfuhr. Und als ich sie in die Hand nahm, war ich überrascht, wie viel sie wog.

»Da bist du ja endlich«, erklang es so plötzlich hinter mir, dass ich erschrocken zusammenfuhr. Schnell legte ich die Glaskugel zurück an ihren ursprünglichen Platz und drehte mich mit glühenden Wangen herum.

»Du hättest sie bereits viel früher herbringen sollen«, tadelte mich die Wahrsagerin und sah dabei das Plüschtier zwischen meinen Fingern an. Machte sie das Kinderspielzeug für meine angebliche Verspätung verantwortlich?

Die Scham, beim Herumschnüffeln erwischt worden zu sein, wich einer gehörigen Portion Irritation. Diese verstärkte sich, als sich ein freundliches Lächeln auf den Zügen der älteren Lady ausbreitete. Zwar sahen ihre Iriden weiterhin unnormal dunkel aus, doch eine gewisse Weisheit schien in ihnen, die mir einen ungewollten Respekt abverlangte.

»Komm, Juneau!«, sagte die Wahrsagerin und hob ihre Hand, um mich mit ihren langen, vielberingten Fingern zu sich zu winken. Funkelnde Edelsteine in allen Farben des Regenbogens schimmerten dabei im Mondlicht auf. »Wir müssen uns beeilen. Die Zeit drängt.« Ohne mir auch nur die Chance einer Erwiderung einzuräumen, kehrte sie mir den Rücken und eilte davon.

Sprachlos starrte ich ihr hinterher. Was zur Hölle war hier los? Woher kannte die Frau meinen Namen? Meinen *richtigen* Namen! Matts Theorie, dass sie ihn während meines Gesprächs mit den anderen aufgeschnappt hatte, war soeben widerlegt worden. Denn niemand außer meinen Eltern, die mich nach meinem Zeugungsort getauft hatten – Ja, ich weiß, *Igitt!* –, nannte mich Juneau.

Ich schluckte hart. War die alte Frau womöglich doch so etwas wie eine Wahrsagerin? Zwar glaubte ich nicht an Magie oder so einen Uri-Geller-Gabel-Verbiegungskram, aber mir wollte partout keine andere Erklärung einfallen, woher die Frau sonst wissen konnte, wie ich hieß. Und was meinte sie überhaupt damit, dass man mich bereits viel früher hätte hierherbringen sollen? Meine unfreiwillige Rückkehr an diesen Ort war bloß ein Zufall. Die alte Dame hatte nicht wissen können, dass ich heute Abend ein weiteres Mal an ihrem Stand vorbeikommen würde.

Oder?

In meiner Brust zog sich alles zusammen und meine Kopfhaut prickelte. Alles in mir schrie, so schnell wie möglich von hier zu verschwinden. Doch ich konnte nicht. Mein Groll, der einer gewissen Neugier gewichen war, hinderte mich daran.

Ach, verdammt! Was solls?!

Schnell, ehe ich es mir doch noch anders überlegte, folgte ich den wehenden Tüchern, die gerade durch den schmalen Spalt zwischen dem Schießstand und der Wahrsagerhütte verschwanden.

Der Jahrmarkt in Laramie wurde jedes Jahr auf der Schotterlandschaft eines alten, verlassenen Industriegebietes aufgebaut, sodass hinter den Buden leer stehende Backsteingebäude in die Höhe ragten, die einst Firmensitze gewesen waren. Alles hier war dunkel und verlassen – bis auf das schwach beleuchtete Schaufenster, das zwischen den mit Graffiti beschmierten Mauern prangte. Dem Namen des dazugehörigen Ladens nach, der in einer fluoreszierenden Farbe und einer verschnörkelten Handschrift auf einem schlichten Holzbrett stand und über der gläsernen Tür hing, hieß das Geschäft ***Lunaris.*** Passend dazu zog sich, beginnend beim L, in einem Halbkreis bis zum S ein durch verschieden breite Sicheln dargestellter Mondzyklus.

Was war das ...?

Nie hätte ich in diesem Teil der Stadt einen Laden vermutet. Schon gar keinen, der auf einer mit dunklem Samt überzogenen Auslage alte in Leder gebundene Bücher, Kelche, Dolche und weitere vermeintlich mystische Dinge anpries.

Die Wahrsagerin verschwand in der geöffneten Eingangstür und ich folgte ihr, ohne darüber nachzudenken, wie riskant mein Handeln eigentlich war. An diesem Abend ergab ohnehin nichts mehr einen Sinn.

Das Innere des Ladens wurde vom silbrigen Mondlicht erhellt, das durch das Schaufenster fiel. Eigentlich war es vollkommen unmöglich, dass der Mondschein in einem derartigen Winkel einfiel. Und dennoch war es im Ladeninneren hell genug, um mich ohne Schwierigkeiten umzusehen.

Rechter Hand entdeckte ich eine aus dunklem Holz gefertigte Verkaufstheke und auf der anderen Seite offene Regale, die bis unter die Decke reichten. Was sich auf den oberen Regalbrettern befand, konnte ich nicht erkennen, aber auf einer Höhe mit mir standen Einmachgläser, in denen Tierkadaver in farbiger Flüssigkeit schwammen. Darunter stapelten sich Kisten und am Fuß der Regale verteilten sich leere Tierkäfige mit Kerzenständern in dubiosen Formen. Doch mein persönliches Horror-Highlight waren die Puppen, denen zwar die Gesichter fehlten, aber die dafür mit Stecknadeln bespickt waren.

Mein Herz polterte und erneut durchfuhr mich der Gedanke, dass nichts an dem heutigen Abend irgendeinen Sinn ergab.

»Komm«, forderte mich die Wahrsagerin zum wiederholten Mal auf und verschwand kurz darauf durch einen schwarzen Vorhang.

Mit vor Beklommenheit steifen Gliedern ging ich weiter.

Nachdem ich der alten Dame unter den schweren Vorhang gefolgt war, wurde ich von einem grellen Licht geblendet. Sofort musste ich die Lider zusammenkneifen.

»Oh, tut mir leid. Das ist wohl eine Spur zu hell für das menschliche Auge.« Die Wahrsagerin stieß ein Lachen aus, während sich meine Anspannung verstärkte.

Zu hell für das *menschliche* Auge? Ja, für welches denn sonst?!

»So, das sollte angenehmer für dich sein.«

Blinzelnd öffnete ich die Lider. Tatsächlich war das grelle Licht einem warmen gelb-orangen Kerzenschein gewichen, dessen Ursprung ich nicht ausmachen konnte.

Anstatt einer Erwiderung inspizierte ich den knapp dreißig Quadratmeter kleinen Raum. Die Wände waren mit dunklen Tüchern verhangen und in der Luft lag eine würzig-süße Duftmischung, die meine Gedanken träge werden ließ. Ein Gefühl von Ruhe überkam mich und meine Anspannung verflog wie ein böser Geist. Ich konnte mich nicht einmal mehr daran erinnern, weshalb ich gerade noch nervös gewesen war.

Im Zentrum des Zimmers stand ein kleiner runder Tisch samt bestickter Tischdecke, obligatorischer Glaskugel, sowie zwei Lehnstühlen aus dunklem Holz. Ein altmodischer Sekretär, ein hoher doppeltüriger Kleiderschrank und eine antike Standuhr, deren goldfunkelndes Pendel mit leisen Klicklauten hin- und herschwang, rundete das Interieur ab.

»Du hast sicherlich viele Fragen«, nahm die Wahrsagerin das Gespräch wieder auf. »Leider bleibt uns durch deine Verspätung«, ihr Blick fixierte meine Finger, die Matts Plüschtier umklammerten, »nicht viel Zeit, alle Unklarheiten im Detail zu besprechen. Aber wenn wir uns sputen, sollten wir wenigstens das Wesentliche abdecken.« Mit weicher Miene deutete sie auf den Stuhl, der mir am nächsten stand. Sie nahm gegenüber Platz.

Ich schluckte gegen den Kloß in meinem Hals an und folgte der Einladung. Die Holzbeine des Stuhls schabten geräuschvoll über den nackten Betonboden und jagten mir einen Schauder über den Rücken.

»Mein Name ist ... nun ja, ich habe viele Namen. Aber mir persönlich gefällt Luna am besten«, sagte die Wahrsagerin, kaum dass ich mich gesetzt hatte. »Und ich bin die Göttin des

Mondes. Ich bin mit einer überaus wichtigen Aufgabe auf die Erde gekehrt. Der–«

Ein lauter Gongschlag erfüllte den kleinen Raum und brachte den Boden zum Vibrieren.

»Was? Es ist schon so weit?« Die Wahrsagerin – ich hatte ihren Namen bereits wieder vergessen – sah mit schreckverzerrten Gesichtszügen zu der Standuhr. Ich starrte sie währenddessen mit nicht minder entsetzter Miene an.

Hatte sie gerade allen Ernstes gesagt, dass sie die Göttin des Mondes war?

Es folgte ein weiterer Gong und erneut bebte der Boden. Dieses Mal noch spürbarer.

»Ich dachte, wir hätten noch ein paar Minuten.« Hektisch sah die Wahrsagerin – ich weigerte mich, auch nur in Erwägung zu ziehen, dass sie ihre vorherigen Worte ernst meinte – zwischen der Uhr und mir hin und her.

Es war Mitternacht.

Mein Geburtstag hatte begonnen.

Gleichzeitig fing die Glaskugel vor mir an zu pulsieren, als besäße sie einen Herzschlag.

»Nein!« Die Wahrsagerin legte ihre gespreizten Finger auf die Kugel. »Wir sind noch nicht so weit! Juneau ist noch nicht so weit! Sie weiß doch noch gar ni–«

Ein weiterer Gongschlag unterbrach den Redefluss und das Pulsieren innerhalb der Kugel beschleunigte sich. Der Boden erbebte ein drittes Mal.

»Okay«, sagte ich und meine Worte zitterten ebenso wie meine Knie, als ich mich von meinem Stuhl erhob. Sämtliche Neugier, die mich überhaupt erst hatte hierherkommen lassen, hatte sich in Luft aufgelöst. »Ich habe zwar keine Ahnung, was das Ganze hier soll, und ich werde vermutlich nur mithilfe eines Therpeuten den heutigen Abend jemals verarbeiten können, aber meine eine Million Fragen und ich werden jetzt gehen. Schönen ... schönen Abend noch.« Ich wirbelte in Richtung Ausgang herum. Am liebsten wäre ich losgerannt, als wäre der leibhaftige Teufel hinter mir her. Aber meine Beine zitterten so stark, dass ich mich kaum bewegen konnte. Nur mühselig schaffte ich ein paar Meter – bis der nächste Gongschlag ertönte und das folgende Beben mich von den Beinen riss.

KAPITEL DREI

Kopf voran prallte ich gegen den Kleiderschrank und verlor dabei nicht nur das Lebkuchenherz um meinen Hals, sondern auch das Gleichgewicht. Hart landete ich auf Händen und Knien, was auch Matts zweites Geschenk aus meinen Fingern beförderte.

»Juneau, du musst mir zuhören!« Die Worte der Wahrsagerin wurden beinah von dem nächsten Gong übertönt. »Du weiß noch zu wenig über deine Rolle. Wenn du dich unwissens unter die Menschen begibst, wird das schlimme Folgen haben. Du musst –« Ein weiterer Gong unterbrach ihre Worte und ich sah ungewollt auf. Anstatt wie ich einer leblosen Puppe gleich willenlos durch den Raum geschubst zu werden, saß die alte Lady noch immer auf ihrem Stuhl und hielt mit konzentrierter Miene die Glaskugel zwischen ihren Fingern. Das Pulsieren war inzwischen zu einem konstanten Leuchten geworden, das es mit einer 1000-Watt-Birne aufnehmen konnte.

»Drake! Sag doch auch mal was! Was glaubst du, wofür ich dich hierherbestellt habe?«

Okay, das war's!

Dass sie offenbar glaubte, eine Verbindung zu einem leblosen Plüschtier zu besitzen, das mir erst vor zwei Stunden geschenkt worden war, sprengte die Grenzen meiner Toleranz. Sollte sie das dämliche Ding doch behalten. Ich würde es ohnehin nie wieder ansehen können, ohne an den heutigen

Abend denken zu müssen. Und bei Gott! Es gab keinen Tag in meinem bisherigen Leben, den ich lieber aus meinen Erinnerungen löschen wollte als diesen hier.

Als das Beben allmählich abklang, ignorierte ich alles um mich herum und hievte mich so schnell ich konnte auf die Beine. Jeder Zentimeter meines Körpers pochte schmerzhaft, aber ich mobilisierte all meine Kaftreserven und sprintete in Richtung Vorhang. Zwar ähnelten meine Bewegungen denen eines betrunkenen Matrosen auf stürmischer See, dennoch gelang es mir, einen Großteil des Weges hinter mich zu bringen. Ich schaffte es sogar, dem Sekretär auszuweichen, der wie der Rest der Möbel durch den Raum tanzte, als würde hier die Realverfilmung von dem Disney-Klassiker »Die Schöne und das Biest« gedreht werden.

Mit dem nächsten Gongschlag veränderte sich das Licht im Zimmer. Aus dem sanften Kerzenschein wurde jenes grelle Leuchten, das mich bereits bei meiner Ankunft in diesem Zimmer geblendet hatte, und ich kniff die Lider zusammen.

»Drake!«, rief die Wahrsagerin grollend. »Jetzt reicht es aber, du unsäglicher Faulpelz! Tu endlich etwas! Juneau braucht dich!«

Dem Kampf-oder-Flucht-Modus unterjocht, der Adrenalin durch meine Adern pumpte, öffnete ich meine Lider, jedoch nur weit genug, um mich zu orientieren. Dabei erkannte ich, dass wenige Zentimeter über der Glaskugel ein kleiner Leuchtball schwebte, dessen Kern nicht größer war als ein Quarter und der trotzdem die Strahlkraft der Sonne besaß.

»Du musst keine Angst haben, Juneau.« Die alte Frau war inzwischen ebenfalls aufgestanden. »Das Licht wird dir nichts tun. Es ist deine Bestimmung. Dein Schicksal! Es wird dich leiten, wenn die Finsternis nach dir greift.«

Mein Mund öffnete sich für eine Erwiderung, doch stattdessen erklang ein lautstarkes Kreischen, das ich verzögert als mein eigenes identifizierte. Der Sci-Fi-mäßige Leuchtball schwebte geradewegs auf mich zu.

Panik explodierte in mir und ich taumelte blind zurück. Dabei stolperte ich über die am Boden liegenden Gegenstände und wäre beinah hingefallen.

Ich muss hier raus! Und zwar auf der Stelle!

Ohne meine Aufmerksamkeit von dem Leuchtball zu wenden, sah ich mich nach dem Ausgang um. Der schwarze Vorhang hing unweit von mir, jedoch war ich nicht die Einzige, die dieses Ziel anpeilte. Das Licht schoss zeitgleich mit mir darauf zu und wir wären zweifelsfrei kollidiert, hätte ich mich nicht kurz zuvor durch einen Hechtsprung in Sicherheit gebracht.

Was zum Henker ...?

Wollte mich dieses hyperaktive Glühwürmchen auf Ecstasy etwa umbringen?

Die Antwort auf diese Frage konnte nur Ja lauten, da der Leuchtball knapp über meinen Kopf hinwegflog, ehe er in einer engen Schleife wendete, um erneut Kurs auf mich zu nehmen.

Sofort sprang ich auf die zitternden Beine – glücklicherweise blieben weitere Gongschläge aus – und jagte in Richtung Vorhang. Ich riss den schweren Stoff zur Seite und sprintete ungeachtet des Chaos, das die Erschütterungen im benachbarten Zimmer angerichtet hatten, los.

Leider erschwerte der drastische Wechsel der Lichtverhältnisse mein Vorankommen, sodass ich mich mehr blind als sehend durch den Verkaufsraum kämpfte. Meine Ankle Boots rutschten immer wieder auf dem nassen Boden aus, meine Knöchel knickten mehrfach um und ich war inzwischen so oft mit den Knien gegen irgendwelche Gegenstände gestoßen, dass ich es nicht mehr zählen konnte. Aber nichts davon spielte eine Rolle.

Zentimeter für Zentimeter arbeitete ich mich zwischen den umgestürzten Regalen, im Weg liegenden Kerzenständern und zerbrochenen Einmachgläsern hindurch, die sich in einem Meer aus knirschenden Scherben unter meinen Schuhsohlen erstreckten.

Eine gefühlte Ewigkeit dauerte die Prozedur, doch schließlich erreichte ich die Eingangstür – und zwar noch bevor der Leuchtball einen Weg auf diese Seite des Vorhangs gefunden hatte.

Ich erlaubte mir einen innerlichen Jubelschrei.

Ich hatte es geschafft! Ich hatte es wirklich geschafft! Ich würde hier nicht draufgehen und von einer Verrückten und ihrem Sci-Fi-Leuchtball umgebracht werden!

Meine Freude wurde von einer ordentlichen Portion Stolz angereichert, sodass ich selbstbewusst nach der Türklinge griff. Das Metall fühlte sich unter meinen erhitzten und zitternden Fingern einfach göttlich an.

Ich drückte die Klinke herunter und das Schloss öffnete sich. Die Glastür glitt einen Spaltbreit auf und ein Windstoß frischer Nachtluft drang zu mir vor. Erst jetzt bemerkte ich, wie stickig die Luft hier drinnen war.

Getrieben von der Aussicht, nur noch einen Schritt von meinem rettenden Ziel getrennt zu sein, zog ich das von einem schmalen Metallrahmen eingefasste Glas schwungvoll auf.

Doch nach zwei Zentimertern stoppte die Tür.

Fassungslosigkeit löschte meine Freude aus und hinterließ nichts als kalte Asche. »Was soll das?« Wie bessessen rüttelte ich an der Klinke, doch egal wie sehr ich mich anstrengte, die Tür ließ sich nicht weiter öffnen. »Nein! Nein! Nein! Das kann einfach nicht wahr sein!« In meinem Wahn brauchte ich ein paar Sekunden, um zu erkennen, dass ein umgefallenes Regal die Tür blockierte.

Ich sitze in der Falle!

Zeitgleich mit dieser Erkenntnis passierte der Leuchtball den Vorhang und flog in den Verkaufsraum. Meine Freudentränen schlugen um und ein Schluchzen drang mir über die Lippen. Doch ich weigerte mich, aufzugeben. Wenn ich schon sterben würde, dann kämpfend!

Zitternd drehte ich mich wieder zu der Eingangstür und rüttelte daran. Doch es war zwecklos – ebenso wie um Hilfe zu schreien. Abgesehen davon, dass meine Kommilitonen mich längst zu Hause vermuteten, dämpfte die Jahrmarktmusik, die selbst hier drinnen dumpf zu hören war, meine Rufe wie ein akkustisches Bermudadreieck.

Das Gefühl, in der Falle zu sitzen, floss wie Säure durch meine Adern und ließ mich trotz der Anstrengungen von innen heraus frieren. Als dann auch noch das Licht um mich herum stetig heller wurde, musste ich mir eingestehen, dass ich verloren hatte. Der Leuchtball lauerte bereits hinter mir.

Bibbernd drehte ich mich herum.

»Was willst du von mir?«, schrie ich das Licht an, während ein Teil von mir den Boden nach etwas absuchte, das ich als Waffe verwenden konnte. Doch in dem herrschenden Chaos war nichts auszumachen.

Wobei …

Moment, war das dort unten etwa …?

Drake?

Ich ignorierte die Frage, wie das kleine Plüschtier einen

Weg auf diese Seite des Vorhangs gefunden hatte, und warf mich stattdessen zu Boden, um es aufzuheben. Da der Leuchtball nun wieder auf mich zuglitt, konnte ich jede »Waffe« gebrauchen.

Wieder auf den Beinen begab ich mich sogleich in Schlagposition. Früher hatte ich meinen Dad dafür gehasst, dass er mich regelmäßig zum gemeinsamen Baseballspielen im Garten genötigt hatte. Doch nun konnte ich ihm gar nicht oft genug dafür danken.

»Stop!«, rief die Wahrsagerin, die in dieser Sekunde den Vorhang zur Seite riss. »Du verstehst das falsch, Juneau! Wir wollen dir nichts tun! Wir wollen dir helfen! Du wurdest berufen!«

Ein schrilles Lachen bildete sich in meiner Kehle. Ich sollte berufen worden sein? Zu was? Als Ehrengast für ein satanistisches Opferritual? Dafür gab es sicherlich passendere Kandidaten. Donald Trump zum Beispiel.

Der Leuchtball, der meine kurzzeitige Unkonzentriertheit bemerkt hatte, nutzte diese sogleich aus und hielt mit rasender Geschwindigkeit auf mich zu.

Und dann geschahen mehrere Dinge auf einmal.

Der Leuchtball näherte sich mir in erschreckendem Tempo, die Wahrsagerin rief »Juneau! Bitte, du musst mir zuhören! Du sollst nicht gegen das Licht ankämpfen, du solltest es in dich aufnehmen!« und ich holte mit dem Plüschdrachen aus, als wäre ich Babe Ruth.

Aber ich war nun mal kein Profi-Baseballspieler und mein Schlag besaß nicht genug Power. Der Leuchtball durchdrang das Plüschtier, als wäre es nicht existent, und prallte anschließend mit einer derart ungeheuerlichen Wucht gegen mich, dass ich von den Beinen gerissen wurde.

Buchstäblich durch die Glastür des Ladens katapultiert, landete ich hart auf dem Kiesboden zwischen den Backsteinmauern und den Jahrmarktbuden. Sämtlicher Sauerstoff wurde mir aus der Lunge gepresst und ich schaffte es nicht mal, meine Arme vor mein Gesicht zu halten, um mich vor dem Glasscherbenregen zu schützen.

Jeder Zentimeter meines Körpers schmerzte auf bisher ungekannte Art, ich schmeckte Blut in meinem Mund, und ich war mir sicher, mir einige Knochen gebrochen zu haben. Dennoch verlieh mir der Abendwind, der kühl über meine nass geschwitzte und stellenweise blutende Haut strich, neue Energie. Ein weiteres – und hoffentlich an diesem Abend auch zum letzten – Mal kämpfte ich mich auf die zitternden Beine. Als mir dabei das Plüschtier aus den Fingern glitt, dachte ich gar nicht daran, mich danach zu bücken.

Kaum hatte ich mich wieder zwischen den Buden unter die Jahrmarktsbesucher gemischt, atmete ich erleichtert auf. Zwar hatte ich keine Ahnung, was das alles zu bedeuten hatte, oder welche Konsequenzen mich nun erwarten würden, da der Leuchtball spürbar in meiner Brust schlummerte. Aber in dieser Sekunde war ich am Leben und zwischen all den Menschen in Sicherheit.

Das musste aktuell genügen.

»June?« Eine vertraute Stimme drang an mein Ohr und ich zuckte zusammen, als hätte mich ein Peitschenhieb getroffen. Nur verzögert realisierte ich, dass der Klang viel zu dunkel war, um der Wahrsagerin zu gehören. »June, was machst du denn noch hier?« Matt tauchte vor mir auf, Christina und Nate Händchen haltend hinter sich. Ein dümmliches Grinsen lag auf seinen Lippen, seine grünen Augen wirkten glasig. Offenbar hatte Nate Wort gehalten und sein

Bekannter am Getränkestand hatte meine Kommilitonen mit Alkohol versorgt.

»Was machst du hier?«, wiederholte Matt seine Frage, als ich nicht antwortete, und schlang wie selbstverständlich beide Arme um meine Taille. Ich besaß kaum noch genug Kraft, mich auf den Beinen zu halten, geschweige denn mich gegen seine Nähe zu wehren.

»Matt ...«, sagte ich, brachte jedoch keinen weiteren Ton über die Lippen. Ein Teil von mir wollte schreien, kreischen und um sich schlagen. Gleichzeitig empfand ich jede noch so kleine Bewegung als Mammutaufgabe. Sprechen inbegriffen.

»Was ist, Babe?« Matts Grinsen wurde breiter und sein Mund näherte sich gefährlich dem meinen. »Verschlage ich dir die Sprache?«

Vermutlich glaubte Matt, sein Säuseln wäre verführerisch. Aber seine Aussprache klang durch den Alkohol verwaschen und der Gestank nach Bier verursachte mir Übelkeit.

»Ich war wirklich enttäuscht, als Christina sagte, dass du gegangen bist«, raunte Matt und kam mir dabei mit seinem Gesicht immer näher. »Ich hatte ja nicht einmal die Gelegenheit, dir einen Gute-Nacht-Kuss zu geben.«

Ein unangenehmer Schauder durchlief mich, gefolgt von einer Gänsehaut. Was hätte ich dafür gegeben, genug Kraft zu besitzen, Matt von mir zu stoßen. Stattdessen hing ich wie eine willenlose Puppe in seinen Armen und starrte ihn mit geöffnetem Mund an.

»Ich weiß, dass du auf mich stehst, Baby«, wisperte er und schwarze Punkte tanzten vor meinen Augen. »Christina hat es mir verraten. Deswegen habe ich dich zu diesem Date eingeladen. Sie sagte«, er leckte sich über die Lippen und mein Magen drehte sich um seine eigene Achse, »dass du so heiß auf mich bist, dass es ein Leichtes sein wird, dich ins Bett zu bekommen.«

»Ich ...«, stieß ich mühsam hervor. Doch selbst in meinen Ohren war der Laut nicht mehr als ein leises Stöhnen. Ich besaß nicht einmal die Energie, mich über Christina und ihre hinterhältige List zu ärgern.

»Schon gut, Babe. Du musst nichts sagen.« Matt strich mir mit den Fingern über den Rücken. »Ich weiß genau, was du dir wünschst.« Ohne Vorwarnung überbrückte er die letzten Zentimeter zwischen uns und presste seine feuchten Lippen auf meine. Ich hörte Christina und Nate jubeln, doch ihre Anfeuerungsrufe wurden von Matts Zunge, die sich grob in meinen Mund schob, verdrängt.

Diese Verletzung meiner Grenzen ließ das Band, das mich bei Bewusstsein hielt, endgültig reißen. Meine Sinne kippten, der klägliche Rest Spannung wich aus meinem Körper und ich glitt in die gnädige Schwärze einer Ohnmacht.

KAPITEL VIER

Ich erwachte davon, dass mein Mund wie ausgedörrt war, meine Zunge mir pelzig am Gaumen klebte, und in meinem Kopf eine Marschkapelle polterte, als würde sie für ein Heavy-Metal-Konzert proben.

Es stand außer Frage, ich hatte einen üblen Kater!

Aber wieso?

Ich konnte mich beim besten Willen nicht daran erinnern, gestern getrunken zu haben.

Allerdings konnte ich mich generell nur an wenig erinnern, was mit dem gestrigen Abend zu tun hatte. Ich wusste nur noch, wie ich mit Christina, Matt und Nate auf dem Jahrmarkt gewesen war. Wir hatten etwas gegessen und dann ...

Frustiert massierte ich mir mit Daumen und Zeigefinger die Nasenwurzel. Wenn ich weiter versuchte, mich an den gestrigen Abend zu erinnern, würde das nicht gut enden. Also begnügte ich mich damit, meinen empfindlich gestörten Magen mit ein paar tiefgehenden Atemzügen zu beruhigen, bis ich mir sicher sein konnte, mich nicht mehr jeden Moment übergeben zu müssen. Dann wagte ich es, meine bleischweren Lider zu heben.

Es dauerte ein wenig, bis meine trockenen Iriden lindgrüne Wände, einen altmodischen Steinkamin, sowie eine fast schon peinlich große Sammlung von Sukkulenten ausmachten.

Wenigstens war ich zu Hause – und zwar angezogen, wie ich erleichtert feststellte. Ich trug sogar noch meine Schuhe.

Was auch immer also letzte Nacht geschehen war, konnte nicht so schlimm gewesen sein.

Ächzend richtete ich meinen steifen Körper auf. Meine offenen Haarsträhnen fielen mir über die Schultern und teilweise ins Gesicht.

Ob ich Christina antexten und fragen sollte, was gestern Abend passiert war und wie ich es nach Hause geschafft hatte?

Vielleicht später. Zuerst brauchte ich eine Dusche. Und Kaffee. Sehr viel länger würde ich nämlich dieses merkwürdige Flattern in meiner Brust, als steckte dort ein lebendiger Kolibri fest, nicht aushalten.

Ich zwang mich auf die Beine und wollte bereits in Richtung Obergeschoss gehen, als mir der Kaminsims auffiel. Meine Eltern hatten die unangenehme Angewohnheit, peinliche Familienfotos zur Schau zu stellen. Überall hingen oder standen Rahmen mit Bildern, die objektiv betrachtet nur bedingt öffentlichkeitstauglich waren. Wer lud schon gern Freunde zu sich nach Hause ein, wenn der Weg zum eigenen Zimmer gepflastert war mit Fotos, auf denen man entweder nackt durch den Garten rannte oder die Mutter ihre neuerworbenen Bodypainting Skills an einem ausprobierte? Von der Aktfotostrecke, die meine Eltern erst vor Kurzem auf mein Flehen hin in ihr eigenes Schlafzimmer verbannt hatten, nachdem ich den Anblick über Jahre hinweg bei jeder Mahlzeit hatte ertragen müssen, ganz zu schweigen.

Allerdings wäre ich niemals auf die Idee gekommen, meine Eltern darum zu bitten, die Fotos wegzuräumen – vor allem deshalb nicht, weil ich die Antwort darauf kannte. Dennoch schien genau das passiert zu sein. Sämtliche Rahmen waren verschwunden.

Was hat es denn damit auf sich?

Obwohl sich in meiner Körpermitte ein drückendes Gefühl ausbreitete, verbot ich mir, dieser Veränderung allzu viel Bedeutung beizumessen. Vermutlich hatte meine Mom die Rahmen weggeräumt, um sie einmal gründlich zu reinigen.

Über mich und meine kurzzeitige Paranoia innerlich den Kopf schüttelnd machte ich mich auf den Weg die Wendeltreppe hinauf ins Obergeschoss. Dabei passierte ich weitere Fotos, die ich für gewöhnlich nicht großartig beachtete. Doch dieses Mal hielt ich inne und betrachtete sie genauer.

Anstatt bunte Schnappschüsse einer Familie zu zeigen, die einen Hang zu unvorteilhaften Posen und fragwürdigen Weihnachtspullovern besaß, lächelten mir nur meine Eltern entgegen – in schicke Kleider gehüllt und professionell ausgeleuchtet.

Das ungute Gefühl kehrte zurück. Dieses Mal noch stärker. Und obwohl ich keine Ahnung hatte woher, wusste ich instinktiv, dass diese Wandlung etwas mit meinem Blackout von gestern Abend zu tun hatte.

Spontan war mein Wunsch, Christina zu kontaktieren, auf meiner Prioritätenliste nach oben gerutscht. Abgesehen von Matt und Nate, war sie die einzige Person, die mir sagen konnte, was gestern Abend los gewesen war.

So schnell es mein lädierter Körper zuließ, jagte ich die Treppe hinauf. Da ich mein Telefon gestern nicht mit auf den Jahrmarkt genommen hatte, musste es noch oben in meinem Zimmer am Stromkabel hängen.

Endlich im Obergeschoss angekommen, eilte ich ans Ende des Flures. Meine Zimmertür war geschlossen, was sonst nie war.

Ohne zu zögern, legte ich meine zitternden Finger auf die Klinke und drückte sie herunter. Ich schob die Tür auf und …

»Verfluchte Scheiße!«, rief ich entsetzt und sah mich mit offen stehendem Mund im Zimmer um.

Mein Handy lag nicht auf dem Nachtschränkchen neben meinem Bett. Denn es gab kein Nachtschränkchen. Und es gab auch kein Bett. Es gab überhaupt keine Möbel in diesem Zimmer.

Was hat das zu bedeuten?

Die Antwort auf diese Frage war mindestens ebenso spannend wie der Grund, aus dem mein Zimmer urplötzlich zu einem verdammten Fitnessstudio mutiert war. Anstelle des Schreibtisches, der für gewöhnlich unter einem Berg an ungelesenen Büchern verschwand, stand ein Laufband, mein offenes Regalsystem, das mir als Kleiderschrankersatz diente, war durch eine Hantelbank ersetzt worden und auf der anderen Zimmerseite, unter dem großen Fenster, wo ein riesiger orangefarbener Sitzsack hingehörte, entdeckte ich einen Aufbau, der für Klimmzüge gedacht war.

Mein gesamter Körper zitterte wie Espenlaub, dennoch wagte ich mich weiter ins Zimmer. Ich musste mich einfach vergewissern, dass das hier wirklich real und kein abgedrehter Trip war.

Ich legte eine Hand auf die Metallgriffe des Laufbandes. Das Material war kühl unter meinen schweißfeuchten Fingern – und spiegelte auf geradezu perfekte Weise mein Innerstes wider.

Ich muss mit Christina reden und herausfinden, was sie weiß!

Da ich keine Ahnung hatte, wo ich mit der Suche nach meinem Handy beginnen sollte – oder wie ich die aktuelle Situation am Telefon hätte erklären sollen – entschied ich mich, meine Kommilitonin persönlich aufzusuchen.

Ich machte auf dem Absatz kehrt und stürmte denselben Weg zurück, den ich zuvor hochgelaufen war. Adrenalin peitschte durch meine Adern, sodass ich die Haustür in Rekordzeit erreichte. Mein Autoschlüssel befand sich nicht in meiner Jackentasche, aber da es in meiner aktuellen Verfassung ohnehin nicht die beste Idee war, mich hinters Steuer zu setzen, würde ich zu Christinas Wohnheim laufen.

Gerade als ich nach der Türklinke greifen wollte, wurde ein Schlüssel ins Schloss gesteckt und ich erschrak so heftig, dass ich ein paar Schritte zurückwich.

Verdammt! Das mussten meine Eltern sein!

Mein Herz sprang mehrere Etagen höher und ich fühlte mich wie ein Tier in der Falle.

Wie sollte ich ihnen erklären, was mit den Fotos geschehen war? Oder dass sich mein Zimmer in ein Fitnessstudio verwandelt hatte?

Die Tür ging auf und als Erstes erschien mein Dad. Seine rotblonden Haare waren im Gegensatz zu gestern Mittag, als ich ihn das letzte Mal gesehen hatte, deutlich kürzer geschnitten und akkurat nach hinten gekämmt. Auch sein Vollbart, den er seit Jahren liebevoll pflegte, war verschwunden.

Dennoch war er *er* – und das war gerade das Einzige, was für mich von Bedeutung war.

»Dad …« Die mannigfaltigen Emotionen, die mich in die Knie zu zwingen drohten, ließen die Silbe wie ein hilfloses Wispern klingen. Doch das war mir egal. Jetzt, da ich meinen Eltern gegenüberstand, überwog die Erleichterung. Gemeinsam würden wir einen Weg aus diesem Grauen finden.

Dad, der zuvor locker gewirkt hatte, versteifte sich, als er mich entdeckte. Sofort erlosch das warme Gefühl in meiner Brust und stattdessen streckte die eisige Furcht ein weiteres Mal ihre knöcherigen Klauen nach mir aus.

»Wer sind Sie und was machen Sie in meinem Haus?«, polterte Dad mit tiefem Bariton und jede Silbe fühlte sich wie ein Schlag in den Magen an. Mein Dad war niemand, der zu Aggressionen neigte. Aber gerade wirkte er so bedrohlich, dass ich mich fast ein wenig vor ihm ängstigte.

»Dad?« Eine neuerliche Welle der Unsicherheit und Sorge schwappte über mich hinweg.

Obwohl mich die Fotos, das Fitnessstudio und das Verschwinden all meiner persönlichen Habseligkeiten vermutlich hätten vorbereiten sollen, weigerte ich mich, auch nur in Erwägung zu ziehen, dass mich mein Dad nicht mehr erkannte.

»Dad, ich bin's. June. Juneau. Deine Tochter.«

»Meine Tochter? Das ist ja wohl der geschmackloseste Witz, den ich jemals gehört habe! Ich habe keine Kinder!«

»Patrick? Was ist hier los? Wer ist dieses Mädchen und wieso behauptet sie, dass du ihr Vater bist?« Mom, die sich bisher hinter Dads Rücken verborgen gehalten hatte, trat zur Seite und musterte mich kritisch. Ihre dunklen Haare hatte sie zu einem Knoten hochgesteckt, was ich so noch nie an ihr gesehen hatte. Auch war sie geschminkt und trug einen teuer aussehenden Mantel über ihren Schultern.

»Mom«, griff ich verzweifelt nach dem nächsten Strohhalm, obwohl sich tief in meinem Innersten eine Erkenntnis regte. Das hier waren nicht meine Eltern. Nicht wirklich. Sie mochten vielleicht ähnlich aussehen, aber ihre Wesen hätten nicht verschiedener sein können.

»Bitte, Mom, du musst mir zuhören. Ich weiß, die ganze Sache klingt total verrückt, aber ich bin es! Junchen. Deine Tochter. Du musst mich doch wiedererkennen.«

»Genug!«, polterte Dad erneut los und stellte sich schützend vor seine Frau. »Ich weiß nicht, wer Sie sind oder was Sie wollen –«

»Dad, bitte!« Ich wimmerte und Tränen ließen meine Sicht verschwimmen. Was war das nur für ein beschissener Albtraum, in dem ich hier feststeckte?

»Aber entweder Sie verschwinden auf der Stelle von hier«, sprach Dad weiter, ohne auf mich einzugehen, »oder ich rufe die Polizei.« Er trat einen Schritt auf mich zu und ich zuckte zurück. Ich kannte und liebte meinen Dad über alles. Er war großartig, mutig und würde seine Familie mit seinem Leben beschützen. Aber – und das wurde mir mit explosionsartiger Klarheit bewusst – in seinen Augen gehörte ich nicht länger dazu. Für ihn war ich eine Fremde. Ein Eindringling.

»Okay«, sagte ich und blinzelte mehrfach, um die Tränen unter Kontrolle zu halten. Zur Unterstützung formte ich die Hände zu Fäusten. Der Schmerz, als sich meine Fingernägel in meine Handballen gruben, half mir, die Kontrolle zu behalten. »Ich verschwinde.«

Da meine Eltern gar nicht daran dachten, mir ein wenig Platz einzuräumen und stattdessen wie angewurzelt vor der Eingangstür verharrten, musste ich mich durch den schmalen Spalt zwischen ihnen und dem Türrahmen schieben.

»Es tut mir leid«, richtete ich das Wort ein letztes Mal an sie, nachdem ich die Schwelle des Hauses passiert hatte. Beide hatten sie jede meiner Bewegungen mit Argusaugen verfolgt. »Ich weiß, ihr versteht nicht, was hier los ist – und glaubt mir, mir geht es ebenso. Aber ich verspreche euch, ich werde einen Weg finden, alles in Ordnung zu bringen.«

Als Antwort warf Mom die Tür mit einem Kopfschütteln zu.

Der Knall ging mir durch Mark und Bein und ließ mich so stark zusammenfahren, dass mir ungewollt ein paar Tränen entkamen.

Nein, das waren nicht meine Eltern und das hier nicht länger mein Zuhause.

Doch, wer war ich, ohne meine Wurzeln?

Gab es überhaupt eine Juneau Jenkins oder war ich nur ein Geist, der sich all die Jahre für einen Menschen gehalten hatte?

KAPITEL FÜNF

Mit buchstäblich nichts außer den Kleidern am Leib stand ich in der Einfahrt meines Elternhauses und hatte keine Ahnung, was ich jetzt tun sollte, so ganz ohne Geld, Handy oder Auto.

Oder einer Identität ...

Denn auch wenn ich beim besten Willen nicht wusste, wie so etwas möglich sein konnte, stand außer Frage, dass ich in dieser Realität *buchstäblich* nicht existierte.

Meine Lungen verkrampften sich und ich bekam kaum noch Luft. Ich fühlte mich, als steckte ich in einem zu eng geschnürten Korsett. Meine Beine waren weich wie Pudding und ich musste mich rücklings gegen die Hauswand lehnen, um nicht zu Boden zu sinken. Lange Schatten, die von den Häusern auf den Boden geworfen wurden, erstreckten sich vor mir und deuteten darauf hin, dass es bereits später Vormittag war. Wenn ich Glück hatte, war Christina noch in ihrem Wohnheim. Und wenn ich *richtig viel* Glück hatte, würde sie mich auch wiedererkennen und mir meine Fragen beantworten können.

Zwanzig Minuten später stand ich vor Christinas Wohnheimzimmer, nur um von ihrer miesepetrigen Mitbewohnerin zu erfahren, dass meine Kommilitonin nicht zu Hause war.

Also entschied ich mich, zum Jahrmarkt zurückzukehren, um meinen versumpften Verstand auf diese Weise zur Wiederaufnahme seiner Arbeit zu motivieren.

Ich brauchte etwa eine Stunde bis ans andere Ende der Stadt, doch schließlich erreichte ich mein Ziel. Die Spiel- und Fressbuden sowie die Fahrgeschäfte, die gestern in farbenfrohes Licht getaucht gewesen waren, badeten im goldschimmernden Schein der Herbstsonne, während die Wege still und leer vor mir lagen. Bis auf eine Alkoholleiche, die mit heruntergelassener Hose zwischen zwei Hütten lag und geräuschvoll ihren Rausch ausschlief, war niemand zu sehen.

Okay, ich brauche einen Plan!

Da es mir am sinnvollsten erschien, alle Plätze abzuklappern, die ich gestern gemeinsam mit Christina, Nate und Matt besucht hatte, nahm ich vom Parkplatz aus exakt die Route, die ich gestern gegangen war, jeweils soweit ich mich an sie erinnerte. Ich passierte dieselben Fahrgeschäfte und Spielbuden und landete schließlich bei den Futterhütten, bei denen wir eine Rast eingelegt hatten. Bisher hatten sich meine Erinnerungen noch nicht zurückgemeldet, aber ich wollte deswegen nicht in Panik geraten. Stattdessen klammerte ich mich an die Hoffnung, dass das rostige Triebwerk meines Verstandes in Fahrt kommen würde, wenn ich erst beim Schießstand war, der die Grenze zwischen *Erinnerung* und *Blackout* markierte.

Bei dem metallischen LKW-Hänger, dessen bunte Oberfläche das Bild eines Jägers mit einem angelegten Gewehr zeigte, entdeckte ich zwei Personen.

»Christina? Nate?« Meine Erleichterung, die beiden hier zu sehen, war nicht in Worte zu fassen.

Christina hob den Kopf und drehte sich zeitgleich mit Nate in meine Richtung. Meine Kommilitonin trug ihr Haar uncharakteristisch in einem unordentlichen Knoten und war in eine graue Jogginghose mit dazu passendem Sweater gekleidet. Ihre kaffeebraunen Augen waren rot geädert und verquollen, und anstatt Make-up und Kontaktlinsen trug sie eine Brille mit extra großen Gläsern.

Nate sah nicht besser aus. Der ein Meter achtzig große Student war weiß wie eine frisch gestrichene Wand, sein Blick glasig. Er zitterte sogar.

»Ja?« Christinas Stimme war vom Weinen belegt. Gleichzeitig wirkte ihre Mimik höflich fragend. Da war kein Erkennen in ihrem Blick. Die Hoffnung, dass sie mich trotz aller Wahrscheinlichkeit wiedererkennen würde, zerplatzte wie eine Seifenblase.

Sie hat keine Ahnung, wer ich bin.

Der Boden unter meinen Füßen drehte sich und weiße Flecken vernebelten meine Sicht. So hatte ich mir meinen neunzehnten Geburtstag bestimmt nicht vorgestellt.

»Bist du ... bist du wegen Matt hier?«, fragte Christina weiter und deutete hinab zu ihren Füßen. Dort erstreckte sich ein kleines Meer aus Blumensträußen, Kuscheltieren, Windlichtern und selbst gebastelten Plakaten.

»Was ... was ist das?«, fragte ich, obwohl die Antwort offensichtlich war.

»Bist ... bist du etwa nicht wegen Matt hier? Oh, entschuldige.« Christina wurde von einem weiteren Schluchzen gebeutelt. Noch immer stand sie dicht an Nate gekuschelt, ihre Arme um seine Taille geschlungen. Doch mittlerweile war ich mir nicht sicher, wer da gerade wem Halt bot. »Ich dachte, du kommst ebenfalls von der UWYO, weil du unsere Namen kennst.« Sie wischte sich über die feuchten Wangen. »Sorry, mein Fehler. Es ist nur so, dass heute bereits den ganzen Tag

Leute hierherpilgern, um ...« Sie brach ab und verbarg ihr Gesicht erneut an Nates Brust.

»Um was?«, hakte ich mit zusammengepressten Zähnen nach. »Was ist mit Matt?«

Christina hob den Kopf und ich meinte, einen Ausdruck von Verwirrung in ihrer Mimik zu erkennen, fast so, als hätte sie vergessen, dass ich hier stand. Doch dann blinzelte sie ein paarmal und lächelte vorsichtig, sodass ich keine Gelegenheit hatte, mir ausgiebig Gedanken darüber zu machen.

»Du bist wegen Matt hier? Er hätte sich sicherlich gefreut, dass so viele Leute an ihn denken.«

»Was ist mit Matt passiert?«, knurrte ich beinah, aber Christinas vehemente Weigerung, mir zu antworten, strapazierte meine bereits bis zum Anschlag angespannten Nerven. Dabei konnte ich das Offensichtliche nicht länger leugnen. Hier wurde eine verfluchte Totenwache abgehalten!

»Er ist letzte Nacht gestorben.«

Unfähig, auch nur ein Wort über die Lippen zu bringen, erwiderte ich stumm Christinas Blick. Mein Herz wummerte mir in der Brust und meine Kehle war zu einem hauchfeinen Nadelöhr zusammengeschrumpft.

»Wie ... wie ist das geschehen?«

»Wir waren gestern Abend zusammen hier. Wir hatten Spaß und alles wirkte völlig normal. Nach ein paar Bier wollten wir nach Hause gehen. Aber hier ist er dann einfach ... zusammengebrochen. Die Sanitäter konnten nur noch seinen Tod feststellen.«

Matt ist einfach »zusammengebrochen«?

Wie konnte das sein? War er krank gewesen? Wie hatte er einfach zusammenbrechen und sterben können?

Nate, der bisher geschwiegen hatte, fügte hinzu: »Seine Eltern haben heute Morgen von der Polizei erfahren, dass Matt vergiftet wurde. Mit Skorpiongift.«

Mein schrilles »*Was?*« klingelte selbst mir unangenehm in den Ohren.

»Er wurde vergiftet? Aber ... aber wer sollte so etwas tun? Und wieso?« Und dann noch dem Gift eines Skorpions! Ich kannte mich nicht sonderlich gut mit dem Thema aus, aber ich bezweifelte, dass man Skorpiongift einfach so im Drogeriemarkt kaufen konnte.

»Das weiß niemand«, wisperte Nate und frische Tränen verschleierten seine Sicht. Als er seinen Griff um Christinas schmale Statur verstärkte, sah er aus, als würde er jeden Moment umkippen. Doch seine folgenden Worte strotzten vor Feindseligkeit. »Aber ich hoffe, dass die Person, die dafür verantwortlich ist, in der Hölle schmort!«

KAPITEL SECHS

Nachdem Nate und Christina sich wieder einander gewidmet hatten, fühlte ich mich fehl am Platz – und merkwürdig schuldig. Fast so, als wäre *ich* für Matts Tod verantwortlich.

Aber natürlich war das völliger Blödsinn. Ich hatte Matt gemocht und hätte ihm nie etwas tun können.

Und dennoch ...

Mit einem Kopfschütteln löste ich meinen Blick von der Mahnwache. Sosehr mich Matts Schicksal auch traf, ich war wegen etwas anderem hier. Ich musste herausfinden, was letzte Nacht geschehen war. Und da mir weder Christina noch Nate helfen konnten, musste ich einen anderen Weg finden, um meinen Erinnerungen auf die Sprünge zu helfen.

Ich sah mich um und entdeckte eine ungewohnt große Lücke neben dem Schießstand, die zum großen Teil von den Blumen und anderen Andenken versperrt wurde. Prompt flatterte es nervös in meiner Brust. Zwar wusste ich nicht, woher dieses Gefühl kam oder was es zu bedeuten hatte, aber ich *spürte* einfach, dass es sich dabei um etwas Wichtiges handelte.

Ich lief an Christina und Nate vorbei und folgte dem Weg hinter die Jahrmarktstände. Die leer stehenden Backsteingebäude dienten als Leinwände für Graffiti-Schmierereien, weshalb das heruntergekommene Schaufenster, das mir ins Auge sprang, perfekt hierher passte. Das Glas war verstaubt, die Eingangstür zerschlagen und das Ladenschild, ein schlichtes Holzbrett, hatte seine besten Tage bereits hinter sich. Ich konnte nicht einmal mehr die verschnörkelte Handschrift entziffern.

Irgendetwas mit L.

Ich spähte durch das schmutzige Glas. Umgeworfene Regale, quer über den Boden verteilte Kisten und zu Bruch gegangene Gläser, die allesamt unter einer mehrere Zentimeter dicken Staubschicht lagen, waren zu sehen. Mehr nicht.

Wer auch immer hier seinen Laden gehabt hatte, hatte seine Zelte vor langer Zeit abgebrochen.

Nicht bereit, einfach kampflos aufzugeben, fokussierte ich mich erneut darauf, die einzelnen Buchstaben auf dem Ladenschild zu entziffern.

Als Erstes kam ein L, dessen war ich mir sicher. Daraufhin folgte ein ...

War das ein A? Oder ein O? Auf jeden Fall war es ein bauchiger Buchstabe.

Womöglich ein U?

Lu..., puzzelte ich zusammen, als ohne jegliche Vorwarnung ein Blitz durch meinen Kopf jagte und ich die Lider reflexartig zusammenpressen musste.

Lunaris.

Wie von Zauberhand erschien dieser Name vor meinem geistigen Auge. In einer fluoreszierenden Farbe erstreckte sich, beginnend beim L, in einem Halbkreis bis zum S ein durch verschieden breite Sicheln dargestellter Mondzyklus. Gleichzeitig wehten Gesprächsfetzen über mich hinweg und rissen die Mauer zwischen meinen Schläfen Stück für Stück ein.

... Da bist du ja endlich ... Du hättest sie bereits viel früher herbringen sollen ... Die Zeit drängt ... Juneau ist noch nicht so weit ...

Mein Herzschlag explodierte. Die Erde schien sich mit hundertfacher Geschwindigkeit zu drehen, und ich geriet ins Taumeln.

... Du musst keine Angst haben ... Dein Schicksal ... Du sollst das Licht in dich aufnehmen ...

Die Mauer in meinem Kopf fiel und eine Flut an Bildern, Gesprächen und Emotionen rollte über mich weg.

Mit einem Mal wusste ich wieder jedes noch so winzige Detail des gestrigen Abends. Ich bildete mir sogar ein, erneut das Adrenalin durch meine Adern pumpen zu spüren, die Gongschläge, die mir durch Mark und Bein gegangen waren, zu hören, und die Erde unter mir beben zu fühlen.

Mein Magen drehte sich um seine eigene Achse und Galle jagte meine Speiseröhre empor. Mir war heiß und gleichzeitig fror ich erbärmlich.

Ich bin ein Freak. Ein verfluchter Freak!

Es war kein Wunder, dass weder meine Eltern noch meine Kommilitonen mich kennen wollten. Gerade wollte ich mich ja nicht einmal selbst kennen.

Nachdem sich mein Magen einigermaßen beruhigt hatte, fuhr ich mir mit beiden Händen durch die Haare. Meine Locken klebten mir feucht an den Schläfen, und mein Herz schlug so schnell, dass es dem Lichtball Konkurrenz machte.

Das einzige Gute an der aktuellen Situation war, dass ich nun die Wahrheit über Matt kannte. Dass er sich mir gestern Abend aufgedrängt und mich gegen meinen Willen geküsst hatte, war schlimm genug. Doch die Erkenntnis, nur eingeladen worden zu sein, weil Christina ihm gesagt hatte, ich sei leicht zu haben, ließ ihn in einem völlig anderen Licht erscheinen.

Trotzdem ... Was für ein merkwürdiger Zufall, dass Matt genau an der Stelle gestorben ist, an der ich ihm nach meiner Flucht aus diesem Irrenkabinett in die Arme gerannt war. Und dann auch noch der Umstand, dass ihn jemand ausgerechnet mit Skorpiongift vergiftet hatte, wo mein Sternzeichen doch Skorpion ist.

O Gott! Jetzt fing ich auch schon mit diesem Hororskop-Quatsch an. Christina schien auf mich abzufärben. Dabei wollte ich mit diesem ganzen Astrologie-Kram überhaupt nichts zu tun haben. Mir genügte das Wissen, dass sich Skorpione – also die echten – mit ihrem Giftstachel verteidigten, wenn sie sich bedroht fühlten. Dies war ein anerkannter Fakt – ganz im Gegensatz zu Christinas Geschwafel, dass Leute mit dem Sternzeichen Skorpion spirituelle Persönlichkeiten waren und eine Affität zum Übernatürlichen und dem Tod besaßen.

Dennoch konnte ich das zarte »Und was, wenn doch etwas Wahres daran ist?« nicht gänzlich aus meinem Verstand vertreiben. Wie sollte mir das auch gelingen, nach allem, was mir seit gestern Abend widerfahren war?

Meine Haut zog sich schmerzhaft zusammen und ich zitterte am gesamten Leib.

Ich muss mehr Details über Matts Tod in Erfahrung bringen!

So schnell mich meine Beine trugen, lief ich zurück auf den Jahrmarkt. Ich schlitterte um die Ecke des Schießstandes, übersprang bestmöglich das Blumen-, Kerzen-, und Plüschtiermeer und kam keuchend zum Stehen. Meine Kommilitonen waren nicht länger allein.

»Was zur heiligen Mutter Gottes …?« Entgeistert starrte ich Christina und Nate an, die beide mit hängenden Schultern und ausdruckslosen Mienen nebeneinanderstanden. Bei ihnen waren zwei andere Personen. Die junge Frau war schätzungsweise in meinem Alter. Sie trug einen schwarz-weiß karierten Faltenrock, eine weiße Bluse mit einem schwarzen Blazer, sowie kniehohe Strümpfe samt schwarzen Lackschuhen. Ihre dunklen Haare hatte sie zu einem hohen Pferdeschwanz gebunden, der von einer blutroten Schleife zusammengehalten wurde. Ihr Gesicht konnte ich nur im Profil erkennen, weil sie sich Nate zugewandt hatte. Aber ich nahm die schwarzen, zum Leben erwachten Schatten wahr, die sie wie züngelnde Schlangen umgaben.

Die zweite Person war ein Mann und ähnlich gekleidet. Nur war es bei ihm ein schwarzer Anzug samt blutroter Krawatte, der von den Schatten umhüllt wurde.

Matt?

Ich blinzelte mehrfach, um mich davon zu überzeugen, dass mir meine Wahrnehmung keinen Streich spielte.

Was zum Henker war hier los? War Matt gar nicht tot? Hatte man mir nur einen echt üblen Streich gespielt?

Nein, dafür waren Christinas und Nates Emotionen zu echt gewesen.

Aber wie konnte es dann sein, dass Matt leibhaftig – und sehr lebendig – hier stand?

Als hätte Matt meine Gedanken gelesen, drehte er seinen Kopf langsam zu mir. Er stand dicht vor Christina, beide Hände um ihr Gesicht gelegt und seinen Mund unmittelbar über ihrem schwebend, fast so, als wäre er kurz davor gewesen, sie zu küssen. Nun löste sich das aus schwarzem Rauch bestehende Band, das zwischen seinem und Christians Mund geschwebt hatte, buchstäblich in Luft auf.

Matt verzog die Lippen zu einem animalischen Fletschen, das von einem tiefen Knurren begleitet wurde. Sein Teint wirkte nicht nur blass, ihm fehlten jegliche Farbpigmente. Seine Augen schimmerten onyxschwarz, das Weiß war aus ihnen verschwunden, dafür traten seine silbergrauen, zu Schlitzen geformten Pupillen umso bedrohlicher hervor.

»Ruhig, Matthew«, sagte die junge Frau, die sich nun ebenfalls zu uns herumgedreht hatte, als spräche sie mit einem Tier, und legte Matt eine Hand auf die Schulter.

Auch ihre schmalen Gesichtszüge waren blütenweiß, gleichwohl sie leicht silbrig schimmerten. Ihre Iriden hingegen funkelten ebenso pechschwarz wie Matts und auch ihre vollen Lippen sahen aus, als hätte man sie mit einem silbergrauen Stift angemalt.

»Ich verstehe natürlich, dass du aufgebracht bist und dich am liebsten sofort rächen willst – schließlich hat Juneau dich mit ihrem Kuss getötet.« Das Lächeln der jungen Frau wirkte so kalt, dass das Blut in meinen Adern schlagartig zu Eis gefror.

Ich *habe Matt getötet?* Ich *habe ihn vergiftet? Mit einem Kuss?*

Mich überkam ein Gefühl, als würden Tausende Ameisen über meine Haut krabbeln. Schuld und Scham hafteten wie getrockneter Dreck an mir, während ich noch immer zu verstehen versuchte, wie Matt, den ich angeblich mit meinen eigenen Lippen getötet haben soll, nun wohlbehalten vor mir stehen konnte.

»Aber abgesehen davon, dass du noch nicht bereit bist, dich mit einem Lunaris anzulegen«, sprach die Frau weiter, »würde es unseren König sehr verärgern, wenn unserem kleinen Skorpion hier etwas geschieht.« Ein Blitzen durchzuckte ihre Echsen-Pupillen. »Immerhin brauchen wir Juneau lebend – zumindest noch.«

Und in dieser Sekunde traf ich eine Entscheidung.

Ich wusste nicht, was hier los war, wer die Wahrsagerin gestern Abend oder die Frau hier vor mir war oder was tatsächlich mit Matt geschehen war.

Aber ich wollte es auch gar nicht mehr wissen.

Ich wollte nur noch hier weg.

Und zwar so schnell wie möglich.

Ich taumelte einen Schritt zurück. Dann noch einen. Und noch einen. Vermutlich hätte ich versuchen müssen, Christina und Nate zu helfen. Aber wie sollte mir das gelingen, wenn ich nicht einmal eine vage Ahnung hatte, wer – oder besser gesagt *was* – Zombie-Matt und seine Pferdeschwanz-Freundin in Wirklichkeit waren?

»Du gehst schon?«, höhnte die junge Frau, während ich Schritt für Schritt von der Gruppe zurückwich, ohne sie aus den Augen zu lassen. Dass keiner von den Anwesenden Anstalten machte, mir zu folgen, beruhigte mich nur bedingt.

»Wie schade. Aber vermutlich ist das besser so.« Sie legte grinsend den Kopf schief und ihr Zopf wippte dabei aufgeregt hin und her. »Immerhin weiß ich nicht, wie lange ich Matthew noch davon abhalten kann, sich auf dich zu stürzen. Für einen Frischling ist er ziemlich stark.« Zur Demonstration ihrer Worte hob sie einen Finger von Matts Schulter, was diesen wie ein tollwütiges Tier aufknurren ließ.

Die junge Frau kicherte, ehe sie einen zweiten Finger hob. Matt bellte los, als hinderte ihn tatsächlich allein der Griff seiner Begleiterin daran, mir an die Kehle zu springen.

Dieses irre Weib spielte ein perfides Spiel mit mir. Das war offensichtlich. Und auch wenn ich zu gern so getan hätte, als würde mir diese Form des Psychoterrors nichts ausmachen, konnte ich es nicht. Ich wirbelte herum und lief, begleitet von einem lautstarken Kläffen und einem hohen Lachen, los.

Ich lief, ohne mich noch einmal umzusehen.

Ich lief, ohne ein einziges Mal stehen zu bleiben.

Ich lief, ohne zu wissen, wohin ich sollte oder zu ahnen, dass ich bei der nächsten Begegnung mit meinen Eltern und meinen Kommilitonen eine völlig andere June sein würde.

KAPITEL SIEBEN

Fünf Tage und mehr Meilen, als ich in meinem bisherigen Leben zurückgelegt hatte, lagen zwischen dem Jahrmarkt und mir. Ich hatte den Überblick verloren, wie viele Stunden ich inzwischen am Stück wach war und wie viele überzuckerte Energiedrinks dafür verantwortlich waren. Doch zurzeit war ein gesundheitsgefährdender Schlafmangel die einzige Möglichkeit, die ich hatte, um mich vor weiteren Albträumen zu schützen.

Leider hatte das Wachsein aber auch Tücken. Denn abgesehen von den Fragen, die sich mir seit der Begegnung mit Matt und seiner gruseligen Pferdeschwanz-Freundin aufdrängten, plagte ich mich seit Neuestem mit zwei … nennen wir es *Talenten* herum. Nach meiner überstürzten Flucht musste ich nämlich feststellen, dass ich für alle Menschen um mich herum unsichtbar geworden war. Einfach so. Ich musste nur jegliche Form von Blickkontakt vermeiden und schon konnte ich – und zwar buchstäblich! – mit einem zwanzig Zentimeter langen Fleischermesser vor ihrer Nase herumfuchteln, ohne dass ich gesehen wurde.

Obwohl das vielleicht ganz cool klang, gab es eine beachtliche Einschränkung: *Unsichtbar* bedeutete nicht zwangsläufig auch *unbemerkbar* sein.

Als ich zu Beginn meiner Reise in einem gut besuchten Park in einem Akt der Verzweiflung meinen Frust lautstark in die Welt hinausgeschrien hatte, hatten mich prompt einige überaus verstört wirkende Besucher gemustert.

Vor Scham wäre ich am liebsten im Erdboden versunken. Doch als ich mich mit glühenden Wangen bei den Leuten hatte entschuldigen wollen, waren sie längst wieder mit ihren vorherigen Tätigkeiten beschäftigt gewesen.

In dem Moment war mir mein zweites, unwillkommenes Talent bewusst geworden: Sobald ich den Blickkontakt zu einer Person abbrach, verschwand ich restlos aus ihren Gedanken und Erinnerungen.

Zu Beginn hatte mich dieser Umstand noch ziemlich aus der Bahn geworfen. Aber im Laufe der letzten Tage hatte ich gelernt, damit klarzukommen. Und inzwischen konnte ich diesem ganzen Hokuspokus sogar etwas Positives abgewinnen. Zum einen verstand ich nun, wieso sich Christina und Nate bei Matts Mahnwache mir gegenüber so merkwürdig verhalten hatten. Zum anderen war es nach allem, was passiert war, eine angenehme Abwechslung, nur für mich allein zu sein und alles in Ruhe sacken lassen zu können. Denn noch immer haderte ich mit der Vorstellung, dass ich Matt durch einen Kuss vergiftet haben sollte. Schließlich hatte er bei unserer letzten Begegung ziemlich lebendig gewirkt – wenn auch nicht zwangsläufig menschlich.

Ich klappte den Kragen meiner warm gepolsterten Steppjacke hoch und zog die Schultern gen Ohren. Hier im Osten war der Herbst um einige Grad kühler. Zum Glück hatte ich meine Garderobe bereits gegen einen kuscheligen Schal, eine eng anliegende Jeans, sowie einen dünnen Rollkragenpullover mit einem riesigen Lolli aus bestickten Pailletten auf der Brust eingetauscht. Zwar befürchtete ich nach wie vor, dass jede Sekunde ein Mitarbeiter von *GAP* hinter mir auf die Straße rannte und mich des Ladendiebstahls bezichtigte – berechtigterweise wohlgemerkt –, aber dank meiner neuen Fähigkeiten war die Wahrscheinlichkeit eher gering. Außerdem ... welche Wahl blieb mir, ohne Bargeld oder Kreditkarten? Immerhin beschränkte ich meine Diebstähle auf Dinge, die ich wirklich benötigte, wie Nahrung oder einen Platz zum Schlafen.

Ein Rempler riss mich aus meinen Gedanken. In der letzten Stunde hatte sich die Anzahl an Besuchern auf dem Time Square so drastisch erhöht, dass ich inzwischen kaum noch einen Fuß vor den anderen setzen konnte, ohne mit jemandem zusammenzustoßen.

Die Erinnerung daran, was beim letzten Mal geschehen war, als ich mich in einer derartigen Situation befunden hatte, ließ meine Atmung flacher werden und meinen Körper erzittern. Sogar der Boden unter meinen Füßen schien in Bewegung zu geraten.

Ich wusste, dass ich so schnell wie möglich von hier verschwinden musste, wenn ich nicht mitten in aller Öffentlichkeit eine Panikattacke erleiden wollte.

Mein Kopf ruckte empor. Gigantische Leinwände zierten die Fassaden der Wolkenkratzer und warben für Snacks, Schnellrestaurants, Technik, Theaterstücke oder Kinofilme – natürlich alles passend zum bevorstehenden Halloweenfest im Gruselstil. Die darunter befindlichen Eingänge gehörten zu Einkaufshäusern, dem *NYPD*, dem New York Police Department, oder zu Fast-Food-Restaurants, wie ich sie in den vergangenen Tagen auf meiner Tour immer wieder gesehen hatte.

Schließlich entdeckte ich zwischen zwei hoch aufragenden Hausblöcken eine Lücke, die in eine schmale Gasse führte. Diese war gerade einmal so breit, dass vielleicht ein paar Müllcontainer hineinpassten, aber gewiss kein Auto. Und so düster, wie es dort aussah, bezweifelte ich, dass sich irgendeine andere Person dorthin verirren würde.

Perfekt!

Unter Einsatz einer Menge Ellbogenaktivität schaffte ich es, mich durch die Menschenmasse zu kämpfen und mich schließlich in die Gasse zu retten.

Erleichtert ließ ich mich von den Schatten verschlucken. Mein Herz wummerte, als ich mich mit zitternden Knien rücklings gegen eine der Hauswände lehnte und, die dröhnende Geräuschkulisse der Hauptstraße weiterhin im Ohr, die Lider gesenkt.

Es dauerte ein paar tiefe Atemzüge, doch schließlich beruhigte sich mein Herzschlag, mein Körper hörte auf zu beben und der Nebel in meinem Kopf lichtete sich langsam.

Gleichzeitig überkam mich eine Woge der Müdigkeit, so schnell und intensiv, dass ich keine Chance hatte, mich gegen sie zu wehren. Dass meine letzte Pause vor rund dreißig Stunden in Chicago – zwei Bundesstaaten von hier entfernt – gewesen, und ich gefühlt nach wenigen Minuten schweißgebadet aus einem Albtraum aufgeschreckt war, forderte seinen Tribut.

Willenlos rutschte ich an der Hausmauer hinab. Mein Po landete auf dem Boden, Kies, Scherben und Dinge, von denen ich lieber nicht wissen wollte, worum es sich im Detail handelte, bohrten sich in den Stoff meiner Jeans. Die Kälte des Asphalts sickerte bis in meine Knochen, aber das nahm ich schon nicht mehr wahr. Meine Lider senkten sich schwer und ich verlor den Kampf gegen die Müdigkeit.

KAPITEL ACHT

»Und du bist dir wirklich sicher, dass sie das richtige Mädchen ist?«

»Na, wenn ich es dir doch sage. Du musst mir schon vertrauen, Lockenbubi.«

Ein Schnauben erklang.

»Lass uns die Vertrauensfrage auf später verschieben. Verrate mir lieber, wie ich sie aufwecken kann. Ich habe schon alles versucht. Erfolglos.«

»Du hast sie ein wenig an der Schulter gerüttelt. Das ist *nicht* die Definition von *alles versucht.*« Die zweite Stimme besaß einen näselnden Ton und erinnerte mich an ein verschnupftes Kind. »Aber gut, wenn sich das Mädel nicht wecken lässt, dann wirf sie dir über deine Schulter und nimm sie mit. Im Hauptquartier finden wir schon eine Lösung, wie wir sie wach bekommen.«

Es folgte Stille, dann sagte die zweite Stimme weiter: »Schon gut, schon gut. War ja nur ein Vorschlag. Du musst mich nicht gleich mit deinen Blicken erdolchen.«

Jemand seufzte resigniert.

»Aber wenn du sie nicht einfach mitnehmen willst«, fuhr die zweite Stimme fort, »habe ich auch keine Idee, was du noch tun kannst – außer vielleicht, sie wach küssen.«

»Ich werde sie bestimmt nicht *wach küssen.*« Die erste Stimme – die auf Lockenbubi hörte – klang derart entsetzt, dass ich am liebsten protestiert hätte.

Was war das nur für ein verrückter Traum? Und wer sprach da? Ich war mir sicher, dass mir die Sprecher nicht bekannt waren.

»Kann ich nachvollziehen«, übernahm die näselnde Stimme erneut das Wort. »Ich würde sie auch nicht küssen wollen. Zwar sieht sie inzwischen nicht länger wie eine hysterische Schreckschraube aus, aber dafür stinkt sie, als wäre sie in ein Bierfass gefallen. Aber so ist das bei euch Menschen, nicht wahr? Irgendeinen Haken gibt's immer.«

Erneut herrschte Stille, ehe Lockenbubi, dessen Stimme warm und weich klang, das Wort ergriff. Vernehmbar genervt, wohlgemerkt.

»Es geht mir nicht um den Gestank, Drache. Ich steh einfach nicht darauf, wildfremden Frauen meine Zunge in den Hals zu stecken – vor allem dann nicht, wenn diese bewusstlos sind und sich nicht einmal dagegen wehren können.«

»Du alter Softie«, säuselte es, während ich mich gedanklich darüber beschwerte, was mir mein Unterbewusstsein hier für einen Mist auftischte. Meine letzte Dusche mochte vielleicht ein wenig zurückliegen, aber gewiss stank ich nicht!

»Leider bringt uns deine Gentleman-Attitüde unserem Ziel auch nicht näher«, kommentierte die Näselstimme, die auf den Namen Drache hörte. »Dabei wird es langsam wirklich Zeit, dass wir hier wegkommen. Mein Schwanz ist schon lila vor Kälte. Und glaub mir, keiner von uns will, dass ich mir euretwegen einen Schnupfen hole.«

»Deine Schuppen sind von Natur aus lila«, erwiderte Lockenbubi seufzend und überging den daraufhin empörten Ausruf »Ich bin fuchsiafarben und nicht lila!«, ohne weiter auf das Thema einzugehen. »Aber du hast recht. Wir müssen uns sputen. Die Sonne geht bereits unter und ich will zu Hause sein, ehe die Nacht anbricht.«

Eine sanfte Berührung traf meine Schulter und etwas Warmes wie ein Atem strich über meine untere Gesichtshälfte. Der ungute Verdacht, dass es sich bei dieser durchgeknallten Unterhaltung gar nicht um einen Traum handelte, ließ mich schlagartig aufwachen.

Knapp vor mir schwebte ein Gesicht, das mir eindeutig zu nah war, um mich *nicht* küssen oder entführen zu wollen.

»Was zum Henker ...?!« Mit beiden Händen stieß ich gegen die Brust meines Gegenübers – und traf auf harte Muskeln unter einem eng anliegenden T-Shirt, das unter einer aufgeknöpften Jeansjacke lag. Doch das registrierte ich nur am Rande. Alles, was ich wollte, war, so schnell wie möglich so viel wie möglich Distanz zwischen mir und meinen potenziellen Vergewaltiger *Schrägstrich* Entführer zu bringen. Dafür nahm ich auch in Kauf, mich über Steinchen und Glasscherben in Sicherheit zu rollen.

»Wow, Romeo«, sagte die Näselstimme bewundernd. »Du hattest recht. Du musstest sie gar nicht wach küssen, sondern nur mit deinem fauligen Mundgeruch anhauchen. Respekt für so viel Einsatz!«

»Ich hatte nicht vor, sie zu küssen«, antwortete der Typ verärgert, der sich zuvor über mich gebeugt hatte, nun jedoch auf dem Boden hockte. »Ich wollte dich wirklich nicht küssen«, fügte er in meine Richtung gewandt hinzu, und ich konnte eine Spur Scham heraushören.

Ohne auf seine Worte einzugehen, betrachtete ich ihn genauer.

Für einen potenziellen Vergewaltiger – *pardon*, er wollte mich ja gar nicht küssen –, sah er ziemlich normal aus. Auf eine gewisse Weise vielleicht sogar niedlich, wenn man einmal die fragwürdigen Umstände außer Acht ließ, unter denen wir aufeinandertrafen. Dunkelblonde Wellen umrahmten ein Gesicht mit femininen Zügen und hellblauen Augen, die mich besorgt musterten. Allein der klobige Ring an seiner linken Hand, der einen blassgelben Edelstein eingefasst trug, passte irgendwie nicht so recht zu dem Bild.

Vermutlich wägte Lockenbubi ab, wie hoch die Wahrscheinlichkeit war, dass ich hysterisch loskreischen würde.

Obwohl die Vorstellung durchaus verlockend war, besann ich mich darauf, mir erst einmal einen genaueren Überblick zu verschaffen. Schließlich waren Lockenbubi und ich nicht allein. Da war noch der Typ namens Drache, den ich nirgends entdecken konnte.

Ohne mich von Lockenbubi abzuwenden, sog ich jedes Detail meiner Umgebung in mich auf.

Ich Idiotin war tatsächlich in der Gasse am Times Square eingeschlafen! Die Sonne, die zuvor von grauen Wolken verhangen gewesen war, war inzwischen fast komplett untergegangen und hatte die halbwegs akzeptablen Temperaturen mit sich genommen. Zurückgeblieben war eine Kälte, die mir bis tief in mein Innerstes drang und die schmale Passage regelrecht finster erscheinen ließ.

Großartig, June!, schalt ich mich selbst. *Du steckst mit zwei dubiosen Kerlen in einer Gasse fest. Der einzige Ausgang hier raus befindet sich auf der anderen Seite und den erreichst du nur, wenn du es schaffst, an Lockenbubi vorbeizukommen.*

Hätte das meine ohnehin prekäre Lage nicht zusätzlich verschlimmert, hätte ich meinen Kopf am liebsten gegen eine der Hausmauern geschlagen.

»Wenn du sie nicht küssen wolltest«, ergriff die näselnde

Stimme nachdenklich das Wort, »dann wolltest du sie also doch über deine Schulter werfen und mitnehmen? Gute Idee, Casanova. Dann kann die Kleine zumindest nicht vor deinem Mundgeruch fliehen.«

»Halt endlich die Klappe!«, fauchte Lockenbubi und sah hinab auf seine Schulter. »Erstens habe ich keinen Mundgeruch. Und zweitens, glaubst du ernsthaft, dass es sonderlich hilfreich ist, wenn du ständig davon sprichst, dass ich Juneau küssen oder gar entführen soll?«

Der Typ namens Drache erwiderte etwas, das ich nicht verstand – was vermutlich an einer Störung zwischen den extrakleinen Walkie-Talkies lag, mit denen die beiden miteinander kommunizierten. Eine andere Erklärung, wieso ich die Stimme des Drachen-Typen zwar hören, den Sprecher aber nicht sehen konnte, wollte sich mir nicht erschließen.

Doch lange hielt ich mich nicht mit diesen Gedanken auf, denn in dieser Sekunde überollte mich eine Erkenntnis.

Sie kennen meinen Namen. Meinen richtigen *Namen!*

Und nicht nur das. Lockenbubi schien mich auch sehen zu können. Egal ob ich ihn unmittelbar anschaute oder nicht.

»Heilige Scheiße!«, rutschte es mir heraus und ich krabbelte rückwärts tiefer in die Gasse hinein, bis ich mit dem Rücken gegen einen harten Widerstand stieß. Gehörten sie etwa zu Matt und seiner Freundin? Die beiden waren bisher die Einzigen gewesen, die sich länger als für die Dauer eines Wimpernschlages an mich erinnern konnten.

Bevor ich Gelegenheit hatte, gründlicher darüber nachzudenken, flog Lockenbubis Gesprächspartner in mein Blickfeld.

Und zwar buchstäblich.

Mit einem kleinen Hüpfer von dessen Schulter schwebte ein rund fünfzehn Zentimeter kleines, leuchtend rosafarbenes

Wesen zwischen mir und dem Blondschopf. Neben großen, goldenen Augen besaß es spitze Ohren und Flügel, die träge hin und her schlugen. Seinen Mund hatte es zu einem Grinsen verzogen und zwei kleine, spitzzulaufende Eckzähne blitzten hervor, die mich an einen Vampir erinnerten.

»Heilige Scheiße!«, wiederholte ich und wünschte, ich könnte noch mehr Distanz zwischen mich und meine Gegner bringen. Denn nicht nur, dass drei Meter von mir entfernt ein waschechter Mini-Drache war, ich *kannte* dieses Wesen auch noch. Zwar hatte es sich seit unserer letzten Begegnung ein wenig verändert – aus dem plüschigen Fell waren glänzende Schuppen geworden und in den ehemals kugelrunden Plastikaugen blitzte es klug und aufmerksam –, dennoch stand außer Frage, dass es sich bei dem Wesen um jenes Plüschtier handelte, das Matt mir auf dem Jahrmarkt geschenkt hatte.

Lockenbubi und der Plüschdrache – wie hatte die Wahrsagerin ihn noch mal gerufen? Danny? Dawson? Drew? – sahen mich beide irritiert – und in Lockenbubis Fall – sorgenvoll an.

»Wie ich bereits sagte«, meinte der Drache an Lockenbubi gerichtet, »die Kleine hat nicht mehr alle Schuppen am Schwanz. Sie hat schon neulich bei Cass so komische Sachen von sich gegeben.«

Meine Lippen teilten sich, um auf diese Unverschämtheit zu antworten – was erwartete dieses Ding, wie ich auf die Situation reagierte? Mit Händeklatschen und Jubelrufen? Himmelherrgott! Vor mir saß ein vorlauter Drache, der zuvor ein harmloses Plüschtier gewesen war! Da sollte es doch erlaubt sein, die Nerven zu verlieren.

Doch ich hatte keine Gelegenheit, die Silben hervorzubringen, die mir auf der Zunge lagen, denn Lockenbubi richtete seine nächsten Worte an mich.

»Ich verstehe, dass der Anblick eines Lichtwesens überwältigend sein kann, Juneau. Mir erging es am Anfang nicht anders.« Ein fast schon schüchternes Lächeln schlich sich auf seine Züge, was ihn sympathischer wirken ließ, als es angebracht war. »Aber glaub mir, nach ein paar Tagen mit dem hier«, er deutete mit einem Kopfnicken in Richtung des Drachen, »wird schnell klar, dass ihr Ruf sie spektakulärer erscheinen lässt, als sie in Wahrheit sind. Wenn du also mit deiner ausschweifenden Bewunderung warten möchtest, bis wir zu Hause sind, würde dir das niemand übel nehmen. Auch nicht, wenn du dich unterwegs dazu entscheidest, das mit der Bewunderung gänzlich sein zu lassen«, fügte er mit einem Schmunzeln hinzu.

Mist! Der Typ war nicht nur niedlich, sondern auch noch witzig.

Ein empörtes »Hey! Doch! Ich würde es ihr übel nehmen!« erklang von dem Drachen – was war ein *Lichtwesen*? –, das jedoch weder Lockenbubi noch ich beachteten.

In meinem Fall lag das aber nicht daran, dass ich ihn ignorieren *wollte*. Nein, ich konnte schlichtweg nicht anders.

»Ja, ähm, okay ... ich ... ich werde es mir merken.« Langsam erhob ich mich vom Boden und klopfte mir betont beiläufig den Dreck von der Jeans, ehe ich mir ein paar verirrte Haarsträhnen aus dem Gesicht strich. Von meinem Pferdeschwanz war kaum noch etwas übrig. »Leider muss ich jetzt los«, sagte ich, ohne die zwei Gestalten mir gegenüber aus den Augen zu lassen. »Zu einem wichtigen Termin. Ich war sozusagen gerade auf dem Sprung, als ihr mich gefunden habt.« Unauffällig wagte ich mich ein paar Zentimeter in Richtung Gassenausgang vor. Wenn es mir gelang, an den beiden vorbeizuhuschen, konnte ich in dem Getümmel auf dem Times

Square untertauchen. Der Geräuschkulisse nach zu urteilen, musste dort gerade eine Megaparty stattfinden. »Wenn ihr mich also bitte entschuldigen würdet ...«

Ein paar Sekunden lang folgte meinen Worten ehrwürdige Stille. Dann widmete sich das Wesen – verflixt, wie war doch gleich sein Name? Doug? Derek? Dario? – seinem Begleiter.

»Wie ich bereits sagte, die Kleine ist hinüber. Nicht mehr zu gebrauchen.«

»Entweder das oder sie hat aus mir unerklärlichen Gründen Angst vor uns.« Die Stirn in Falten gelegt, verdunkelte sich sein Blick. »So oder so, wir können sie unmöglich allein hier zurücklassen. Wenn wir sie finden konnten, schaffen es andere ebenfalls. Und nenn mich ruhig übervorsichtig, aber ich werde das Gefühl nicht los, dass hier etwas ganz und gar nicht stimmt.«

Lockenbubi sah mich an, ehe er seufzte und sich aus seiner Kauerhaltung erhob. Der Drache nutzte die Gelegenheit und flog zurück auf seine Schulter.

»Hör zu, Juneau –«

»June«, korrigierte ich ihn reflexartig. Ich hatte meinen richtigen Namen noch nie sonderlich gemocht. Aber inzwischen hegte ich eine regelrechte Abneigung.

»June«, wiederholte Lockenbubi mit einem Lächeln. Offenbar vermutete er in meiner Korrektur so etwas wie einen Olivenzweig. Ein Entgegenkommen. Ein Friedensangebot.

Wenn der wüsste ...

Aktuell lag meine oberste Priorität darin, dieser Gasse zu entkommen. Und wenn ich dafür so tun musste, als würde ich auf die Freundlicher-Junge-von-nebenan-Masche hereinfallen, war das ein Übel, das ich billigend in Kauf nahm.

»Ich weiß nicht, was dir widerfahren ist, dass du es nicht

geschafft hast, aus eigenem Antrieb zu uns zu kommen. Aber Drake und ich –«

»Für dich immer noch Dracolus Ruberum der Erste«, unterbrach ihn das Lichtwesen mit finsterer Miene. Und da erinnerte ich mich an die Worte der Wahrsagerin, dass der Plüschdrache und ich angeblich bald enge Freunde sein würden.

Selbst jetzt erschienen mir das absurd.

»Aber«, fuhr Lockebubi unbeirrt fort, »wir folgen deiner Spur inzwischen seit Tagen und –«

»Was?« Sprachlos starrte ich ihn an. Meine Fluchtgedanken gerieten kurzzeitig in den Hintergrund. »Ihr verfolgt mich seit Tagen?« Hatten sie womöglich mitbekommen, was in Laramie geschehen war? Waren sie deswegen hinter mir her? Weil sie den Job erledigen wollten, den Pferdeschwanz-Barbie Matt auszuführen untersagt hatte? Aber wieso war ich dann noch am Leben? Und wieso wurden sie nicht von diesen schwarzen Schattengeistern umgeben, wie Matt und seine Freundin?

Die ganze Situation war ebenso verwirrend wie beängstigend. Dennoch konnte ich nicht leugnen, dass meine Anspannung, je länger ich hier stand und mit Lockenbubi sprach, zunehmend abflaute.

»Ja, wir suchen dich inzwischen seit Tagen«, gab Lockenbubi zu. »Der *Drache*«, er warf Drake einen Blick zu, der wohl so etwas wie *Zufrieden?* bedeuten sollte. Als das Lichtwesen mit gönnerhafter Miene nickte, sprach er weiter. »Er kam am Abend deines Geburtstages zu uns und erzählte uns von deiner Berufung.«

»Ich kann zwar fliegen«, warf Drake erklärend ein, »aber ich bin kein Düsenjet. Auch ich brauche eine gewisse Zeit, um fast zweitausend Meilen zurückzulegen. Und dass ich die

Strecke von Wyoming nach Connecticut in unter zwanzig Stunden geschafft habe, ist ja wohl rekordverdächtig!« Stolz reckte er die Brust.

»Jedenfalls«, übernahm wieder Lockenbubi, und ich sah wie bei einem Tennismatch zwischen den beiden hin und her. »Wir sind sofort losgefahren, um dich zu suchen. Uns war klar, dass etwas vorgefallen sein musste, das dich daran gehindert hatte, mit uns in Kontakt zu treten. Nur habe ich nicht erwartet, dass wir dich quer über den halben Kontinent würden verfolgen müssen.« Er verzog gequält das Gesicht und entgegen jeder Vernunft empfand ich einen Anflug von Scham. Dabei war das völlig absurd. Weder schuldete ich diesem Typen irgendetwas noch hatte ich gewusst, dass er auf der Suche nach mir war. Ich hatte mich nicht absichtlich vor ihm versteckt.

»Als wir schließlich in Laramie ankamen, warst du bereits verschwunden und niemand aus dem Wyominger Team konnte uns verraten, wo du bist«, fuhr Lockenbubi fort. »Leider konnten wir ihnen auch nicht sagen, dass du unser neu berufener Skorpion bist, weil das schlichtweg unmöglich ist«, fügte er mit einem scharfen Blick an Drake gerichtet hinzu, ehe er sich wieder mir widmete. »Nun ja, und da du in der Zwischenzeit auch nicht in New Haven aufgetaucht bist, haben wir uns auf die Suche nach dir gemacht.«

Ich nickte langsam, um zu zeigen, dass ich mental weiterhin anwesend war. Jedoch bedeutete das nicht, dass ich die so eben gehörten Worte richtig verstanden hatte. Ständig war von *meiner Berufung* die Rede, ohne dass ich den leisesten Dunst hatte, was damit gemeint war. Und wieso hätte ich überhaupt nach New Haven gehen sollen? Ich kannte niemanden dort.

»Ich sehe, dass du Angst hast und verwirrt bist«, fuhr Lockenbubi in einfühlsamer Tonlage fort und meine Anspannung ließ weiter nach. Es war verrückt und insgeheim glaubte ich auch, dass es hierbei nicht mit rechten Dingen zuging. Doch ich war machtlos. Wie hypnotisiert hing ich an seinen Lippen. »Und um ehrlich zu sein, geht es mir nicht anders. Erst verschwindet ein Mitglied unseres Teams, dann taucht nach fünfhundert Jahren urplötzlich ein Lichtwesen auf. Und jetzt sieht es so aus, als wüsstest du überhaupt nicht, wovon ich rede.« Sein Lächeln wirkte immer angestrengter. »Wie du siehst, gibt es viel zu besprechen. Aber das sollten wir auf später verschieben – erst müssen wir uns in Sicherheit bringen. Wenn du also die Güte besitzen würdest ...« Er reichte mir die Hand und ich wollte einem ersten Impuls folgend die Einladung annehmen.

Doch ein bedrohliches Knurren, das meine Muskeln zum Vibrieren und meinen Herzschlag zum Gallopieren brachte, ließ mich innehalten.

Mein Kopf drehte sich wie von selbst herum, bis ich dem Ursprung des Knurrens mitten ins Gesicht sah. Nun verstand ich, warum Leute von einer Sekunde auf die andere religös wurden. Auch mich überkam der schlagartige Wunsch, ein Gebet gen Himmel zu schicken.

»Heilige Scheiße«, entfloh es mir zum dritten und vermutlich auch zum letzten Mal – und zwar für alle Zeit.

KAPITEL NEUN

Das Knurren wiederholte sich, dieses Mal noch lauter und inbrünstiger, sodass sogar der Boden unter meinen Füßen zu beben schien.

»Drache!«, rief Lockenbubi im Befehlston. »Bring June von hier weg. Sofort!«

»Was? Wieso? Sie ist doch der Skorpion! Sie kann ...«

»Das war keine Bitte«, erwiderte Lockenbubi scharf. »Solange wir nicht wissen, was mit ihr los ist, behandeln wir sie wie einen gewöhnlichen Menschen.«

Eine Sekunde lang glaubte ich, Drake würde erneut protestieren, doch dann flog er von Lockenbubis Schulter und genau auf mich zu. Dabei hörte ich ihn leise vor sich hin grummeln.

»... führt sich auf, als wäre er der Boss! Sehe ich aus wie ein abgerichteter Schoßhund? Dämlicher Lunaris! Hoffentlich tritt ihm der Shadow so richtig in den Hintern! Dann muss ich das später nicht übernehmen.« Etwa eine Armlänge entfernt, kam der Drache vor meiner Nase schwebend zum Halt und winkte mir mit seinen kleinen Krallen gelangweilt zu. »Komm, Mädchen, wir hauen ab. Der Chef will sich allein um die Sache kümmern.« So beiläufig, wie Drake über die Kreatur sprach, die am Eingang der Gasse lauerte, hätte man meinen können, dass es sich um eine schnöde Haus- und Hofratte handelte.

Doch die Wahrheit hätte nicht ferner liegen können.

Das Wesen – wobei in diesem Fall wohl eher *Monster* oder

Bestie passte – musste auf direktem Weg der Hölle entsprungen sein.

Oberflächlich betrachtet mochte es an einen Hund oder Wolf erinnern. Doch dieser Eindruck verlor sich, sobald man genauer hinsah. Denn abgesehen von der kolossalen Größe – schätzungsweise maß die Kreatur locker fünf Meter in der Breite und in der Höhe – besaß sie kein Fell, sondern eine ledrige, pechschwarze Haut, wie bei einer Fledermaus. Das darunterliegende Knochengestell zeichnete sich so deutlich ab, als besäße das Wesen keinerlei Muskeln oder Fleisch. Trotzdem zuckten seine unnatürlich langen und hageren Beine sprungbereit, als sich seine Krallen, die in etwa den Durchmesser meiner Handgelenke besaßen, wie Schaufelbagger in den Asphalt gruben. Rotglühende Iriden strahlten über der langen Wolfsnase und das schäumende Maul präsentierte gefletschte Zähne. Und als wäre all das noch nicht Furcht einflößend genug, wurde das Wesen von denselben zum Leben erwachten Schatten umgeben wie Zombie-Matt und seine Pferdeschwanz-Freundin.

Drakes Gemurmel hatte einige neue Fragen in mir aufgeworfen – allen voran, wer oder was ein Lunaris war und in welcher Verbindung Lockenbubi mit der Wahrsagerin stand. Doch gerade war wichtiger, wie der Drache plante, aus dieser Gasse zu entkommen, wenn der einzige Fluchtweg versperrt wurde. Trotzdem waren es andere Worte, die meinen Mund verließen.

»Wir können Lockenbubi unmöglich allein lassen! Er wird noch von diesem ... diesem *Ding* gefressen!«

»Diesem Ding? Gefressen werden?« Drake hob irritiert fragend eine Braue. »Sag mal, kannst du etwa die wahre Form des Shadows sehen?«

»Meinst du, ob ich das hässliche Hunde-Monster sehen kann, das uns anstarrt, als könnte es sich nicht entscheiden, in welcher Reihenfolge es uns verspeisen will? Ja, das kann ich durchaus sehen!« Ich war mit jeder Silbe lauter geworden, und Adrenalin brodelte in meinen Adern. Die unnatürliche Ruhe, die Lockenbubis Worte in mir ausgelöst hatten, wich der Furcht der vergangenen Tage.

»Interessant«, war Drakes einziger Kommentar und er verschränkte nachdenklich die zu kurzen Arme vor der geschuppten Brust. »Wie dem auch sei. Lockenbubi – und ich möchte anmerken, wie *fantastisch* ich es finde, dass sich dieser Name bereits durchsetzt – kommt schon allein klar. Er ist der Löwe. Der Anführer der Lunaris in New Haven. Zwar liegt seine Kernkompetenz als Mentaler nicht unbedingt im Nahkampf, aber die Jahrtausende an Kriegserfahrung sollten ihm zugutekommen. Außerdem handelt es sich hierbei um einen Darko. Ein harmloser Schoßhund der Shadows. Stark wie ein Bulle, aber dumm wie eine Scheibe Toast. Mit dem würdest sogar du zurechtkommen.« Er zuckte lapidar mit den Schultern, ehe er kurz nach hinten sah. Lockenbubi war inzwischen mit zwei Messern – wobei es sich dabei vermutlich eher um Dolche oder Kurzschwerter handelte – vor dem Wolfs-Monster in Position gegangen. Die schmalen Klingen glommen fluoreszierend in der Dunkelheit.

Ich hatte keine Ahnung, wo die Waffen plötzlich herkamen, aber ihr Anblick berührte etwas tief in meinem Inneren, das ich nicht in Worte fassen konnte.

»Länger als ein paar Minuten sollte er nicht benötigen, um den Shadow wieder dorthin zu schicken, wo er hingehört«, plauderte Drake munter weiter, als säßen wir bei einem gemütlichen Kaffeeklatsch. »Lassen wir ihm den Spaß. Ich glaube, er braucht das für sein Ego. Du weißt schon, vonwegen die holde Maid vor dem bösen Monster retten, und so.«

Zu gern hätte ich Drakes Zuversicht besessen. Aber der Anblick des Wolfs-Monsters bescherte mir noch immer Wackelpudding-Knie, und die Begriffe, mit welchen der Drache um sich warf, wirkten sich auch nicht unbedingt beruhigend auf mich aus.

Er ist der Löwe ... Anführer der Lunaris in New Haven ... Mentaler ... Jahrtausende an Kriegserfahrung ...

Genauso wie bei Lockenbubi zuvor, erweckte auch Drake den Eindruck, als müsste ich wissen, wovon er sprach.

Aber ich hatte nicht den leisesten Schimmer.

»Seid ihr noch immer nicht verschwunden?« Lockenbubi drehte sich mit verärgerter Miene zu uns um. »Was glaubt ihr, wie lange ich den Shadow noch ablenken kann? Los! Haut endlich ab!«

Mehr als diesen kurzen Moment brauchte es nicht – die Kreatur nutzte die Unaufmerksamkeit ihres Gegners und ließ ihren echsenähnlichen Schwanz vorschnellen.

Ein Donnerschlag erfüllte die Luft, als Lockenbubi an der Hüfte getroffen und von den Beinen gefegt wurde. Einer leblosen Strohpuppe gleich, flog er durch die Luft, ehe seine Reise ein unliebsames Ende nahm – und zwar an der gegenüberliegenden Hauswand.

»Damit habe ich jetzt nicht gerechnet«, sagte Drake hörbar verdutzt, als sein Kumpel begleitet von einem Schrei aus Höhe des zweiten Stockwerks zu Boden fiel. Sein Aufprall wurde von einigen Müllsäcken abgefangen, die an der Hausmauer lehnten, doch das dumpfe Ächzen, das Lockenbubis Lippen verließ, ehe er mit geschlossenen Lidern in sich zusammensackte, verhieß nichts Gutes.

Die Zeit schien stillzustehen und ich wagte es nicht, mich zu rühren oder auch nur einen Ton von mir zu geben. Die Frage, ob Lockenbubi nur schwer verletzt oder tot war, lähmte mich.

Drake schien es ähnlich zu gehen, denn er starrte den bewusstlosen Körper fassungslos an.

»Verseuchte Drachenschuppe! Ein schöner Anführer bist du mir.« Der Drache wirbelte zu mir herum, die kleinen Flügel, die ihn in der Luft hielten, schlugen hektisch.

»Und nun? Was sollen wir jetzt tun, Mädchen?

»Was? Wieso fragst du mich das?« Ich war mit den Gedanken noch immer bei Lockenbubi und den leuchtenden Waffen, die nun unweit von ihm auf dem Boden lagen und gespenstisch flackerten. »Du bist hier doch der Drache. Müsstest *du* nicht *mir* sagen, was zu tun ist?«

»*Ich* bin ein Lichtwesen! *Du* bist eine Lunaris. Es ist *deine* Aufgabe, gegen Shadows zu kämpfen.« Drake wedelte wild mit seinen Armen und es war offensichtlich, dass er kurz vorm Durchdrehen stand. Und bei Gott! Ich verstand ihn zu gut! Mein Herzschlag hämmerte wie verrückt und Schweißperlen rannen meinen Nacken hinab. Am liebsten hätte ich all meine Frustration in einen einzigen lautstarken Schrei gepackt, um dem Drachen klarzumachen, dass ich weder wusste, wer oder was eine Lunaris war, noch eine sein wollte, wenn ich dafür gegen diese Bestie kämpfen sollte.

Doch wem hätte es genutzt?

Stattdessen sah ich an Drake vorbei in Richtung Wolfs-Monster. Dieses stand noch immer im Eingang der Gasse und wirkte selbst überrascht über seinen schnellen Sieg.

Ich brauche einen Plan!

Auf meiner Suche nach Inspiration fielen mir erneut die flackernden Messer ins Auge. Es war hochgradig dumm, auch nur daran zu *denken*, mich der Bestie mit zwei mickrigen Klingenwaffen entgegenzustellen – schließlich besaß ich keinerlei Erfahrung.

Aber irgendetwas musste ich unternehmen. Und da ich nicht riskieren konnte, dass das Wolfs-Monster erst uns auffraß und dann für ein Dessert auf den Times Square hinauslief, musste es mir irgendwie gelingen, die Kreatur kampfunfähig zu machen.

»Jetzt tu doch endlich was!« Drakes Panik, die in den vergangenen Sekunden einen neuen Schwellenwert erreicht hatte, war der fehlende Funke. Mein Verstand schaltete auf Autopilot, meine Beine bewegten sich in Eigenregie, und ich handelte wie fremdgesteuert.

Fremd und doch irgendwie vertraut.

Es war schwer zu erklären, aber es kam mir so vor, als lebten in meinem Körper zwei verschiedene Juneaus. Einmal das Mädchen, das vor rund einer Woche den gigantischen Fehler begangen hatte und dieser irren Wahrsagerin in ihr Ladenlokal gefolgt war.

Und jetzt diese andere Juneau, die älter, erfahrener und vor allem selbstbewusster war – und all das glücklicherweise in genau den Belangen, die gerade von Bedeutung waren.

»Hey!«, brüllte ich über das missmutige Knurren hinweg, das das Wolfs-Monster von sich gab, weil bei seinem Sparringspartner bereits die Luft raus war. »Was ist los, du hässliches Vieh? Keine Lust mehr zu spielen?«

Ruckartig hob das Monster den Kopf und visierte mich an. Ein erfreutes Grinsen war auf seinen Zügen zu erkennen, und auch die Schatten, die die Kreatur umgaben, gerieten vor Aufregung in Wallung.

Das war mein Zeichen.

Die Sohlen meiner Ankle Boots flogen über den Boden, als

ich Kurs auf Lockenbubi nahm, der noch immer bewegungslos auf seinem Bett aus Müllsäcken ruhte. Seine Messer waren die einzige Chance, meinen Gegner auszuschalten, das wusste ich plötzlich mit glasklarer Sicherheit.

Binnen Hundertstelsekunden erreichte ich mein Ziel, klaubte im Vorbeiflug die Waffen vom Boden und schloss die Finger um die Griffe. Sie fühlten sich warm an, und ich konnte ein filigranes Muster erspüren.

Eine Woge der Zuversicht überkam mich, als ich das Leuchten der Klingen bemerkte. Dieses hatte sich, kaum dass ich die Waffen an mich genommen hatte, von einem Flackern zu einem stetigen Pulsieren gewandelt, das vage an die Glaskugel im Hinterzimmer der Wahrsagerin erinnerte. Der Rhythmus passte perfekt zu meinem Herzschlag, der trotz der Anstrengung überraschend ruhig und gleichmäßig ging.

Immer noch im Autopilot-Modus jagte ich zielstrebig auf das Wolfs-Monster zu, das sich nun ebenfalls in Bewegung gesetzt hatte. Obwohl es aufgrund seiner überdimensionalen Größe nur haarscharf zwischen den Hausmauern hindurchpasste, lief es geräuschlos und fließend wie Wasser. Der Name Shadow war bestimmt nicht zufällig gewählt. Die Kreatur bewegte sich im wahrsten Sinne des Wortes wie ein Schatten.

Wenige Schritte von meinem Gegner entfernt nahm ich einen tiefen Atemzug, spannte meine Muskeln an und sprang in die Höhe. Ich hatte keinen blassen Schimmer, was ich hier tat, aber mein Körper schien es zu wissen. Mein Fuß fand gekonnt Halt an der Hausmauer neben mir und ich stieß mich abermals ab. Die zusätzliche Energie katapultierte mich noch ein Stück höher und ich flog buchstäblich durch die Luft. Hätte ich in dieser Sekunde auch nur einen Funken Kontrolle über meinen Verstand besessen, wäre ich vermutlich aus dem

Staunen nicht mehr herausgekommen - ebenso wenig wie aus dem angsterfüllten Schreien.

Doch stattdessen hielt ich meinen Gegner fest im Blick, während ich in einer eleganten Schraube über ihn hinwegjagte, die Arme vor der Brust gekreuzt und die Messer fest an mich gepresst. Ich wusste, dass ich keine Zeit zu verlieren hatte, wenn ich verhindern wollte, dass sich das Wolfs-Monster über Lockenbubi hermachte.

Eine näselnde Stimme schalte durch die Gasse und beschimpfte den Shadow mit einer solchen Inbrunst, dass ich unweigerlich grinsen musste. Drake schien seine Angst ebenfalls unter Kontrolle bekommen zu haben, und wollte die Kreatur ablenken.

Mein Flug neigte sich dem Ende und die Schwerkraft zupfte an mir, erbost darüber, dass ich mich ihr kurzzeitig entzogen hatte. Doch das machte mir nichts aus. Ich war genau dort, wo ich hinwollte – hinter dem Rücken des Wolfs-Monsters.

Intuitiv rollte ich mich zu einer Kugel zusammen und drehte mich dabei geschickt herum, sodass ich elegant wie eine Katze auf meinen Füßen landete. Das Wolfs-Monster lauerte einen halben Meter vor mir und war – genau wie Drake es gesagt hatte – dumm genug gewesen, um in meine gestellte Falle zu tappen. Nun musste ich meinen Plan nur noch durchziehen.

»Hey, Dickerchen«, höhnte ich und sprang immer wieder in die Höhe, während ich dabei mit beiden Armen über dem Kopf wedelte. »Suchst du mich?«

Das Wolfs-Monster stoppte mitten in der Bewegung und reckte seinen Kopf suchend umher. Scheinbar hatte es noch nicht bemerkt, dass ich nicht länger vor ihm stand.

Ein, zwei Sekunden dauerte es, dann hatte es meinen Geruch geortet. Sein Kopf schnellte zu mir herum und es war deutlich, dass der Rest seines gigantischen Körpers folgen sollte. Doch das klappte natürlich nicht und so blieb der Kreatur nichts anderes übrig, als sich auf ein wildes Fauchen zu beschränken.

»Was ist los, du hässliches Mistvieh? Steckst du etwa fest?« Ohne eine Reaktion abzuwarten, sprang ich abermals in die Höhe, um dem peitschenden Schwanz auszuweichen.

Ich muss auf seinen Rücken, schoss es mir durch den Kopf, und ich wusste instinktiv, dass es stimmte. Um das Wolfs-Monster auszuschalten, musste ich seinen Rumpf erreichen.

Mein nächster Sprung brachte mich auf Höhe seines Schwanzwirbels. Ich geriet ins Straucheln, was die wabernden Schatten ausnutzten, um sich mir zu nähern. Doch ich wich ihnen aus und kletterte geschickt über den ledrigen Rücken der Bestie. Das Wolfs-Monster schnappte mit seinem schäumenden Maul nach mir, aus dem dickflüssiger Geifer troff.

Um nicht abgeworfen zu werden, presste ich meine Knie und Oberschenkel so fest ich konnte in die dunkle Haut.

»June! Du musst sein Herz durchbohren«, schallte Lockenbubis Stimme plötzlich durch die Gasse und brachte mich kurz aus dem Konzept. So schnell hatte ich nicht mit seiner Rückkehr aus dem Reich der Bewusstlosen gerechnet. Gleichzeitig war ich erleichtert, nicht für noch einen Tod verantwortlich zu sein.

Ich wollte gerade antworten, dass ich keinen blassen Schimmer hatte, wo das Herz dieser Kreatur saß, als mir meine Unkonzentriertheit zum Verhängnis wurde. Einer der Schatten hatte sich hinterrücks an mich herangeschlichen und erwischte mich an der Wade.

Zuerst fühlte es sich an, als hätte ich mich verbrannt. Hitze jagte durch meinen Muskel und breitete sich großflächig aus. Dann explodierte der Schmerz und aus meinem heiseren Schrei wurde ein gequältes Zischen. Anstatt Hitze peinigte mich plötzliche Kälte, als würden Tausende Nadeln via Luftgewehr in mein Bein abgefeuert.

Ich sah hinab zu meiner Wade, aber ich konnte keine Wunde erkennen. Der Stoff meiner Jeans war unversehrt und auch sonst deutete nichts auf eine Verletzung hin.

Entschlossen, die Schatten nicht als Gewinner aus dieser Begegnung ziehen zu lassen, biss ich die Zähne zusammen und verdrängte die Qual, so gut es ging. Dann setzte ich meinen Weg in Richtung Rumpf der Bestie fort. Wenn dieses Vieh auch nur ansatzweise anatomisch korrekt war, hatte ich noch ein ganzes Stück vor mir, ehe ich auch nur in die Nähe seines Herzens kam.

Zentimeter für Zentimeter kämpfte ich mich vorwärts, aber es fiel mir mit jeder Bewegung schwerer. Das Blut kochte in meinen Adern und gleichzeitig fror ich entsetzlich. Mein Puls holperte unregelmäßig, was das Pulsieren der Messerklingen zu einem hektischen Flackern mutieren ließ, und meine Waffen drohten mir aus den schweißnassen Fingern zu rutschen.

»June!« Lockenbubi klang noch angespannter als zuvor. Hatte er mitbekommen, was geschehen war?

Ich hoffte es. Denn mir lief die Zeit davon. Aber nach der ganzen Arbeit, die ich in diesen Kampf gesteckt hatte, durfte dieser verdammte Shadow auf keinen Fall überleben! Das würde meine Lunaris-Ehre nicht überleben.

Noch bevor ich die Gelegenheit hatte, mich zu fragen, was eine Lunaris-Ehre war und woher dieser plötzliche Gedanke kam, hoben sich – wie von einer fremden Macht gesteuert – meine Arme und schossen auf den Rücken der Bestie herab.

Die leuchtenden Klingen glitten durch die Lederhaut wie durch Wasser, und ihr Licht erleuchtete das Innere der Kreatur. Jeder einzelne Knochen war deutlich erkennbar – und somit auch mein Versagen, denn ich war nicht einmal in der Nähe des Herzens.

Enttäuschung breitete sich in mir aus, ehe ein schriller Schrei die Stille zerriss und ich vor Schreck beinah vom Rücken des Monsters fiel.

Doch der kurze Adrenalinschub versiegte ebenso schnell, wie er gekommen war, und auch der letzten Funken Kraft verließ mich. Meine Lider senkten sich schwer und die Messer entglitten mir. Ich verspürte ein Gefühl des Fallens. Alles drehte sich. Um mich herum. In mir drinnen.

Kalter Rauch hüllte mich ein und strich über meine überhitzte und zugleich eiskalte Haut, bis er mich wie ein Leichentuch bedeckte.

»Ich hab dich«, vernahm ich eine leise Stimme, die mir merkwürdig vertraut erschien, aber gleichzeitig so verzerrt klang, dass ich ihr kein Gesicht zuordnen konnte. Dafür nahm ich umso klarer die Wärme wahr, die sich unter die Kälte des Todes mischte und etwas mit dem Flattern in meiner Brust anstellte, das ich nicht in Worte fassen konnte. »Jetzt wird alles gut. Egal ob Skorpion oder nicht, du bist zweifelsfrei eine Lunaris. Und nur das ist von Bedeutung.«

KAPITEL ZEHN

Ich erwachte von einem monotonen Piepen.

Mein gesamter Körper fühlte sich bleischwer an, doch sonst ging es mir, abgesehen von einer juckenden Nase, gut.

Blinzelnd hob ich die Lider. Vielleicht würde mir meine Umgebung helfen, herauszufinden, was los war und wo ich mich aufhielt.

Eine weiß gestrichene Zimmerdecke lag im Schein einer warmen, orangefarbenen Lichtquelle und ich ruhte auf einem weichen Bett. Ein weißer, blickdichter Vorhang umgab mich und eine farblich passende Bettdecke war bis zu meiner Brust über meinem Körper gespannt. Anstatt meiner eigenen Kleidung trug ich ein hellblaues Baumwollkleidchen, das mir gerade einmal bis zur Mitte meiner Oberschenkel reichte und meine nackten Arme ruhten neben meinem Körper. In einer Armbeuge steckte eine Infusionsnadel, die durch einen dünnen Schlauch mit einem durchsichtigen Beutel auf einem Metallständer verbunden war. Mein linker Zeigefinger verschwand beinah gänzlich in einer klobigen Kunststoffvorrichtung, was jeglichen Zweifel darüber ausräumte, wo ich war.

Nur, was machte ich in einem Krankenhaus? Wer hatte mich hergebracht – und wer hatte meine Haare zu einem Zopf geflochten?

Ich erinnerte mich noch, wie ich in New York über den Times Square gewandert war, wie ich mich in eine schmale

Gasse gerettet hatte und dort von Lockenbubi und dem zum Leben erwachten Plüschdrachen Drake geweckt worden war.

Die wiederholte Bestätigung, dass sich mein Leben in einen abgedrehten Fantasystreifen gewandelt hatte, brachte mich inzwischen nicht mehr so aus der Fassung, wie es vermutlich angebracht gewesen wäre. Aber nach all den Ereignissen der vergangenen Tage hatte sich die Messlatte der Dinge, die mich noch aus den Socken hauen konnten, deutlich erhöht.

Ich erinnerte mich noch vage an die Unterhaltung zwischen Lockenbubi und Drake. Vor allem meine Emotionen – eine Mischung aus *Die beiden haben sie nicht mehr alle* und *Ich habe sie selbst nicht mehr alle*, war mir im Gedächnis geblieben. Allein der Moment, als diese genmanipulierte Wolfs-Bestie in der Gasse erschienen war und ich mich in eine magische Version von Lara Croft verwandelt hatte, hatte sich mir ins Gedächtnis gebrannt.

Das Geräusch einer sich öffnenden Tür unterbrach meine Bemühungen und ich schloss abrupt die Augen. Solange ich nicht wusste, wie ich hier gelandet war und wer da soeben pfeifend den Raum betreten hatte, würde ich mich bedeckt halten.

Begleitet von einem wohligen Duft, der frisch und irgendwie erdig roch, durchquerte der Neuankömmling mit leichtfüßigem Gang den Raum.

Unweigerlich hatte ich das Bild eines jungen, ambitionierten Pflegers vor Augen, der soeben für eine routinemäßige Stippvisite vorbeigekommen war.

Papiergeraschel ertönte und wurde kurz darauf von angeschlagenen Computertastaturtasten abgelöst, ehe der erlösende Klang von einem sich bewegenden Vorhang an mein Ohr drang.

Etwa drei Sekunden lang bemühte ich mich, gleichmäßig zu atmen, ehe mich die sich erneut öffenende Tür ablenkte.

»Wie geht es ihr?« Schwere Schritte begleiteten die vertraute Stimme und ich wusste sofort, wer den Raum betreten hatte.

Lockenbubi.

Sollte ich jetzt erleichtert oder beunruhigt sein, dass er hier war? Zwar hatten wir es beide lebend aus der Gasse geschafft, nur hatte er mich auch erfolgreich entführt.

»Den Umständen entsprechend gut«, lautete die Antwort, die von irgendwo neben mir herkam und von Joe Cocker selbst hätte stammen können. »Du hast sie wirklich in letzter Minute hergebracht, Jack. Die Verbrennung hatte bereits einen Großteil ihrer Zellen angegriffen. Noch ein wenig mehr, und sie wäre verloren gewesen.«

Stille folgte diesen Worten, die ich nutzte, um das eben Gehörte zu verarbeiten.

Lockenbubi, beziehungsweise *Jack*, sollte *mir* das Leben gerettet haben? Wer von uns war denn auf den Rücken der Bestie geklettert und hatte sie erstochen?

Kurz davor, mich in meine Empörung hineinzusteigern, erfasste mich eine unerklärliche Schwere und drückte mich tief in die Matratze, während mich gleichzeitig etwas in die Höhe zu zerren schien.

Mein Puls eskalierte und brachte das Messgerät beinahe zum Explodieren. Das zuvor ruhige und konstante Piepen wurde zu einem hektischen Alarmsignal und mein Plan, mich schlafend zu stellen, erübrigte sich.

Sicherlich würden die beiden Männer gleich –

»Hast du das alte Mistding immer noch nicht repariert?«, fragte Lockenbubi in meine Gedanken hinein und ich vernahm sein mir inzwischen geradezu nervtötend vertrautes Seufzen. »Das letzte Mal haben mich die ständigen Fehlwarnungen beinah in den Wahnsinn getrieben.«

»Sorry«, antwortete der andere Typ unsicher, als wüsste er nicht, ob das die richtige Erwiderung war.

Hatte er womöglich Angst? Drake hatte irgendetwas davon gefaselt, dass Lockenbubi der Anführer der Lunaris war. Und auch wenn er mir nicht wie ein Gangsterboss vorkam, so wusste ich in Wahrheit doch gar nichts über diesen Typen oder diese Lunaris.

»Schon gut. Komm, gehen wir hoch. Olly hat Chinesisch bestellt. Wenn wir Glück haben, bekommen wir noch etwas von den Frühlingsrollen ab.«

Erneut wurde mit Papier geraschelt, dann entfernten sich zwei Paar Füße. Die Zimmertür wurde geöffnet, fiel leise zurück ins Schloss und ich war allein.

Nach genau zehn meiner immer noch viel zu schnellen Herzschläge stieß ich die angehaltene Luft aus meinen Lungen. Ich hatte keine Ahnung, mit wem sich Lockenbubi unterhalten hatte, oder woher dieses merkwürdige Gefühl gestammt hatte. Aber ich war aufrichtig erleichtert, dass beides verschwunden war.

Noch ein paar Sekunden, dann hob ich die Lider. Wie ich angenommen hatte, war der Vorhang rund um mein Bett weggeschoben worden, sodass ich mehr über meine Umgebung in Erfahrung bringen konnte. Doch mein Vorhaben wurde rüde unterbrochen.

»Guten Abend«, begrüßte mich Lockenbubi, der mit vor der Brust verschränkten Armen und an den Füßen gekreuzten Knöcheln rücklings gegen einen Tisch lehnte. Hinter ihm waren ein Computermonitor und irgendwelche Apparaturen zu erkennen, die bestens in ein Labor gepasst hätten. »Hast du gut geschlafen?«

Entsetzt, beschämt und mindestens doppelt so wütend starrte ich mein Gegenüber an. Nicht nur, dass mich der Mistkerl reingelegt hatte, er hatte auch Zeit gehabt, sich zu duschen und umzuziehen. Seine dunkelblonden Wellen fielen ihm feucht ums Gesicht und anstelle des T-Shirts, das er in der Gasse getragen hatte, spannte sich der dünne Baumwollstoff eines Freizeithemdes über seinen Oberkörper. Allein die dunklen Ringe unter seinen Wimpern zeugten davon, dass er sich nicht so frisch fühlte, wie er aussah.

Als ich nicht antwortete, stieß sich Lockenbubi von dem Tisch ab und trat langsam an mein Bett heran. Hätte er mich nicht vor weniger als dreißig Sekunden eiskalt gelinkt, hätte ich seine Zurückhaltung vielleicht als Zeichen der Rücksichtsnahme interpretiert. Doch so ...

»Es tut mir leid, dass ich dich ausgetrickst habe«, sagte er über das immer noch viel zu laute Piepen des Herzfrequenzmessers hinweg. »Aber ich musste sichergehen, dass du *wirklich* wach bist. Denn auch wenn du es mir vermutlich nicht glauben wirst, habe ich mir Sorgen gemacht. Deine Verletzungen waren ziemlich gravierend.« Am Fußende meines Bettes blieb er stehen und legte die Hände auf das Metallgestell. Dabei blitzte der Ring an seiner Hand im Schein des orangen Lichtes auf. »Jedenfalls bin ich froh, dass es dir den Umständen entsprechend gut zu gehen scheint.« Sein Lächeln sollte vermutlich freundlich wirken, aber es verfehlte sein Ziel. Offenbar wusste Lockenbubi ebenso wenig, wie er mit mir umgehen sollte, wie ich es bei ihm wusste.

Da ich auch weiterhin keine Anstalten machte, mich an dieser Konservation zu beteiligen, fuhr er in seinem Monolog fort.

»So ist es doch, oder? Ich mein, da du noch immer am Morphin- und Muskelrelaxantropf hängst, solltest du zumindest keine Schmerzen haben.«

»Wo bin ich?«, erwiderte ich mit selbstbewusst vorgerecktem Kinn. Dass ich in einem gewöhnlichen Krankenhaus lag, schloss ich inzwischen aus.

»Auf unserer Krankenstation. Im Hauptquartier der Lunaris in New Haven. Nachdem du dir bei deiner Auseinandersetzung mit dem Shadow einen Schattenbrand zugezogen hattest, blieb mir keine andere Wahl, als dich mitzunehmen. Sonst wärst du noch in New York gestorben.«

Ich nickte, auch wenn ich nur mit einem Bruchteil seiner Erklärung etwas anfangen konnte. Was war ein Schattenbrand? Und wieso hätte mich dieser getötet? Und wer zum Henker waren diese Lunaris, von denen ständig die Rede war und zu denen ich angeblich ebenfalls gehören sollte?

Lockenbubi ließ sein inzwischen berühmtes Seufzen erklingen und fuhr sich mit beiden Händen durch die Haare.

»Du hast noch immer keine Ahnung, wovon ich rede, oder?« Obwohl ich mir sicher war, dass er die Antwort auf seine Frage selbst kannte, schüttelte ich den Kopf.

Er nickte mit zusammengepressten Lippen, dann ...

»Zum Teufel auch eins! Wie kann das sein?« Der Ausdruck in seinen Iriden wirkte so intensiv, dass es mir unangenehm war, ihm zu begegnen. »Du bist eine Lunaris! Das steht fest!«

»Wieso? Wieso steht es fest, dass ich eine Lunaris bin – wer oder was auch immer das sein soll.«

Lockenbubi sah mich kritisch an, als wöge er ab, ob ich meine Frage ernst meinte.

»Es ist schwer, dir darauf zu antworten, ohne dich noch mehr zu verwirren«, sagte er schließlich. »Aber gewöhnliche

Menschen können weder Lichtwesen, wie Drake eins ist, noch Shadows sehen oder hören. Ganz zu schweigen davon, dass ein gewöhnlicher Mensch – oder sonst ein Wesen, das *kein* Lunaris ist – meine Lumi-Dolche niemals hätte berühren können. Aber du konntest das alles. Du hast sogar gegen den Shadow gekämpft und ihn so weit geschwächt, dass es mir am Ende möglich war, ihn trotz meiner Verletzungen zu vernichten.«

Wir sahen einander an, dann brach Lockenbubi den Blickkontakt ab.

»Hast du eigentlich eine Vorstellung davon, wie frustierend es ist, wenn sich aus heiterem Himmel alles verändert, was du zuvor für vollkommen selbstverständlich gehalten hast? Ehrlich, June, ich fühle mich wie ein Hamster, der sich im Laufrad abstrampelt, und doch nie ans Ziel gelangt.«

»Ob ich weiß, wie frustrierend das ist?« Ich lachte hohl. Wollte mich der Typ verarschen? »Nein, sorry, davon habe ich keine Ahnung. Schließlich war *ich* nicht noch vor weniger als einer Woche eine völlig normale Studentin in Wyoming, die mit ein paar Leuten auf einem Jahrmarkt unterwegs war. Und natürlich bin *ich* keiner abgedrehten Wahrsagerin begegnet, die mit einem Plüschtier spricht, als wäre es lebendig, und die mich in ihre Zauberhütte gelockt hat, wo mich ein verdammter Lichtball attackierte, als befände ich mich im verfluchten Krieg der Sterne!« Ich wurde immer lauter und hysterischer. »Und selbstverständlich bin ich am nächsten Tag *nicht* buchstäblich in einem Fantasy-Horrorfilm aufgewacht, in dem jeder, der mich zuvor kannte, plötzlich keine Ahnung mehr hat, wer ich bin. Und der Typ, der mich am Abend zuvor geküsst hat, ist auch nicht meinetwegen gestorben, weil ich ihn angeblich mit meinen Lippen vergiftet haben soll! Nein, *nichts* davon ist geschehen, weswegen ich natürlich keine Ahnung habe, wie es dir gerade geht!« Meine Zunge überschlug sich beim Sprechen, so schnell purzelten mir die Silben über die Lippen. Lockenbubi hatte die Büchse der Pandora geöffnet und jetzt gab es kein Zurück mehr. »Aber weißt du was? Das ist auch gut so. Denn wäre es anders, hätte ich während meiner Flucht feststellen müssen, dass ich seit Neuestem über Zauberkräfte verfüge. *Zauberkräfte!* Als wäre ich ein beschissener Marvel Superheld! Und dann hätte ich auch erfahren, dass ich von dir – einem mir völlig fremden Typen – und einem vermeintlichen Plüschtier aufgespürt wurde, nachdem ihr mich tagelang gestalkt habt! Wäre das nicht total verrückt? Fast so verrückt, wie der Kampf gegen eine Kreatur, die den harmlosen Namen *Shadow* trägt, aber eine Bestie aus der Hölle sein könnte!«

Lockenbubi starrte mich an, die Augen vor Schreck geweitet. Doch ich dachte gar nicht daran, Rücksicht auf ihn zu nehmen.

»Aber weißt du, was an der ganzen Sache am Frustrierendsten wäre?« Verhasste Tränen ließen meine Sicht verschwimmen und ich musste mehrfach blinzeln, um sie in Schach zu halten. »Dass ich halb nackt in einem Bett liege, in einem Raum, von dem ich nicht weiß, wo er sich befindet oder wer alles Zugang dazu hat. Dass ich nicht einen einzigen Muskel rühren kann und buchstäblich wildfremden Personen hilflos ausgeliefert bin. Und dass diese Personen mir vorjammern, wie schrecklich es für *sie* ist, dass *ich* keine Ahnung habe, wer ich eigentlich bin oder was mit mir geschehen ist.«

Lockenbubi schwieg beharrlich und ein Teil von mir hätte zu gern gewusst, was zwischen seinen Schläfen vor sich ging. Doch der sehr viel größere Teil wünschte sich die Möglichkeit, das eben Gesagte zurückzunehmen. Ein völlig ungeplanter Seelenstriptease war das Letzte, was ich hatte von mir geben wollen.

Lange stand Lockenbubi einfach so da und wir schauten einander an. Dann, als das Schweigen kaum noch auszuhalten war, trat er am Ende meines Bettteils vorbei und kam näher. Er schaltete das Herzschlagmessgerät ab und nahm den Pulssensor von meinem Zeigefinger. Umgehend erfüllte eine ohrenbetäubende Stille den gesamten Raum.

»Ich heiße Jackson. Jackson Ward. Und ich bin der Captain der Lunaris-Gruppe hier in New Haven. Charleston, unser Heiler, meinte, dass deine Verletzungen inzwischen größtenteils verheilt sind.« Beim Sprechen sah Lockenbubi konzentriert auf seine Hände und ich tat es ihm nach. Von einem kleinen Servierwagen, der neben meinem Bett stand und den ich zuvor nicht bemerkt hatte, nahm er eine Mullkompresse und drückte sie behutsam auf die Einstichstelle an meinem Arm. Dann zog er die Nadel unter meiner Haut hervor. »Ich habe ihn darum gebeten, den Zugang so lange stecken zu lassen, bis du aufwachst – für den Fall, dass du noch irgendwelche Medikamente benötigen solltest. Jetzt bist du wach und kannst selbst entscheiden, ob du weitere Schmerzmittel brauchst.« Er räusperte sich und drückte die Kompresse etwas fester in meine Armbeuge, was meinen Puls in die Höhe schießen ließ. Erst jetzt wurde mir bewusst, wie nah wir einander waren. »Die letzte dir verabreichte Dosis Morphin liegt etwa eine Stunde zurück. Aber die Wirkung sollte aufgrund der nicht reinmenschlichen Struktur deines Körpers nur noch etwa dreißig Minuten anhalten. Gleiches gilt für das Muskelrelaxan. Anfangs ist es möglich, dass es sich anfühlt, als wären deine Muskeln eingeschlafen. Das ist normal und dauert nur wenige Minuten an. Sobald das Kribbeln vorbei ist, kannst du dich wieder normal bewegen. Solltest du wider Erwarten noch Schmerzen verspüren, ruf nach Charleston.« Er deutete mit einem Nicken nach rechts, wo an einer Wand ein altmodisches Festnetztelefon hing. »Wenn du den Hörer abnimmst, wirst du automatisch mit seinem Handy verbunden. Du kannst dir aber auch Aspirin aus der obersten Schublade des Schreibtischs nehmen.« Die Kompresse mit zwei Fingern festhaltend griff er mit der anderen Hand nach einer kleinen Rolle mit weißem Stoffklebeband. Mit den Zähnen riss er ein Stück davon ab. »Deine Kleidung liegt auf dem Stuhl hinter deinem Bett.« Er befestigte die Kompresse an meiner Haut. »Olly hat darauf bestanden, dich umzuziehen, um die Sachen für dich zu waschen. Sie meint, es wäre menschenunwürdig, dich in der stinkenden Kleidung zu lassen.« Er riss einen zweiten Streifen ab und fixierte damit die Kompresse. Als seine Finger dabei die Innenseite meines Arms streiften, durchfuhr mich ein Schaudern.

»Während Olly dich umgezogen hat, war niemand sonst hier im Raum. Und obwohl wir nicht explizit darüber gesprochen haben, weiß ich, dass sie deine Unterwäsche nicht angerührt hat. Diese solltest du also noch unter dem OP-Hemd tragen.« Es folgte ein weiteres Räuspern, als müsste er sich selbst daran erinnern, dass seine Tätigkeit beendet war und es für ihn keinen Grund mehr gab, mir derart auf die Pelle zu rücken.

Prompt ließ er von mir ab und trat demonstrativ einen Schritt zurück. Er wirkte angespannt.

»Niemand von uns wollte dir je etwas Böses, June«, sagte er, das weiche Timbre war in seine Stimme zurückgekehrt. »Du bist eine von uns. Eine Lunaris. Keine Gefangene. Es steht dir frei, jederzeit zu gehen, ohne dir darüber Sorgen machen zu müssen, dass ich oder jemand anderes aus meinem Team dir folgen wird. Darauf gebe ich dir mein Wort. Aber solltest du Antworten auf deine sicherlich sehr lange Liste von Fragen wollen, findest du mich oben. Folge einfach dem Weg, der aus dieser Tür rausführt.«

Mit einem Nicken, das ich sowohl als Verabschiedung für den Moment als auch einen Abschied auf Lebenszeit interpretieren konnte, kehrte er mir den Rücken und steuerte den einzigen Ausgang im Raum an.

Unschlüssig sah ich ihm nach. Ich stand an einem Scheideweg und wusste nicht, welche Richtung ich einschlagen sollte.

War es klug, mich noch tiefer in dieses ganze Chaos hineinziehen zu lassen? Oder sollte ich lieber die Beine in die Hände nehmen und so weit wie möglich weglaufen, ehe es zu spät war?

KAPITEL ELF

Einige Zeit nachdem Lockenbubi das Zimmer verlassen hatte, kreisten seine Worte noch immer durch meinen Verstand. Als er mich kurz vor seinem Abgang ein letztes Mal angesehen hatte, hatte ich etwas in seinen Augen entdeckt, das mir schrecklich vertraut war. Es war diese Mischung aus bohrenden Fragen, der Angst, womöglich niemals Antworten auf sie zu finden, und der gleichzeitigen Sorge, eben doch Antworten zu erhalten.

Hatte ich ihm unrecht getan? Hatte er von Beginn an nur das Ziel verfolgt, mich zu finden, um Licht in seine persönliche Dunkelheit zu bringen?

Auch wenn ich es niemals für möglich gehalten hätte, Lockenbubi und ich hatten mehr gemeinsam, als mir lieb war. Wir waren beide auf der Suche nach etwas, das wir nur mit Hilfe des jeweils anderen finden konnten.

»Was soll ich nur tun?«

»Ein guter erster Schritt wäre es, wenn du aufhören würdest, mit dir selbst zu sprechen. Die da oben wissen ohnehin nicht, was sie von dir halten sollen. Wenn sie mitbekommen, wie du Selbstgespräche führst, werden sie dich schneller einsperren, als du gucken kannst.« Eine kleine, fuchsiafarbene Gestalt landete wie selbstverständlich auf meinen Brustkorb.

»Drake«, sagte ich erstaunlich erfreut. »Was machst du hier? Und wie bist du reingekommen?« Obwohl ich es niemals zugeben würde, war ich erleichtert, den Drachen zu sehen.

Seine große Klappe ging mir zwar gelegentlich auf den Keks, aber auf eine seltsame Art und Weise mochte ich das kleine Wesen. Mit ihm fühlte ich mich weniger allein.

»Was ich hier mache? Na, du stellst Fragen!« Er schnaubte und verschränkte die Arme vor der geschuppten Brust. Obwohl wir in etwa auf einer Höhe waren, schaffte er es, auf mich herabzusehen. »Ich bin natürlich wegen dir hier, Mädchen! Oder glaubst du, ich würde mir die ganze Mühe machen und nach über fünfhundert Jahren auf die Erde zurückkehren, um auf dich aufzupassen, nur um dich bei der erstbesten Gelegenheit im Stich zu lassen? Und wenn du Lockenbubi weniger nachschmachten würdest, hättest du auch gesehen, dass ich durch die Tür gekommen bin. Ihr Menschen seid echt ekelig, wenn ihr euch verknallt!«

Mit vor Entsetzen offen stehendem Mund starrte ich den Drachen an. Ich sollte Lockenbubi nachgeschmachtet haben? Von wegen!

Zwar musste ich zugeben, dass ihm das Hemd sehr gut gestanden hatte, und ich hatte auch schon immer eine minimale Schwäche für Männer mit nassen Haaren gehabt. Aber das hatte nichts zu bedeuten!

»Du bist auf die Erde gekommen, um auf *mich* aufzupassen?«, wechselte ich das Thema und zog die Stirn in Falten. »Also entweder bist du richtig schlecht in deinem Job, oder wir haben unterschiedliche Definitionen von ›auf jemanden aufpassen‹.«

»Hey! Es gibt verschiedene Arten, auf jemanden zu achten.« Drake hob die Nase in die Höhe, was ihn noch arroganter wirken ließ. »Denn ich verstehe mich eher als Berater denn als Bodyguard.« Er trippelte näher an mich heran, wobei mir klar wurde, dass das hier der erste richtige Kontakt zwischen uns war. Die Zeit, als Drake noch ein harmloses Plüschtier gewesen war, zählte nicht. Und in New York hatte er hauptsächlich *über* mich anstatt *mit* mir gesprochen. »Und als dein Berater empfehle ich dir, ganz dringend aufzupassen, was du Lockenbubi oder sonst wem erzählst – Anwesende selbstverständlich ausgenommen.«

»Was meinst du damit?«

»Na, zum Beispiel, was du mir in der Gasse anvertraut hast. Dass du die wahre Form des Shadows sehen kannst. Normalerweise erkennen Lunaris nur formlose Schatten. Sie können Shadows auch nicht richtig hören. Sie verstehen bestenfalls Grunzlaute, die vage an die menschliche Sprache erinnern.«

Meine Verwirrung intensivierte sich, was man mir wie gewohnt mit Leichtigkeit an der Nasenspitze ablesen konnte.

Entkräftet ließ Drake den zu großen Kopf hängen und schüttelte ihn schnaubend.

»Nur ein Mal mit Profis … ist das echt zu viel verlangt? Was glaubst du wohl, wie die anderen Lunaris darauf reagieren werden, wenn sie erfahren, dass ausgerechnet *du* – jemand, den sie weder kennen, noch von dem sie wissen, ob sie ihm trauen können – als einzige Lunaris *jemals* die wahre Gestalt eines Shadows sehen kannst?« Er schaute mich an, als erwartete er tatsächlich eine Antwort. Aber ich war viel zu sehr mit meinen eigenen Überlegungen beschäftigt.

Ich sollte die einzige Lunaris sein, die jemals einen Shadow in seiner wahren Form gesehen hatte? Na, klasse! Dann war ich also nicht nur ein verdammter Freak, ich war die verfluchte Hauptattraktion des gesamten Zirkus!

Drake musste mein Mienenspiel missinterpretiert haben, denn seine reptilienähnliche Nase zuckte, als würde er niesen müssen.

»Wehe, du fängst jetzt an zu heulen, Mädchen. Ich habe vorhin extra gewartet, bis deine Tränen getrocknet sind, damit du nicht auf die Idee kommst, Trost von mir zu erwarten. Ich bin schließlich kein Kuscheldrache.« Grummelnd ließ er sich auf seinen Hintern fallen und schlang seinen Schwanz um die kurzen Beine. Offenbar hatte er vor, länger zu bleiben. »Außerdem ist es gar nicht *so* besonders, dass du diese Fähigkeit besitzt. Lichtwesen waren dazu schon immer in der Lage. Ich empfehle dir nur, damit nicht hausieren zu gehen. Denn ich habe mich da oben mal umgehört, während du dein Schönheitsnickerchen gehalten hast. Wie es scheint, ist Arizona, der ehemalige Skorpion der Gruppe, vor einer Woche verschwunden.«

»Vor einer Woche? Aber das muss in etwa –«

»In der Nacht deiner Berufung gewesen sein?«, beendete Drake den Satz und nickte ernst. »Genauso ist es. Und da kommen wir bereits zur ersten Ungewöhnlichkeit. Normalerweise, wenn ein Lunaris stirbt –«

»Was? Sie ist *tot*? Ich dachte, sie wäre verschwunden.« Die Ironie, dass ausgerechnet ich mich über Sternzeichen unterhielt, wo ich mich zuvor doch über Christinas Astrologie-Spleen lustig gemacht hatte, entging mir nicht. Nur war mir gerade nicht nach Lachen zumute.

»Es ist nicht bestätigt, dass sie tot ist«, antwortete Drake. »Aber soweit ich weiß, ist das die einzige Möglichkeit, wie ein Lumen von einem Lunaris auf den anderen übergeht. Deswegen nehme ich an –«

»Was ist jetzt schon wieder ein Lumen?« In meinem Kopf schwirrten so viele Begriffe, Fragen und Gedanken, dass mein Schädel zu platzen drohte. Gleichzeitig wollte ich so viele Informationen wie möglich aufsaugen.

»Ein Lumen ist die magische Kraft, die euch Lunaris von Luna, der Mondgöttin, im Kampf gegen die Shadows zur Verfügung gestellt wird. Aber dein Lumen muss defekt sein, weil du rein gar nichts von dem weißt, was du eigentlich wissen müsstest. Und jetzt hör auf, mich ständig zu unterbrechen. Bei deinem Geblubber kann sich ja kein Drache konzentrieren.«

Während sich Drake murrend darüber ausließ, wie unwürdig es war, einem Lunaris seine eigene Geschichte erklären zu müssen, begriff ich, dass es sich bei diesem Lumen um den Sci-Fi-Ball handeln musste, der mich in dem Laden der Wahrsagerin angegriffen hatte.

Nur, dass die Wahrsagerin gar keine gewesen war.

Heilige Scheiße! Ich war einer echten Mondgöttin begegnet?

Zwar fiel es mir schwer, den Gedanken an eine Mondgöttin zu akzeptieren, aber nach allem, was ich in der letzten Woche erlebt hatte, war diese als Oberhaupt einer magischen Vereinigung auch nicht abgedrehter als ein schwarz-weißer Ex-Kommilitonen-Zombie, eine Wolfs-Bestie oder die Fähigkeit, sich unsichtbar fortzubewegen.

Ich lenkte den Fokus meiner Gedanken zurück auf das Lumen-Thema. War es möglich, dass ich ihn bei meinem Kampf kaputt gemacht hatte? Oder war er bereits davor defekt gewesen? Jedenfalls machten mit einem Mal Namen und Begriffe wie *Lunaris* oder *Lumi-Dolche* Sinn.

»Also«, atmete Drake tief durch, nachdem er seinem Ärger ausreichend Luft gemacht hatte. »Wie ich bereits sagte, geht der Lumen für gewöhnlich von einem Lunaris auf den nächsten über, sobald dieser stirbt. Aber in einem solchen Fall verlassen *alle* Lumen einer Gruppe ihre Wirte und ziehen geschlossen weiter. Ich habe noch nie davon gehört, dass ein *einzelner* Lumen weiterzieht und der Rest der Gruppe bleibt.«

»Heißt das, wenn ein Lunaris stirbt, fällt die ganze Gruppe tot um?« Das wurde ja immer schlimmer! Jetzt sollten andere buchstäblich dafür verantwortlich sein, ob und wie lange ich weiterlebte?

»Was? Natürlich nicht! Wenn ein Lunaris stirbt, dann –«

»Wie kann man einen Lunaris töten?«, hakte ich nach. So einfach konnte das ja nicht sein, schließlich war Lockenbubi nach seinem Sturz aus dem zweiten Stock auch wieder aufgestanden. Gleichzeitig schien der bloße Kontakt mit diesen gruseligen Schattenschlangen auszureichen, um einen Lunaris mit einem Schattenbrand über den Jordan zu jagen.

»Was ist ein Schattenbrand?«, fragte ich weiter, gerade als Drake den Mund geöffnet hatte.

Kurz starrte mich der Drache an, dann klappte er sein Maul zu und seine Mundwinkel sackten hinab. Der Ausdruck blanken Verdrusses kehrte in seine Miene zurück und als er seufzend die Arme in die Höhe warf, konnte ich mir ein Schmunzeln nicht verkneifen. Allmählich fand ich Gefallen an unserem Gespräch – was nicht zuletzt daran lag, dass es mir endlich eine gewisse Kontrolle über mein Leben zurückgab.

»Was glaubst du, wer ich bin, Mädchen? Lunapedia? Stell deine Frage den anderen Lunaris. Die haben vielleicht die Zeit, dir alles von der Pike auf zu erklären. Ich versuche währenddessen herauszufinden, was hier abläuft. Denn wie es scheint, können wir uns auf nichts Bewährtes verlassen. Und wenn es etwas gibt, das ich abgrundtief hasse, dann sind es Veränderungen.«

KAPITEL ZWÖLF

Nach Drakes kleiner Ansprache hatte es sich der Drache an Ort und Stelle gemütlich gemacht und war eingeschlafen. Am liebsten hätte ich ihn geweckt und ihm klargemacht, dass ich kein Drachenbett war – wer wusste schon, ob er im Schlaf nicht sabberte. Aber je länger ich das kleine Wesen beim Träumen beobachtete, um so weniger hatte ich es übers Herz gebracht. Seine Anwesenheit fühlte sich angenehm beruhigend an. Fast wie bei einer Babykatze.

Vielleicht konnte ich Drake beibringen zu schnurren, wenn ich ihn kraulte?

Davon abgesehen musste ich zugeben, dass mir der Drache geholfen hatte. Sein Gerede hatte einen Entschluss in mir reifen lassen. Wenn ich Antworten auf meine Fragen erhalten wollte, musste ich mich Lockenbubi und seiner Truppe stellen. Ganz egal, wie mies mein Bauchgefühl dabei war.

Schätzungsweise eine Viertelstunde nachdem Drake eingeschlafen war, setzte das angekündigte Kribbeln in Fingerspitzen und Zehen ein. In Rekordzeit breitete es sich aus und hielt weitere Minuten an. Doch als es anschließend abebbte, erhielt ich endlich die Kontrolle über meinen Körper zurück und hätte vor Freude weinen können.

Man wusste etwas derart Selbstverständliches wie funktionierende Muskeln erst zu würdigen, wenn man eine gewisse Zeit darauf hatte verzichten müssen.

Nach einem letzten Check, ob mein Körper auch wirklich

wieder auf mich hörte, sprang ich aus dem Bett, was Drake unsanft auf die Matratze katapultierte.

Ein empörtes Grummeln erklang, doch der Drache schlief umgehend wieder ein, weshalb ich seinen Protest nur halbherzig zur Kenntnis nahm – ganz im Gegensatz zu dem Schwindel, der von mir Besitz ergriff.

Ich atmete gegen das Drehgefühl an und nachdem ich mir sicher war, dass mich mein Kreislauf nicht erneut bei der kleinsten Bewegung verließ, sah ich mich um. Aus dieser Perspektive wirkte die Krankenstation schon sehr viel weniger einschüchternd. Mein Bett war eines von zweien, die in einem Raum mit orange gestrichenen Wänden und dekorativen Landschaftsbildern standen. Das fehlende Tageslicht wurde durch verschiedene Steh- und Tischlampen kompensiert, und abgesehen von Apparaturen, die auf einer Krankenstation nicht fehlen durften, stand neben dem Schreibtisch, an dem Lockenbubi zuvor gelehnt hatte, ein Teeservice mit einem Plätzchenteller.

Meine Kleidung fand ich ordentlich gefaltet auf einem Stuhl hinter dem Bett. Sie roch nach Waschmittel und bestätigte Lockenbubis Geschichte.

Ich tauschte das Krankenhaushemdchen gegen den Lutscher-Pullover, die Skinny Jeans und meine Ankle Boots, und fühlte mich gleich um Welten besser – auch wenn mein Bein hin und wieder schmerzhaft zog und ich gerade für eine Dusche töten könnte.

Die Jacke über den Arm gehängt, begab ich mich zum Ausgang.

»Ich hoffe für dich, dass du nicht vorhattest, ohne mich abzuhauen.« Den Kopf träge erhoben, schaute mich Drake verschlafen an.

»Natürlich wollte ich das«, sagte ich. »Du hast so friedlich ausgesehen, da wollte ich dich nicht wecken. Ich meine, irgendwann muss ich ja auch mal die Ruhe genießen, ohne dein ständiges Geschnatter im Ohr.«

Drake gähnte herzhaft und entblößte seine Vampirzähne. Dann fauchte er leise, als würgte er etwas bereits Verdautes wieder hoch. Ehe ich begriff, was er plante, war er auf mich zugeflogen und hatte sich auf meine Schulter gesetzt. Nachdem er sich erneut zu einer Schnecke zusammengerollt hatte, legte er die längliche Nase auf seinen Krallen ab und schloss genießerisch die Augen.

»Liegst du bequem?«, fragte ich sarkastisch, erhielt jedoch nur ein gemurmeltes »Geht schon«, bevor ein neues Schnarchen ertönte.

Kurz war ich versucht, den Drachen dieses Mal von mir zu jagen. Aber ich entschied mich dagegen. Wenn ich mich schon in die Höhle des Löwen vorwagte, konnte ein Trumpf im Ärmel nicht schaden. Sollte es Probleme geben, würde Drake Lockenbubi und seine Crew in Grund und Boden lamentieren, während ich die Kurve kratzte.

Diese Aussicht entlockte mir ein Lächeln, gleichzeitig löste ich das Haarband, das meine geflochtenen Locken zusammenhielt, und fächerte sie mit den Fingern auf. Ich wollte mein kleines lila Geheimnis vorerst für mich behalten, bis ich herausgefunden hatte, ob diese Lichtwesen wirklich so bedeutsame Kreaturen waren, wie Lockenbubi angedeutet hatte.

Meine dicke Mähne fiel wie ein Vorhang um Drake, und dank seiner natürlichen Schuppenfarbe tarnte er sich zwischen den Strähnen besser als jedes Chamäleon.

Zufrieden mit dem Ergebnis öffnete ich die weiße Holztür und fand mich kurz darauf in einem von Neonröhren beleuchteten Flur wieder. Weiß verputzte Wände, grauer Betonboden, sowie links und rechts je zwei Türen, die laut den Beschriftungen zu Umkleideräumen und Trainingshallen führten, waren alles, was es zu entdecken gab.

Bumm!

Bumm!

Bumm!

Pause.

Dumpfe Schlaggeräusche drangen zu mir vor und setzten sich in einem schnellen, heftigen Rhythmus fort.

Bumm!

Bumm!

Bumm!

Pause.

Jeder Schlag traf mich mitten ins Herz. Mein Puls beschleunigte sich und Gänsehaut überzog meinen gesamten Körper. Sogar die feinen Härchen in meinem Nacken standen stramm.

Was zum Henker war jetzt schon wieder los mit mir? Seit wann reagierte ich so intensiv auf gewöhnliche Trainingsgeräusche? Und wieso kehrte auf einmal dieses widersprüchliche Gefühl zurück, als würde ich gen Boden gedrückt und in die Luft gezogen werden?

So unvermittelt, wie er eingesetzt hatte, brach der Schlagrhythmus ab und Stille erfüllte den Flur.

Wer auch immer da gerade trainierte, schien bemerkt zu haben, dass er nicht länger allein war.

Neugier kochte in mir hoch und ein Teil von mir wollte die Tür zum Trainingsraum öffnen und nachsehen.

Doch ehe ich diesem Drang nachgeben konnte, riss mich ein Drachenschnarchen aus meiner Hypnose.

Schnell, ehe ich etwas Blödes tat, eilte ich den Flur entlang, was das Ziehen in meinem Bein zu einem unangenehmen Pochen mutieren ließ. Doch ich ignorierte es und folgte dem Weg die geländerlose Steintreppe hinauf, bis ich auf der Schwelle zum nächsten Raum zum Stehen kam.

Schlagartig fühlte ich mich wie in eine andere Welt katapultiert.

Der schmucklose Kellerflur mündete in einer großzügigen Galerie mit hoher Decke, frei stehender Treppe und dickem Teppich auf dunklem Holzboden. Ein altmodischer Lüster verströmte gemeinsam mit ein paar antiken Wandleuchten und einer Stehlampe ein gemütliches Licht, das im starken Kontrast zu der Stadionbeleuchtung ein Stockwerk tiefer stand. Steinbüsten, die auf dunklen Tischen standen, gehörten ebenso zur Einrichtung wie Grünpflanzen und die in Goldrahmen gefassten Porträtbilder an den holzvertäfelten Wänden.

Jeder Zentimeter roch nach Geld, Einfluss und Macht. Und obwohl ich mir darüber zuvor keine Gedanken gemacht hatte, entsprach diese Art von Hauptquartier genau dem, was man sich für eine magische Geheimgesellschaft vorstellte.

Mein Staunen wurde von gedämpften Stimmen unterbrochen, die aus einem angrenzenden Zimmer zu mir drangen. Obwohl ich kein Wort verstand, war es offensichtlich, dass hitzig diskutiert wurde.

»Genug jetzt!«, polterte Lockenbubis Timbre unverkennbar durch das Erdgeschoss. »Ich habe ihr gesagt, dass sie, wenn sie sich dazu entscheidet, gehen zu wollen, es jederzeit tun kann – und zwar ohne Angst haben zu müssen, dass ihr jemand von uns folgt.«

»Jackson hat recht«, räumte der Typ aus dem Krankenzimmer ein. Auch seine Reibeisenstimme war unmöglich zu verwechseln. »Wenn wir damit beginnen, Leute gegen ihren Willen festzuhalten, sind wir nicht besser als die, die wir jagen.«

Erneut war Gemurmel zu hören, das nach und nach zu einem vernehmbaren Durcheinander anschwoll, bis Lockenbubi erneut die Führung übernahm.

»Beruhigt euch, Leute! Ich weiß, dass ihr euch Sorgen macht – mir geht es nicht anders. Aber uns bleibt nichts anderes übrig, als Juneaus Entscheidung abzuwarten.«

Falls jemand etwas auf Lockenbubis – vielleicht sollte ich damit beginnen, ihn Jack beziehungsweise Jackson zu nennen? – Worte erwiderte, bekam ich dies nicht mit.

Ohne Vorwarnung ergriff wieder dieses merkwürdige Gefühl von mir Besitz. Nur, dieses Mal war es noch intensiver, weshalb ich auf dem Absatz herumwirbelte und prompt von einer Mauer aus bronzefarbener Haut aufgehalten wurde. Sie schimmerte feucht, und der schwere Duft frischen Schweißes vermischt mit dem Gestank von Metall stieg mir in die Nase.

Ansehnliche Brust- und Bauchmuskeln prangten wenige Zentimeter vor mir, und ich musste mich dazu zwingen, nicht dem Schweißtropfen zu folgen, der sich gefährlich weit in Richtung Süden schlängelte, ehe er vom Saum einer tief sitzenden Trainingsshorts verschlungen wurde.

Hart schluckend sah ich auf, und entdeckte dabei zufällig zwischen den hellen Bändern, mit denen mein Gegenüber seine Fingerknöchel umwickelt hatte, einen klobigen Silberring mit einem hellblauen Stein. Ob wohl alle Männer hier mit altmodischen Ringen umherliefen? Aber das war nicht die einzige Art von Schmuck, die mein Gegenüber, der zweifelsfrei derjenige war, der unten im Trainingsraum gewesen war, trug. Um seinen Hals schmiegte sich ein dünnes Lederband, an dem ein silberner Anhänger hing. Ein in einen Bogen eingespannter Pfeil. Trotz seiner Schlichtheit war das Symbol wunderschön.

Ich spürte einen schweren Blick auf mir und hob rasch den Kopf.

Der Typ überragte mich um mehrere Zentimeter und strahlte eine unleugbare Rohheit aus. Trotzdem entdeckte ich auch weiche Züge in seinem kantigen Gesicht. Volle Lippen und eine Nase, die trotz ihrer leichten Krümmung etwas Aristokratisches besaß. Das dunkle Haar, das er sich aus dem Gesicht gebunden hatte, schimmerte seidig und eine feuchte Locke klebten ihm an der Schläfe.

Aber das Beeindruckendste waren seine Augen. Unter dunklen und auf einer Seite durch eine Narbe geteilten Brauen wurden sie von beneidenswert dichten Wimpern umrahmt. Ihre Farbe war nicht einfach Braun, nicht einmal Hellbraun traf es. Viel mehr erinnerten sie an dunklen Bernstein. Dunkler Bernstein mit winzigen Lichtreflexen, fast so, als würden Sonnenstrahlen aus einem Meer aus Gewitterwolken hindurchstrahlen.

Oder als würde Trauer durch die Risse einer Mauer aus Schmerz und Einsamkeit hervorblitzen.

»Wenn du dich schon wie ein Angsthase versteckst und Privatgespräche belauschst, die dich einen feuchten Dreck angehen, dann steh dabei wenigstens nicht im Weg!«

Er sah hinab auf meine Brust, die bei jedem Atemzug seiner gefährlich nah kam. »*Lollipop*«, fügte er so abfällig hinzu, dass es wie eine Beschimpfung klang. Seine Augen funkelten wütend.

Ich erwiderte sein Starren, bis ich dem Druck nicht länger standhielt und gezwungen war wegzusehen. Am liebsten hätte ich mich dafür geohrfeigt. Stattdessen krallte ich die Finger in meine Jacke.

Mit einem Schnauben schob sich der Typ so dicht an mir vorbei durch den Türrahmen, dass seine verschwitzte Brust meine streifte und meinen Pullover einsaute.

Sprachlos sah ich dem Typen nach, als dieser die Treppe auf der anderen Seite der Galerie ansteuerte.

Was bildete sich dieser arrogante Gorilla eigentlich ein? Weder war ich ein Angsthase noch hatte ich irgendwelche Privatgespräche belauscht! Und überhaupt, was konnte ich dafür, wenn er sich wie ein Ninja an mich heranschlich? Hatte er noch nie etwas von »Dein Tanzbereich, mein Tanzbereich gehört«?

Zu gern hätte ich meine Gedanken dem Vollpfosten entgegengeworfen. Aber zum einen war er schon zu weit weg, sodass ich hätte regelrecht brüllen müssen, zum anderen bemerkte ich eine Bewegung von der Seite.

Lockenbu- … Jackson war auf der Schwelle zur Galerie erschienen und sah mich mit ausdrucksloser Miene an. Er hielt sich an sein Versprechen.

Ich schielte in Richtung der Eingangstür. Ich hätte nur durch das Doppelflügeltor aus dunklem Holz treten müssen und schon wäre ich frei.

Und was dann?

Wie sollte es weitergehen? Würde ich für den Rest meines Lebens auf der Flucht sein müssen? Mich bei jedem noch so unbedeutenden Geräusch ängstlich umschauen, ob erneut irgendetwas hinter mir her war?

Nein, das war keine Option.

Ich hielt an meinem getroffenen Entschluss fest.

Vielleicht beging ich einen gigantischen Fehler – nach

meiner Begegnung mit Mr Viele-Muskeln-aber-keine-Manieren war das sogar ziemlich sicher der Fall –, aber was hatte ich schon zu verlieren? Meinen Verstand? Dieser Zug war längst abgefahren.

»Ich hoffe, ihr habt anständigen Kaffee hier. Sonst bin ich schneller weg, als dir Drake auf den Keks gehen kann«, sagte ich zu Jackson. Sein Pokerface verrutschte für den Bruchteil einer Sekunde und ich konnte Erleichterung in seinen Iriden aufblitzen sehen. Auch seine Mundwinkel zuckten, als ich der Eingangstür den Rücken kehrte und auf ihn zuging.

»Wenn wir uns mit einer Sache brüsten können, dann, dass wir den besten Kaffee haben, den du jemals trinken wirst.«

Ich hoffte inständig, dass er die Wahrheit sagte. Um das Kommende zu überstehen, wäre der weltbeste Kaffee gerade einmal das Mindeste.

KAPITEL DREIZEHN

Der Raum, in den Jackson mich führte, entpuppte sich als geräumige Küche mit weißen Einbauschränken, modernen Geräten und einem großen Tisch, an dem eine Handvoll Leute saßen. Sie waren schätzungsweise alle in meinem Alter und sahen mich teils freundlich, teils skeptisch, aber definitiv allesamt äußerst neugierig an, fast so, als wäre ich ein Affe im Zoo.

»Leute, das ist June«, stellte mich Jackson vor. »June, das sind Lincoln, Tallahassee, Olympia und Raleigh.« Er deutete der Reihe nach auf einen Mann und drei Frauen. Der Typ – ich war viel zu überfordert, um mir auf Anhieb alle Namen merken zu können –, besaß ein ovales Gesicht mit kurzen dunkelbraunen Haaren, die er zu einem klassichen Fassonschnitt trug. Seine moosgrünen Augen schauten ernst, aber nicht unfreundlich drein, und seine Lippen zeigten ein höfliches Lächeln.

Die Frau neben ihm hätte keinen stärkeren Kontrast zu ihm bilden können. Obwohl sie, ebenso wie ihr Sitznachbar, ein schwarzes Polohemd trug, strahlte sie etwas Anmutiges aus, was nicht zuletzt daran lag, dass ein Großteil ihres nussbaumholzfarbenen Gesichtes hinter einem langen, bis zum Kinn reichenden Pony aus schwarzen, sicherlich mühevoll geglätteten Haarsträhnen lag. Ihre Iriden leuchteten so golden, dass ich unweigerlich an den Blick einer Raubkatze denken musste.

Die Frau daneben war ebenfalls eine wahre Schönheit mit ihrem gebräunten Teint und den kunterbunten Korkenzieherlocken, die bei jeder noch so kleinen Bewegung wippten. Ihre freundlichen Augen glänzten wie flüssige Schokolade und waren unverhohlen auf mich gerichtet. Aber im Gegensatz zu den anderen, fühlte ich mich bei ihr weniger angestarrt.

Ähnlich erging es mir mit ihrer Sitznachbarin. Jedoch stierten sie mich so unfreundlich an, dass das Blau ihrer Augen wie Eis schimmerte. Mit den pechschwarzen Haaren, die ihr glatt und seidig bis über die Schultern reichten, und den blutrot geschminkten Lippen, die missmutig verzogen waren, sah sie aus wie eine richtig angepisste Version von Schneewittchen.

Ich schluckte hart, ehe ich mich der letzten Person am Tisch widmete. Seinen Namen hatte Jackson nicht erwähnt, da war ich mir sicher.

Befangen betrachtete ich auch ihn genauer – was nicht schwer war, denn der Typ mit der blank polierten Glatze und den kleinen, tiefdunklen Augen war im Sitzen so groß wie ich im Stehen. Er hatte die Statur eines Kleiderschranks und seine Oberarme waren dicker als meine Waden. Mit den schwarzen Linien, die sich unter seinem olivgrünen T-Shirt hervorschlängelten, gab er ein einschüchterndes Bild ab.

»Charleston Montgomery, unseren Heiler, kennst du ja bereits«, sagte Jackson mit einem amüsierten Unterton, den ich auf meine entgleiste Mimik schob.

Das sollte der Typ sein, der vorhin in meinem Krankenzimmer gewesen und so unschuldig vor sich hin gepfiffen hatte? Zwar passte sein Äußeres zur Reibeisenstimme. Aber den leichtfüßigen Gang von vorhin konnte ich nicht mit ihm in Einklang bringen.

Charleston nickte mir schweigend zu und ich erwiderte die Geste, in Ermangelung besserer Einfälle. Vielleicht hätte ich so etwas wie »Danke für die Drogen, das war echt guter Stoff« sagen sollen. Aber ich wusste nicht, ob mein Witz richtig rüberkommen würde, und ich wollte vermeinden, dass mich die anderen für einen Junkie hielten.

»Du bist also der heimatlose Skorpion«, beendete die Schwarzhaarige die Stille mit schneidender Tonlage. »Interessant. Nach Jacksons Beschreibung hatte ich erwartet, dass du hübscher bist.«

»Bedenkt man dein Sternzeichen, solltest du nicht so ein Miststück sein«, konterte die Frau mit den Regenbogenhaaren, ehe ich auch nur die Chance hatte zu reagieren. Jackson hatte mich »hübsch« genannt? Ich war mir nicht sicher, was ich davon hielt. »Tja, das Leben ist nun mal voller Überraschungen – und in deinem Fall sind diese in letzter Zeit immer seltener positiver Natur.« Sie bedachte ihre Sitznachbarin mit einem so falschen Lächeln, dass meine Mundwinkel zuckten.

»Ladies«, seufzte Jackson erschöpft und verhinderte dadurch, dass die Schwarzhaarige zu einem Gegenschlag ansetzte. »Können wir den Catfight auf später verlegen?« Er massierte sich mit Daumen und Zeigefinger den Nasenrücken. »Im Moment haben wir dringendere Fragen zu klären. Fragen, bei denen uns June womöglich helfen kann.« Trotz des freundlichen Lächelns wirkte er angeschlagen. »Ich habe darüber nachgedacht, was du zu mir auf der Krankenstation gesagt hast. Und du hast recht. Ich habe die aktuelle Situation nur aus unserer Perspektive betrachtet, ohne mir Gedanken darüber zu machen, wie sich das Ganze womöglich auf dich auswirkt. Das war falsch und es tut mir aufrichtig leid. Kannst du mir verzeihen?«

Diese Worte wurden von einem derart charismatischen und gleichzeitig demütigen Mienenspiel begleitet, dass ich gar nicht anders konnte, als zu nicken.

Aus Richtung der Schwarzhaarigen erklang ein abfälliges Schnauben, das Jackson mit einem Funkeln kommentierte.

Unweigerlich überkam mich eine Woge von Mitgefühl. Es musste hart sein, der Anführer einer Gruppe mit so unterschiedlichen Persönlichkeiten zu sein. Denn, wenn ich das alles richtig verstand, und die Lunaris den zwölf Tierkreiszeichen entsprachen, konnten die Charaktereigenschaften der Mitglieder nicht verschiedener sein.

»Wie dem auch sei«, sprach Jackson betont ruhig weiter. »Ich bin mir sicher, dass sich ein Großteil von sowohl deinen als auch unseren Fragen klären lässt, wenn du uns erzählst, was dir seit deiner Berufung widerfahren ist.«

»Oh, wie schön. Gleich gibt es eine Märchenstunde«, wisperte die Schwarzhaarige gerade laut genug.

»Okay, das reicht jetzt!«, mischte sich nun wieder die Rainbow Hair Lady ein. Der ganze Schlagabtausch fand so schnell statt, dass ich Mühe hatte zu folgen. »Wenn du, Jackson, zu fertig bist, um ohne Annas Fähigkeit zu erkennen, dass June gerade völlig überfordert ist, dann muss ich eben ein Machtwort sprechen!« Sie erhob sich von ihrem Platz und sah mit in die Hüften gestemmten Händen in die Runde. In der dunklen Jogginghose und dem rosafarbenen Crop Top wirkte sie nicht so einschüchternd, wie sie es vermutlich wollte. Dennoch bezweifelte ich nicht, dass sie sich mit Leichtigkeit Respekt verschaffen konnte, wenn sie es darauf anlegte. »Wenn unser Captain sagt, dass June eine von uns ist, dann ist das so. Und niemand hat das Recht, diese Worte anzuzweifeln – egal, ob uns das gefällt oder nicht.« Beim letzten Satz sah sie die Schwarzhaarige bedeutungsvoll an. »Also hört auf, June zu behandeln, als stände sie vor Gericht. Sie hat nichts verbrochen. Ganz im Gegenteil. Es ist mehr als offensichtlich, dass sie ebenso verwirrt, ängstlich und besorgt ist wie wir alle.« Sie ließ die Arme sinken, trat an dem Tisch vorbei und kam geradewegs auf mich zu. Warm lächeld reichte sie mir die Hand. »Hi. Ich bin Olympia, aber nenn mich ruhig Olly. Und ich bin hier der Stier«, fügte sie hinzu, als würde das alles sagen, was ich über sie wissen musste. Aber vermutlich glaubten diese Leute das tatsächlich. Für sie waren ihre Sternzeichen Statussymbole, über die sie sich profilierten.

Eher aus Reflex ergriff ich die dargebotene Hand und drückte sie kurz. Ollys Haut war warm und weich und als wir einander ansahen, wurde ihr Lächeln eine Spur herzlicher.

Es dauerte nicht lange, bis sich auch meine Mundwinkel hoben. Sie musste diejenige sein, die meine Klamotten gewaschen hatte.

»Freut mich, Olly«, sagte ich aufrichtig und ließ ihre Hand los. »Und danke für das Wäschewaschen«, schob ich leiser nach.

Olly nickte, dann wandte sie sich Jackson zu.

»Ich werde June jetzt nach oben bringen, damit sie sich etwas frisch machen und ausruhen kann. Nach über vierundzwanzig Stunden auf der Krankenstation könnte ich eine Dusche kaum noch erwarten.«

Vor Entsetzen verlor ich die Kontrolle über meine Gesichtszüge. Ich war einen vollen Tag lang ausgeknockt gewesen?

Wie war das möglich?

Klar, Jackson hatte erwähnt, dass ich unter Schmerzmitteln und Muskelrelaxanzien gestanden hatte. Aber war das der einzige Grund, oder hatte dieser Schattenbrand etwas damit zu tun?

Ohne eine Erwiderung abzuwarten, hakte sich Olly bei mir unter, wodurch ich fast meine Jacke verlor.

»Komm, ich zeig dir dein Zimmer.«

»Olly«, sagte Jackson. Er klang müde, aber gleichzeitig irgendwie warnend. »Der Abendappell beginnt in fünfzehn Minuten. Denkst du nicht, dass es angebracht wäre, dass June –«

»Sich jetzt ein wenig ausruht, während wir anderen unseren Job machen? Doch, da gebe ich dir voll und ganz recht.« Sie bedachte Jackson mit einem liebevollen Lächeln und zog mich gleichzeitig aus der Küche. »Und ich verspreche dir, ich bin rechtzeitig zurück.«

»Du weißt, dass ich das nicht gemeint habe.« Jackson seufzte frustriert.

»Natürlich weiß ich das«, flötete Olly, ohne stehen zu bleiben. »Und später darfst du mich dafür auch gern tadeln. Aber jetzt muss ich mich um June kümmern.« Sie beschleunigte ihre Schritte und wurde erst in der zweiten Hälfte der Galerie wieder langsamer.

»Nimm es Jackson nicht übel«, sagte sie und führte mich die Treppe empor. Ein dicker, roter Teppich schluckte die Geräusche unserer Schuhe, und der lackierte Handlauf der aus Mahagoni bestehenden Freitreppe fühlte sich glatt und geschmeidig unter meinen Fingern an.

»Normalerweise ist er nicht so ein Idiot. Aber er hat, seit er mit dir zurückgekehrt ist, kein Auge mehr zugemacht – und bestimmt auf der Suche nach dir kaum geschlafen.« Ein Schatten lag in ihrem Blick, den sie jedoch schnell wegblinzelte und sich wieder ein fröhliches Lächeln ins Gesicht zauberte. »Trotzdem ist das kein Grund, dich den Wölfen zum

Fraß vorzuwerfen. Soll er mich doch zur Schnecke machen, weil ich dich aus der Schusslinie gebracht habe. Ich stehe zu meiner Meinung. Niemand sollte zu einem Abendappell gezerrt werden, wenn er nicht einmal initiiert wurde.«

Sprachlos über die vielen Worte, die Olly aus dem Mund kamen, starrte ich sie an. Obwohl ich nur einen Bruchteil des Gesagten verstand, war ich ihr für ihre Entführung dankbar – die Aussicht auf eine Dusche war unglaublich verlockend.

»Wo *genau* bringst du mich eigentlich hin? Ich meine, wir wissen beide, dass ich hier kein Zimmer habe.«

»Ich habe das Gästezimmer im zweiten Stock für dich hergerichtet. Ich weiß, Gästezimmer haben den Ruf, nicht sonderlich heimelig zu sein. Aber ich hoffe, du wirst dich trotzdem wohlfühlen. Ich habe mir jedenfalls große Mühe gegeben. Die Bettwäsche ist frisch und ich habe dir eine Auswahl an Klamotten besorgt – deine Größe kenne ich ja inzwischen.« Sie warf mir ein Zwinkern zu. »Genauso habe ich dir Hygieneartikel und den ganzen Kram besorgt, den man so braucht, wenn man bei einer Horde fremder Personen strandet und nichts bei sich trägt, außer mit Bier übergossene Kleidung.«

Olly schmunzelte, doch ich teilte ihre Erheiterung nicht. Stattdessen hatte ich wegen ihrer Geste einen dicken Kloß im Hals und ich musste mich räuspern, um überhaupt einen Ton über die Lippen zu bekommen.

»Du hast mir ein Gästezimmer hergerichtet? Aber wieso? Ich meine, du kennst mich doch gar nicht. Vielleicht bin ich ja eine noch größere Zicke als die Schwarzhaarige.«

Olly sah mich kurz verdutzt an, dann lachte sie leise. Der Klang war so hell und sympathisch, dass sich der Knoten in meiner Brust ein Stück lockerte.

»Ich bezeifle, dass es jemanden auf der Welt gibt, der noch zickiger ist als Raleigh zurzeit. Doch es spielt keine Rolle, ob ich dich kenne oder nicht. Du bist eine Lunaris – eine von uns.« Sie ließ meinen Arm los und schloss ihre Finger um meine, wobei ihr Silberring, den ein ovalförmiger Bernstein zierte, gegen meine Haut drückte.

Ohne uns abzusprechen, blieben Olly und ich auf derselben Stufe stehen. »Wir sind eine Familie und halten zusammen. Ganz egal was kommt. Das gilt für dich ebenso wie für Raleigh – was im Übrigen der einzige Grund ist, wieso ich ihr noch nicht den Hals umgedreht habe.«

Erneut schmunzelte Olly und dieses Mal zuckten auch meine Mundwinkel. Ihre Herzlichkeit tat gut.

»Nun müssen wir uns aber beeilen«, sagte Olly, vermutlich weil sie bemerkte, dass mich die ganze Situation zu übermannen drohte. »Ich darf nämlich auf keinen Fall zu spät zum Appell kommen. Es ist eine Sache, Jackson die Stirn zu bieten und dich zu entführen. Aber Unpünktlichkeit? Dafür droht einem hier die Todesstrafe.« Die Finger noch immer mit meinen verschränkt, hetzte sie die restlichen Stufen hoch und zog mich dabei unerbittlich mit sich.

KAPITEL VIERZEHN

Ich gab mein Bestes, mit Olly Schritt zu halten, aber der Schmerz in meinem Bein wurde durch die Anstrengung nicht unbedingt besser. Außerdem musste ich mich stark konzentrieren, um Ollys Erklärungen zu folgen. Die Schlafzimmer der weiblichen Lunaris lagen im ersten Stock, die der männlichen eine Etage höher. Im Waschraum der Mädchen hatte es jedoch vor ein paar Tagen einen Rohrbruch gegeben, sodass das danebenliegende Gästezimmer seitdem unbewohnbar war. Deswegen hatte Olly mich bei den Jungs einquartiert. Das wäre aber kein Problem, weil sich zurzeit ohnehin alle den Waschraum im zweiten Stock teilen mussten.

Oben angekommen begrüßte uns ein länglicher Flur, der ebenfalls dekadent eingerichtet war. Der rote Flauschteppich von den Stufen zog sich hier weiter und die Wände waren in zwei Farben unterteilt – die untere Hälfte war bordeauxrot gestrichen, die obere zierte ein samtiges Cremeweiß. Zwischen den Türen, die auf jeder Seite abgingen, hingen goldglänzende Wandleuchten und auf unserem Weg ans andere Ende des Flures erklärte mir Olly, dass die Messing-Symbole an den Türen verrieten, wer das Schlafzimmer dahinter bewohnte.

Ich nickte, ohne den blassen Schimmer, was sie meinte.

»Hier wohnt Jack«, sagte Olly und zeigte auf die letzte Tür auf der linken Seite. »Offensichtlich«, fügte sie hinzu und deutete zum Zeichen.

Erneut nickte ich, obwohl der kleine Kreis, an dem eine weichgekochte Spaghetti im hohen Bogen hing, nur mit sehr viel Fantasie als Katze mit Buckelrücken zu erahnen war.

Während Olly mich im Schnelldurchlauf informierte, was es über das Haus zu wissen gab – beispielsweise, dass einige Fenster sich nur unter enormem Kraftaufwand öffnen ließen, während andere überhaupt nicht mehr aufgingen –, blieb mein Blick an der Jacksons Zimmer gegenüberliegenden Tür haften. Das Zeichen war mir im Gegensatz zu den anderen durchaus vertraut, jedoch schüttelte es mich bei der Erinnerung an seinen Besitzer.

Mr Ungehobelt.

Dem Symbol nach war der Typ offenbar Schütze.

Zu gern hätte ich gewusst, was sein Sternzeichen über ihn verriet. Fast bereute ich es, Christina nicht besser zugehört zu haben.

»June?« Olly trat vor mich und wedelte mit einer Hand vor meinem Gesicht. Ich musste ein paarmal blinzeln, um in die Gegenwart zurückzugelangen.

»Sorry. Ich war abgelenkt. Was hast du gesagt?«

Olly lächelte milde. An der Tür, vor der wir standen, prangte statt eines Sternzeichens im glänzenden Messing der Mondzyklus, wie ich ihn auf dem Ladenschild der Wahrsagerin – beziehungsweise der Mondgöttin – gesehen hatte.

»Das hier ist dein Reich. Ich schlage vor, dass du erst einmal in Ruhe ankommst und dich einrichtest. Ich kümmere mich um Jackson, damit er dich heute Abend in Ruhe lässt. Sein Fragenkatalog an dich kann auch bis morgen warten.«

»Danke«, sagte ich und legte eine Hand an die Türklinke. Eigentlich wollte ich noch sehr viel mehr sagen. Aber da ich auf keinen Fall riskieren wollte, dass Olly sich meinetwegen verspätete und Ärger mit Jackson bekam, öffnete ich nur die Tür und schlüpfte ins Zimmer.

Nachdem ich hinter mir abgeschlossen hatte, lehnte ich mich erschöpft gegen das Holz. Mein Herz polterte mir unregelmäßig in der Brust und dieses blöde Bild von diesem eingespannten Pfeil wollte nicht meinen Kopf verlassen.

Was war nur los mit mir? Warum reagierte ich immer wieder derart intensiv auf diesen Typen? Erst unten im Keller, dann oben auf dem Treppenabsatz. Und jetzt genügte bereits seine Tür, um mich aus dem Konzept zu bringen?

Meine Fragen wuchsen im selben Maß wie meine Frustration. Und mein Wunsch nach Koffein.

Um keine weitere meiner kostbaren Hirnzellen an diesen unverschämten Gorilla zu verschwenden, fokussierte ich mich auf das Hier und Jetzt. Der Raum war dunkel und strahlte eine abweisende Kälte aus. Nur ein paar silbrig schimmernde Lichtstreifen fielen durch das Fenster und erhellten den Schreibtisch samt Stuhl davor.

Ich tastete die Wand neben mir nach einem Lichtschalter ab. Unangenehme Helligkeit flutete den Raum und brachte den kleinen Drachen auf meiner Schulter, dessen Anwesenheit ich bis gerade eben völlig vergessen hatte, in Bewegung. Mit einem schläfrigen »Was hab ich verpasst?« streckte sich Drake und grub seine Krallen unangenehm tief in meine Haut.

Reflexartig schubste ich das Lichtwesen von mir.

»Ein schöner Aufpasser bist du mir«, sagte ich murrend und rieb mir die schmerzende Stelle. »Verpennst einfach die ganze Action. Was ist, wenn ich deine Hilfe gebraucht hätte?«

»Meine Hilfe? Wofür hättest du die denn gebraucht?« Drake flog zur Kommode, wo er es sich bequem machte. »Es sah ganz danach aus, als hättest du das zu Tode langweilende

Geschwafel von Olympia bestens allein gemeistert.« Gähnend rollte er sich wieder zu einer Kugel zusammen und legte mit geschlossenen Augen seine Schnauze auf die Pfoten. »Und ich bin mir sicher, wenn du es mit einem Shadow aufnehmen kannst, kommst du auch mit Raleigh klar.«

Verdutzt starrte ich den Drachen an, der bereits wieder schlief. Vielleicht hatte ich ihm unrecht getan und er war aufmerksamer, als ich bisher angenommen hatte.

Wie Olly versprochen hatte, besaß dieses Zimmer alles, was ein Mensch für einen Neuanfang benötigte. Ein Bett und ein Nachtschränkchen standen zu meiner Linken, ein edel aussehender Kleiderschrank zu meiner Rechten. Die von Olly angepriesene Bettwäsche war marineblau mit kleinen Glitzerpunkten und auf der Bettdecke fand ich mehrere Stapel Kleidung sowie ein Paar Laufschuhe, Flipflops und ein Set Dusch- und Handtücher.

Auf der Fensterbank standen zwei fliederfarbene Blumentöpfe, in denen Orchideen blühten, und im Kleiderschrank entdeckte ich einen flauschigen Bademantel. Die Kommode war mit Zahnpasta, einer Haarbürste und sogar einem E-Reader ausgestattet.

Olly hatte wirklich großartige Arbeit geleistet. Das Zimmer hätte problemlos mit jeder der Hotelsuiten mithalten können, in denen ich in den vergangenen Tagen genächtigt hatte.

Und doch war es nicht *mein* Zimmer. Nichts davon hatte *ich* mir ausgesucht oder entsprach *meinem* Geschmack. Nichts davon gehörte mir. All diese Sachen waren austauschbare Gegenstände ohne jegliche Persönlichkeit.

Genau wie ich ...

Stöhnend warf ich meine Jacke auf das Bett und ließ mich daneben auf die Matratze sinken. Ich vergrub den Kopf in den Händen und seufzte geschlagen. Ich fühlte mich schrecklich einsam. Olly war zwar unglaublich freundlich, aber sie konnte nicht den Argwohn ihrer Teamkollegen ausgleichen.

Einige Minuten erlaubte ich mir, in Selbstmitleid zu baden, dann erhob ich mich vom Bett und wühlte mich durch die Kleiderstapel. Olly hatte gesagt, dass ich erst einmal »ankommen« sollte. Aber meine höchste Priorität war, endlich die Fragen in meinem Kopf zum Schweigen zu bringen. Und dafür musste ich zu dieser Versammlung.

Nachdem ich mir frische Unterwäsche, eine graue Jogginghose, ein schwarzes T-Shirt sowie die grellpinken Flipflops unter den Arm geklemmt hatte, kramte ich den Kulturbeutel aus der Kommode. Drake setzte ich mit einem schlichten »Ich geh duschen. Wenn dir dein Leben lieb ist, folgst du mir unter keinen Umständen!« über mein Vorhaben in Kenntnis und verließ mit den Sachen und einem Duschtuch, das ich mir beim Hinausgehen schnappte, das Zimmer.

Der Flur war verlassen, als ich zielstrebig den Waschraum ansteuerte. Als ich das Zimmer des Schützen zuvor passiert hatte, war nichts Ungewöhnliches geschehen. Aber jetzt ergriff erneut dieses undefinierbare Gefühl von mir Besitz. Es war, als wollte mich eine höhere Macht in zwei entgegengesetzte Richtungen reißen.

Entschlossen drückte ich die Klinke zum Waschraum hinunter und schob die Tür auf. Ich hatte damit gerechnet, die Dusche für mich allein zu haben.

Doch ich hatte mich getäuscht. Vor den Waschbecken stand eine Person. Sie hatte nur ein Handtuch um die Hüften geschlungen und fuhr sich in gleichmäßigen Bewegungen mit einem Rasierer über die mit Schaum bedeckte Wange. Dabei verzog sie das Gesicht, was unter anderen Umständen vermutlich witzig ausgesehen hätte. Aber gerade war ich wie gebannt von den Wassertropfen, die sich aus den dunklen Locken lösten und auf bronzefarbene Haut trafen.

»Ist das alles, was du kannst?«, ertönte der tiefe Bariton, dessen Klang durch den Hall des weiß gefliesten Waschraums noch voluminöser schien. »Im Weg herumstehen, Gespräche belauschen und Leute bespannen?« Der Typ richtete seinen Blick über den Spiegel auf mich.

Ertappt zuckte ich zusammen und Hitze explodierte in meinem Gesicht. Wenn es möglich gewesen wäre, hätte ich meine Seele an den Teufel verkauft, um jetzt mit einem schlagfertigen Spruch zu kontern. Doch mir wollte nichts Brauchbares einfallen.

Stattdessen presste ich meine Lippen fest aufeinander.

Was bildete sich dieser arrogante Lackaffe eigentlich ein? Glaubte er ernsthaft, mich ein weiteres Mal mit seiner Mördermiene einschüchtern zu können? Hielt er mich für eins dieser Mädchen, die vor einem muskelbepackten Gorilla kuschten, nur weil dieser es so wollte? Wenn das der Fall war, dann hatte sich der Typ geschnitten! Noch einmal würde ich ganz sicher nicht vor ihm einknicken.

Entschlossen straffte ich die Schultern und reckte das Kinn vor. Das war nicht meine erste unliebsame Konfrontation – und gewiss würde ich sie nicht zu der ersten machen, vor der ich weglief.

»Normalerweise würde ich sagen, ›Find's doch selbst heraus, wenn dich die Antwort interessiert!‹. Aber wie du soeben zum zweiten Mal eindrucksvoll bewiesen hast, bist du viel zu sehr damit beschäftigt, fremde Leute dumm von der Seite anzumachen. Da bleibt natürlich keine Zeit, sich mit seinem Gegenüber länger als drei Sekunden auseinanderzusetzen. Aber keine Sorge«, fügte ich mit einem falschen Lächeln hinzu, »dieses Mal mache ich dir und deinem übergroßen Ego sehr gern Platz.« Ich trat demonstrativ zwei Schritte vor, um den Weg freizugeben. Die Tür hinter mir fiel mit einem dumpfen Geräusch ins Schloss. »Schließlich will ich nicht schuld sein, dass ihr euch für eine Sekunde voneinander trennen müsst und man dadurch dem Irrglauben verfallen könnte, dass du vielleicht doch ein anständiger Kerl bist.«

Der Schütze sah mich einen Moment eindringlich an, dann widmete er sich wieder seinem Spiegelbild. In aller Seelenruhe beendete er seine Rasur, wobei der Ring an seiner Hand immer wieder im Licht der Deckenlampe aufleuchtete. Nachdem er fertig war, wischte er sich mit einem dunklen Handtuch die Schaumreste vom Gesicht und packte wortlos seine Sachen zusammen.

Ich hatte mich währenddessen nicht einen Zentimeter von der Stelle bewegt.

Auf dem Weg zur Tür blieb der Schütze genau auf einer Höhe mit mir stehen. Die Hitze, die sein nackter Oberkörper ausstrahlte, brannte sich bis tief in mein Innerstes.

»Du glaubst, ich müsste mich mit dir auseinandersetzen, Juneau Matilda Jenkins, geboren am vierundzwanzigsten Oktober zweitausendvier in Richmond, Virgina, um mir ein Urteil über dich bilden zu können?« Den Kopf zur Seite gedreht, sah er mich aus eiskalten und harten Iriden an, die an in der Dunkelheit vergessene Bernsteine erinnerten. »Da täuschst du dich, *Lollipop*. Ich bin der Schütze. Ich treffe immer ins Schwarze. Und in deinem Fall bedeutet das, dass ich genau weiß, dass du etwas vor uns verbirgst.« Zwischen seinen Wimpern blitzte es. »Ich habe zwar noch nicht herausgefunden, worum es sich dabei handelt, aber im Gegensatz zu den anderen kaufe ich dir deine Naivität nicht ab. Ich traue dir nicht, also spar dir die Mühe, mich einlullen zu wollen. Das wird dir nicht gelingen.«

Das letzte Wort seiner kleinen Ansprache war noch nicht verklungen, da hatte er schon den halben Weg zur Tür zurückgelegt. Dabei nahm er nicht nur sämtliche Wärme mit sich, sondern hinterließ eine derart unnatürliche Kälte, dass sich meine Haut schmerzhaft zusammenzog.

Oh, ja! Ich brauchte dringend einen Kaffee! Und eine Axt. Nur für alle Fälle.

KAPITEL FÜNFZEHN

Frisch geduscht, die noch nassen Haare zu einem Zopf geflochten und in kuschelig weiche Klamotten gehüllt – wobei Ollys Kleidungsstil eindeutig eine Spur zu freizügig für meinen Geschmack war –, trabte ich die Stufen ins Erdgeschoss hinunter. Ich hatte keine Ahnung, wo sich die anderen zum Appell versammelten. Aber meine Füße trugen mich wie von selbst in Richtung Küche, von wo der Duft nach frisch gekochtem Kaffee herwehte. Entweder hatte Jackson das dunkle Gold extra für mich zubereitet oder es gab hier im Haus noch andere Leute, die zu jeder Tages- und Nachtzeit Kaffee tranken.

Nachdem ich die halbe Küche nach einer Tasse durchsucht und schließlich fündig geworden war, setzte ich mich zufrieden an den Tisch und wagte eine erste Geschmacksprobe. Meine Geschmacksknospen stimmten prompt ein Halleluja an und ich konnte mir ein genussvolles Stöhnen nicht verkneifen.

Der Löwe hatte nicht zu viel versprochen. Der Kaffee war einer der besten, die ich je getrunken hatte.

Mit meinem Heißgetränk zwischen den Fingern lehnte ich mich nach hinten. Es war eine Ewigkeit her, seit ich mich das letzte Mal derart entspannt gefühlt hatte. Fast erschien mir der Moment *zu* perfekt.

Als hätte ich das Unglück heraufbeschwören, drangen gedämpfte Stimmen an mein Ohr. Sie waren so leise, dass ich zunächst dachte, sie mir einzubilden.

Kurz zögerte ich, aber dann gewann meine Neugier und ich begab mich auf die Suche nach der Quelle.

Der Raum, der an die Küche angrenzte, entpuppte sich als Esszimmer mit einer langen Tafel und einer Handvoll Lehnstühlen, deren Optik mich an Requisiten aus einem Ritterfilm erinnerte. Auf der anderen Seite gab es eine Eichentür, hinter der die Geräusche herkamen.

Unentschlossen biss ich mir auf die Lippe. Dort hatten sich die Lunaris versammelt und sprachen über mich.

So leise ich konnte, näherte ich mich der Tür. Normalerweise war ich niemand, der lauschte. Aber nichts an der aktuellen Situation entsprach der Definition von »normalerweise«, und meine Neugier war nicht zu bändigen.

Wie ein kleines Kind legte ich mein Ohr vorsichtig gegen das Holz. Zwar waren die Stimmen nun etwas lauter, aber verstehen konnte ich nichts.

Was tat ich hier? Stand herum wie ein schlecht ausgebildeter Spion und belauschte fremde Gespräche, anstatt durch die Tür zu gehen und mich den anderen zu stellen. Denn – das war mir jedoch erst unter der Dusche bewusst geworden – Olly hatte allein aus dem Grund darauf bestanden, dass ich mich *ausruhte*, weil sie glaubte, dass ich einer Konfrontation mit allen Lunaris-Mitgliedern nicht gewachsen war. Und das konnte nur heißen, dass Jackson ihr und den anderen von meinem emotionalen Ausbruch erzählt hatte.

Wut und Ärger kochten in mir hoch, die sich jedoch hauptsächlich gegen mich selbst richteten. Es war kein Wunder, dass man mich wie ein rohes Ei behandelte. Eine andere June kannten sie schließlich nicht.

Nach einem tiefen Atemzug legte ich meine Finger auf die Türklinke. Am liebsten hätte ich meine Kaffeetasse geholt –

mehr als ein paar Schlucke hatte ich bisher nicht getrunken –, aber aus Sorge, dass ich mich doch noch umentscheiden könnte, verzichtete ich darauf und öffnete stattdessen die Tür.

Sofort verstummten sämtliche Gespräche und die Aufmerksamkeit aller Anwesenden richtete sich auf mich.

»June?« Olly zog überrascht die Brauen in die Höhe. Sie saß neben dem Typen mit der Streberfrisur und der Raubtier-Lady auf einem anthrazitfarbenen Ledersofa. »Was machst du hier? Ich dachte, du wolltest dich nach dem Duschen ein wenig ausruhen?« Die latente Anspannung in ihrer Mimik bestätigte meinen Gedanken, dass sie mich nicht hier haben wollte.

Mit gestrafften Schultern und vorgerecktem Kinn trat ich durch die Tür. Der dunkle Holzboden unter meinen Füßen knarzte, als ich mich der Sitzgruppe näherte, die in einem Halbkreis um einen antiken Steinkamin arrangiert stand. Das knisternde Feuer war neben dem Kristalllüster, der unter der hohen Stuckdecke hing, die einzige Lichtquelle.

»Mir war nicht nach Ausruhen zumute.« Ich zuckte mit den Schultern, obwohl mir das Herz viel zu schnell in der Brust hämmerte. Bereits in der Küche hatte ich wieder dieses merkwürdige Gefühl wahrgenommen, das mich immer überfiel, wenn der Schütze in der Nähe war. Und obwohl er mit dem Rücken zur Gruppe stand, zog er mich wie ein Magnet an.

Um mir nichts anmerken zu lassen, schaute ich mich weiter im Raum um. Zwei Ohrensessel wurden von einem Typen mit in die Höhe gestylten schwarzen Haaren und einer zierlichen Blondine besetzt. Beide waren vorhin nicht in der Küche gewesen.

Raleigh und Charleston saßen auf zwei Lehnstühlen, ebenso wie ein Typ mit blonder Strubbelfrisur, sonnengebräunter Haut und einem breiten Strahlemann-Grinsen. In Kombination mit dem weißen Tanktop und der Bermudashorts hätte er wesentlich besser in eine kalifornische Surferschule gepasst.

Die Frau neben ihm war das krasse Gegenteil. In einen schwarzen Jumpsuit und dunkle Schnürstiefel gekleidet, trug sie ihr platinblondes Haar so raspelkurz, dass man die Strähnen kaum erkennen konnte. Auch ihre Brauen und Wimpern waren so hell, dass es aussah, als würden sie gänzlich fehlen. Dadurch wirkte der Ausdruck ihrer silbergrauen Iriden besonders stechend.

Dennoch hätte ich lieber sie stundenlang angesehen, anstatt immer wieder magisch von der Person angezogen zu werden, die vor dem Kamin stand.

Zum ersten Mal sah ich den Schützen vollständig angezogen. Unter einer schwarzen Lederjacke lugte der Saum eines grauen T-Shirts hervor, was ihn in Kombination mit der Dark Denim Jeans, den Motorradstiefeln sowie den dunklen Locken, die er offen trug, viel zu gut aussehen ließ.

»Na, wenn das so ist«, sagte Olly. »Möchtest du dich dann vielleicht ein wenig im Haus umsehen? Oder einen kleinen Spaziergang machen? Morgen ist Halloween«, fügte sie hinzu, als wäre das ein Zauberwort.

»Nein, ich möchte hierbleiben und versuchen, eure und dadurch auch hoffentlich meine Fragen zu beantworten.« Die Hände in die Taschen meiner Hose geschoben, wippte ich hin und her. Ich hasste es, im Mittelpunkt zu stehen. Und jetzt, wo sogar Olly nicht zu einhundert Prozent hinter mir stand, war es sogar noch unangenehmer. Dennoch würde ich meine Meinung nicht ändern und mich verkriechen.

»Bist du dir sicher? Es kann noch dauern, bis die Versammlung beginnt. Wir sind noch nicht komplett. Jackson fehlt unter anderem. Doc«

»Ja, ich bin mir sicher«, erwiderte ich, vermutlich eine Spur zu deutlich, denn Ollys Lächeln erstarrte. Sofort überkam mich ein schlechtes Gewissen. »Ich möchte endlich verstehen, was hier los ist«, schob ich hinterher. Auch wenn ich Ollys Fürsorge zu schätzen wusste, nervte mich das Ausmaß. Sie kannte mich überhaupt nicht und es war frustrierend, dass sie wegen Jackson ein völlig falsches Bild von mir hatte.

»Okay.« Sie räusperte sich verhalten, dann klopfte sie neben sich auf das dunkle Leder. »Dann fühl dich herzlich eingeladen, dich zu uns zu setzen.«

Erleichtert, nicht länger im Zentrum der Aufmerksamkeit zu stehen, nahm ich neben Olly Platz und sah mich um. Bordeauxrote Vorhänge rahmten die Fenster und massive Bücherregale zierten die Wände. Eine Glastür führte vermutlich in den Garten.

»Und? Gefällt dir dein Zimmer?«, unterbrach Olly die Stille. »Ich wusste nicht, was du magst, deswegen habe ich ein wenig Farbe in diese ganzen Dark-Academia-Vibes gebracht. Versteh mich nicht falsch, generell mag ich den Einrichtungsstil. Das dunkle Holz, der Stuck und die riesigen Bücherregale. Das ist schon sehr romantisch und passt auch super zu Yale. Aber ab und zu möchte man ja auch –«

»Moment! Was?« Verdutzt starrte ich Olly an. Ich hatte ihrem übertrieben unbekümmerten Geplapper nur mit halbem Ohr zugehört, aber nun galt ihr meine volle Aufmerksamkeit. »Hast du gerade *Yale* gesagt? Also wie die Yale *University*?« Jackson hatte in der Gasse zwar etwas von New Haven gesagt, aber niemals hätte ich damit gerechnet, dass das Lunaris-Hauptquartier auf dem Campus einer der ältesten und renomiertesten Colleges der Vereinigten Staaten stand.

»Ja, genau das Yale meine ich.« Olly wirkte irritiert. »Wieso klingst du so überrascht? Hat dir Jackson nicht gesagt, dass wir uns als Studenten tarnen?«

Ich konnte nur den Kopf schütteln.

Yale!

Ich war an der *Yale University!*

Schon seit Kindertagen hatte ich davon geträumt, einmal über den Campus des für mich schönsten aller Ivy League Colleges zu spazieren.

Und nun war ich tatsächlich hier.

»Jackson hat dir nichts von unserer Tarnung erzählt?« Olly schnaubte entrüstet. »Worüber habt ihr euch auf der Krankenstation unterhalten? Über Kuchenrezepte? Wie gut, dass wir auf das Thema gekommen sind. Es ist grob fahrlässig, dich in einer derart wichtigen Sache im Dunkeln zu lassen. Darüber werde ich –«

»Ernsthaft, Leute?!«, übernahm völlig überraschend der Surfer-Typ den Gesprächsfaden und lehnte sich mit ausgestreckten Armen auf seine Knie. Frustration und Unglaube waren ihm ins Gesicht geschrieben. »Bin ich der Einzige, der sich diesen Quatsch keine Sekunde länger reinziehen kann? Ich meine, ich kann eure Bedenken gegenüber der Neuen nachvollziehen. Aber wenn ich Olly weiter dabei zusehen muss, wie sie sich bei dem Versuch, Small Talk zu betreiben, einen Knoten in die Zunge labert, werde ich mir die Trommelfelle durchstechen müssen!«

Verdutzt starrte ich den Typen an, der plötzlich auf mich zukam. Vor meinen Füßen ging er in die Hocke.

»Du bist der Skorpion, nicht wahr? Juneau – oder June.«

Das breite Grinsen war ansteckend. »Alter! Es ist echt so geil, dass du endlich da bist! Seit Tagen gibt es bei uns kein anderes Thema mehr! Und ich muss sagen, Jackson hat nicht übertrieben! Du bist wirklich heiß!« Er legte den Kopf schief und musterte mich ungeniert von oben bis unten.

Hitze explodierte in meinen Wangen. Bereits zum zweiten Mal wurde erwähnt, dass Jackson etwas über mein Äußeres gesagt hatte. Und erneut wusste ich nicht, was ich davon halten sollte.

»June, das ist Denver«, stellte mir Olly mein Gegenüber vor.

Denver ergriff meine Hand und drückte diese kurz, ehe er sich mit einem Zwinkern als »Fisch« vorstellte. Ich brauchte eine Sekunde, um zu begreifen, dass er damit sein Sternzeichen meinte und nicht unter einer seltenen Form von Tiertourette litt.

»Freut mich«, sagte ich reflexartig und entzog ihm meine Finger. Denver schien zu der Sorte Mann zu gehören, die ihre Gedanken ungefiltert mit der Welt teilte. Und auch wenn ich erleichtert war, dass es neben Olly noch jemanden in der Gruppe gab, der sich über meine Anwesenheit freute, war mir seine direkte Art ein wenig *zu* direkt.

»Lüge«, erklang es auf einmal von der Frau mit dem kurz rasierten Platinschopf. »Du hast gelogen.« Sie sagte die Worte so beiläufig, als spräche sie darüber, dass draußen die Sonne untergegangen war.

Mein Blick schoss zu ihr hinüber und meine Wangen erhitzten sich auf Fieberniveau. Was ging hier ab?

»June, das ist Providence«, stellte mir Olly sichtbar amüsiert die nächste Lunaris vor. »Sie ist Waage und sozusagen unser menschlicher Lügendetektor.«

»Leider hat ihr Empathiefilter einen Knacks«, fügte Denver liebevoll hinzu. »Deswegen kann sie nicht unterscheiden, wann es angebracht ist, jemandes Lüge zu outen und wann nicht.« Als er sich wieder mir widmete, zuckte er lapidar mit den Schultern. »Aber man gewöhnt sich daran. Und wenn du in ihrer Gegenwart bei der Wahrheit bleibst, hast du auch nichts zu befürchten.« Er klopfte mir aufs Knie, dann schlenderte er lässig zurück zu seinem Platz.

Noch immer perplex sah ich zwischen Olly, Denver und Providence hin und her. Ich konnte mich nicht entscheiden, was mich am meisten verblüffte – dass Providence scheinbar eine magische Gabe besaß (und dazu auch noch eine derart coole!), oder dass ich ab sofort in ihrer Gegenwart sehr gut auf meine Worte würde achten müssen.

»June hat nicht gelogen, Prove. Zumindest nicht direkt«, mischte sich die zierliche Blondine ein, was Raleigh offenbar gehörig die Sensationsgier verhagelte. Genervt stöhnend widmete sie sich wieder ihrem Handy. »Du bist wirklich erfreut, Denver kennenzulernen – vermutlich, weil er dich nicht wie einen Staatsfeind behandelt, nicht wahr?« Bevor ich antworten konnte, sah sie zu dem menschlichen Lügendetektor. »June fühlt sich aber auch verunsichert, eingeschüchtert, fasziniert und latent überfordert. Ich meine sogar eine Spur –«

»Schon gut, Anna. Wir haben es verstanden.« Die Unterbrechung kam von dem Typen mit den dunklen Igel-Haaren, der neben Anna saß.

Als diese ihrem Sitznachbarn frech die Zunge rausstreckte, sah ich Olly Hilfe suchend an. Hatte hier etwa *jeder* eine magische Gabe?

»Das sind Annapolis und Austin«, erklärte Olly schmunzelnd. »Sie ist Zwilling und kann die Gefühle anderer lesen. Er ist –«

»In der Lage, für sich selbst zu sprechen«, unterbrach der Typ – Austin – Olly. Er sah mich an und trotz seiner neutralen Miene klang er nicht unhöflich, als er sagte: »Ich bin Steinbock. Meine Fähigkeit liegt darin, mich nach meinen Wünschen in jedes x-beliebige Tier zu verwandeln.«

Vor Erstaunen klappte mir die Kinnlade herunter. Offenbar besaß *tatsächlich* jeder Lunaris eine magische Kraft. Und wie es schien, war eine faszinierender als die nächste. Das erinnerte mich daran, dass ich seit Neuestem ebenfalls den ein oder anderen Trick auf Lager hatte – auch wenn ich gut und gern darauf verzichten konnte, jemanden durch einen Kuss zu töten.

»Wie ich sehe, habt ihr meine Verspätung genutzt, um unseren Neuankömmling kennenzulernen.« Der Sprecher trat gemeinsam mit Jackson durch eine Tür ins Wohnzimmer, die vermutlich auf umgekehrtem Weg in die Galerie führte.

Sofort richtete sich sämtliche Aufmerksamkeit – abgesehen von der des Schützen, der sich demonstrativ wieder dem Kamin zuwandte – auf den Mann, der den Altersschnitt der Gruppe drastisch hob.

Gekleidet in einen hellbraunen Tweedanzug samt Weste, Krawatte und Einstecktuch, schätzte ich ihn aufgrund der grau melierten Haare, dem silbergrauen Bart und der rahmenlosen Brille auf Ende fünfzig. Er war nicht übermäßig groß, und ich meinte, eine zarte Wölbung unter der Weste zu erahnen, die die Knopfreihe des Kleidungsstückes ordentlich unter Spannung setzte. Doch in den von kleinen Falten umgebenen Augen blitzte es klug und aufmerksam.

»Bitte entschuldigt mein Zuspätkommen«, sagte der Mann und stellte sich hinter die Lehne eines unbesetzten Stuhls. Er klang ernst und seine Hände zitterten leicht, als er die Finger auf das Holz vor sich legte. »Meine Unterredung mit den Archivaren der anderen Teams hat sich in die Länge gezogen.«

Angespannte Stille folgte seinen Worten und ich sah unweigerlich zu Jackson, der neben dem Mann stehen geblieben war. Seine Haltung war stocksteif und die ungesund blasse Gesichtsfarbe brachte die Ringe unter seinen Augen zum Leuchten.

»Ehe ich jedoch zum Grund meiner Verspätung komme«, ergriff der Mann erneut das Wort, »möchte ich als Erstes die Gelegenheit ergreifen und dich, June, in unserer Mitte willkommen heißen.« Es folgte ein herzliches Lächeln, dann sah er wieder durch die Runde. »Wie ihr alle mitbekommen habt, hatte sich June im Kampf gegen einen Shadow einen Schattenbrand zugezogen und lag seitdem im Koma. Nun da du erwacht bist, möchte ich dir im Namen aller Anwesenden von Herzen dafür danken, dass du an der Seite unseres Löwen gekämpft und ihn durch deinen tapferen Einsatz vor schlimmeren Verletzungen beschützt hast.« Er trat hinter dem Stuhl hervor und kam auf mich zu. Reflexartig erhob ich mich und wischte mir unauffällig die feuchten Handflächen am Stoff meines Shirts trocken.

»Mein Name ist Dr. Anthony DeGray und ich bin seit über dreißig Jahren Archivar der Lunaris in New Haven.« Er streckte mir eine Hand entgegen, die ich ergriff. Seine Haut fühlte sich trocken an, ja fast ein wenig rau wie alter Papyrus. »Obwohl ich diese jungen Leute erst seit einem Jahr betreue, sind sie wie meine eigenen Kinder. Aus diesem Grund kann ich gar nicht in Worte fassen, wie glücklich es mich macht, jemand derart Mutiges und Selbstloses wie dich zu meiner Familie zählen zu dürfen.« Er drückte meine Finger und begab sich anschließend zurück an seinen Platz. Jackson hatte sich währenddessen nicht einmal bewegt. Was war nur los mit ihm? Hatte er einen Geist gesehen? Oder – was trotz aller Ereignisse der vergangenen Tage wahrscheinlicher war – hatte er richtig miese Nachrichten erhalten? Aus mir selbst unerklärlichen Gründen hätte ich die Antwort darauf wirklich gern gewusst.

»Nichtsdestotrotz«, ergriff Anthony abermals das Wort und seine Miene nahm wieder einen ernsten Ausdruck an, »überschatten unschöne Neuigkeiten den heutigen Abend. In dem Gespräch mit den Archivaren hat sich herausgestellt, dass wir nicht das einzige Team sind, das ein Gruppenmitglied verloren hat.«

Ein kollektives »Was?« schrillte durch den Raum, mein eigenes darunter.

»Wie kann das sein?«

»Was hat das zu bedeuten?«

»Wen hat es noch erwischt?«

»Was können wir tun?«

Frage um Frage schoss durch den Raum, während ich vom Schützen abgelenkt war, der sich, die Arme stur vor der Brust verschränkt, wieder zur Gruppe gedreht hatte.

»Ruhe!« Anthonys erhobene Hände ließen sofort alle verstummen. »Ich weiß, dass diese Information ein Schock für euch ist. Mir geht es nicht anders. Aber zum aktuellen Zeitpunkt sind die Fakten dürftig.« Er nahm die Brille von der Nase und zog gleichzeitig ein Stofftaschentuch aus der Tasche seiner Hose. Während er die Gläser fein säuberlich putzte, furchte er die Stirn, als müsste er seine Gedanken sortieren.

Nachdem die Brille sauber war, das Taschentuch weggesteckt und die Gläser wieder auf der Nase saßen, hob er den Kopf.

»Außer uns sind noch vier weitere Teams betroffen. Nicht alle von ihnen befinden sich in Amerika, weshalb es so lange gedauert hat, bis uns diese Parallele überhaupt aufgefallen ist. Zudem hat es in jedem Team ein anderes Sternzeichen getroffen, was das Ganze noch unerklärlicher macht. Das Einzige, was wir bisher herausgefunden haben, ist, dass jedes der als vermisst gemeldeten Mitglieder nach neunundzwanzig Tagen – also nach genau einem Mondzyklus – wieder aufgetaucht ist.« Er schluckte sichtbar und ich hielt die Luft an. Mein Instinkt sagte mir, dass ich gleich den Grund für Jacksons Anspannung erfahren würde. »Leider, so muss ich euch sagen, war jeder der Vermissten tot.«

KAPITEL SECHZEHN

Die Stille, die folgte, war ohrenbetäubend. Alles in meinem Inneren zog sich zusammen und mein Puls schoss in die Höhe. Weder wusste ich, was das alles zu bedeuten hatte, noch kannte ich einen der verschwundenen Lunaris persönlich. Dennoch spürte ich die Sorge der Anwesenden, als wäre sie meine eigene. Wie ein bösartiger Tumor mutierte sie, bis ich die Lippen fest aufeinanderpressen musste, um dem Drang zu widerstehen, mich auf der Stelle zu übergeben.

»Ich wünschte, ich könnte jedem von euch die Zeit geben, diesen Schock zu verarbeiten«, sprach Anthony weiter. »Aber Arizona wurde das letzte Mal vor exakt sieben Tagen gesehen. Das bedeutet, uns bleiben nur drei Wochen, um sie zu finden und ihr hoffentlich das Schicksal zu ersparen, das den anderen Lunaris widerfahren ist.«

»Und wie sollen wir das schaffen?«, fragte der Typ mit der Streberfrisur. Wie allen anderen stand ihm der Schreck deutlich ins Gesicht geschrieben. »Wir suchen bereits seit einer Woche nach Arizona. Aber jede noch so winzige Spur, der wir bisher nachgegangen sind, hat sich als Sackgasse entpuppt. Ganz zu schweigen davon, dass wir kaum noch unserem eigentlichen Job, der Jagd auf Shadows, gerecht werden. Wir sind am Ende unserer Kräfte.«

»Das verstehe ich, Lincoln. Aber wenn wir jetzt aufgeben, wird nicht nur Arizonas Blut an unseren Händen kleben, sondern auch das jedes weiteren Lunaris, der ihr folgt.«

Jacksons Blick jagte in meine Richtung, ohne dass ich den Grund dafür nennen konnte.

Das Knacken eines Holzscheits lenkte meine Aufmerksamkeit auf den Kamin und weiter auf den Schützen. Obwohl Anthonys Worte alle getroffen hatten, schien er am stärksten erschüttert. Die Hände zu Fäusten geballt, stand er regungslos da. Sein Blick war leer und die übliche Arroganz aus seiner Miene gewichen. Nur eine bodenlose Furcht war geblieben. Was es auch war, das ihn und die verschwundene Arizona miteinander verband, sie war nicht irgendwer für ihn.

»Ey, Doc«, rief Denver. »Hast du noch ein paar Details für uns, was die Leichen angeht? Zum Beispiel, wie genau sind sie aufgetaucht? Wo und wann wurden sie gefunden? In welchem Zustand haben sie sich befunden? Gibt es Rückschlüsse darauf, wie lange sie bereits tot waren, ehe man sie fand, oder was zu ihrem Tod geführt hat? Ich meine, ist klar, die ganze Sache ist extrem mindblowing. Aber davon ausgehend, dass Arizona noch am Leben ist – sonst wären wir alle nicht mehr hier –, brauchen wir so viele Infos wie möglich, damit das auch so bleibt.«

»Ich sag es wirklich nur ungern«, merkte Raleigh an, »aber der morbide Dummschwätzer hat recht. Zwar würde kein Mensch, der noch einen Krümel Hirnmasse besitzt, diese Fragen im Beisein von Phoenix stellen«, sie warf Denver einen wütenden Seitenblick zu, ehe sie sich wieder Anthony widmete, »aber die Antworten sind auf jeden Fall von Bedeutung. Wir können unseren verstorbenen Brüdern und Schwestern aus den anderen Teams nicht mehr helfen, aber wir können alles daransetzen, Arizona und andere Lunaris vor demselben Schicksal zu bewahren.« Sie sah in Richtung Kamin und zum ersten Mal meinte ich, so etwas wie Wärme in ihren eisblauen Augen zu erkennen. »Phoenix? Wenn du willst, können wir beide raus oder runter in den Trainingsraum gehen. Niemand würde es dir krummnehmen, wenn du etwas Abstand brauchst.«

Der Schütze reagierte nicht sofort. Als würde sein Verstand mit dem Betriebssystem *Windows 95* arbeiten, ruckte sein Blick deutlich verspätet zu seiner Kollegin, ehe er – noch einige Sekunden später – ein knappes Kopfschütteln zustande brachte.

»Sind wir uns *wirklich* sicher, dass Arizona noch am Leben ist?«, fragte nun die Raubtier-Lady. Die Schärfe in ihrer Stimme jagte mir einen unangenehmen Schauder über den Rücken. Sie hatte irgendetwas Lauerndes an sich. »Schließlich ist ihr Lumen bereits weitergewandert. Und das geschieht meines Wissens nur, wenn ein Lunaris stirbt.«

»Durch den Tod eines Lunaris lösen sich alle Lumen der Gruppe von ihren Wirten und kehren geschlossen zur Mondgöttin zurück«, kam es von Austin, als rezitierte er ein Gesetzbuch. Dabei klang er so emotionslos wie ein Roboter, obwohl auch er mitgenommen aussah.

»Dann sollten wir vielleicht hinterfragen, ob Arizonas Lumen wirklich *weitergewandert* ist.« Die Raubtier-Lady drehte sich zu mir herum und ihre Anschuldigung schwebte unsichtbar durch den Raum.

Glücklicherweise übernahm Anthony erneut die Führung des Gesprächs.

»Freunde! Wie ich bereits sagte, ist es mir zum aktuellen Zeitpunkt nicht möglich, all eure Fragen zu beantworten. Jedoch sollten wir uns jetzt nicht in Spekulationen und Verschwörungstheorien verrennen, die uns nur von den Fakten ablenken. Deshalb bitte ich euch *inständig*, seht davon ab, eure

Gedanken an die Dunkelheit zu verlieren. Lenkt eure Energie stattdessen in eine positive Richtung. Auf diese Weise helft ihr Arizona am meisten. Ich verspreche euch, dass ich euch sofort Bescheid gebe, sobald ich Neues weiß.« Er sah eindringlich in die Runde. »Bis es jedoch so weit ist, möchte ich noch eine Sache loswerden: So nachvollziehbar eure Skepsis June gegenüber auch scheinen mag, solltet ihr noch einmal in euch gehen und gründlich darüber nachdenken, ob sie wirklich gerechtfertigt ist. Denn abgesehen davon, dass June durch ihr Handeln in New York bewiesen hat, dass sie durch und durch eine Lunaris ist, haben Jackson und Charleston ihr Blut gründlich untersucht – und bestätigt, dass sie Arizonas Lumen in sich trägt. Hinzu kommt, dass June nicht der einzige Nachzügler ist, der von einem weitergezogenen Lumen auserwählt wurde, ohne dass sich die gesamte Gruppe aufgelöst hat. Auch die anderen Teams berichteten von solchen Vorfällen.«

»Wie bitte?«, hörte ich meine eigene Stimme durch das Wohnzimmer schallen. »Es gibt noch mehr Leute wie mich?«

In meinem Kopf rotierte es. Hatten die anderen Lunaris eine ähnliche Tortur hinter sich? Waren auch ihre Lumen defekt und mussten sie sich zusätzlich zu allem anderen dem Argwohn ihrer Teammitglieder stellen?

Während ich noch mit mir selbst darum feilschte, ob ich Anthony um ein Kennenlernen mit den anderen *besonderen* Lunaris bitten sollte, führte der Archivar ein wortloses Gespräch mit Jackson, und blieb mir dadurch eine Antwort schuldig.

»Das heißt, wir wissen nicht, ob Arizona noch am Leben ist oder nicht«, fasste Anna mit dünnem Stimmchen zusammen. Ihre Lippen bebten verräterisch und es hätte mich nicht überrascht, wenn sie in Tränen ausgebrochen wäre.

»Nein«, antwortete die Raubtier-Lady und ein wölfisches Grinsen umspielte ihre Mundwinkel. »Aber Arizona wäre es zu wünschen, dass sie tot ist. Ich jedenfalls wäre lieber Wurmfutter, als bei diesen Schatten-Freaks in Gefangenschaft zu sein. Wer weiß, was sie mit einem anstellen. Irgendwelche abgedrehten Experimente womöglich, so wie die Kreuzung eines Lunaris mit einem Shadow.«

»Talla!«, rief Anthony entsetzt und übertönte damit alle anderen. »Jetzt reicht es aber! *Das* ist genau die Art von Verschwörungstheorien, die ich meinte.« Er schüttelte entrüstet den Kopf. »Wie ich merke, macht es keinen Sinn, das Thema am heutigen Abend fortzuführen. Aus diesem Grund beende ich den Abendappell mit einer letzten Bitte: Sollte euch irgendetwas Verdächtiges auffallen – und sei es noch so lapidar –, meldet es umgehend. Mir. Jackson. Oder eurem Partner. Ganz egal. Aber Hauptsache, ihr informiert jemanden.« Er sah jeden Anwesenden eindringlich an. »Darüber hinaus gilt ab sofort eine neue Regel: Niemand von euch verlässt ohne seinen Partner das Haus! Ganz egal, ob am Tag oder in der Nacht. Solange wir nicht herausgefunden haben, was hier los ist, heißen unsere zwei obersten Prioritäten ›Arizona finden‹ und ›Dieses Team beschützen‹. Jackson und ich werden bis morgen Abend einen neuen Dienst- und Trainingsplan ausarbeiten, der uns unsere vorhandenen Ressourcen bestmöglich nutzen lässt und dennoch genügend Erholungsphasen ermöglicht. Bis es jedoch so weit ist, bleibt alles wie gewohnt. Und das bedeutet, dass jeder, der heute Nacht nicht auf Patrouille muss, sich in einer halben Stunde zum Training einfindet.« Er trat einen Schritt von seinem Stuhl zurück, woraufhin alle anfingen, wild durcheinanderzureden und sich in Richtung Ausgang begaben. Ich folgte ihnen, auch wenn meine Aufmerksamkeit dem Schützen galt.

Seit Raleigh ihn angesprochen hatte, wirkte er verändert. Äußerlich glich er noch immer einer Statue, doch in seinen bernsteingoldenen Augen tobte es. Gab er sich etwa die Schuld an Arizonas Entführung?

Aber warum? Was war zwischen ihnen vorgefallen?

Als würde Phoenix spüren, dass er die Hauptrolle in meinem Kopfkino spielte, drehte er sich langsam zu mir herum. Im Gegensatz zu den anderen hatte er seinen Platz nicht verlassen, sodass ich unweigerlich an ihm vorbeimusste.

Und genau dann geschah es: Unsere Blicke kollidierten, verschmolzen zu einer untrennbaren Kraft, und hielten mich an Ort und Stelle gefangen. Schicht für Schicht drang ich durch die inzwischen hauchdünne Fassade des Schützen, bis ich einen Punkt erreichte, ab dem es kein Zurück mehr gab.

Inmitten tosender Schuldgefühle, die drohten Phoenix' Seele in die Tiefe zu reißen, entdeckte ich ein flackerndes Licht, das tapfer gegen die herrschende Finsternis ankämpfte. Und obwohl ich nicht wusste, woher dieses Verlangen plötzlich kam, hatte ich den unbändigen Wunsch, dieses Licht zu beschützen.

»Olympia? Wärst du so freundlich und würdest Phoenix hoch in sein Zimmer begleiten?« Anthonys Worte mochten vielleicht als Frage formuliert sein, aber in Wahrheit waren sie ein Befehl, und zerrten mich grob von der Klippe zurück, an deren Abgrund ich balancierte. »Er kann sicherlich eine Tasse Tee und ein wenig Gesellschaft gebrauchen. Ihr beiden seid heute Abend natürlich vom Training entschuldigt. Währenddessen würde ich dich, Jackson, darum bitten, June auf die Terrasse zu begleiten. Ich denke, es ist an der Zeit, dass wir drei uns unterhalten.«

»Ich brauche weder eine Tasse Tee noch einen Babysitter.« Phoenix' tiefer Bariton ließ Olly innehalten. »Ich habe nämlich nicht vor, mich in meinem Zimmer zu verkriechen.«

»Ich denke nicht, dass es eine gute Idee ist, wenn du heute Abend am Training teilnimmst«, richtete Jackson das Wort an den Schützen. »Aris Verschwinden –«

»Ich habe auch nicht vor, am Training teilzunehmen«, fiel Phoenix seinem Anführer rüde ins Wort und ein Knurren grollte in seiner Brust. »Ich werde mit euch auf die Terrasse gehen und herausfinden, was *sie*«, er deutete mit einem Kopfnicken in meine Richtung, »über Arizonas Verschwinden weiß.«

»Phoenix«, kam es nun von Anthony. »Wir befinden uns in einer Situation, in der Fingerspitzengefühl vonnöten ist. June ist –«

»Sie ist der Skorpion«, beendete Phoenix Anthonys Satz. »Wie du dir sicher denken kannst, ist sich diesem Umstand niemand bewusster als ich. Aus diesem Grund solltet ihr besser *sehr gute* Gründe dafür haben, mich von dieser Unterredung auszuschließen. Denn ich *habe* sehr gute Gründe, mich ausgiebig mit dem Skorpion zu befassen. Wenn es sein muss, auch ohne euch als Anstandsdamen.«

Ein Schauder rieselte mir den Rücken hinab und eine Gänsehaut überzog meine Arme. War das gerade eine Drohung gewesen oder ein Versprechen? Vermutlich eine krude Mischung aus beidem.

»Komm, *Lollipop*.« Er machte sich auf den Weg zu jener Tür, von der ich bereits vermutet hatte, dass sie nach draußen führte. »Mal sehen, welche Überraschungen der heutige Abend noch für uns bereithält.«

Sprachlos starrte ich ihm nach, obwohl ich ihn am liebsten erwürgt hätte. Was bildete sich dieser überhebliche, selbstverliebte Arsch eigentlich ein? Glaubte er wirklich, mich einfach so herumkommandieren zu können? Vielleicht mochte er tief in seinem Inneren eine verletzte Seele besitzen, aber das erlaubte ihm noch lange nicht, mich hin und her zu schubsen.

»Du musst nur ein Wort sagen, June.« Jackson war hinter mich getreten und sein Atem streifte warm meine Wange. Inzwischen waren wir drei allein. Anthony und Olly hatten das Wohnzimmer ebenfalls verlassen. »Dann verpasse ich ihm Zimmerarrest, bis seine Enkelkinder ihren Collegeabschluss machen.«

»Danke für das Angebot«, erwiderte ich, ohne mich zu Jackson herumzudrehen. Phoenix' Bild spiegelte sich im Glas der Terrassentür wider, wodurch es mir möglich war, zu erkennen, dass er mich nicht aus den Augen ließ. Der Typ glaubte trotz allem, was Anthony vorhin zu meiner Verteidigung vorgebracht hatte, dass ich irgendein Geheimnis verbarg. »Aber von mir aus, soll er ruhig dabei sein. Ich habe nichts zu verheimlichen.«

Jackson seufzte leise. Gleichzeitig zuckten Phoenix' Mundwinkel, als hätte ich ihm mit meinen Worten genau in die Karten gespielt.

Dämmlicher, aufgeblasener Arsch! Mal sehen, ob es mir nicht gelingen würde, ihm sein bescheuertes Siegergrinsen aus dem Gesicht zu wischen.

KAPITEL SIEBZEHN

Die Terrasse entpuppte sich als dschungelartiger Wintergarten mit gläsernen Wänden und schwül-warmer Luft, die einen Schweißfilm über meiner Oberlippe verursachte.

Aber diese kleine Unannehmlichkeit tat dem Zauber, der sich rund um mich herum ausbreitete, keinen Abbruch. Um einen ovalen Korbtisch, der von vier passenden Stühlen umgeben wurde, verteilten sich Kübel über den terrakottafarbenen Fliesenboden. Weiße Laternen hingen von der Decke und verströmten ein warmes Licht, das durch Bewegungsmelder gesteuert wurde. Überall standen Bäume, Sträucher, Sukkulenten, Palmen und Farne. Die meisten davon hatte ich noch nie zuvor gesehen. Ebenso erging es mir mit den Blumen, die in Hochbeeten gezüchtet in allen Farben des Regenbogens erblühten oder in gehäkelten Makramee-Töpfen von der Decke baumelten.

»Magst du Pflanzen?« Jackson folgte mir in angemessenem Abstand, die Arme lässig hinter dem Rücken verschränkt und tat so, als bestaunte er ebenfalls die Pflanzenpracht. Entweder hatte sich sein Schock nach den jüngsten Offenbarungen gelegt, oder er verbarg seine Gefühle sehr gekonnt.

»Kennst du eine Frau, die der Schönheit einer Blume widerstehen kann?« Ich zuckte mit den Schultern, um mich davon abzuhalten, Phoenix anzusehen. Dieser hatte es sich auf einem der Korbstühle bequem gemacht.

Ein Bein auf das andere abgelegt, lehnte er betont entspannt und strahlte diese selbstgefällige Arroganz aus, sodass ich ihm die aufgesetzte Gleichgültigkeit beinahe abkaufte. Wäre da nur nicht das nervöse Trommeln seiner Finger gewesen, die in einem dynamischen Beat die Korbweide unter ihnen malträtierten.

Mit einer innerlichen Ohrfeige lenkte ich meinen Fokus zurück auf das Gewächs vor mir. Zwischen großen, strahlend grünen Blättern hingen goldgelbe, trompetenförmige Blüten hinab, die so lieblich dufteten, dass ich mir fast wie in einer Parfümerie vorkam. »Aber ich selbst konnte dem Gärtnern noch nie etwas abgewinnen, wenn du das meinst«, schob ich hinterher und streckte meine Hand aus, um eine der Blüten in die Hand zu nehmen. Ich musste mich davon überzeugen, dass der Blumenkelch tatsächlich so samtig weich war, wie er aussah.

Wenige Zentimeter bevor meine Fingerspitzen die verlockende Blüte erreichten, packte Jackson mein Handgelenk. Sein Griff war zärtlich und ein elektrisierendes Kribbeln jagte bei der Berührung meinen Unterarm empor. Dennoch sah ich ihn erschrocken an.

»Das sind *Brugmansia Aurea*«, erklärte er, als müsste ich wissen, was er damit meinte. »Engelstrompeten«, fügte er hinzu. »Das ist eine hochgiftige Pflanze. Für einen Lunaris zwar nicht unbedingt tödlich, aber nachdem du bereits einige Zeit auf der Krankenstation verbracht hast, willst du bestimmt nicht mit Halluzinationen dahin zurück, oder?«

Entsetzt riss ich meine Hand zurück, sodass seine Finger über meinen Handrücken strichen und das Kribbeln verstärkten.

»Ihr züchtet hier *hochgiftige* Pflanzen?«, rief ich aus. Mit einem Mal erschien mir der grüne Zauber um mich herum nicht mehr zauberhaft. Stattdessen fühlte ich mich wie auf einem Mienenfeld. »Warum zum Henker?«

Jacksons Augen funkelten amüsiert.

»Zum einen sind es nur Blumen, June. Keine Maschinengewehre. Sie wachsen genauso – nur deutlich größer – in der freien Natur. Gemeinsam mit vielen anderen, giftigen Blumen und Lebewesen«, fügte er mit einem Zwinkern hinzu. »Zum anderen ...« Er stockte. Mit einem Mal war sein Blick dunkel und schwer. »Zum anderen ist dieses Gewächshaus Arizonas Refugium. Hierhin zieht sie sich zurück, wenn sie nachdenken oder allein sein will. Alles hier drinnen hat sie selbst dekoriert, bepflanzt und gepflegt. Normalerweise wagt es niemand von uns, ohne sie oder ihre ausdrückliche Zustimmung herzukommen.«

»Kein Wunder. Mit einer Expertin für Giftpflanzen würde ich mich auch nicht anlegen.« Die Worte waren mir entflohen, ehe ich über sie hatte nachdenken können. Nun wünschte ich mir, sie zurücknehmen zu können.

»Sorry! So hatte ich das nicht gemeint!« Meine Wangen leuchteten wie Feuerwarnsirenen. Weder kannte ich Arizona noch wusste ich, in welchem Verhältnis Jackson und Phoenix zu ihr standen. Nur dass die junge Frau ihnen wichtig war, stand außer Frage.

Glücklicherweise schien sich Jackson nicht allzu sehr auf den Schlips getreten zu fühlen – zu Phoenix sah ich gar nicht erst.

»Schon gut. Wenn man Ari nicht kennt und nur ihre Vorliebe für dieses Gewächshaus voraussetzt, macht man sich leicht ein falsches Bild von ihr. Dabei entwickelte sich ihre Faszination für giftige Pflanzen erst mit ihrer Berufung. Davor konnte sie dem Ganzen laut eigener Aussage auch nichts abgewinnen.«

Verblüfft schossen meine Brauen in die Höhe und Jackson nickte bestätigend.

»Alle Lunaris-Skorpione sind Meister der Gifte. Zwar entwickelt jeder von ihnen früher oder später eine Tendenz, ob er oder sie chemische oder natürliche Gifte bevorzugt – manche schießen sich sogar so sehr auf eine einzelne Substanz ein, dass sie ihr gesamtes Lunaris-Dasein nur damit arbeiten –, aber ihr Wissen erstreckt sich über die gesamte Bandbreite.«

Die Frage, ob sich mein grüner Daumen noch bilden oder ob ich aufgrund des defekten Lumens als erster Lunaris-Skorpion ohne jegliches Talent fürs Giftmischen in die Geschichte eingehen würde, kam in mir auf, doch Anthonys Ankunft lenkte mich von diesem Gedanken ab.

»Tut mir leid, dass ihr warten musstet. Ich habe Olly noch darüber informiert, worauf sie beim heutigen Training achten soll.« Während sich Jackson bemühte, seine Emotionen für sich zu behalten, fehlte Anthony dafür die Kraft. Seine Gesichtsfarbe hatte während seiner kurzen Abwesenheit einen ungesunden Graustich angenommen, tiefe Falten zogen sich über seine Stirn, und als er mit einer Hand auf den Tisch deutete, an dem Phoenix bereits saß, war das Zittern in seinen Fingern nicht zu übersehen.

»Sollen wir?«

Da die Wahl, ob ich neben Phoenix sitzen oder auf dem Stuhl ihm gegenüber Platz nehmen sollte, eine Pest-oder-Cholera-Entscheidung war, warf ich gedanklich eine Münze und zog anschließend den Stuhl neben dem Schützen hervor. So hatte ich ihn einerseits im Blick, musste ihn jedoch nicht die ganze Zeit über ansehen.

»Als Erstes möchte ich mich dafür entschuldigen, dass dein Empfang in diesem Haus alles andere als herzlich war«, eröffnete Anthony das Gespräch, nachdem auch er und Jackson die leeren Plätze belegt hatten. »Normalerweise ist es nicht unsere Art, Gäste – wobei ich an dieser Stelle noch einmal betonen möchte, dass du für uns kein Gast, sondern Teil dieser Familie bist – einfach so ins kalte Wasser zu werfen. Aber wie du inzwischen vermutlich selbst erkannt hast, erleben wir gerade eine Ausnahmesituation.« Die Furchen auf Anthonys Stirn wurden zunehmend tiefer, während er konzentriert die gehäkelte Tischdecke vor uns musterte. »Wie ich von Jackson erfahren habe, ist alles, was die Welt der Lunaris betrifft – sprich, wer und was ihr seid, was ihr tut, und wieso es euch überhaupt gibt – absolutes Neuland für dich. Ist das richtig?«

Ich nickte.

Anthony nickte ebenfalls und seine Schultern verspannten sich noch stärker. Offenbar hatte er gehofft, dass es sich bei diesem Punkt um eine Falschinformation handelte.

»Das heißt, wir müssen davon ausgehen, dass bei dem Übergang des Skorpion-Lumen von Arizona auf dich etwas schiefgelaufen ist. Dieses Problem können wir heute Nacht zwar weder beheben noch die Ursache klären, aber wir können dir die grundlegenden Dinge beibringen, damit du wenigstens darüber Bescheid weißt. Vielleicht fällt es dir so leichter, unsere schwierige Situation nachzuvollziehen.« Es folgte ein aufforderndes Nicken in Jacksons Richtung.

Der Löwe nahm sich einen Moment, um seine Gedanken zu ordnen, ehe er das Wort ergriff.

»Für Menschen mag das Folgende wie ein Märchen klingen, das man Kindern abends zum Einschlafen erzählt. Aber du musst verstehen, June, dass das, was ich dir gleich erzählen werde, weder eine Geschichte noch ein Märchen ist. Es ist eine uralte und dennoch universelle Wahrheit. Es ist *unsere* Wahrheit. Und ich hoffe, dass du bereit bist, sie zu hören. Denn hinterher wirst du die Welt nie wieder auf unschuldige Weise sehen können.«

Kapitel Achtzehn

»Ob es einen Gott gibt, wie ihn die Kirche darstellt, weiß ich nicht«, sprach Jackson weiter. »Aber ich weiß, dass es einen Gott der Sonne und eine Göttin des Mondes gibt. Einst lebten sie in friedvoller Koexistenz und hielten den Seelenkreislauf im Gleichgewicht. Der Sonnengott schuf aus den hellsten Sternen am Himmel Seelen, die mit dem ersten Herzschlag eines ungeborenen Kindes hinab auf die Erde fielen, um dort neues, menschliches Leben entstehen zu lassen. Die Mondgöttin hingegen verwandelte die *verbrauchten* Seelen – jene, die nach dem Ende eines menschlichen Lebens zurück in den Himmel steigen – in Himmelslichter. Sie schenkte den Sternen die Liebe und Hingabe, die sie brauchten, um von Neuem zu erstrahlen und somit bereit zu sein, auf die Erde zurückgeschickt zu werden.

Viele Jahrtausende funktionierte diese Aufgabenteilung problemlos. Doch eines Tages zerstritten sich Sonne und Mond. Der Sonnengott war eifersüchtig, weil er seine Kinder immer fortgeben musste und ihre Entwicklung nur aus der Ferne betrachten konnte, während die Mondgöttin die blassen Seelenreste bei sich am Himmelsfirmament behalten durfte. Der Sonnengott verlangte, fortan nicht nur am Beginn des Lebens, sondern auch an seinem Ende teilhaben zu dürfen. Die Mondgöttin war über diese Forderung alles andere als glücklich, aber aus Angst, die fragile Balance des Kreislaufes in Gefahr zu bringen, gewährte sie der Sonne ihren Wunsch.

Von da an waren Sonne und Mond zu gleichen Teilen für den Beginn des Lebens verantwortlich, wie auch für dessen Ende.

Die Mondgöttin arrangierte sich zeitig mit ihren neuen Aufgaben, doch sie beobachtete mit Sorge, wie ihr Gatte unter seinen neuen Pflichten zusehends strauchelte. Immer öfter wählte er Seelen, die für eine Rückkehr auf die Erde noch nicht bereit waren.

Die Mondgöttin flehte ihren Gatten an, zu der alten Ordnung zurückzukehren, aber der Sonnengott war zu stolz, seinen Irrtum einzugestehen. Stattdessen schickte er immer unreifere Seelen auf die Erde, bis er eines Tages den Fehler beging, und eine frisch verstorbene – *verbrauchte* – Seele auf die Erde schickte. Das war die Geburtsstunde der Shadows.«

»Shadows sind menschliche Seelen?« Mein Mund klappte vor Erstaunen auf. Nachdem ich diese Wolfs-Bestie in New York gesehen hatte, wäre ich niemals auf die Idee gekommen, dass sie einst ein Mensch gewesen war.

»Jein«, antwortete Jackson. »Im Grund sind es menschliche Seelen. Aber im Laufe der Jahrhunderte haben sie sich weiterentwickelt, haben dazugelernt und sich der Welt angepasst. Inzwischen denken und agieren sie selbstständig, was sie so gefährlich macht. Sie jagen Menschen nicht länger allein um sich von ihrer Seelenenergie zu ernähren. Sie sind dazu übergegangen, die verbrauchten Seelen nach dem Tod eines Menschen abzufangen, damit diese nicht mehr in den Himmel einkehren können. Zuerst haben wir nicht verstanden, warum sie das tun, da sie sich dadurch selbst die Nahrung wegnehmen. Aber wir haben herausgefunden, dass auf diese Weise eine neue Generation von Shadows entsteht, die um ein Vielfaches stärker und bösartiger ist, als wir sie aus der Vergangenheit kennen.«

»Noch stärker und bösartiger?« Erneut musste ich an die Wolfs-Bestie denken. Zwar hatte sie nicht sonderlich intelligent gewirkt, aber wenn ich mir vorstellte, dass es Shadows gab, die noch gefährlicher waren …

Jackson nickte. »Das ist jedoch nicht das einzige Problem. Normalerweise, wenn wir einen Shadow vernichten, spaltet sich die menschliche Seelenessenz von der schwarzen Energie ab, was es der Mondgöttin ermöglicht, der Seele eine zweite Chance zu gewähren. Bei dieser neuen Art von Shadows ist es hingegen so, dass die Seele nach ihrem Shadow-Tod endgültig erlischt. Wir nehmen an, dass es an dem extremen Ausmaß schwarzer Energie liegt, dem die Seele als Shadow ausgesetzt ist.«

»Das bedeutet, ihr – also *wir* – sind so etwas wie die Polizei für Übernatürliches?«, fragte ich anschließend. Jacksons Geschichte hatte meine ohnehin umherwirbelnden Gedanken zusätzlich angeheizt.

Auf den Zügen des Löwen breitete sich ein Schmunzeln aus.

»So wurden wir zwar noch nie genannt, aber ja, so kann man es sagen. Als der Mondgöttin klar wurde, welche Konsequenzen die Taten ihres Gatten nach sich zogen, hat sie Splitter ihrer eigenen Seele auf die Erde geschickt, um damit eine Armee des Lichts zu erschaffen – uns Lunaris. Ihre Seelensplitter sind unsere Lumen und sie ermöglichen es uns, Shadows zu sehen und zu töten. Menschen hingegen wissen nichts von deren Existenz und können sich dementsprechend nicht davor schützen. Viel eher machen sie es unseren Feinden durch negative Gedanken, Missbrauch, Folter oder auch Drogenkonsum besonders einfach, sich ihre Seelen zu holen.«

»Okay, bis hierhin verstehe ich das Ganze ja noch. Aber warum entführen die Shadows nun Lunaris? Denkt ihr, sie versuchen auf diesem Weg, das Problem ihrer selbst verursachten Nahrungsmittelknappheit zu lösen?« Vor Schreck entglitten mir die Gesichtszüge. »Stop! Ist das überhaupt möglich? Kann ein Shadow einem Lunaris die Seele aussaugen? Und was geschieht mit einem Menschen, dem die Seele ausgesaugt wurde?«

»Er wird zu einer gefühllosen Hülle, die herumläuft und wahllos tötet«, antwortete Phoenix und lenkte meine Aufmerksamkeit auf sich. Dabei sah er mich lauernd an, fast so, als wollte er mir zu verstehen geben, dass er mich im Auge behielt.

Ich schnaubte abfällig – was war sein Problem? Anthony hatte doch klargestellt, dass ich nicht der einzige Lunaris-Nachzügler war. Wieso hatte er mich weiterhin auf dem Kieker?

Weil er weiß, dass ich etwas verheimliche.

Das Bild von Matt erschien vor meinem geistigen Auge. Es hatte so ausgesehen, als wollte er Christina küssen, doch in Wahrheit hatte er es auf ihre Seele abgesehen, wie ich nun begriff.

Weil er zu einem Shadow geworden ist. Und zwar meinetwegen.

Mein Magen drehte sich um seine eigene Achse und Schuldgefühle drohten mich zu erdrücken. Mein Puls raste und mir brach kalter Schweiß aus. Zwar hatte ich Matt nie wehtun wollen – und faktisch betrachtet nicht einmal gewusst, dass ihn ein Kuss von mir töten konnte –, aber das Ergebnis blieb dasselbe: Ich hatte ihn *tatsächlich* umgebracht und damit seine Seele verdammt. Denn, wenn Matt bereits am Tag nach seinem Tod wieder auf dem Jahrmarkt aufgetaucht war, hatte seine Seele sicherlich keine Gelegenheit gehabt, zumindest für einen kurzen Abstecher in den Himmel zu gelangen.

Das ist alles meine Schuld!

»Keine Sorge, June«, ergriff Anthony das Wort. »Kein Shadow dieser Welt, nicht einmal ihr König – also der erste Shadow überhaupt – ist stark genug, um sich an der Seele eines Lunaris zu vergreifen. Eure Lumen schützen euch. Die pure Mondenergie ist zu stark, sie würde jeden Shadow auf der Stelle vernichten. Was hingegen den Rest deiner Frage angeht ...« Er unterbrach sich und schaute auf seinen Schoß. Es war deutlich, dass er damit haderte, dieses Thema weiterzuverfolgen. »Bevor ich fortfahre, möchte ich euch um etwas bitten: Alles, was ab diesem Punkt angesprochen wird, ist *streng vertraulich.* Niemand aus dem Team darf davon erfahren. Denn abgesehen davon, dass es sich hierbei lediglich um *subjektive* Meinungen handelt, würden die folgenden Dinge das Team nur noch mehr auseinanderreißen. Und wir können Arizona oder sonst wem nicht helfen, wenn wir uns durch Spekulationen in Sackgassen verrennen.«

Jackson stimmte mit einem Nicken zu, während Phoenix ein Murren von sich gab, das man vage als Einverständnis interpretieren konnte.

Nachdem auch ich versprochen hatte, den Mund zu halten, schob sich Anthony die Brille auf der Nase zurecht. »Danke. Ein Gespräch, das ich mit einem der anderen Archivare nach dem offiziellen Meeting geführt habe, hat mich nachdenklich gestimmt. Inzwischen bin ich mir nicht mehr sicher, ob wirklich die Shadows hinter dem Verschwinden der Lunaris stecken.«

»Wie bitte?« Verblüfft sah ich Anthony an, während Phoenix ein entsetztes »Was?« ausspie.

»Wer oder was soll sonst dafür verantwortlich sein?« Seine Gesichtsfarbe wechselte zwischen Feuerrot und einem ungesunden Weiß hin und her.

»Das weiß ich nicht«, gestand Anthony und hob eine Hand, um Phoenix, der bereits den Mund geöffnet hatte, um seinen Emotionen weiter verbal Luft zu machen, Einhalt zu gebieten. »Aber Fakt ist nun einmal, dass die verschwundenen Lunaris bei ihrer Rückkehr keinerlei Verletzungen aufwiesen. Dadurch lässt sich ein Kampf oder gar Folter ausschließen.«

»Und das heißt *was* im Klartext? Dass sie vergiftet wurden?« Er nahm mich ins Visier, als gäbe er *mir* die Schuld an dieser Möglichkeit.

»Ob Gift oder andere Substanzen im Spiel waren, kann ich zum aktuellen Zeitpunkt nicht sagen«, sprach Anthony weiter. »Dafür müssen wir die Obduktionsberichte abwarten.«

»Es wurden bisher keine Obduktionen durchgeführt? Warum das denn nicht?« Ich hatte angenommen, das wäre selbstverständlich.

»Für dieses Versäumnis gibt es zwei Gründe. Zum einen sind wir es nicht gewohnt, verstorbene Gruppenmitglieder beizusetzen. Wie du bereits mitbekommen hast, ist es eine Anomalie für uns, dass ein Lunaris aus dem Leben scheidet, ohne dass sich die gesamte Gruppe auflöst – auch wenn wir in Arizonas Fall natürlich weiterhin davon ausgehen, dass sie noch am Leben ist.«

Obwohl Anthony seine Stimme zu keiner Zeit erhoben hatte, leuchteten meine Wangen vor Scham tomatenrot. Natürlich hatten die Lunaris nach dem Tod ihrer Brüder und Schwestern andere Dinge im Kopf, als deren Leichname zu sezieren.

Dennoch kam mir das grob fahrlässig vor.

»Zweitens«, sprach Anthony weiter, »deuteten die leblosen Körper, wie ich bereits erwähnte, nicht auf Fremdeinwirkung hin. Stattdessen …«, er unterbrach sich erneut und sein Blick glitt Hilfe suchend zu Jackson.

»Jede Leiche wurde um Mitternacht in der Nähe des jeweiligen Lunaris-Anwesens gefunden«, übernahm der Löwe bedrückt. »Sie alle hat man im Schein des Vollmondes aufgefunden, einen Lumi-Dolch im Körper steckend und einen Abschiedsbrief neben sich.«

KAPITEL NEUNZEHN

Einen Abschiedsbrief?« Phoenix' Stimme hatte einen seltsam blechernen Klang angenommen. »Du meinst wie bei einem Selbstmord?«

Jackson nickte mit schwerem Haupt. »Das haben die anderen Archivare erzählt, als ich Anthony in seinem Büro erreichte. Das ist unter anderem einer der Gründe, wieso das Verschwinden der anderen Lunaris nicht sofort angesprochen wurde. Anfangs dachte man, dass die Opfer ihr Leben im Kampf gegen die Shadows verloren haben und die Gruppen sich wie gewohnt auflösen würden. Als das jedoch nicht geschah und stattdessen Nachzügler erschienen, forschte man nach der Ursache. Niemals wäre jemand auf die Idee gekommen, dass einer von ihnen – dass *Arizona* – sich –«

»Bullshit!« Phoenix fiel Jackson rüde ins Wort und seine zur Faust geballten Hände donnerten auf die Tischplatte. »Ich kenne Arizona! Sie würde sich niemals etwas antun. Dazu hätte sie überhaupt keinen Grund.«

»Ach, meinst du?« Jackson schnaubte abfällig. »Du hast doch keine Ahnung!«

»Was soll das heißen?«, bellte Phoenix, während seine vor Zorn lodernden Augen auf Jackson gerichtet waren, als würde er seinem Anführer gleich an die Gurgel springen.

»Was das heißen soll?« Jacksons Stimme hatte einen Ton angenommen, der so gar nicht seiner sonst so freundlichen

Art entsprach. »Dass es Bullshit ist, dass du denkst, Ari zu kennen.«

»Und ausgerechnet *du* willst das beurteilen können, Ward?« Phoenix hatte sich von seinem Platz erhoben. Die Fäuste auf den Tisch abgestützt, beugte er sich Jackson drohend entgegen. »Du warst vielleicht mit ihr im Bett, aber sie ist *meine* Zwillingsschwester! Ich bin der Einzige, vor dem sie keine Geheimnisse hatte.«

Jackson gab einen Laut von sich, der wie eine Mischung aus Lachen und Schnauben klang. Sofort rieselte es mir unangenehm den Rücken hinunter. Diese Geste passte nicht zu dem Bild, das ich mir bisher hatte von Jackson machen können.

»Du glaubst, sie hat keine Geheimnisse vor dir?« Jackson erhob sich ebenfalls. Auf seinen Wangen hatten sich rote Flecken gebildet. »Habt ihr euch deswegen am Abend vor ihrem Verschwinden so heftig gefetzt? Weil ihr eine so vertrauensvolle Beziehung habt?« Er schüttelte den Kopf und ein bitterer Ausdruck lag auf seinen Lippen. »Du magst vielleicht ihr Zwillingsbruder sein, und ich will gar nicht behaupten, dass sie dir nicht wichtig ist. Aber du hast *keine* Ahnung davon, mit welchen Dämonen sich Ari seit ihrer Berufung herumschlug!«

Phoenix stieß ein wildes Knurren aus und ich war mir sicher, dass die Situation jeden Moment eskalieren und der Schütze vollkommen ausflippen würde.

»Seid ihr beiden bald fertig, oder wollt ihr das in der Trainingshalle klären?«, fragte Anthony schneidend und obwohl sein strenger Blick nicht mir galt, schrumpfte ich um einige Zentimeter auf meinem Stuhl zusammen.

Da keiner auf die Worte reagierte oder Anstalten machte, dass Starrduell zu beenden, erhob sich nun auch der Archivar.

»Wenn ihr beiden euch nicht auf der Stelle beruhigt

und wieder hinsetzt«, sprach er mühsam beherrscht, »sehe ich mich gezwungen, euch *beide* aus dem Wintergarten zu schmeißen, und mich allein mit June weiterzuunterhalten. Denn auch wenn ich nachvollziehen kann, dass eure Gefühle gerade hochkochen, dulde ich keine Revierkämpfe innerhalb meiner Gruppe. Ihr müsst euch nicht lieben. Von mir aus müsst ihr euch nicht einmal mögen. Aber im Namen der Mondgöttin, ich *verlange*, dass ihr euch einander gegenüber respektvoll verhaltet!« Er sah Phoenix an und seine Stimme wurde weich. »Wir verstehen alle, dass dich Arizonas Verschwinden hart trifft. Aber glaubst du wirklich, dass du deiner Schwester hilfst, indem du alle von dir stößst, bis zur völligen Erschöpfung trainierst oder ständig Streiterein mit deinen Kameraden anzettelst?« Er wartete ab, doch als ihm bewusst wurde, dass keine Erwiderung folgen würde, drehte er sich zu Jackson herum. Sofort wirkte er wieder streng. »Und du? Meinst du, dass sich so ein Anführer verhält? Ich weiß, dass du dir diesen Posten nicht ausgesucht hast und dass die aktuelle Situation deine Arbeit nicht gerade leichter macht. Aber so geht das nicht, Jackson. Du hast nicht nur eine Vorbildfunktion deinem Team gegenüber. Ich muss mich auch darauf verlassen können, dass du das Wohl der Gruppe über deine eigenen Bedürfnisse stellst.«

»Du hast recht. Entschuldige, bitte.« Jackson nahm einen tiefen Atemzug, schüttelte sich einmal kurz, und schon war von seiner Aufgewühltheit nichts mehr zu erkennen. Nicht zum ersten Mal war ich erstaunt darüber, wie schnell es ihm gelang, seine wahren Empfindungen hinunterzuschlucken.

»Es tut mir leid, Phoenix. Ich habe die Beherrschung verloren. Ich hatte kein Recht, die Beziehung zwischen deiner Schwester und dir zu beurteilen.« Er reckte dem Schützen freundschaftlich die Hand entgegen. Doch dieser dachte gar nicht daran, das Friedensangebot anzunehmen.

»Fick dich, Ward. Wir wissen beide, dass deine Reue ebenso fadenscheinig ist wie deine angebliche Sympathie für Arizona.« Mit diesen Worten kehrte er uns allen den Rücken und verließ mit stampfenden Schritten den Wintergarten.

Mein Bauchgefühl drängte mich dazu, ihm nachzugehen. Aber was hätte ich schon bewirken können? Es war ja nicht so, als wären Phoenix und ich Freunde oder als könnten wir uns wenigstens *ein bisschen* leiden.

Jackson ließ sich schwerfällig auf seinen Platz fallen und vergrub das Gesicht in den Händen. Schuld und Scham umgaben ihn wie unsichtbare Geister. Unweigerlich empfand ich Mitgefühl für den Löwen.

Da ich nicht wusste, was ich sagen sollte – und auch für keine Seite Partei ergreifen wollte – lenkte ich das Gespräch zurück auf das eigentliche Thema.

»Okay, ich weiß jetzt, wer die Shadows sind und wieso es die Lunaris gibt. Aber ich habe noch immer keine Ahnung, wer *ich* bin. Wie kann es sein, dass ich stark genug bin, um gegen einen Shadow zu kämpfen, aber der bloße Kontakt mit dem schwarzen Rauch mich beinah getötet hat – ganz zu schweigen von der Frage, was mit meiner eigenen Seele passiert, wenn ich als Lunaris sterbe?«

Mit einem dankbaren Lächeln sagte Anthony: »Die Lumen verleihen euch neben euren jeweiligen Gaben auch übermenschliche Stärke und Widerstandsfähigkeit, weshalb ihr immun gegen Krankheiten seid. Selbst Krebs oder Aids kann euch nichts anhaben. Aber ihr seid nicht unsterblich. Ihr altert wie normale Menschen, weshalb eine Dienstzeit als Lunaris zeitlich begrenzt ist. Im Alter von achtzehn wird man berufen und, sofern nichts dazwischenkommt, entlässt man euch sieben Jahre später in euer ursprüngliches Leben.«

»Wenn nichts dazwischenkommt«, wiederholte ich verstehend. Auch wenn es mich beruhigte, dass dieser ganze Spuk ein absehbares Ende besaß, bezweifelte ich, dass ich es bis zu meinem fünfundzwanzigsten Geburtstag schaffte. Allein die Sorgen der letzten Stunden hatten meine Lebenszeit sicherlich um Jahre verkürzt.

»Ich will dir nichts vormachen, June. Es gibt Dinge, die auch euch verwunden können – wie ein Schattenbrand. Dieser ist, wie der Name bereits sagt, eine Art Verbrennung, bei der die betroffenen Zellen des Körpers mit dunkler Shadowenergie infiziert werden. Wird die Wunde nicht rechtzeitig versorgt oder werden lebenswichtige Organe getroffen, kann dies zum sofortigen Tod führen. Generell gibt es drei Arten, wie ein Lunaris sterben kann. Entweder er oder sie wird von einem gewöhnlichen Menschen umgebracht – zum Beispiel im Zuge eines Unfalls –, dann verfällt der Körper in eine Art Scheintod. Es gibt keinen Herzschlag, keine Atmung, und die Haut wird blass und der Körper steif. Doch der Lunaris erwacht beim nächsten Vollmond wieder zum Leben. Die zweite Möglichkeit ist, dass er von einem Shadow getötet wird. In diesem Fall, wie du inzwischen weißt, stirbt der menschliche Körper und alle Lumen der Gruppe kehren zur Mondgöttin zurück – zumindest normalerweise.«

»Und die dritte Möglichkeit?«

»Die dritte Möglichkeit ist der Freitod. Da dieser Fall aber noch nie in der Geschichte der Lunaris vorgekommen ist, wissen wir nicht, welche Konsequenzen eine solche Tat nach sich zieht.«

Ich nickte. Obwohl ich noch einige Fragen hatte, die in diese Richtung zielten, behielt ich sie erst einmal für mich.

Ich wollte Jackson und Anthony nicht unnötig quälen, indem ich Arizona immer wieder erwähnte.

»Diese Gaben, die du gerade angesprochen hast, werden uns also von den Lumen verliehen? Heißt das, dass jeder Lunaris immer dieselbe Fähigkeit erhält wie sein Vorgänger?«

»Nicht ganz«, übernahm Jackson das Gespräch. »Aber dieses Thema ist nicht ganz einfach, deshalb wäre es besser, wenn wir es vorerst hintenanstellen. Solltest du also keine weiteren Fragen haben, würde ich vorschlagen, erzählst du uns erst einmal, was dir seit deiner Berufung widerfahren ist. Vielleicht lassen sich auf diese Weise einige Punkte leichter erläutern.« Er schenkte mir ein warmes Lächeln, das ich automatisch erwiderte. Ich konnte einfach nicht anders. Es war wie ein innerer Zwang.

»Eine Sache wäre da tatsächlich noch.« Ich hatte diese Frage nicht bewusst vor mir hergeschoben, obwohl ich ziemliche Angst vor der Antwort hatte. »Was hat es mit dieser Partnersache auf sich? Anthony meinte vorhin, dass kein Lunaris mehr das Haus ohne verlassen darf.«

Jackson lachte gequält. »Du hast wirklich ein Talent dafür, den Finger in die Wunde zu legen, June. Aber früher oder später musst du es sowieso erfahren. Von daher ...« Er räusperte sich. »Wie du inzwischen weißt, sind alle Lumen Seelensplitter der Mondgöttin. Aber nicht nur das. Sie sind auch in sich noch einmal Hälften eines größeren Ganzen. Wie Yin und Yang. Wie Himmel und Erde. Zwar können sie allein existieren, aber nur gemeinsam ihr volles Potenzial ausschöpfen.«

»Und das heißt konkret?«

»Jeder Lumen kann in eine von zwei Kategorien eingeordnet werden. Die einen besitzen eine mentale Kraft, die anderen eine körperliche.«

»Lass mich raten, je ein mentaler und ein körperlicher Lumen bilden ein Ganzes?«

»So ist es. Lunaris verspüren zu ihren Partnern eine ganz besondere Verbindung, die sich bei jedem Paar auf unterschiedliche Weise äußert. Denver und Providence zum Beispiel wissen immer genau, was der andere denkt, als könnten sie die Gedanken des jeweils anderen lesen. Lincoln und Talla spüren die Verletzungen ihres Partners, als wären es ihre eigenen. Und Austin und Anna sind wie Geschwister. Sie zanken sich ständig, aber sie würden füreinander jederzeit einen Schattenbrand auf sich nehmen.« Er machte eine kurze Pause, damit ich das eben Gehörte sacken lassen konnte. »Aber so unterschiedlich die Verbindungen der einzelnen Partnerschaften auch sein mögen, haben sie alle eines gemeinsam: Zwei zusammengehörende Lunaris fühlen, denken und vertrauen im Bezug auf ihren Partner, wie niemand Außenstehendes es jemals verstehen wird. Sie stehen blind für einander ein, stellen das Wohl des anderen stets über ihr eigenes und schützen ihren Partner im Kampf um jeden Preis.« Der Ausdruck seiner Augen intensivierte sich, bis es in meiner Körpermitte wohlig flatterte.

Als ich das Wort ergriff, klang meine Stimme verräterisch hoch. »Und ... ähm ... bin ich ein mentaler oder ein körperlicher Lunaris?«

»Austin, Denver, Lincoln, Olympia, Raleigh und du seid Keeper.« Jackson räusperte sich ein weiteres Mal, ehe er sich mehrfach blinzelnd und mit geröteten Wangen aufrechter hinsetzte. »Eure Körper sind eure Waffen. Im Nahkampf seid ihr unschlagbar, und zwar auch ohne vorheriges Training. Das liegt daran, dass wir mit den Lumen das Wissen und jegliche Erfahrung unserer Vorgänger übertragen bekommen.«

»Deswegen habe ich mich in New York in Lara Croft verwandelt!« Vor Verblüffung klappte mir der Kiefer herab. Das erklärte so einiges, unter anderem auch, wieso Jackson und Drake von mir erwartet hatten, dass ich wusste, wer sie waren, oder dass man mich in New Haven erwartete. Wäre mein Lumen nicht defekt gewesen, wäre es so gewesen.

»Deine Kampftechnik entspricht genau der Art, wie Ari immer gekämpft hat«, sagte Jackson und bei Arizonas Spitznamen knickte seine Stimme kurz weg, was das angenehm warme Gefühl in meinem Magen sofort verblassen ließ.

»Was ist mit den anderen?«, fragte ich, teils aus Neugier, teils, um Jackson abzulenken.

»Charleston, Annapolis, Tallahassee, Providence, Phoenix und ich sind Mentale. Unsere Stärke liegt in unserem Verstand – wobei ich anmerken möchte, dass auch wir uns zu verteidigen wissen.« Erneut färbte ein leichter Roséton seine Wangen und als sich seine Mundwinkel kräuselten, konnte auch ich mir ein Grinsen nicht verkneifen. Sein Ego hatte an dem vorschnellen Knock-out in der Gasse ziemlich zu knabbern.

»Wie gesagt«, fuhr er nach einer kurzen Pause fort. »Jeder von uns für sich ist bereits eine Gefahr für die Shadows. Aber gemeinsam mit unserem Partner erhalten wir zusätzliche Kräfte, die uns nahezu unbesiegbar machen – wenn auch nur für eine kurze Zeit.«

»Von welchen zusätzlichen Kräften reden wir hier?« Es war schwer vorstellbar, dass die magischen Fähigkeiten, von denen ich vorhin im Wohnzimmer erfahren hatte, noch zu toppen waren. Jedoch hatte ich bis vor wenigen Tagen auch nicht gedacht, dass es so etwas wie magische Fähigkeiten *tatsächlich* gab.

»Nehmen wir Raleigh als Beispiel. Sie ist als Krebs unser menschlicher Schutzschild. Es gibt nichts und niemanden, der sie durchdringen kann. Als wäre ihre Haut aus Titanium. Charleston hingegen kann als Wassermann Wasser manipulieren. Egal ob Regentropfen, Pfützen oder ganze Seen. Selbst Nebel kann er in eine tödliche Waffe verwandeln. Für sich allein genommen, sind diese Fähigkeiten bereits ziemlich praktisch. Aber kombiniert können sich Raleigh und Charleston in eine Wasserfigur verwandeln, die durch Wände oder durch kleinste Rillen fließen kann. Und wenn sie mal unter Beschuss steht, gleitet sämtliche Munition einfach durch sie hindurch, ohne Schaden anzurichten.«

»Ernsthaft?« Meine Augen mussten, Jacksons erheitertem Gesichtsausdruck nach zu urteilen, riesengroß sein.

»Ja, diese Fähigkeit ist wirklich genial. Aber alle Partnerkräfte bergen ein enormes Risiko, weil vorab nie genau eingeschätzt werden kann, wie viel Energie sie einem Lunaris abverlangen. In der Vergangenheit gab es nicht gerade wenige Teams, bei denen der Einsatz von Partnerkräften zum Tod der Lunaris und damit zur Auflösung der gesamten Gruppe geführt hat. Aus diesem Grund sollte man diesen Schritt nur in aller größter Not wagen.«

»Ist notiert«, sagte ich und das nervös-aufgeregte Flattern kehrte in meinen Magen zurück. Ich konnte nichts dagegen unternehmen. »Und was sind deine Kräfte? Und wer ist dein Partner – beziehungsweise deine Partnerin?« Viele Möglichkeiten waren nicht mehr übrig.

Jackson wurde zusehends verlegener und anstellte einer für ihn sonst klaren Antwort kam nur Gestammel über seine Lippen.

»Also ... nun ja ... ich bin ... also als Löwe werde ich angeblich ... wie soll ich es am besten sagen ...«

»Er ist der Anführer einer Lunaris-Gruppe, June«, meldete sich Anthony zu Wort. »Es ist seine Aufgabe, dieses Team zu leiten und zu schützen. Das ist, wie du dir sicherlich vorstellen kannst, nicht einfach. Aus diesem Grund liegt Jacksons Fähigkeit in seiner Ausstrahlung. Dank seines Lumen wirkt er charismatisch und Respekt einflößend. So fällt es den anderen im Team leichter, ihm und seinen Befehlen Folge zu leisten.«

»Das macht Sinn.«

Und es erklärt auch, wieso es mir so leichtfällt, Jackson zu vertrauen.

»Und, ähm, wer aus der Gruppe besitzt nun die passende Hälfte zu deinem Lumen?«, wiederholte ich meine Frage. Zwar verstörte mich die Vorstellung, gegen meinen Willen an einen mir quasi Fremden gebunden zu sein. Aber mit Jackson hatte ich zumindest Glück im Unglück.

»Olly.«

»Olly?« Verblüffung und Entsetzen vermischten sich und ließen meine Stimme unnatürlich hoch und gleichzeitig seltsam mechanisch klingen. Wie war das möglich? Zwar hatten er und die rassige Schönheit sehr vertraut miteinander gewirkt, aber seit meiner Begegnung mit Jackson in New York hatte ich das Gefühl, dass uns irgendetwas miteinander verband. Etwas, das über plumpe menschliche Anziehung hinausging. Wenn jedoch nicht diese fragwürdige Partnerschaft der Grund dafür war, was dann?

»Und *wer* ist dann *mein* Partner?«

Jackson und Anthony wechselten abermals einen Blick miteinander, fast so, als wollten sie ausknobeln, wer der Überbringer der schlechten Nachricht sein sollte.

Dabei war das gar nicht nötig.

Ihr Schweigen war Antwort genug.

KAPITEL ZWANZIG

Ihr verarscht mich, oder? Phoenix? Er ist mein Partner? Ernsthaft?«

Ausgerechnet er?

Hatte ich bereits zuvor nicht gewusst, was ich von dieser komischen Verbindung halten sollte, schoss meine Abneigung exponentiell in die Höhe. Zwar begriff ich nun, wieso ich auf den Schützen so intensiv reagierte, aber erfreuen tat mich diese Erkenntnis ganz und gar nicht. Insbesondere nachdem Jacksons Erklärung diesem ganzen Partnerschaften-Kram eine gewisse Intimität verliehen hatte.

Phoenix, dieser elendige Mistkerl! Von wegen, dass ich den anderen etwas verheimlichte. Er *war hier derjenige, der mir gegenüber nicht ehrlich gewesen war.*

Wieso hat er nicht einfach gesagt, wer er ist und was diese ätzende Empfindung zu bedeuten hat, die wir beide – ich war mir sicher, dass er dieses widersprüchliche Gefühl ebenfalls bemerkt hatte – spüren?

Am liebsten wäre ich Phoenix auf der Stelle nachgerannt und hätte ihm gehörig die Meinung gegeigt. Gleichzeitig wusste ich nicht, wie ich mich ihm gegenüber ab sofort verhalten sollte. Diese Frage wäre bereits vor seinem überstürzten Abgang nicht leicht zu beantworten gewesen. Doch nun? Ganz zu schweigen davon, dass ich nicht wusste, welche Auswirkungen mein defekter Lumen auf unsere Partnerschaft hatte.

Vielleicht existiert diese enge Verbindung bei uns auch gar nicht.

»Ich weiß, diese Nachricht ist nicht leicht zu verdauen, und ich wünschte, ich könnte etwas sagen, das Phoenix' Verhalten entschuldigt. Leider bezweifle ich, dass es dafür die passenden Worte gibt.« Ein gequältes Lächeln stahl sich auf Jacksons Züge, das ich dieses Mal jedoch nicht erwiderte. Ich war schlichtweg zu geschockt.

»Deswegen würden wir gern auf das zu sprechen kommen, was du unten auf der Krankenstation erwähnt hast.« Jacksons Lächeln wurde weicher. Regelrecht charmant.

Mein Groll auf Phoenix rückte entgegen meinem Willen in den Hintergrund, während meine Bereitschaft, mich Jackson anzuvertrauen, wuchs. Früher hätte ich diese subtile Veränderung vermutlich gar nicht bemerkt. Doch nun, da ich von Jacksons Gabe wusste, war es schwer, die dahinterstehende Manipulation zu ignorieren.

»Was auch immer du da mit mir machst, hör auf.« Mein Protest klang nicht annähernd so entschieden wie beabsichtigt. »Es ist schlimm genug, dass du deine magische Kraft bereits in New York angewandt hast, als ich mich geweigert habe, mit dir zu kommen.«

Schamesröte kroch Jacksons Hals empor und bestätigte meinen Verdacht.

»Es tut mir leid. Das habe ich nicht absichtlich getan. Das musst du mir glauben. Wie Anthony bereits sagte, verleiht mir meine Gabe eine gewisse ... Ausstrahlung. Und auf diese reagiert jeder Lunaris anders.« Er ließ bedrückt den Kopf hängen. »Aber du hast recht, ich hätte dir davon erzählen sollen, sobald mir klar wurde, dass du keine Ahnung von all dem hier hast. Schließlich wissen die anderen Lunaris über meine Fähigkeit Bescheid und können dementsprechend darauf reagieren. Ich wollte nur nicht, dass du die Sache in den falschen Hals bekommst und dann gar kein Vertrauen zu mir und meiner Truppe fassen würdest.«

Gegen den stetig wachsenden Argwohn, der sich hinter meinem Zwerchfell ausbreiten wollte, kämpfte eine ordentliche Portion Mitgefühl, bei der ich mich unweigerlich fragte, ob sie echt oder Jacksons Lumen-Fähigkeit geschuldet war.

Gleichzeitig ärgerte ich mich über diese Zweifel. Ja, Jackson hatte einen Fehler gemacht. Aber er hatte eine nachvollziehbare Erklärung geliefert und schien sein Handeln ehrlich zu bereuen. Und wenn es jemanden gab, der nachvollziehen konnte, wie es war, eine magische Gabe zu besitzen, die man nicht unter Kontrolle hatte, dann ich.

»Schon gut. Vermutlich hätte ich in deiner Situation ähnlich gehandelt.«

Jackson schaute auf und Erleichterung zeichnete sich auf seinen Zügen ab. Sein Lächeln war so entwaffnend, dass ich es erwidern *musste.*

Mir war zuvor gar nicht aufgefallen, wie strahlend blau seine Iriden tatsächlich waren.

»Jackson!«, rief ich halb empört, halb erheitert. »Du tust es schon wieder. Hör auf damit!«

»Tut mir leid!«, lachte nun auch der Löwe. »Aber ich kann *wirklich* nichts dafür. Zwischen uns scheint einfach die Chemie zu passen.«

Da ich nicht wusste, was ich darauf erwidern sollte, versuchte ich krampfhaft das wohlige Flattern in mir auszublenden.

»Also gut! Dann erzähle ich euch jetzt von meiner Reise – vielleicht erfahre ich dann endlich, was es mit meiner Gabe auf sich hat.« Ich holte tief Luft und berichtete anschließend, was mir an jenem Abend auf dem Jahrmarkt und in den darauffolgenden Tagen widerfahren war. Dabei war es gar nicht so einfach, zu unterschlagen, dass ich die wahre Gestalt der Shadows sehen konnte. Aber Drakes Warnung klingelte mir so deutlich in den Ohren, dass ich mich trotz des schalen Gefühls in meinem Inneren nicht traute, Jackson und Anthony die Wahrheit zu erzählen. Stattdessen behauptete ich, dass ich mit angesehen hatte, wie Christina und Nate von unförmigen Schatten angegriffen worden waren, und schob meine auf der Krankenstation voreilig hinausposaunte Beichte auf extrem lebhafte Albträume.

»Und alles, was nach meinem Ninjaauftritt geschah, bei dem ich Jackson den Hintern gerettet habe, wisst ihr ja«, beendete ich meine Ausführung mit warmen Wangen.

»Als mir Jackson von eurer Begegnung in New York berichtet hat, habe ich mir bereits gedacht, dass du auf deiner Reise hierher einige Hürden hast überwinden müssen«, sagte Anthony und sah mich betroffen an. »Jedoch hätte ich niemals für möglich gehalten, dass ...« Er schüttelte den Kopf. »Es tut mir ehrlich leid, dass du all das hast durchmachen müssen, June – gleichwohl es mich ausgesprochen fasziniert, dass sich dir die Mondgöttin leibhaftig gezeigt hat. Diese Ehre ist meines Wissens noch keinem Lunaris zuteilgeworden.«

»Mir geht es genauso«, sagte Jackson. »Und zwar in beiden Punkten. Zwar wundert es mich nicht, dass die Mondgöttin dich ausgewählt hat, aber ich wünschte, ich hätte dich früher gefunden. Niemand sollte so etwas erleben müssen.« Seine Hand, die neben meiner auf dem Tisch lag, zuckte, als wollte er mich berühren. Doch dann zog er seine Hand mit einem Räuspern zurück. »Leider gibt es noch zwei Dinge, die du unbedingt erfahren musst, ehe wir dich entlassen können. Es wäre zu gefährlich, dich länger im Unklaren zu lassen. Denn das, was du bezüglich Matthew Brownfield meinst, geträumt zu haben, entspricht der Wahrheit. Austin hat das während meiner Abwesenheit in Erfahrung gebracht. Aber keine Sorge, niemand weiß, auf welche Weise ihm das Gift verabreicht wurde, oder dass du etwas damit zu tun hast. Und von uns werden sie es auch nicht erfahren.«

Ich nickte dankbar. Auch wenn ich es mir inzwischen selbst eingestanden hatte, dass ich für Matts Tod verantwortlich war, besaß es doch noch einmal mehr Kraft, es von jemand anderem bestätigt zu hören.

Jackson erwiderte die Geste lächelnd, wurde jedoch sofort wieder ernst. »Ich weiß, dass das alles gerade sehr viel ist. Und ich wünschte, wir müssten dich nicht ausgerechnet heute Abend mit noch mehr belästigen. Aber es ist ungemein wichtig, dass du verstehst, was das bedeutet. Denn im Gegensatz zu allen bisherigen Lunaris-Skorpionen bist du im wahrsten Sinne des Wortes *giftig*.«

»Wie bitte? Ich bin der *erste* giftige Skorpion?« Bittere Galle kroch meine Speiseröhre empor, als Jackson erneut nickte. Es war kein Wunder, dass mir die Mondgöttin erschienen war. Immerhin war ich nicht nur Teil des Freak-Zirkus, ich war die verfluchte *Hauptattraktion*.

»Wie ich bereits sagte, besitzen alle Skorpione – und alle bisherigen – ein unbegrenztes Wissen im Bereich natürlicher und synthetischer Gifte. Sie erstellen damit Waffen, die sie im Kampf gegen die Shadows einsetzen. Giftampullen, mit Gift versetzte Spikes, oder wie in Arizonas Fall mit Gift getränkte Handschuhkrallen. Jedoch ist oder war niemand von ihnen buchstäblich selbst giftig. So etwas habe ich noch nie erlebt. Aber falls es dir ein kleiner Trost ist«, schob er nach, »Charleston ist bereits damit beschäftigt, die Antikörper aus deinem Blut zu extrahieren und ein Gegengift herzustellen. Nur für alle Fälle.«

»Für alle Fälle? Du meinst, falls mir noch einmal jemand gegen meinen Willen seine Zunge in den Hals steckt und ich ihn zur Strafe für diese Verletzung meiner Intimsphäre vergifte?« Ein zynisches Lachen entfloh mir und der Damm, den ich um meine Emotionen gezogen hatte, drohte unter dem wachsenden Druck nachzugeben. »Keine Sorge, ich werde mich hüten, jemals wieder jemandem zu nah zu kommen.«

Kaum hatten die Worte meine Lippen verlassen, wurde mir zum ersten Mal bewusst, welch gravierenden Einfluss meine neue Fähigkeit auf mein Leben nahm.

Ich werde nie wieder jemanden körperlich an mich heranlassen können. Nie wieder jemanden küssen können.

Auch wenn ich es nicht für möglich gehalten hätte, wurde der Albtraum, in den ich ungewollt katapultiert worden war, immer schlimmer.

»So muss es nicht sein«, sagte Jackson, als antwortete er auf meine Gedanken und seine Hände erschienen wieder auf dem Tisch. Gleichzeitig beugte er sich ein wenig in meine Richtung, was das Folgende noch intimer wirken ließ. »Du kannst lernen, deine Gabe zu kontrollieren. So wie alle Fähigkeiten lässt sich auch diese trainieren.«

»Du willst, dass ich meine Gabe *trainiere*? Wie? Indem ich mich wild durch die Gegend knutsche? Mixt Charleston deswegen ein Gegengift zusammen? Damit ich keine Spur aus Leichen hinterlasse?«

Obwohl ich meine Worte nicht ernst gemeint hatte, sagte mir Jacksons Miene, dass ich ins Schwarze getroffen hatte.

»Das ist nicht dein Ernst, Jackson! Hast du sie nicht mehr alle?!« Entrüstet darüber, dass wir überhaupt über diese Möglichkeit *sprachen*, konnte ich nur den Kopf schütteln. »Vergiss es! Auf keinen Fall! Dieses Risiko werde ich unter keinen Umständen eingehen – Gegengift hin oder her. Das ist vollkommen –«

»Logisch?«, unterbrach mich der Löwe ruhig und sah mich fest an. »Denn im Gegensatz zu dir, mache ich keinen Unterschied zwischen deiner Gabe und der jedes anderen Lunaris. Oder glaubst du, als wir anderen uns vor einem Jahr zusammengefunden haben, dass auch nur einer von uns in der Lage gewesen ist, seine Kraft zu konrollieren? Von wegen! Ich habe aufgehört, zu zählen, wie viele beinah tödliche Stromschläge uns Olly bei ihren ersten Versuchen verpasst hat. Oder wie oft wir wegen Charleston fast ertrunken wären, weil er den gesamten Keller geflutet hat. Oder Ari, die regelmäßig irgendwelche Zutaten falsch dosiert und uns damit viel zu oft auf die Krankenstation befördert hat.« Jacksons Mundwinkel zuckten und zauberten einen nervig-niedlichen Ausdruck auf sein Gesicht, der meinen Widerstand gefährlich ins Wanken brachte. »Warum glaubst du, erhalten wir durch die Lumen neben diesen besonderen Gaben auch übermenschliche Widerstandskraft? Bestimmt nicht nur, damit wir gegen die Shadows in den Krieg ziehen können.« Er zwinkerte mir zu, was meinem Groll einen ordentlichen Dämpfer verpasste. So ungern ich es auch zugab, fiel mir kein Gegenargument mehr ein.

Trotzdem!

Die Idee war vollkommen verrückt!

Oder?

»Ich weiß, die ganze Situation muss unfassbar schwer für dich sein.« Jackson streckte einen Arm in meine Richtung, stoppte jedoch wenige Zentimeter vor meinen Fingern. Er wollte mich nicht bedrängen, sondern mir die Wahl lassen, ob ich diese Form der Nähe zulassen wollte.

Ich zog meine Hände nicht weg.

»Und ich werde dich zu nichts zwingen«, sprach er mit einfühlsamem Tonfall weiter, während sich seine Finger zögerlich über meinen Handrücken legten. Die Geste war so zart, dass neben meinem Magen auch mein Herz flatterte.

Wann hatte ich meine Gegenwehr aufgegeben und zugelassen, dass Jacksons Nähe mich derart einnahm? Und wieso wehrte ich mich jetzt nicht mehr dagegen?

»Du sollst nur wissen, dass du dich nicht allein deinen Problemen stellen musst. Wir sind ein Team. Wir schaffen das gemeinsam.«

Gemeinsam ...

Wie konnte ein harmloses Wort eine solche Welle in meinem Inneren schlagen, dass ich tatsächlich kurzzeitig in Versuchung geriet, sein Angebot anzunehmen?

Ein gemeinsames Training mit ihm könnte durchaus reizvoll sein ...

Erschrocken über meine eigenen Gedanken verpasste ich mir innerlich eine Ohrfeige. Mochte sein, dass Jacksons Gabe ungewöhnlich stark auf mich wirkte, doch ich würde mich ihr nicht kampflos unterordnen. Stattdessen würde ich den kläglichen Rest meines Stolzes mit Feuereifer schützen.

»Du sagtest, dass es zwei Dinge gibt, die ich dringend erfahren muss«, wechselte ich abrupt das Thema, was Jackson sichtlich aus dem Konzept brachte. Er musste ein paarmal blinzeln, ehe er wieder in der Gegenwart ankam. »Was ist die andere Sache?«

»Wie ich bereits erwähnte ...«, übernahm wieder Anthony

das Gespräch und ich wandte mich ihm automatisch zu. Weder Jackson noch ich zogen unsere Hand weg. »... habe ich mich nach dem offiziellen Meeting noch mit einem anderen Archivar unterhalten, dessen Team in New Mexico ebenfalls ein Mitglied vermisste. Auch bei ihnen erschien kurze Zeit nach dem Verschwinden seines Teammitglieds ein Nachzügler, der den Lumen des zuvor Verschwundenen in sich trug. Doch in jener Nacht, als die Leiche des ursprünglichen Lunaris mit dem Abschiedsbrief auftauchte, blieb es nicht bei diesem Unglück. Ein wenig später – noch bevor die Sonne am nächsten Morgen aufging –, begann sich der Nachzügler merkwürdig zu verhalten. Er wurde immer agressiver, beschimpfte die Mitglieder seines Teams und wurde sogar handgreiflich. Binnen weniger Stunden steigerte sich das auf ein Maß, das ihn zu einer ernst zu nehmenden Gefahr für sich selbst und sein gesamtes Team machte.«

»Was ist am Ende mit ihm passiert?«, fragte ich, obwohl ich meinte, die Antwort bereits zu kennen.

Anthonys Blick wurde von einer dunklen Wolke verschleiert, die meine Befürchtungen bestätigte.

»Es tut mir leid, June. Aber sie hatten keine andere Wahl.«

KAPITEL EINUNDZWANZIG

Mein Herz wummerte, meine Knie zitterten und das, was sich in meinem Kopf abspielte, ließ den Begriff *Gedankentornado* wie ein laues Lüftchen erscheinen. In Lichtgeschwindigkeit jagten Überlegungen durch meinen Verstand, ohne dass ich sie greifen konnte. Sie vermischten sich mit Erinnerungen an Gespräche, die sowohl in den letzten Stunden als auch in den Tagen oder sogar Jahren davor stattgefunden hatten und teilweise keinerlei Bezug zu der aktuellen Situation besaßen.

Kurzum, ich war vollkommen hinüber.

»June!« Jacksons Timbre schallte durch den leeren Flur, den ich auf dem Weg in mein Zimmer passierte. »Jetzt warte doch bitte!« Er beschleunigte seine Schritte. Ich hingegen behielt mein Tempo bei. Dabei rannte ich nicht absichtlich vor dem Löwen davon. Im Grunde war es mir egal, ob er mich einholte oder nicht.

Im Moment war mir alles egal.

Jackson erreichte mich, als ich auf einer Höhe mit Phoenix' Zimmertür war. Da das nervige Gefühl ausblieb, nahm ich an, dass sich der Schütze woanders aufhielt.

»June …« Jackson legte mir von hinten eine Hand auf die Schulter. Die Geste war sanft, beinahe liebevoll. Dennoch zuckte ich zusammen, als würden sich Eispranken in mein Fleisch bohren, und blieb reflexartig stehen.

»Bitte, rede mit mir. Heute Abend war selbst für jemanden,

der nicht über Nacht in eine Welt voller Magie, Schattenwesen und drohendem Unheil geworfen wurde, intensiv. Ich will mir gar nicht vorstellen, wie es dir damit geht.«

Die Finger auf meiner Schulter trat er in mein Sichtfeld. In seiner Miene war Sorge abzulesen, und entgegen jeglicher Logik keimte in mir ein Anflug von schlechtem Gewissen auf. Ich wollte nicht, dass er sich meinetwegen mies fühlte.

»Du fragst dich, wie es mir geht? Ich weiß es nicht«, gestand ich und das Zittern in meinem Körper verstärkte sich. Sogar meine Zähne schlugen unkontrolliert aufeinander. »Es ist einfach alles so viel. Verstehst du? All das, die Kräfte, diese Partnersache, die Ungewissheit, wie es für mich weitergeht.«

Meine Zukunft ...

Wäre ich nicht völlig entkräftet gewesen, hätte ich bei dem Gedanken an meine Zukunft vermutlich gelacht. Warum sollte ich mich verrückt machen, wenn ich mit sehr hoher Wahrscheinlichkeit in – spätestens – drei Wochen tot sein würde?

Als wüsste Jackson ganz genau, woran ich dachte, zogen sich seine Brauen zusammen und eine steile Falte bildete sich über seinem Nasenrücken.

»Du weißt, dass das, was Anthony über das Team in New Mexico erzählt hat, nicht zwangsläufig dir passieren muss, oder? Bisher wissen wir nicht, ob sich diese Tragödie auch bei den anderen Gruppen abgespielt hat.« Als ich nur zweifelnd die Stirn krauste, drückte Jackson meine Schuler. »Und selbst wenn es sich herausstellen sollte, dass es bei den anderen Teams ebenso gewesen war, haben wir noch genug Zeit, um Arizona zu finden und euch beide zu retten. Noch ist nichts verloren.«

Gern hätte ich Jacksons Optimismus geteilt, doch dazu fehlte mir die Kraft. Abgesehen davon, dass ich aktuell nicht in der Verfassung war, mich auf irgendetwas zu konzentrieren – und sei es noch so positiv –, wussten wir beide, dass Jackson sein Versprechen unmöglich halten konnte. Solange wir keinen Anhaltspunkt über Arizonas Verbleib besaßen, war ich ebenso verloren wie sie.

»Ich würde jetzt gern allein sein.« Ohne mich an einem Fake-Lächeln zu versuchen, trat ich einen Schritt zur Seite, um mich an Jackson vorbeizuschieben. Doch der Löwe dachte gar nicht daran, mich gehen zu lassen.

Er folgte meinem Ausweichmanöver, ohne seine Hand von mir zu nehmen.

»Du willst nicht reden? Alles klar! Dann schweigen wir eben. Oder wir schreien. Fluchen. Schlagen auf etwas ein. Wir können uns auch betrinken, wenn es das ist, was dir weiterhilft. Ganz egal, June. Du allein entscheidest, was wir machen – solange wir es gemeinsam machen. Denn auch wenn ich damit vielleicht eine Grenze überschreite, kann ich dich jetzt nicht allein lassen. Tut mir leid. Das geht einfach nicht. Nicht heute Abend. Nicht nach dem, was du alles hast durchmachen müssen.«

Meine Lippen teilten sich, um etwas zu erwidern, aber Jackson ließ mich nicht zu Wort kommen. Vermutlich hatte er mir die Abfuhr an der Nasenspitze angesehen.

»Bitte, June. Schließ mich nicht aus. Nicht heute Abend. Ich weiß, wir kennen uns kaum, und bestimmt bereust du es bereits, dieses Haus nicht längst verlassen zu haben. Aber du hast dich dafür entschieden, zu bleiben und mir zu vertrauen. Und aus diesem Grund werde ich dir jetzt nicht von der Seite weichen.«

»Hast du nicht gesagt, ich könnte jederzeit gehen, wenn ich will? Und zwar ohne dass du oder jemand anderes mir folgt?« Meine Stimme hatte einen neckenden Tonfall angenommen, ich wusste nicht, woher dieser plötzlich kam. Aber vermutlich lag es an Jacksons Gabe, auf die ich erneut unbewusst reagierte.

»Stimmt. Das habe ich gesagt. Aber das war, bevor dein Leben durcheinandergewirbelt wurde.« Ein vorsichtiges Lächeln wagte sich auf Jacksons Lippen, begleitet von einem schelmischen Funkeln. »Also? Was wollen wir machen? Da morgen Halloween ist, schauen die anderen diese Woche jeden Abend nach dem Training ein paar Horrorfilme. Wir können uns ihnen anschließen, kandiertes Popcorn essen und uns über Denvers Splatterstreifenwahl amüsieren.«

Ich musterte den Löwen nachdenklich. Wenn ich ihm so zuhörte, hatte ich nicht den Eindruck, als gäbe es irgendeine Chance für mich, ihn abzuwimmeln. Und vielleicht war es so auch am besten. Auf diese Weise würde ich zumindest keine Gelegenheit haben, mich in meine Gedanken zu verrennen, bis ich heulend zusammenbrach.

Mal wieder.

»Ich war noch nie ein Freund von Horrorfilmen«, sagte ich schließlich, sicher, dass Jacksons Gabe für meine Entscheidung verantwortlich war.

»Okay, dann keine Horrorfilme.« Jacksons Lächeln wurde zu einem regelrechten Strahlen, während er mich gleichzeitig aus halb geschlossenen Lidern ansah. »Darf ich Mylady dann vielleicht zu einem kleinen Spaziergang entführen? Die Abendluft ist herrlich mild und perfekt für eine Führung durch Yale.« Er zwinkerte mir zu. Flirtete Jackson etwa mit mir? Und warum zum Henker gefiel mir die Vorstellung, anstatt dass sie mich verstörte?

»Ein Spaziergang klingt gut«, sagte ich. Es half ja doch nichts, mich in meinem Zimmer zu verschanzen und in Selbstmitleid zu suhlen – ganz davon zu schweigen, dass Jackson das vermutlich nicht zulassen würde, selbst wenn er mit dabei Gesellschaft leisten durfte.

Jacksons Freude erhellte sein gesamtes Gesicht, als wäre er der Sonnengott persönlich.

»Prima, dann treffen wir uns in zehn Minuten unten im Foyer. Ich sag eben Olly Bescheid, damit sie nicht denkt, dass wir zusammen durchgebrannt sind.« Er löste seine Hand von meiner Schulter und strich mir eine Haarsträhne hinters Ohr. Noch bevor ich Zeit hatte, die Auswirkung dieser Geste auf mein Nervensystem einzuordnen, eilte er bereits an mir vorbei und den Flur zurück.

Mit ein paar Sekunden Verzögerung machte auch ich mich auf den Weg in Richtung meines Zimmers. Mein Herz pochte wie wild, als ich durch die Tür schlüpfte.

Zehn Minuten.

Ich hatte zehn Minuten, um mich davon zu überzeugen, dass das hier keine absolut dämliche Idee war – und vor allem, dass es sich nicht um ein *Date* handelte.

Bezogen auf den letzten Punkt gab es deshalb auch keinen Grund, sich umzuziehen. Dennoch ging ich rüber zu meinem Bett und durchsuchte die Sachen, die Olly für mich gekauft hatte. Drake schlief noch immer auf der Kommode. Er schien gar nicht mitzubekommen, dass ich zurückgekehrt war. Gut so. Ich war nicht besonders scharf darauf, mich mit dem Drachen zu unterhalten.

Ich unterzog jedes der Kleidungsstücke auf meinem Bett einer genauen Prüfung und stellte erleichtert fest, dass nicht alle von ihnen sexy angehaucht waren – auch wenn es auf den Großteil der Sachen zutraf. Doch der dunkelgrüne Oversize Hoodie, der mir bis über den Po reichte, kombiniert mit einer schwarzen Leggings und meinen Ankle Boots, war meine Rettung.

Nachdem ich mich umgezogen hatte, überlegte ich kurz, ob ich ein leichtes Make-up auflegen sollte, damit mir meine Emotionen nicht wie auf einer Reklametafel ungefiltert anzusehen waren. Doch ich entschied mich dagegen. Ich wollte nicht den Eindruck erwecken, als würde ich diese Verabredung tatsächlich für ein Rendezvous halten.

Ich löste meine Haare aus dem Zopf und ließ sie locker über meine Schultern fallen. Wenn es hart auf hart kam, konnte ich mich hinter ihnen verstecken.

Als ich fertig war – sowohl mit meinem Outfitwechsel als auch mit den Nerven –, nahm ich noch einen letzten tiefen Atemzug und öffnete anschließend schwungvoll die Tür. Ich wollte Jackson nicht warten lassen und damit Gefahr laufen, dass er womöglich dachte, ich hätte meine Meinung geändert. Ihm war durchaus zuzutrauen, dass er auf die Idee kam, sich mit Handschellen an mich zu ketten.

Ganz in Gedanken versunken, rannte ich frontal in jemanden, der an meinem Türrahmen lehnte.

»Was zum Henker ...?« Perplex taumelte ich einen Schritt zurück. Dabei stolperte ich über meine Füße und wäre gewiss auf dem Boden gelandet, hätte mich nicht eine Hand gepackt und zurück in die Senkrechte gezogen. Der Schwung katapultierte mich an mein Gegenüber, und ich stieß mit den ausgestreckten Händen gegen eine harte Brust.

Zu verdutzt, um zu reagieren, stand ich stocksteif da und schaute in stürmisches Bernstein.

»Phoenix«, sagte ich, als auch er mich einfach nur ansah. »Was machst du hier? Wolltest du zu mir?«

Phoenix legte den Kopf schräg und mir wurde bewusst, wie selten dämlich meine Frage war. Natürlich wollte er zu mir. Wen hätte er sonst vor meinem Zimmer erwarten sollen?

Mein Talent, peinliche Situationen noch unangenehmer zu machen, brachte mich dazu, mich leise zu räuspern und einen Schritt zurück zu machen. Dadurch wurde dem Schützen bewusst, dass er noch immer meinen Arm festhielt. Sofort ließ er ihn los, doch das Kribbeln an der Stelle, an der er mich zuvor berührt hatte, blieb.

»Sorry, ich wollte dich nicht überfallen, sondern ...« Er musterte mich eingehend, und die Art, wie seine Iriden dabei aufblitzten, ließ Hitze in meinen Wangen explodieren. »Stör ich gerade?«

»Ähm ... also ehrlich gesagt«, ein nervöses Lachen perlte mir über die Lippen, »war ich gerade auf dem Sprung.«

»Ach ja?« Argwohn schwang überdeutlich in Phoenix' Frage mit und er verschränkte die Arme vor der Brust. »Und wohin wolltest du? Zu einem Date?«

Der forsch-fordernde Ton in Phoenix' Stimme triggerte mich so stark, dass ich nicht sofort reagierte. Doch dann drängte mich ein Impuls dazu, dem Schützen als Antwort einfach die Tür vor der Nase zuzuschlagen. Da ich jedoch aus meinem Zimmer *hinaus*, und nicht *hinein* wollte, begnügte ich mich damit, ebenfalls die Arme vor der Brust zu verschränken und den arroganten Blick meines Gegenübers zu kopieren.

»Ich wüsste nicht, was dich das angeht. Außerdem bin ich wirklich spät dran. Wenn du also später wiederkommen könntest?!« Ich trat wieder dichter an Phoenix heran, in der Hoffnung, dass er den Wink verstehen und mir Platz machen würde. Doch natürlich rührte er sich keinen Millimeter. Stattdessen verlagerte er sein Gewicht, sodass es mir unmöglich war, mich an ihm vorbeizuschieben.

»Du hast tatsächlich ein Date.« Sein ungläubig-amüsierter Tonfall traf mich wie eine Ohrfeige. Unter Phoenix' eindringlicher Musterung wäre ich am liebsten im Erdboden versunken.

»Es ist kein Date«, widersprach ich, bereute jedoch sogleich, den Mund aufgemacht zu haben. Phoenix benötigte keine weiteren Gründe, um mich auf diese süffisante Art anzugrinsen.

»Egal ob Date oder Nicht-Date, Denver wird es verkraften, wenn du ihn ein paar Minuten warten lässt.« Sein Grinsen wurde eine Spur breiter, während ich mich fragte, wieso er dachte, dass ich ausgerechnet mit Denver verabredet war.

»Denn während du noch immer nicht begriffen hast, dass dein langweiliges Leben vorbei ist und du jetzt Teil einer größeren Sache bist, habe ich das Gespräch im Wintergarten noch einmal Revue passieren lassen. Und dabei habe ich mich bei dem Gedanken erwischt, dass ich möglicherweise dazu bereit bin, in Erwägung zu ziehen, dass du bezüglich deiner Unwissenheit doch die Wahrheit sagst.«

Ich verlor die Kontrolle über meine Mimik.

Heilige Scheiße! Hatte Phoenix etwa gerade zugegeben, sich geirrt zu haben? Was war los? Hatte jemand in der Hölle Eiszapfen entdeckt?

Mir musste meine Fassungslosigkeit überdeutlich ins Gesicht geschrieben stehen, denn Phoenix' Erheiterung vertiefte sich, und brachte ein Lächeln zum Vorschein, das so echt wirkte, dass ich gar nicht anders konnte, als seine Lippen anzustarren. Oh, Mann! Dieser Mund war eindeutig fürs Lächeln gemacht.

Phoenix legte einen Finger unter mein Kinn und hob meinen Kopf ein Stück an, sodass ich gezwungen war, ihm wieder ins Gesicht zu sehen. Meine Ohren wurden noch wärmer und ich wäre am liebsten vor Scham gestorben.

»Bleib cool, Lollipop. Ich sagte nur, dass ich möglicherweise dazu bereit bin, in Erwägung zu ziehen, dass du bezüglich deiner Unwissenheit die Wahrheit gesagt hast. Das bedeutet nicht, dass ich dir plötzlich vertraue. Deinem Geheimnis bin ich noch immer auf der Spur.« Ein Zucken ging durch seine Mimik und es sah fast so aus, als würde er mir zuzwinkern. »Jedoch scheint es so, als habe ich dir unrecht getan. Denn im Gegensatz zu den anderen aus dem Team, rennst du unserem Captain nicht wie eine läufige Hündin hinter. Das ist eine erfrischende Abwechslung und macht dich irgendwie ... *spannend.*«

Meine Perplexität wuchs exponentiell an und ich war zu baff, um auf diese ... Entschuldigung? ... zu reagieren.

»Aus diesem Grund möchte ich dir ein Angebot machen«, fuhr er fort. »In Mexiko gibt es eine Stadt, Aguascalientes. Angeblich gibt es dort die Möglichkeit, Antworten auf alle Fragen des Universums zu erhalten. Es wird zwar nicht ganz einfach, und es gibt auch keine Garantie, dass es klappt. Aber wenn du das Risiko eingehen willst, bin ich bereit, dich mitzunehmen.«

»Du willst mit mir nach Mexiko, weil du denkst, dort etwas über deine Schwester zu erfahren?« Selbst als ich die Worte wiederholte, wusste ich nicht, was ich davon halten sollte. Der Schütze hatte mich eiskalt erwischt. Gleichzeitig begriff ich nicht, warum er ausgerechnet *mir* davon erzählte.

»Wissen Jackson und Anthony von deinem Plan?«

»Was? Natürlich nicht! Lieber reiße ich mir einen Arm ab,

als das Arschloch einzuweihen. Und was Anthony angeht ... du hast ihn doch gehört! Er hat dem Team wichtige Informationen verschwiegen, nur um«, er malte Anführungszeichen in die Luft, »keine unnötige Unruhe in die Gruppe zu bringen. Was soll der Bullshit? Wir haben drei Wochen, um meine Schwester zu finden! Und ihm ist die Harmonie in der Gruppe wichtiger?« An seinen zu einer schmalen Linie zusammengepressten Lippen erkannte ich, dass er kurz davorstand, erneut auszuflippen. Glücklicherweise kriegte er sich in den Griff. »Nein, die beiden dürfen auf keinen Fall davon erfahren. Ich erzähle dir auch nur davon, weil ich denke, dass wir im selben Boot sitzen und du ebenfalls Interesse an dem Trip haben könntest.« Sein arrogantes Grinsen kehrte zurück. »Ich weiß zwar, dass du mich für einen verdammt gut aussehenden, selbstverliebten Idioten hältst, der ... Spar dir die Mühe, es abzustreiten, Lollipop«, kam er mir zuvor, als ich den Mund öffnete, um zu protestieren. »Wie ich bereits sagte, treffe ich als Schütze immer ins Schwarze. Versuch also gar nicht erst abzustreiten, dass du mich anschmachtest, sobald wir im selben Zimmer sind.« Das Gold seiner Augen glomm kurz auf, was seinen Worten eine zusätzliche Intensität verlieh. »Aber das nehme ich für meine Schwester gerne in Kauf.«

Mein Gesicht glühte. Als wäre es nicht peinlich genug, dass Phoenix mein Starren aufgefallen war, nein, der Blödmann besaß auch keinerlei Scheu, das zu erwähnen.

Leider blieb mir keine Chance, ihm klarzumachen, dass ich ihn tatsächlich für einen arroganten Idioten hielt, weil in dieser Sekunde eine andere Stimme uns unterbrach.

»Da bist du ja, June!« Jackson klang erleichtert, als er auf uns zujoggte. »Ich dachte schon, du hättest es dir anders überlegt.«

Phoenix' Miene erstarrte und ich konnte deutlich den Moment erkennen, als ihm klar wurde, dass ich nicht mit Denver verabredet war. »Ernsthaft, Lollipop?« Sämtliche Leichtigkeit war aus seiner Stimme verschwunden. »Scheinbar habe ich mich doch nicht in dir getäuscht.« Er stieß sich von dem Türrahmen ab und trat einen Schritt zurück. Dabei geriet er – ich nahm an, absichtlich – gegen Jackson, der uns inzwischen erreicht hatte. »Wie gut, dass ich mich zumindest mit dem Gedanken trösten kann, dass du doch nicht so spannend bist, wie ich angenommen habe.« Er kehrte mir den Rücken und ging schnellen Schrittes in Richtung seines Zimmers davon. Auf dem Weg dorthin rief er über seine Schulter: »Viel Spaß bei eurem Nicht-Date. Und vergesst nicht, eine Socke an die Türklinke zu hängen, wenn ihr zurückkommt.« Das lautstarke Zufallen der Zimmertür hallte in der Stille des Flures wider und untermalte Phoenix' Worte, die sich zwischen meinen Schläfen in Dauerschleife wiederholten.

Scheinbar habe ich mich doch nicht in dir getäuscht.

Die Enttäuschung, die bei diesen Worten in seinem Gesicht abzulesen gewesen war, schmerzte mehr als die Verbrennung durch den Shadow.

»Ist alles okay?« Wie selbstverständlich griff Jackson nach meiner Hand.

Da ich meiner Stimme nicht traute und Jackson nicht anlügen wollte, nickte ich nur.

»Bist du sicher? Wenn du doch lieber hierbleiben willst, kannst du das sagen. Ich will dich nicht –«

»Gehen wir«, unterbrach ich Jackson und zwang mich zu einem Lächeln. »Ich wollte schon immer den Campus von Yale sehen.«

Der Löwe wirkte nicht überzeugt, beließ es aber dabei. Stattdessen zog er mich den Flur entlang.

Ich folgte ihm, obwohl mich jede Faser meines Körpers dazu drängte, zurück zu Phoenix zu gehen.

Aber was hätte es gebracht? Der Schütze hatte überdeutlich gemacht, dass er die Annäherung zwischen uns bereute. Und so hart mich diese Vorstellung auch traf, hatte er damit vermutlich recht. Wir beide harmonierten nicht miteinander. Nicht einmal als platonische Teamkollegen.

KAPITEL ZWEIUNDZWANZIG

Gemeinsam mit einem gut aussehenden, charmanten und witzigen Mann wie Jackson über den Campus des wohl schönsten aller Ivy League Colleges zu schlendern, die mit Efeu bewachsenen Backsteinfassaden zu bewundern, und dabei seinen Geschichten über das College zu lauschen, hätte mich vor Glück platzen lassen müssen. Besonders, weil unser Spaziergang von einem wunderschönen Sternenhimmel überstrahlt wurde, der unseren Weg durch das parkanlagenähnliche Gelände mit den altmodischen Straßenlaternen und dem bunten Laub zu unseren Füßen in ein magisches Licht tauchte.

Doch statt zu genießen, dass Jackson die ganze Zeit meine Hand hielt und seinen Daumen über meinen Handrücken kreisen ließ, dachte ich nur an Phoenix. Dadurch mutierten die farbenprächtigen Schmetterlinge, die eigentlich aufgeregt durch meinen Bauch hätten fliegen müssen, zu kribbeligen Spinnen, die meine Eingeweide mit ihren Netzen überzogen und alles zu einem unentwirrbaren Knoten verbanden.

Wieso musste ausgerechnet *er* mein Partner sein? Ich war mir sicher, wären wir nicht auf diese Weise miteinander verbunden, würde mir der Ausdruck in seinem Blick, als ihm klar geworden war, dass ich mit Jackson verabredet war, nicht so viel ausmachen.

»Und das hier ist das Ronald McDonald House«, sagte Jackson. »Hier wurde Gerald Ford von einem Dutzend Aliens angegriffen, doch er konnte sie dank seiner Jedikräfte besiegen und wurde daraufhin von Madame Curie zum Ritter geschlagen. Wusstest du übrigens, dass Brittney Spears diese Zeremonie in ihrem Debüt gewürdigt hat?«

»Wirklich? Das ist ja interessant.«

Mit einem ergebenen Seufzen blieb Jackson stehen.

»Was ist los, June?« Mein Begleiter sah mich mit gerunzelter Stirn an. »Was bedrückt dich? Ist es wegen Phoenix? Ich weiß zwar nicht, worum es in eurem Gespräch ging, aber seinem Abgang nach zu urteilen, hat er dich nicht im Team willkommen geheißen.«

»Nein, darum ging es Phoenix nicht«, sagte ich leise. Wie gern hätte ich Jackson von meinen Problemen erzählt. Ihm von diesem nervigen Gefühl berichtet, das mich jedes Mal überkam, wenn ich den Schützen traf, von seiner Überzeugung, dass ich etwas vor den anderen verbarg, und nun auch noch von seinem Angebot, gemeinsam mit ihm nach Mexiko zu reisen.

Doch so verlockend die Aussicht auch war, mir all das von der Seele zu reden, brachte ich es nicht über mich. Es fühlte sich wie Verrat an Phoenix an.

»Aber reden wir nicht über ihn.« Lächelnd drückte ich Jacksons Finger. Es war nicht fair, dass ich ihn ignoriert hatte – er gab sich wirklich Mühe, mich abzulenken.

Jackson beäugte mich argwöhnisch, gab meiner stummen Forderung jedoch nach und wir setzten unseren Spaziergang fort.

Schweigend liefen wir nebeneinanderher, und ich zermarterte mir den Schädel, worüber Jackson und ich uns unterhalten konnten. Einerseits gab es noch Millionen Fragen, die ich ihm stellen wollte. Andererseits sehnte ich mich so sehr nach einer Pause von diesem ganzen Irrsinn, dass ich keine von ihnen aussprach.

Leider ließ das Schweigen meine Gedanken erneut abdriften.

Das ist doch ganz einfach! Du hast ihm vorhin im Wohnzimmer buchstäblich in die Seele geschaut und gesehen, dass er nicht so ein egozentrischer Mistkerl ist, wie er vorgibt zu sein. Und weil du nun mal schon immer eine Schwäche für Männer hattest, die tief in ihrem Herzen so weich wie Buttertoffee sind, versuchst du herauszufinden, welcher Phoenix nun der echte *ist.*

Die leise Stimme, die mir diese erschreckend präzise Diagnose einflüsterte, klang genau wie meine Grandma, die – Gott, hab sie selig! – immer das fragwürdige Talent besessen hatte, den Finger in die Wunde zu legen. Denn so gern ich dem ominösen Moment vorhin im Wohnzimmer keine Bedeutung beigemessen hätte, wäre dies nicht nur falsch, sondern auch feige gewesen. Irgendetwas hatte sich dort zwischen Phoenix und mit verändert.

»Yo, Jackson! Was geht, Alter?!«

Ich wurde so heftig aus meinen Gedanken gerissen, dass ich zusammenfuhr und mich reflexartig nach der Quelle umsah.

Auf der anderen Seite des Gehwegs entdeckte ich einen Typen, der mit zwei Frauen im Arm breit grinsend an uns vorbeiging und Jackson dabei grüßend zunickte. Mich schien er – welch Überraschung – gar nicht wahrzunehmen.

»Kommst du später auch zur Party bei den Alphas? Ich hab dich schon eine gefühlte Ewigkeit nicht mehr feiern gesehen.«

Spürbar widerwillig zog Jackson seine freie Hand aus der Hosentasche und winkte dem Typen knapp zu.

»Hey, Miles. Sorry, heute Abend bin ich schon verabredet.«

»Alles klar, Bro. Dann vielleicht ein anderes Mal. Ich trink einen für dich mit.« Gemeinsam mit seinen zwei Dates bog er um eine Gebäudeecke.

»Ich hoffe, Miles hat dir jetzt nicht ein völlig falsches Bild von mir vermittelt.« Auf Jacksons Zügen breitete sich ein Lächeln aus, das so charmant wirkte, dass seine Anziehung wie eine nun auf volle Stärke aufgedrehte Glühbirne erstrahlte. Die Wucht drohte mich umzuhauen.

Zwar war mir bewusst, dass der Sog, der meine Gedanken langsam, aber kontinuierlich träge werden ließ, als würde rosafarbener Nebel zwischen meinen Schläfen aufziehen, Jacksons Gabe geschuldet war, dennoch fiel es mir zunehmend schwerer, mich daran zu erinnern.

Fast wünschte ich mir, Phoenix würde spontan unseren Weg kreuzen. In seiner Gegenwart war ich wie immun gegen Jacksons Gabe – was vermutlich nicht zuletzt daran lag, dass der Schütze jedes Mal so viel Raum in meinem Kopf einnahm, dass schlichtweg niemand anderes mehr Platz hatte.

Jackson zog weiter mit seinem Daumen kleine Kreise über meinen Handrücken und verursachte dadurch ein Kribbeln, das sich in meinem gesamten Körper ausbreitete.

»Denn ehrlich gesagt, war ich noch nie ein großer Partygänger. Olly ist diejenige, die mich immer wieder zu solchen Feiern mitschleppt. Viel lieber jedoch verbringe ich meine Abende so wie heute. In der Gesellschaft eines schönen Mädchens.«

»Tja, wenn das so ist, kannst du ja von Glück reden, dass du mich überhaupt sehen kannst«, erwiderte ich in einem neckenden Tonfall und war von mir selbst überrascht. »Denn ich könnte nackt neben Miles Hulla tanzen, und er würde es nicht einmal merken.«

Jackson sah mich verdutzt an, dann brach er in schallendes Gelächter aus.

»Wow! Was würde ich dafür geben, um diese Theorie in der Praxis auszutesten.« Das feixende Grinsen auf seinen Lippen brachte meine Ohren zum Glühen. »Aber wenn, dann müssen wir das machen, ehe du einen davon erhältst.« Er hob seine rechte Hand. Der Ring mit dem eingefassten gelben Stein, den er am Mittelfinger trug, blitzte im Schein einer Laterne auf. »Denn nach deiner Initiation wirst du nicht länger für alle Welt unsichtbar sein, und ich werde mich mit sehr viel mehr Konkurrenz herumärgern müssen, als es aktuell der Fall ist.«

»Der Ring ist dafür verantwortlich, dass euch die Menschen sehen können?« Mit offenem Mund starrte ich Jackson an. »Ich habe mich schon gefragt, wie das mit dem Studieren klappen soll, wenn die Profs jedes Mal sofort sämtliche Erinnerungen an mich verlieren, sobald sie mich nicht mehr ansehen.«

»Was natürlich eine Schande wäre«, schmunzelte Jackson. »Jeder, der einmal in den Genuss deiner Gegenwart gekommen ist, sollte diese Erinnerung fest im Gedächtnis behalten.« Er zwinkerte mir zu.

Hitze explodierte in meinen Wangen und ich sah auf den Weg vor uns. Ich hatte noch nie gut mit Komplimenten umgehen können.

Um meine Gedanken daran zu hindern, in einem Meer aus Hormonen zu ertrinken, nutzte ich die Gelegenheit und wagte es, eine meiner Fragen loszuwerden.

»Wie funktionieren die Ringe denn? Und wieso hat jeder von euch einen anderen?«

»Das liegt an unseren Sternzeichen. Die Edelsteine entsprechen unseren Geburtssteinen. Aber wie sie im Detail funktionieren, kann ich dir leider nicht erklären. Das ist Anthonys Baustelle. Ich weiß nur, dass sie ihre Energie von unseren Kräften erhalten.« Er zuckte beiläufig mit den Schultern. »Aber um ehrlich zu sein, interessieren mich die Details auch gar nicht. Solange ich dadurch mit einem so schönen Mädchen wie dir ausgehen kann, würde ich auch einen Anker mit mir herumschleppen.«

Mein Herz galoppierte davon und ich musste gegen den Kloß in meinem Hals anschlucken, um überhaupt noch irgendwelche Worte über die Lippen zu bekommen.

»Dass du mich hübsch findest, scheinst du gern zu erwähnen, nicht wahr?« Ich musste mir große Mühe geben, um halbwegs neutral zu klingen. »Ich meine, weil Raleigh etwas Ähnliches in den Raum geworfen hat. Und Denver auch.«

Jackson drehte sich zu mir herum. Seine Miene war schwer zu lesen.

»Stört es dich, wenn ich sage, dass ich dich attraktiv finde?« Die aufrichtige Neugier, gepaart mit der Ernsthaftigkeit in seiner Stimme, ließ mich aufhorchen.

»Nein ... das ist es nicht. Ich wüsste nur gern, wie es dazu kam.«

Jackson musterte mich, als wollte er sichergehen, dass ich wirklich meinte, was ich sagte. Anschließend entspannten sich seine Gesichtszüge und er sah wieder nach vorn.

»Ehrlich gesagt, ist mir das so herausgerutscht. Nachdem ich dich auf der Krankenstation in Charlestons Hände übergeben hatte, bin ich hoch zu den anderen gegangen. Natürlich haben sie mich sofort mit Fragen bombardiert. Eine davon war, ob du – ich zitiere Denver – *heiß* wärst.« Eine verlegene Röte kroch seinen Hals empor, doch Jackson geriet nicht ins Stocken. »Ich habe reflexartig geantwortet, mich aber gleich darauf schlecht gefühlt, weil ich dich auf dein Äußeres reduziert hatte. Also habe ich den anderen von deinen Künsten im Kampf gegen den Shadow berichtet. Aber wie es scheint, ist dieser Teil meiner Erzählung nicht mehr bei ihnen angekommen«, schob er nach.

»Scheint so«, stimmte ich lächelnd zu, lenkte das Gespräch jedoch sogleich in eine weniger verfängliche Richtung. »Jetzt wurde schon mehrfach von meiner Initiation gesprochen. Dabei habe ich noch immer keine Ahnung, was ich mir darunter vorstellen soll. Muss ich mir Sorgen machen?« Ungewollt drängten sich mir Bilder irgendwelcher satanistischen Rituale auf, und zu meinem ohnehin wild pochenden Herzschlag gesellte sich ein feiner Schweißfilm auf meinem Nacken.

»Hm, das ist schwer zu sagen, weil die Initiation bei jedem Lunaris anders abläuft. Aber da du Arizonas Lumen in dir trägst, gehe ich davon aus, dass es bei dir ähnlich sein wird, wie bei ihr letztes Jahr. Damals haben wir sie mitten in der Nacht aus ihrem Bett entführt und nackt auf einen Opfertisch gebunden. Natürlich haben wir ihr, zu ihrer eigenen Sicherheit, ein Sedativum gespritzt, damit sie sich nicht wehren und sich dabei an unseren Lumi-Dolchen verletzen konnte. Denn mehr als die von uns zugefügten Schnitte sollte sie ja nicht erhalten.« Jackson zuckte mit den Schultern. »Dann haben wir ihr Blut in einem Kelch aufgefangen und es später reihum getrunken.«

Wie vom Donner gerührt starrte ich Jackson an.

»Ehrlicherweise habe ich Charleston aus diesem Grund gebeten, ein Gegengift für dein Toxin zu erstellen. Ich dachte, für den Fall, dass sich deine Initiation tatsächlich wie Aris abspielen sollte, wäre es klug, vorbereitet zu sein.«

»Du verarschst mich, oder?« Die Finger fest in Jacksons Hand gegraben, war ich mitten auf dem Weg stehen geblieben. »Bitte sag mir, dass du mich verarschst!«

Jackson, der meinetwegen ebenfalls hatte stehen bleiben müssen, sah mich mit unschuldiger Miene an. Aber das verräterische Zucken um seine Mundwinkel verriet ihn.

»Du Scheusal!« Lachend schlug ich ihm mit meiner freien Hand gegen den Oberarm. »Fast hätte ich dir geglaubt!«

Jackson stimmte in mein Lachen ein. Dabei zog er mich subtil ein Stück näher an sich heran, bis ich mit meiner Seite gegen seinen Oberkörper lehnte.

»Tut mir leid, ich konnte nicht widerstehen.« Seinen Worten folgte ein unschuldiger Kuss auf meine Schläfe.

»Und, ähm, diese Initiation, wann ... wann findet die statt?«, kehrte ich zum Thema zurück. Doch ich war weiterhin abgelenkt, weil Jackson es irgendwie geschafft hatte, unsere ineinander verschränkten Finger unbemerkt zu lösen und nun einen Arm um meinen Rücken gelegt hatte, wodurch ich gezwungen war, sehr viel dichter neben ihm herzulaufen.

»Normalerweise findet sie am Abend nach der Einkehr des Lumen statt. Aber in deinem Fall ist das aus gleich mehreren Gründen nicht so einfach.«

»Weil Arizona den Ring noch trägt?«

Jackson nickte mit schwerem Haupt. Die Erheiterung war aus seiner Mimik gewichen.

»Anthony ist zwar bereits dabei, dir einen eigenen Ring anzufertigen, aber das dauert wohl noch etwas.«

Wir verfielen abermals in Schweigen und ich war mir sicher, dass Jackson ähnlichen Gedanken nachhing wie ich.

»Darf ich dich etwas fragen, Jackson? Etwas Persönliches?«

Der Löwe sah in meine Richtung und ein trauriges Lächeln umspielte seine Lippen.

»Ich habe mich schon gefragt, wie lange du es aushaltst, bis du dich traust, mich auf Ari anzusprechen.« Meine hochroten

Wangen kommentierte er mit einem weiteren Streicheln seiner Lippen über meine Schläfe.

»Ari und ich kannten uns schon, bevor wir beide zu Lunaris wurden. Wir gingen nicht auf dieselbe Schule, hatten aber in etwa denselben Freundeskreis – und ich muss zugeben, dass ich früher ein wenig für sie geschwärmt habe. Sie hat einfach diese gewisse Ausstrahlung, der man sich nur schwer entziehen kann. Schön, selbstbewusst und geheimnisvoll. Eines Abends, es war nur wenige Tage nach meinem siebzehnten Geburtstag, das weiß ich noch, fuhr ich mit meinem Wagen durch die Straßen und stieß dabei auf Arizona. Sie saß auf dem Bürgersteig vor einem Haus, in dem eine Party lief. Ihre Augen waren verquollen, ihr Make-up verschmiert. Im Schein meiner Scheinwerfer hat sie so zerbrechlich und einsam gewirkt, dass ich sie fast nicht erkannt hätte. Ich hielt an und fragte, was los war. Sie erzählte mir, dass sie ihren Freund mit einer anderen erwischt hat.«

Autsch! Zwar kannte ich Arizona nicht, aber so etwas wünschte man niemandem.

»Ich habe Ari gefragt, ob ich sie nach Hause fahren soll, und sie hat Ja gesagt. Aber in meinem Auto bat sie mich dann, sie an einen Ort zu bringen, wo es keine Lügen oder Geheimnisse gab. Ich war ziemlich irritiert. Doch dann fiel mir ein Ort ein und ich fuhr sie auf eine Berglichtung, von wo aus man über meine Heimatstadt sehen konnte. Es war wunderschön. Der Mond hat mit den Sternen um die Wette geleuchtet und außer dem leisen Windrauschen und dem Zirpen einiger Grillen war nichts zu hören.«

»Das klingt sehr romantisch.«

»Das war es auch.« Ein trauriges Lachen füllte die Pause zwischen seinen Worten. »Nur war das überhaupt nicht beabsichtigt gewesen. Ich hatte wirklich nicht vor, Aris Zustand auszunutzen. Es ... es ist irgendwie einfach passiert – was die Geschichte zwischen uns nur umso komplizierter macht. Denn, als ich Arizona zu Hause abgesetzt habe, sagte sie mir, dass wir uns nicht wiedersehen könnten. Ich habe nicht verstanden, was sie damit meinte, aber ehe ich nachfragen konnte, fing sie an zu weinen und verschwand im Haus. Vermutlich hätte ich ihr nachlaufen und auf eine Erklärung bestehen sollen. Aber ehrlich gesagt, war ich damals viel zu durcheinander. Ich fuhr also selbst nach Hause und erfuhr am Tag darauf eher zufällig, dass Arizona und Phoenix' inzwischen bei Verwandten im Süden lebten. Ihre Eltern waren etwa eine Woche zuvor bei einem Autounfall gestorben, und an dem Tag, als ich Ari auf dem Bürgersteig aufgelesen hatte, war die Beerdigung gewesen.«

»Nein!« Ich schlug mir eine Hand vor den Mund und Tränen brannten in meinen Augen. »Das ist ja schrecklich!«

Erneut war ein schweres Nicken das Einzige, was Jackson zustande brachte.

»Ziemlich genau ein Jahr später sah ich Ari zum ersten Mal wieder. Und zwar als Lunaris-Skorpion hier in New Haven.«

»Das muss unglaublich schwer für euch gewesen sein.«

»Leicht war es jedenfalls nicht«, gestand Jackson seufzend. »Aber wirklich kompliziert wurde es erst, als Arizona immer wieder Andeutungen machte, dass wir beide dort anknüpfen sollten, wo wir in jener Nacht aufgehört hatten. Für mich war das jedoch unmöglich. Zum einen war ich gerade zum Anführer der Gruppe ernannt worden und war mit der Aufgabe überfordert. Zum anderen ...« Erneut seufzte er. »Ich weiß nicht, ob es dir ähnlich geht, aber seit ich zum Lunaris berufen wurde, haben sich meine Gefühle im Bezug auf viele Dinge verändert. So erging es mir auch mit Arizona, als ich sie wiedergesehen habe. Als Schüler habe ich zwar für sie geschwärmt, aber als Lunaris-Anführer empfinde ich ausschließlich eine platonische Zuneigung für sie.« Er presste die Lippen fest aufeinander. »Leider hat Ari das nicht akzeptieren wollen. Immer wieder versuchte sie, sich an mich ranzumachen, aber gleichzeitig hielt sie mich auf Abstand, damit ich nichts von ihren Problemen erfuhr. Seit unserem Wiedersehen litt sie nämlich unter starken Stimmungsschwankungen, Albträumen und Depressionen. Ich erwischte sie immer öfter bei Selbstgesprächen, in denen sie vom Tod und vom Jenseits sprach. Zwar heißt es, dass Skorpione eine gewisse Affinität zum Tod spüren, aber in Aris Fall war das schon sehr ... wie soll ich sagen ... beunruhigend. Etwa zwei Wochen vor ihrem Verschwinden wurde es richtig schlimm. Olly und ich haben beim Training ein wenig miteinander rumgeflachst. Ari hat das falsch aufgefasst und vermutet, dass da mehr zwischen uns ist. Sie ist total ausgeflippt und Olly gegenüber sogar handgreiflich geworden.« Der Druck seiner Finger verstärkte sich bis an die Grenzen des Erträglichen. »Ich wusste, dass etwas mit ihr nicht stimmte, aber anstatt auf mein Bauchgefühl zu hören, habe ich den leichten Weg gewählt und bin auf Abstand gegangen. Ich dachte, damit würde ich ihr einen Gefallen tun. Ihr nicht erneut falsche Signale senden und so.« Jackson schüttelte den Kopf. »Gott, du hältst mich jetzt bestimmt für den miesesten Kerl der Welt.«

»Das tue ich nicht!«, beteuerte ich sofort und schlang nun auch einen Arm um Jackson. Mich überkam der drängende Wunsch, ihn zu trösten. »Klar, die Sache mit Arizona ist nicht sonderlich toll gelaufen – und ich begreife jetzt auch, was

Phoenix' Problem ist. Aber das ist nicht allein deine Schuld. Und ich verspreche dir, ich werde dir helfen, Arizona zu finden, damit du die Sache mit ihr ein für alle Mal klären kannst.«

Jacksons Blick bohrte sich in meinen und ließ das Flattern in meinem Magen von Neuem erwachen. Dies verstärkte sich, als sich sein Fokus auf meine Lippen richtete und dort verharrte.

»Es ist wirklich eine Schande, dass du dich so dagegen sträubst, deine Gabe zu trainieren, und stattdessen für die Dauer deines Lunaris-Daseins aufs Küssen verzichten willst.«

Der rosafarbene Nebel kehrte mit solcher Wucht zurück, dass mir schwindlig wurde und ich mich an Jackson festhalten musste. Dachte er gerade wirklich darüber nach, das Risiko einzugehen, mich zu küssen? Obwohl ihn das umbringen könnte?

»Fuck!« Jackson stöhnte gequält und ließ seine Stirn gegen meine sinken. Wann und wie hatten sich unsere Gesichter derart genähert? »Tut mir leid, da muss ich rangehen.«

Noch während ich damit beschäftigt war, herauszufinden, wovon Jackson sprach, löste dieser seine Finger von meinem Rücken und griff in seine Hosentasche. Erst als er sein Smartphone aus der Tasche zog, hörte ich die leise Melodie.

Mit hastig gehendem Atem löste ich meine Arme von Jackson und trat einen Schritt zurück.

»Wehe es steht gerade nicht die gesamte Hütte in Brand«, begrüßte Jackson den Anrufer und kniff sich mit Daumen und Zeigefinger in die Nasenwurzel. Ihm war sein Frust überdeutlich anzusehen.

Obwohl ich nicht mehr so dicht an Jackson stand, konnte ich die Anruferin kristallklar verstehen.

»Wenn es nur etwas derart Einfaches wäre«, sagte Olly. Sie klang völlig außer Atem. »Aber unser Problem ist viel größer. Du und June müsst sofort zurückkommen. Es geht um Phoenix.«

KAPITEL DREIUNDZWANZIG

Was meinst du mit ›Er hat seine Sachen gepackt und ist abgehauen‹?« Jackson starrte Olly mit entgleisten Gesichtszügen an. Wir waren kaum durch die Tür, da hatte Olly uns bereits mit nervösem Hin- und Herlaufen begrüßt.

»Ich meinte es genau so, wie ich es gesagt habe. Nachdem die anderen mit ihrem Training begonnen haben, wollte ich noch einmal nach ihm sehen. Ich habe mir Sorgen gemacht. Als ich ihn schließlich in seinem Zimmer fand, war er gerade dabei, Klamotten in einen Rucksack zu stopfen.«

»Und du hast ihn nicht daran gehindert?«

»Doch natürlich«, konterte Olly vor Sarkasmus triefend. »Ich habe ihn mit meinen Stromschlägen so lange gegrillt, bis er schön knusprig war.« Sie rollte mit den Augen. »Was glaubst du wohl, Jackson? Konnte man Phoenix jemals von etwas abhalten, das er sich in den Kopf gesetzt hat?«

»Das darf doch nicht wahr sein!« Der Löwe stieß ein frustriertes Stöhnen aus und fuhr sich mit beiden Händen durch die Haare. »Hat er wenigstens durchblicken lassen, wohin er will?«

Olly presste die Lippen aufeinander und senkte den Kopf.

»Olympia!«

»Was ist denn überhaupt das Problem?«, mischte ich mich ein. »Vielleicht braucht Phoenix nur ein bisschen Abstand, um in Ruhe alles sacken zu lassen.«

»Du verstehst das nicht. Phoenix ist ein verdammter Hitzkopf. Selbst unter normalen Umständen wäre es unklug, ihn in seinem aktuellen Gemütszustand allein zu lassen. Aber, da zurzeit vermehrt Lunaris verschwinden, ohne dass wir eine Ahnung haben, was mit ihnen geschieht, können wir uns genauso gut auf den nächsten Nachzügler einstellen.«

Jackson sah mich an und ich las in seiner Mimik, wie hilflos er sich fühlte.

»Okay!« Der Löwe nahm einen tiefen Atemzug, schüttelte sich kurz und riss sich zusammen. »Ich mach mich auf die Suche nach ihm. Du, Olly, hältst solange die Stellung – und versuch bitte, nicht noch mehr Leute aus unserem Team zu verlieren. Und informier unverzüglich Anthony, falls das noch nicht geschehen ist.«

Olly nickte mit warmen Wangen. Von der selbstbewussten Frau war nicht mehr viel übrig.

»Ich komme mit!«, rief ich spontan. Obwohl es nach dem Vielleicht-Beinah-Kuss vorhin nicht die klügste Idee war, allein mit Jackson loszuzuziehen, war es eine noch sehr viel blödere Idee, ihn ohne Anstandswauwau Phoenix nachjagen zu lassen. Der Schütze mochte zwar ein Hitzkopf sein, aber der Löwe konnte ebenfalls ziemlich temperamentvoll werden.

»Du willst mitkommen?« Jackson wirkte überrascht, aber nicht abgeneigt. Sofort keimte in mir ein Anflug von schlechtem Gewissen auf. Sicherlich dachte Jackson, dass ich seinetwegen mitwollte.

»Ja, klar«, beeilte ich mich zu erklären. »Schließlich ist Phoenix mein Partner. Ich weiß zwar noch nicht, was ich davon halten soll, aber vier Augen sehen auf jeden Fall mehr als zwei.«

»Ich komme auch mit«, beschloss Olly. »Noch einmal

lasse ich dich nicht quer durch die Weltgeschichte tingeln, ohne dass ich weiß, wo du dich herumtreibst.« Sie schien ihr Selbstbewusstsein zurückerlangt zu haben. Mit vor der Brust verschränkten Armen sah sie Jackson entschlossen an. »Außerdem magst du dich vielleicht für einen kleinen Abendspaziergang der Anweisung widersetzen können, das Haus nicht mehr ohne deine Partnerin verlassen zu dürfen. Aber das gilt definitiv nicht für eine Suchaktion quer durch den ganzen Bundesstaat. Schließlich hast du gerade selbst betont, wie gefährlich die aktuelle Lage ist.«

Jackson begegnete Ollys unbeugsamer Miene mit ebensolcher und ich rechnete fest mit einer ausufernden Diskussion. Doch zu meiner Überraschung blieb diese aus – vermutlich, weil Jackson wusste, dass Olly ihn mit seinen eigenen Argumenten schachmatt gesetzt hatte.

»Gut«, gab er nach und ich atmete erleichtert auf. Es war besser, dass Jackson und ich nicht allein unterwegs waren. »Geht und packt eure Sachen. Nehmt nur das Nötigste mit, aber genug, um ein paar Tage damit auszukommen. Weiß der Geier, wann und wo wir Phoenix finden. Ich informiere in der Zwischenzeit Anthony über die aktuelle Lage.«

Umgehend stoben wir auseinander. Jackson eilte in die eine Richtung, Olly und ich hetzten die Stufen in die oberen Etagen hoch.

Mein Bein pochte unangenehm, als ich in mein Zimmer polterte. Doch ich wollte unbedingt vermeiden, dass die anderen auf mich warten mussten, deswegen beeilte ich mich trotz der Schmerzen.

»Da bist du ja endlich«, begrüßte mich Drake, der auf dem Kleiderhaufen auf meinem Bett saß, den Schwanz locker um seine Pfoten geschlungen. »Ich dachte schon, du und Lockenbubi würdet gar nicht mehr aufhören, euch die Zunge in den Hals zu stecken.« Er gähnte herzhaft.

Wie war es möglich, dass der Drache alles mitbekam, wenn er doch gefühlt neunzig Prozent des Tages verpennte?

Anstatt einer Erwiderung – es ging Drake einen feuchten Dreck an, mit wem ich was tat –, zog ich die Klamotten, die ich bereits in New Yok getragen hatte, aus dem Kleiderhaufen. Der Drache purzelte ungeschickt auf die Matratze, was er mit einem erbosten Fauchen kommentierte.

Grinsend zog ich mich im Eiltempo um. Auch wenn ich Olly wirklich dankbar für die Auswahl war, fühlte ich mich in meinen Sachen einfach wohler.

»Typisch Mensch«, sagte Drake, während ich mir frische Unterwäsche, eine Jogginghose und zwei T-Shirts aus dem Kleiderstapel suchte, und erhob sich in die Luft. »Erst trödelst du die ganze Zeit herum, und jetzt, wo der Schütze drauf und dran ist, Shadow-Futter zu werden, wirst du hektisch. Und *ich* bin derjenige, der darunter leiden muss.« Getragen von seinen kleinen Flügeln flog er auf mich zu und ließ sich auf meiner Schulter nieder. »Dabei bin ich bestimmt schon seit einer halben Stunde wach und warte darauf, dass du herkommst und mich abholst.«

Mitten in der Bewegung erstarrt, drehte ich meinen Kopf zur Seite und sah Drake an. Es überraschte mich nicht, dass er von Phoenix' Verschwinden wusste. Dass er hingegen glaubte, dass ich ihn mitnehmen würde, schon.

Da man Drake aber in etwa so leicht wie Fußpilz loswurde, sparte ich mir die Mühe, mit ihm zu diskutieren, und suchte stattdessen mein Zimmer nach einem Rucksack ab. Als ich nichts finden konnte, stopfte ich die Klamotten samt dem Kulturbeutel in den Hoodie und schnürte alles mit den Kordeln des XL-Pullovers zu einem Päckchen zusammen. Zwar würde ich damit keinen Schönheitswettbewerb gewinnen, aber jetzt war nicht der richtige Zeitpunkt für falsche Eitelkeit.

Nachdem ich mir die Haare zu einem Messy Bun gebunden hatte – was Drake natürlich protestieren ließ, weil ich sein *kuscheliges Nest* zerstört hatte –, fand ich mich mit Sack und Pack unten im Erdgeschoss ein, und zwar noch vor Olly und Jackson, die etwa eine Minute später erschienen.

»Können wir?« Jackson eilte gemeinsam mit seiner Partnerin und je einer Sporttasche in den Händen die Stufen der Treppe hinunter. Er wirkte noch immer nicht glücklich darüber, dass Olly und ich mitkamen, aber er bemühte sich, es zu überspielen.

Ich nickte und folgte den beiden in Richtung Keller. Falls sie sich wunderten, warum Drake dabei war, ließen sie es sich nicht anmerken. Aber vielleicht wollten sie den Drachen auch nicht stören, der bereits wieder eingeschlafen zu sein schien.

»Habt ihr schon eine Idee, wo wir mit der Suche beginnen sollen?«, fragte ich, als wir den schmucklosen Flur entlanggingen. Unser Ziel schien am anderen Ende des Gangs hinter einer schwer wirkenden Metalltür zu liegen.

»Olly vermutet, dass er nach Vermont unterwegs ist, um den Kopf frei zu bekommen. Da würde es sich anbieten, seiner alten Heimat einen Besuch abzustatten.« Jackson stieß die Metalltür auf. Vor uns erstreckte sich eine grell beleuchtete Tiefgarage mit einem Dutzend Parkplätze, die bis auf einen alle besetzt waren.

Zielstrebig gingen wir an verboten teuer aussehenden Sportwagen vorbei, die einen Großteil des Fuhrparks ausmachten. »Mit Gewissheit wissen wir es aber erst, wenn wir das GPS seines Motorrads getrackt haben.«

Jackson kam vor einem schwarzen Ungetüm mit getönten Scheiben zum Stehen, das sich als Pick-up Truck entpuppte. Er entriegelte den Wagen, öffnete die Tür des Fonds und warf beide Sporttaschen hinein.

Ich beförderte mein Bündel hinterher und schob mich anschließend selbst auf die mit weichem Leder bezogene Rückbank. Ich wollte Missverständnisse vermeiden, wer bei unserem Ausflug wo sitzen würde – ich nämlich ganz gewiss weder hinter dem Steuer noch neben Jackson. Zum einen war ich noch nie Schaltwagen gefahren, zum anderen brauchte ich etwas Abstand zum Löwen.

Das Gespräch vor meiner Zimmertür im Kopf, bei dem der Schütze deutlich gemacht hatte, wie sehr ihn Jacksons und Anthonys Abwarten-und-Tee-Trinken-Mentalität triggerte, bezweifelte ich, dass er sich für einen Heimatausflug ausgeklinkt hatte.

»Nur mal so aus Interesse, gäbe es einen Grund für Phoenix, nach Mexiko zu fahren?«

Olly, die es sich auf der Beifahrerseite vor mir gemütlich machte, schnallte sich an, während Jackson, der hinter dem Steuer Platz genommen hatte, auf dem XL-Touchscreen-Bildschirm in der Mitte der Armatur herumdrückte. Sicherlich aktivierte er gerade die Routenplanung zur Verfolgung von Phoenix' GPS.

»Mexiko?«, fragte Olly irritiert. »Wieso sollte Phoen–«

»June!« Jackson wirbelte auf seinem Sitz herum, gerade als ich ebenfalls meinen Anschnallgurt hatte einrasten lassen. »Was hat dir Phoenix erzählt, als er bei dir war?«

»Oho, da ist aber jemand sauer. Hat er bei den olympischen Zungenspielen etwa nur den zweiten Platz belegt? Kein Wunder, dass Lockenbubi den Schützen nicht leiden kann.« Drake sprach so leise, dass nur ich ihn hören konnte – zumindest nahm ich das an, weil Jackson, obwohl er in unsere Richtung schaute, nicht auf Drakes Worte reagierte.

»Im Grunde hat er mir nicht wirklich etwas gesagt«, antwortete ich und löste das Haarband aus meinen Strähnen. Unauffällig drapierte ich meine Locken um den Drachen – jedoch nicht, ohne ihn dabei einmal fest in die Seite zu piksen. Was glaubte Drake eigentlich, was ich den ganzen Tag tat? Herumlaufen und mit Typen rummachen, die ich kaum kannte? »Er erwähnte lediglich eine Stadt in Mexiko, Agua-irgendwas, in der wir *vielleicht* Hinweise auf Arizonas Verschwinden finden könnten. Er wollte, dass ich ihn dorthin begleite. Aber ehe ich ihm antworten konnte, bist du zu uns gestoßen.«

Jacksons Miene gefror zu Eis und in seinen Iriden blitzte es wie bei einem Gewitter. Sofort verstärkte sich das ungute Gefühl, Phoenix verraten zu haben. Doch was war mir anderes übrig geblieben? Ich kannte den Schützen nicht gut genug, um einschätzen zu können, wie ernst er es mit seinen Reiseplänen und der Geheimhaltung Jackson gegenüber wirklich gemeint hatte. Davon abgesehen hatten mich Olly und Jackson mit ihrer Panik dermaßen angestachelt, dass ich mir nun ebenfalls Sorgen um Phoenix machte.

Olly wandte sich Jackson zu. »Du glaubst doch nicht, dass er …«

»Natürlich glaube ich das!« Auch er drehte sich zur Seite. Er war so aufgebracht, dass ich befürchtete, er könnte plötzlich Feuer speien. »Immerhin geht es hier um Arizona. Da ist diesem Idioten alles zuzutrauen.« Er drehte sich zur Windschutzscheibe und startete den Motor. »Wann hat er das Haus verlassen?«

»Keine Ahnung. Etwa vor einer halben bis dreiviertel Stunde, schätze ich. Kaum war er aus der Tür, habe ich euch angerufen.«

»Gut.« Jackson manövrierte den Wagen aus der Parklücke und steuerte ein elektrisch betriebenes Rolltor an, das sich wie von Zauberhand öffnete, kaum dass sich der Wagen ihm näherte. »Mit seinem Motorrad ist er zwar schneller, aber dafür ist sein Tank sehr viel kleiner und er muss früher und öfter anhalten. Wenn wir uns beeilen, erreichen wir ihn vielleicht, bevor er die Bundesgrenze passiert.«

»Was ... ähm ... ist denn so schlimm, wenn Phoenix nach Mexiko fährt?«, wagte ich zu fragen, nachdem wir die Garage verlassen hatten und den Wald durchquerten, der an den Garten des Lunaris-Anwesens grenzte. Ich bezweifelte, dass Phoenix mit seinem Motorrad diesen Weg eingeschlagen hatte, aber vermutlich nutzte Jackson jede Abkürzung, die er kannte. Ganz egal wie unkomfortabel und holperig sie auch war.

»Die Fahrt dorthin ist nicht das Problem«, antwortete Olly und hielt sich am Griff oberhalb ihres Sitzes fest. »Was er jedoch hofft, dort zu finden ...«

Meine Verwirrung musste mir deutlich im Gesicht abzulesen sein, denn Jackson, dessen Blick über den Rückspiegel immer wieder zu mir glitt, seufzte leise.

»Du weißt doch, was ich dir über den Ursprung der Lunaris erzählt habe, oder? Das mit dem Sonnengott und der Mondgöttin.« Als ich stumm nickte, lächelte er entschuldigend. »In diesem Zusammenhang gibt es etwas, das ich dir veschwiegen habe. Ich wollte dich nicht unnötig ängstigen. Manche Lunaris halten es sogar für einen Mythos und glauben nicht daran.« Er sah abschätzig in Ollys Richtung, ehe er mich wieder über den Rückspiegel ins Visier nahm. »Der Legende nach sollen Sonne und Mond ein gemeinsames Kind haben. Den Ursprung allen Lebens. Die Quelle des Seins, wenn du so willst. Angeblich hat dieses Kind dafür gesorgt, dass die Welt im Gleichgewicht war, die Natur ihre Jahreszeiten erhielt und jedes Tier einen wichtigen Zweck im Kreislauf des Lebens erfüllte. Nachdem sich Sonne und Mond aber zerstritten hatten, war das Kind so von Kummer und Schmerz erfüllt, dass sein Leiden an die Erde überging. Es heißt, das führte unter anderem zum Aussterben einiger Tierarten, dem Beginn des Klimawandels und zu den in den letzten Jahrzehnten vermehrt auftretenden Naturkatastrophen. Sonne und Mond beobachteten den Verlauf sorgenvoll, bis sie beschlossen, ihr Kind zu sich in den Himmel zu holen. Leider wurden sie sich nicht einig, zu wem es sollte. Hinzu kam, dass sie es nicht von der Erde trennen konnten, weil es buchstäblich mit der gesamten Welt verwurzelt war. Ein gewaltsames Entfernen hätte zum Untergang der gesamten Zivilisation geführt. Am Ende einigten sich Sonne und Mond darauf, den Einfluss ihres Kindes auf ein absolutes Minimum zu reduzieren, und sperrten es dafür an einen Ort, wo es weder Kontakt mit dem Leben noch mit dem Tod besaß.«

»Und dieser Ort soll Mexiko sein?« Meine Skepsis war unüberhörbar. Doch mittlerweile hatte ich akzeptiert, dass es nichts gab, was es nicht gab.

»Dieser Ort besitzt keine geografischen Koordinaten«, erwiderte Jackson und lenkte den Wagen souverän auf die Hauptstraße. Ich war so vertieft gewesen, dass unsere Umgebung unbemerkt an mir vorbeilief. »Es ist auch kein Ort im klassischen Sinne. Es ist die Grenze zwischen Leben und

Tod. Die meisten Menschen bezeichnen sie als *Schleier* oder *himmlisches Licht.*«

»Okay ...« Ich hatte noch immer nicht begriffen, worauf Jacksons kleine Geschichtsstunde hinauslief. »Und was hat das jetzt mit Phoenix und seinem Vielleicht-Trip nach Mexiko zu tun?«

»Jede Nation und Religion geht anders mit dem Tod um. In Mexiko ehrt man, beginnend am einunddreißigsten Oktober, drei Tage lang die Toten. Das sind die *Días de los Muertos.*«

Ich nickte langsam. Ich hatte von dieser Tradition gehört. Zu Ehren der Verstorbenen errichteten die Hinterbliebenen im Haus oder auf dem Friedhof Altäre mit brennenden Kerzen, Fotos, Essen, Wasser und Gegenständen, die die Verstorbenen zu Lebzeiten gemocht hatten. Auf diese Weise sollten sie nach ihrer ewigen Ruhe im Land der Lebenden willkommen geheißen werden. Nach den drei Tage andauernden Feierlichkeiten, die mit farbenfrohen Kostümen, Festumzügen und Partys zelebriert wurden, wies eine Spur aus Blumenblüten und Blättern den wanderenden Seelen den Weg zurück zu ihrem Grab.

»Es heißt«, erzählte Jackson weiter, »dass die geballte Kraft der Liebe, die die Mexikaner an diesem Tag den Toten schenken, die Fähigkeit besitzt, die Grenze zwischen den Lebenden und den Verstorbenen so dünn werden zu lassen, dass die Dahingeschiedenen für eine Nacht mit ihren Familien und Freunden zusammen sein können.«

»Aber widerspricht das nicht dem, was du mir über die menschlichen Seelen erzählt hast? Ich dachte, diese steigen nach dem Tod hoch in den Himmel?« Die Falten auf meiner Stirn vertieften sich.

»Wie gesagt.« Jackson lachte leise. »Das sind alles nur Märchen. Legenden, die sich die Leute erzählen, um den Verlust eines geliebten Menschen besser verkraften zu können. Ich glaube weder an dieses Götterkind noch daran, dass es auf der Schwelle zwischen Leben und Tod eingesperrt wurde und nur auf eine Gelegenheit lauert, sich zu befreien und Rache zu üben.«

Ich nickte erneut. Olly hingegen gab ein Hicksen von sich, als unterdrückte sie krampfhaft ihre Meinung. Offenbar gehörte sie zu jenen Lunaris, die sehr wohl an diesen Mythos glaubten.

»Wenn Lockenbubi weniger Zeit damit verbringen würde, den Charmebolzen zu spielen und in der Lunarisschule besser aufgepasst hätte, dann würde er vielleicht nicht so abfällig über Dinge reden, von denen er offenkundig keine Ahnung hat.« Drake schnaubte mir leise ins Ohr und sein warmer Drachenatem kitzelte mich. »Denn im Gegensatz zu dem Quatsch, dass die Toten für eine Nacht zurück zu den Lebenden dürfen, gibt es das Götterkind nämlich sehr wohl. Ich muss es wissen, schließlich waren wir Lichtwesen es, die das Kind im Auftrag eingesperrt haben.«

Obwohl der Drache extra leise gesprochen hatte, schien Jackson mitbekommen zu haben, dass Drake wach war. Erneut sah er über den Rückspiegel zu mir.

»Was hat er gesagt?«

»Nichts von Bedeutung«, log ich schamlos und ohne selbst zu wissen, wieso ich Drake deckte. Jedoch verriet mir mein Bauchgefühl, wenn sich der Drache derart viel Mühe gab, nicht gehört werden zu wollen, hatte er Gründe dafür – und bei der erstbesten Gelegenheit würde ich sie aus ihm herauskriegen. »Drake redet im Schlaf. Ist mir schon öfter aufgefallen.«

Jackson krauste die Stirn, entschloss sich jedoch, mir zu

glauben und richtete seine Aufmerksamkeit wieder auf die Straße vor uns.

Nachdem Drake sicher war, dass er nicht aufgeflogen war, sprach er weiter: »Ich sag's dir, Mädchen, das war kein Zuckerschlecken. Bereits damals war das Götterkind nicht sehr glücklich darüber, zwischen die Fronten seiner Eltern zu geraten. Ich will mir gar nicht vorstellen, wie sich seine Laune im Laufe der Jahrtausende entwickelt haben muss. Aber genau aus diesem Grund ist es umso wichtiger, dass es genau dort bleibt, wo es ist. Denn auch wenn es den Schleier blockiert und menschliche Seelen deshalb nicht länger in diesem geschützten Raum übertreten und von dort hoch in den Himmel fahren, sondern den Shadows machtlos ausgeliefert sind, ist dieses Übel noch immer akzeptabler als die Alternative.«

Ich schluckte hart. Auch ohne Drakes Bestätigung hatte mir die Vorstellung des Götterkindes einen unangenehmen Schauder über den Rücken rieseln lassen. Doch nun, da ich mir sicher sein konnte, dass es sich *nicht* um einen Mythos handelte, versteiften sich meine Muskeln und mein Puls vibrierte wie ein Presslufthammer.

»Und ... ähm ...« Ich musste mich räuspern, um das mulmige Gefühl, das mir auf die Stimmbänder schlug, zu kaschieren. »Tun wir mal so, als gäbe es das Götterkind tatsächlich. Was würde das bedeuten? Also so im Detail?«

»Nun«, antwortete Olly an Jacksons Stelle und wickelte sich eine Haarsträhne um die Finger, »so genau weiß das niemand. Unter den Lunaris heißt es, dass jene, die es gewagt haben, sich auf die Suche nach dem Götterkind zu begeben, nie von ihrer Reise zurückgekehrt sind.«

Der Klumpen Blei in meinem Magen wuchs auf die doppelte Größe an und ich umklammerte den Sicherheitsgurt vor meiner Brust, als wäre er ein Rettungsseil auf stürmischer See.

»Ist denn bekannt, aus welchen Gründen die anderen Lunaris die Suche nach dem Götterkind auf sich genommen haben?«

»Warum fragst du? Hast du etwa vor, dich ebenfalls auf die Suche zu machen?« Jackson sah über seine Schulter zu mir. Er wirkte erheitert. »Es ist nur ein Märchen, June. Es ist völlig egal, aus welchen angeblichen Gründen die angeblichen Lunaris sich auf ihre angebliche Reise gemacht haben.«

»Wenn du dir so sicher bist, dass an dieser Geschichte nichts dran ist, wieso heizt du dann mit überhöhter Geschwindigkeit über den Highway, um Phoenix einzuholen?« Mein Konter kam mir harscher über die Lippen, als ich beabsichtigt hatte. Doch die Anspannung, die sich durch meinen Körper fraß, ließ meine Nerven zu hauchdünnen Seidenfäden werden. Und weil Drake, dieser feige Drache, die Hauptschuld an meinem Gemütszustand trug, sollte auch er an meiner Qual teilhaben. Während ich so tat, als würde ich mir mit den Fingern durch die Haare fahren, schnippte ich den Drachen von meiner Schulter, was diesen aufschreien ließ. Aber es war zu spät. Seine Hinterpfoten rutschten meinen Arm hinab und sein Schwanz schlug dabei wie eine Wünschelrute aufgeregt hin und her. Würde er bei seinem Versuch, erneut auf meine Schulter zu klettern, nicht schmerzhaft seine Krallen in meine Haut jagen oder mir an den Haaren ziehen, hätte ich meine kleine Racheaktion mehr genossen.

»Pass doch auf, Mädchen!«, zischte Drake und rollte sich an meiner Halsbeuge wieder zu einer Schnecke zusammen. »Oder willst du, dass meine Tarnung auffliegt?«

Am liebsten hätte ich ihn gefragt, warum er sich überhaupt

tarnte. Vertraute er Jackson oder Olly etwa nicht? Aber wieso ließ er mich dann mit ihnen losziehen? Drake hatte klipp und klar gemacht, dass er mehr ein Berater als ein Bodyguard war.

»Ist bei euch dahinten alles klar?« Jackson sah erneut in den Rückspiegel.

»Ja, alles bestens«, flötete ich übertrieben unbekümmert. »Drake, der kleine Tollpatsch, hat nur schlecht geträumt und sich dabei selbst von meiner Schulter gekickt.«

Jackson lachte leise, Drake fauchte mir mürrisch ins Ohr und ich grinste zufrieden. Zumindest dieser Punkt ging an mich.

»Ich muss gestehen«, meinte Jackson hörbar amüsiert, »dass Drake meine Meinung über die ach so mächtigen und ehrfürchtigen Lichtwesen deutlich korrigiert hat. Wenn alle so faul, verfressen und verschlafen sind wie er, wundert es mich kein bisschen, dass sie von der Bildfläche verschwunden sind.«

»Hey! Das ist nicht fair!«, protestierte Drake in mein Ohr. »Nach über fünfhundert Jahren magischen Zwangsschlafs wäre jeder aus der Form. Aber das bedeutet nicht, dass ich es mit so einer eingebildeten Föhnwelle wie dem da nicht mit Leichtigkeit aufnehmen kann. Er hat sich ja nicht einmal allein gegen einen Darko behaupten können.«

Ich kommentierte Drakes Worte mit Schweigen. Gerade gab es Wichtigeres.

»Also?«, hakte ich nach. »Wieso hetzt du Phoenix derart hinterher, wenn du nicht an das Götterkind glaubst? Gönnst du ihm nicht einmal ein wenig Spaß?«

»Von mir aus kann er so lange die Sau rauslassen, bis seine Leber einen Tripper bekommt. Aber in Mexiko wimmelt es nur so vor Shadows, wodurch die Teams dort kaum noch mit ihren Jobs hinterherkommen. In keinem Land ist die durchschnittliche Dienstzeit eines Lunaris kürzer. Mehr als sechs Monate hält niemand durch. Und Phoenix, dieser Idiot, ist ohne Rückendeckung unterwegs. Er kann also von Glück reden, wenn er es trotz seines Temperaments überhaupt bis über die Landesgrenze schafft.«

Da ich darauf nichts zu erwidern wusste, sah ich schweigend aus dem Fenster. Egal, ob der Schütze an das Götterkind glaubte, oder aus völlig anderen Gründen aufgebrochen war, wenn es in Mexiko wirklich so viele Shadows gab, stimmte ich mit dem Löwen überein: Wir mussten Phoenix so schnell wie möglich finden und dazu bewegen, mit uns zurückzukommen.

Um dem Karussell in meinem Kopf eine Pause zu gönnen, schloss ich, die Stirn gegen das kühle Glas gelehnt, die Lider. Ich wusste nicht, wie lange es dauern würde, bis wir den Schützen einholten, doch allmählich wurde mir bewusst, wie geschlaucht ich war. So ein Medikamenten-Koma war nun mal kein Wellness-Wochenende.

Versunken in undurchdringliche Schwärze verlor ich sämtliches Gefühl für Raum und Zeit. Unter keinen Umständen hätte ich sagen können, wie lange wir bereits unterwegs, oder in welchem Bundesstaat wir aktuell waren. Drake musste es ähnlich gehen, denn sein Fake-Schnarchen ging irgendwann in ein echtes über, was mich noch mehr einschläferte.

»Da! Er hält an!« Ollys Ausruf riss mich, einer Abrissbirne gleich, aus dem Dämmerzustand.

Sofort öffnete ich die Augen, musste jedoch wegen der blendenden Helligkeit, die vom Boardcomputer ausging, heftig blinzeln. Erst nach einigen Sekunden gelang es mir, den blinkenden blauen Punkt auszumachen, dem wir beharrlich folgten.

Olly tippte aufgeregt auf dem Bildschirm herum. Als sie anschließend das Wort ergriff, lag Argwohn in ihrer Stimme.

»Moment mal. Wieso macht er ausgerechnet *dort* Rast? Ich kann keine Tankstelle oder wenigstens einen Imbiss in der Nähe ausmachen. Da ist nichts. Das ist mitten in der Pampa.«

»Vielleicht hat er eine Panne?« Ich streckte meine steifen Glieder. Ich war es nicht gewohnt, so lange in einem Auto zu sitzen.

»Entweder das«, meinte Jackson mit Grabesmiene. »Oder er hat ein *richtiges* Problem.«

KAPITEL VIERUNDZWANZIG

Umgehend beschleunigte Jackson, sodass wir regelrecht über den Asphalt flogen. Mein Herz wummerte im selben Rhythmus, wie sich die Reifen um ihre Achse drehten. Obwohl ich Phoenix kaum kannte und er mir eigentlich nicht so wichtig sein dürfte, verursachte mir die Vorstellung, er könnte sich tatsächlich in Gefahr befinden, ein beklemmendes Gefühl in der Magengegend.

Etwa eine halbe Stunde dauerte es, bis wir eine dunkle Silhouette am Straßenrand entdeckten, die so perfekt mit der Finsternis um sich herum verschmolz, dass es einem Wunder gleichkam, dass sie uns überhaupt auffiel.

»Da ist er.« Nicht nur Jackson klang erleichtert. Auch Olly stieß geräuschvoll ihren Atem aus, und in meinem Inneren löste sich ein Knoten, über dessen wahres Ausmaß ich zuvor keine Vorstellung gehabt hatte. Nur durch energisches Blinzeln konnte ich die Tränen zurückhalten.

Jackson lenkte den Wagen an den Straßenrand, sodass das Licht der Scheinwerfer seinen Kegel genau auf Phoenix warf. Er trug dieselben Sachen wie vorhin und kniete vor seinem Motorrad. Ein Helm hing am Lenkrad, ein Rucksack stand neben dem Vorderrad. Um uns herum gab es keine Gebäude, Straßenlaternen oder Schilder, und wenn unter dem vereinsamten Dornenbusch rechts von uns nicht ein wenig Verpackungsmüll gelegen hätte, hätte ich glauben können, dass kein Mensch jemals zuvor hier gewesen ist.

Jackson stieg als Erster aus und Olly folgte ihm auf dem Fuß. Auch ich schnallte mich ab, was Drake unruhig zappeln ließ. Doch da der Drache nicht aufwachte und ich keine Lust hatte, mir sein Genörgel anzuhören, hob ich ihn sanft von meiner Schulter und setzte ihn auf dem Mittelsitz ab.

Beim Aussteigen begrüßte mich eine frische Brise, die im Vergleich zu der mollig warmen Luft im Wageninneren beinah arktisch war. Sofort flogen mir meine Haarsträhnen ums Gesicht und ich rieb mir fröstelnd über die Arme.

Phoenix, der unsere Ankunft zweifelsfrei mitbekommen hatte, sah nicht auf. Es schien ihn nicht einmal zu überraschen, dass wir hier waren.

Meine anfängliche Erleichterung fiel in sich zusammen.

Mein Körper vibrierte vor Anspannung und statt Kälte umgab lodernde Hitze meine Haut. Es fühlte sich an, als stände ich buchstäblich in Brand.

Den Schützen fest im Visier stapfte ich mit geballten Fäusten und krampfender Wade auf ihn zu. Ich überholte Jackson, der schon auf dem Weg zu Phoenix war, nun jedoch stehen blieb.

»Du dämlicher Hornochse!« Bei Phoenix angekommen, stieß ich ihn mit beiden Händen gegen die Schultern, sodass er ins Wanken geriet und sich mit einem Arm abstützen musste, um nicht mit dem Hintern im Dreck zu landen. »Glaubst du wirklich, du kannst deiner Schwester helfen, indem du dich in einer Nacht- und Nebelaktion vom Acker machst und wie ein verfluchter G.I. Joe auf Selbstmordmission begibst? Hast du auch nur eine Sekunde an die Leute gedacht, die vor Sorge um dich fast verrückt geworden sind?«

Phoenix sah von unten zu mir hoch. In seinem Blick flackerte etwas auf, das mich meine übereilte Reaktion bereuen ließ. Nachdem wir zuvor nicht gerade freundschaftlich auseinandergegangen waren, hatte ich den Bogen nun endgültig überspannt.

Der Schütze erhob sich und trat langsam an mich heran. Obwohl dies nicht das erste Mal war, dass wir einander viel zu nah waren, erschien er mir dieses Mal sehr viel imposanter. Mir wurde auf geradezu peinliche Weise jeder Zentimeter Größenunterschied zwischen uns bewusst – was nicht zuletzt daran lag, dass ich buchstäblich den Kopf in den Nacken legen musste, um ihm ins Gesicht sehen zu können.

»Wenn du dir solche Sorgen um mich machst«, raunte er drohend leise und hob seine schwarz verschmierte Hand, um sich mit den Fingern durch die Locken zu fahren. »Wieso bist du dann nicht gleich mitgekommen?« Seine durchtrennte Braue wanderte in die Höhe und als sich ein hochmütiges Grinsen dazugesellte und sein sexy Grübchen zum Vorschein brachte, wurde mir klar, dass er gar nicht sauer auf mich war.

Aber warum nicht?

Lag es an dieser Partnersache? War das unsere besondere Verbindung? Dass wir nicht lange sauer aufeinander sein konnten?

»Oder«, sprach der Schütze weiter, als ich nicht reagierte, und er sah für den Bruchteil einer Sekunde über meine Schulter zu Jackson hinüber. Sein Grinsen wurde noch eine Spur dreckiger. »War dein Date mit Ward so mies, dass du die Chance ergriffen hast, um vor ihm zu flüchten?« Nun funkelte er mich herausfordernd an. »Wenn das der Fall ist, dann … *Gern geschehen.*« Bei seinem großspurigen Zwinkern klappte mir endgültig der Mund auf.

War das sein gottverdammter Ernst?

Sofort waren meine vorherigen Gedanken vergessen und Zorn brodelte gleißend hell in mir auf. Dieser Idiot war nicht sauer auf mich, weil es ihm wichtiger war, Jackson eins reinzuwürgen!

»Red dir ruhig ein, was dich nachts besser schlafen lässt«, knurrte ich und pikste ihm den Zeigefinger fest in die Brust. Ich hätte platzen können, so wütend war ich. »Aber solange mein Leben an das jedes Lunaris dieser Gruppe gebunden ist, werde ich bestimmt nicht einfach tatenlos dabei zu sehen, wie du deinen Kopf riskierst. Das ist der einzige Grund, wieso ich hier bin.«

Das Grinsen auf Phoenix' Lippen brachte seine Augen zum Strahlen, und mit einem Mal wirkte die Erheiterung auf seinen Zügen verblüffend aufrichtig.

Anstatt sofort zu antworten, beugte sich Phoenix zu mir herab, sein Mund streifte mein Ohr. Dafür musste er einige meiner Haarsträhnen zur Seite schieben, was eine Welle widersprüchlicher Gefühle durch meine Nervenbahnen trieb.

»Wer redet sich jetzt etwas ein, Sweetheart?« Vor Empörung nach Luft schnappend wich ich reflexartig einen Schritt zurück. Dabei stolperte ich über meine eigenen Füße. Sogleich packte Phoenix meinen Arm und hielt mich fest.

»Vorsichtig, Lollipop«, lachte er leise und erneut erschien dieses Grübchen. »Ich weiß ja, dass ich eine umwerfende Wirkung auf dich habe, aber wie willst du mir weiter nachrennen, wenn du dir ein Bein brichst?«

Ich wollte zu einer Erwiderung ansetzen, doch ich brachte keine Silbe über die Lippen.

Was geschah hier?

Wenn ich es nicht besser wüsste, würde ich fast denken, dass Phoenix tatsächlich verhindern wollte, dass ich mich verletzte.

Glücklicherweise trat Jackson zu uns und gab mir die Möglichkeit, meinen Arm mit glühenden Wangen aus Phoenix' Griff zu befreien und mich unauffällig einer Falte meines Ärmels zu widmen.

»Dachtest du ernsthaft, du schaffst es bis nach Mexiko, ehe wir deine Abwesenheit bemerken?« Jackson klang wie ein Lehrer, der mit einem ungezogenen Schüler sprach und sich dabei mehr als überlegen fühlte.

»Natürlich nicht«, erwiderte Phoenix und wandte sich betont träge zu seinem Anführer herum. Seine Erheiterung war verflogen. »Ich wusste, dass Olly dir sofort Bescheid geben würde – schließlich hast du sie wie den Rest der Gruppe erfolgreich um den Finger gewickelt.« Er sah von Jackson, der den Schützen anstierte, zu Olly, die Phoenix ebenfalls mit hochrotem Kopf und einem mordlüsternen Funkeln bedachte – was mich in meiner Vermutung bestärkte, dass sie mehr für Jackson empfand als Freundschaft. »Aber ich hoffe für dich, dass du nicht ernsthaft glaubst, dass mich das daran hindert, nach Aguascalientes zu fahren.«

»Du weißt, dass ich das nicht zulassen kann. Ich bin für die Sicherheit jedes einzelnen Teammitgliedes verantwortlich.«

»Ach, du meinst jene Teammitglieder, die dir und Anthony wie blinde Schafe folgen, ohne auch nur irgendetwas von dem zu hinterfragen, das ihr ihnen vor die Füße werft?« Phoenix hatte die Hände zu Fäusten geballt und gab sich keine Mühe mehr, seine Wut zu verbergen. »Ja klar, *diese* Teammitglieder gilt es auch unbedingt zu beschützen. Schließlich würden sie durch meinen Tod in ihr ahnungsloses und unbehelligtes Leben zurückkehren, während meine Schwester plant, sich aus welchen Gründen auch immer das Leben zu nehmen!«

»Phoenix!«, fauchte Jackson, doch es war zu spät. Olly sah

mit aufgeklapptem Mund zwischen dem Schützen und dem Löwen hin und her.

»Jack? Was meint Phoenix damit? Wieso sollte sich Arizona etwas antun wollen?«

Jackson seufzte ergeben und ihn schien sämtliche Kraft zu verlassen.

»Das ist eine längere Geschichte. Ich erzähl es dir auf der Rückfahrt. Und nun steigt *alle*«, er sah demonstrativ Phoenix an, »in den Wagen. Wir fahren zurück.«

»Macht, was ihr wollt.« Der Schütze kehrte uns den Rücken und widmete sich wieder seinem Motorrad. »Aber ich komme nicht mit. Nachdem ich meinen Reifen geflickt habe, fahre ich nach Mexiko.«

»Du. Kommst. Mit. *Uns*«, wiederholte Jackson und ich bildete mir ein, dass die Temperatur um uns herum um einige Grad sank.

»Zwing mich doch dazu, *Captain*«, spottete Phoenix, ohne sich zu uns umzudrehen. »Zwing mich zum Mitkommen und beweise damit allen, dass du nicht nur keine Scheu davor hast, jemandem mit deiner Gabe deinen Willen aufzuzwingen, sondern auch, dass dir Ari und ihr Schicksal scheißegal sind.«

Jackson kochte vor Wut und schien kurz davor, Phoenix anzugreifen. Und obwohl ich diesen Wunsch durchaus nachvollzog, war da dieses überbordende Verlangen, mich auf Phoenix' Seite zu schlagen. Ich erklärte mir das damit, dass ich als seine Partnerin nicht wollte, dass er bei der erstbesten Gelegenheit Reißaus nahm, sollte Jackson ihn zum Mitkommen zwingen. Denn wer wusste schon, zu welchen Dummheiten der Schütze dann bereit war?

»Phoenix hat recht«, sagte ich und handelte mir damit nicht nur von Jackson einen ungläubigen Blick ein. Auch der

Schütze sah mich verblüfft an. »Wenn wir die Hände in den Schoß legen und abwarten, werden wir weder Arizona noch –« Ich stockte. Beinah wäre mir etwas rausgerutscht, von dem weder Olly noch Phoenix erfahren sollten. »Dann können wir überhaupt niemanden mehr retten«, schloss ich und schaute auf meine Finger. Mit einem Mal fand ich meine ungepflegte Nagelhaut schrecklich spannend. »Deswegen fahre ich mit ihm.«

Jacksons Gesichtszüge entglitten ihm endgültig.

»Willst du mich ins Grab bringen, June? Du hast keine Ahnung, worauf du dich einlässt! Du hast gerade einmal gegen *einen* Shadow gekämpft – und das, laut eigener Aussage, ohne den blassesten Schimmer, was du da eigentlich getan hast! Und jetzt willst du dich in ein verdammtes Shadownest wagen?«

Ich zuckte mit den Schultern. »Welche Wahl bleibt mir denn? Uns läuft die Zeit davon. Und lieber gehe ich das Risiko ein und werde von einem Shadow umgebracht, als dumm rumzusitzen und auf ein nicht eintreffendes Wunder zu hoffen.«

Jackson schien mit seinem Latein am Ende.

»Und was soll ich deiner Meinung nach jetzt tun? Euch mit meinem Segen ziehen lassen? Du weißt, dass ich das unmöglich zulassen kann! Du bist gerade erst zu uns gestoßen, June. Du wurdest noch nicht einmal initiiert. Davon, dass du deine Gabe nicht kontrollieren kannst und damit eine Gefahr auf zwei Beinen darstellst, ganz zu schweigen.«

»Keine Sorge, Ward«, antwortete Phoenix, ein schadenfrohes Grinsen auf den Lippen. »Lollipop und ich kommen auch ohne dich bestens klar. Du kannst dir deinen Segen in die gegelten Haare schmieren. Wir brauchen weder dich noch ihn.«

Jackson setzte zu einem Konter an, was mit hoher Wahrscheinlichkeit zum nächsten Streit führen würde.

»Komm mit uns«, sagte ich spontan. »Wenn du uns nicht gehen lassen kannst, wir aber auch nicht mit dir zurückkommen können, musst du dich uns anschließen. Das ist die einzige Lösung.«

»Was?«, spien Jackson, Olly und Phoenix gleichzeitig aus. Während Jackson überrascht klang, war bei Olly blankes Entsetzen und bei Phoenix ein nahender Herzinfarkt herauszuhören.

»Hast du völlig den Verstand verloren?« Phoenix war aufgesprungen und um das Motorrad herumgekommen. Sein gesamter Körper vibrierte. »Ward kommt auf keinen Fall mit! Nur über meine Leiche!«

»Phoenix hat recht«, stimmte Olly zu. »Jackson kann euch unter keinen Umständen begleiten! Er ist unser Anführer! Wir brauchen ihn in New Haven! Jetzt mehr denn je!«

Ich ignorierte die zwei und fokussierte mich allein auf Jackson. »Du weißt, dass ich recht habe. Vermutlich ist das unsere beste Chance, um an Informationen zu gelangen. Und vergiss nicht, was du mir über Arizona erzählt hast. Du schuldest es dir selbst, alles nur Erdenkliche für sie zu wagen.«

Der Löwe musterte mich prüfend. »Du meinst das ernst, nicht wahr? Du willst dein Leben für jemanden riskieren, den du überhaupt nicht kennst.«

»Wäre ja nicht das erste Mal.« Ich lächelte Jackson zögerlich an, was er verhalten erwiderte. Gewiss dachte er ebenfalls an unseren gemeinsamen Kampf in New York zurück. »Außerdem geht es hier nicht allein um Arizona. Es stehen sehr viel mehr Leben auf dem Spiel.«

Jackson sah nicht weg und es vergingen einige Herzschläge, ehe er seine Entscheidung traf.

»Okay, du hast mich überzeugt. Ich komme mit. Schließlich muss ja einer aufpassen, dass ihr beiden lebend aus diesem Höllenpfuhl zurückkehrt.« Er grinste mich an, während Phoenix im Hintergrund Würgegeräusche von sich gab. Hatte ich wirklich die richtige Entscheidung getroffen? Oder uns alle zum Tode verurteilt?

KAPITEL FÜNFUNDZWANZIG

Wir – wobei es sich dabei vor allem um die Jungs handelte – verbrachten noch eine Weile damit, miteinander zu diskutieren, uns gegenseitig zu drohen oder einander Verwünschungen entgegenzuschleudern, ehe wir gemeinsam in den Wagen einstiegen. Olly hatte natürlich darauf bestanden, sich uns anzuschließen, weil sie andernfalls keine ruhige Sekunde mehr haben und uns nur ständig mit Anrufen nerven würde.

Jackson war zwar alles andere als begeistert gewesen, hatte am Ende jedoch klein beigegeben und sich sogar Phoenix' Bedingung gebeugt, dass der Schütze das Steuer übernahm. Offenbar besaß der Löwe keine Kraft mehr, sich ständig durchsetzen zu müssen.

Ich konnte es ihm nachfühlen und schämte mich ein wenig dafür, dass ich dazu beigetragen hatte.

Doch die Erleichterung, dass wir Phoenix gefunden hatten, überwog.

Das Motorrad auf der Ladefläche des Pick-ups gesichert, saß ich neben dem Schützen auf der Beifahrerseite, während Jackson und Olly mit Drake und unserem Gepäck im Fond Platz genommen hatten. Bis auf die Stier-Dame war niemand so wirklich mit der Sitzanordnung zufrieden, aber lieber ertrug ich Phoenix' arrogantes Grinsen, das er mir beim Einstieg zugeworfen hatte, als kannte er den wahren Grund, weshalb ich mich *wirklich* auf seine Seite geschlagen hatte, anstatt mir mit Jackson die Rücksitzbank zu teilen.

Meinen Fokus auf die vorbeiziehende Landschaft gerichtet, blendete ich die angespannte Atmosphäre im Auto so gut es ging aus. Doch wirklich wohl fühlte ich mich erst, als gleichmäßige Atemzüge von der Rückbank erklangen. Jackson und Olly waren eingeschlafen.

Umgehend fiel ein Teil meiner Last von mir und ich kuschelte mich tiefer in meinen Sitz. Obwohl Jacksons Anziehung in Phoenix' Gegenwart besser zu händeln war, war sie erst jetzt richtig verschwunden.

»Wenn du planst, die Gunst der Stunde auszunutzen und über mich herzufallen«, sagte Phoenix mit einem süffisanten Grinsen, »dann warne mich bitte vor, damit ich den Wagen rechts ranfahren kann. Zu meiner Schande muss ich gestehen, dass ich mich nicht gleichzeitig aufs Autofahren und auf das Liebesspiel mit einer Frau konzentrieren kann.«

Es dauerte ein paar Sekunden, bis ich begriff, was der Schütze meinte. Doch dann keimten in mir der Wunsch auf, vor Scham im Erdboden zu versinken und Phoenix gleichzeitig eine Ohrfeige zu verpassen.

Lachend widmete sich der Schütze wieder der Straße und Drake hüpfte von der Rückbank auf die Lehne meines Sitzes.

»Bevor ihr zwei euch die Kleider vom Leib reißt, lasst mich erst verschwinden. Lieber fliege ich den restlichen Weg nach Mexiko, als euch dabei zuzusehen, wie ihr –«

»Hier reißt niemand irgendwem die Kleider vom Leib«, unterbrach ich Drake, da ich auf keinen Fall erfahren wollte, wie weit seine Fantasie reichte.

»Und überhaupt«, widmete ich mich wieder Phoenix, »wäre der einzige Grund, dir nahe zu kommen, dass ich dir so leichter den Hals umdrehen kann. Ich meine, was hast du dir nur dabei gedacht, einfach so abzuhauen? Ohne Verstärkung!«

Drake rollte mit den Augen, während Phoenix die Geste mit einem Lachen kommentierte, das tief aus seinem Inneren zu kommen schien. Es klang dunkel, rau und irgendwie … sexy – was ich jedoch niemals laut zugeben würde.

»Erstens, die anderen schlafen, Lollipop. Du musst nicht länger so tun, als könntest du mich nicht leiden.« Um seine Mundwinkel zuckte es, was abermals dieses verdammte Grübchen zum Vorschein brachte. »Zweitens, wusste ich, dass du mir folgen würdest. Du kannst einfach nicht ohne mich.« Er zwinkerte mir zu. »Warum glaubst du wohl, habe ich mir extra viel Zeit gelassen, um meinen Reifen zu flicken? Ich wollte nicht, dass du noch vor Sorge um mich durchdrehst.«

Ich schluckte ein frustriertes Stöhnen herunter. Sein Ego war größer als der Mount Everest. Wie konnte ich nur ein für alle Mal klarmachen, dass der einzige Reiz, den Phoenix auf mich ausübte, Brechreiz war?

»Du bist wohl eher langsam darin, dir etwas zu merken, nicht wahr? Deswegen wiederhole ich es noch einmal ganz deutlich – damit du mitschreiben kannst: Ich stehe nicht auf dich, Phoenix! Nicht im Geringsten. Ich will nur verhindern, dass du Idiot dich Hals über Kopf von einer Lebensgefahr in die nächste begibst.«

»Und das willst du nicht, weil er dir wichtig ist«, warf Drake ein, was Phoenix erneut auflachen ließ. »Ja, wirklich, du gehst ihr total unter die Haut«, fügte er an den Schützen gerichtet hinzu. »Ich sehe so etwas sofort.«

»Drake!«, fauchte ich verärgert. »Auf wessen Seite stehst du eigentlich?«

»Auf der der Wahrheit«, sagte der Drache im Brustton der Überzeugung.

»Wenn das so ist«, knurrte ich. »Dann habe ich hier noch

eine Wahrheit für dich: Wenn du nicht auf der Stelle aufhörst, dich in Gespräche einzumischen, die dich nichts angehen, dann binde ich dich draußen aufs Autodach und du kannst den Rest unserer Fahrt dort verbringen.«

»Das würdest du nicht tun! Oder?«, schob Drake angstvoll nach und sofort keimte in mir ein schlechtes Gewissen auf.

»An deiner Stelle würde ich es nicht darauf anlegen, Drache.« Phoenix grinste in unsere Richtung. »Unser Lollipop kann ganz schön unberechenbar sein. Immerhin ist sie freiwillig mit Ward ausgegangen.«

Drake schluckte sichtbar und senkte schmollend seine Schnauze zwischen die Pfoten. Das Bild war so niedlich, dass sich meine Mundwinkel ungewollt kräuselten. Um abzulenken, funkelte ich Phoenix wütend an. Es gefiel mir gar nicht, dass er und Drake sich so gut verstanden. Noch weniger gefiel mir jedoch, dass ich Phoenix nicht einmal einen Vorwurf machen konnte. Er wusste nicht, dass mein Schicksal mit dem seiner Schwester verknüpft war – aus seiner Perspektive gab es nicht viele Gründe für mich, ihn nach Mexiko zu begleiten. Dass ich auf ihn stand, war für sein Ego eine befriedigende Erklärung.

»Salicylsäure kann einem auch unter die Haut gehen«, konterte ich, wieder zur Windschutzscheibe gedreht. »Außerdem solltest du, Phoenix, mir lieber dafür danken, dass ich Jackson davon überzeugt habe, mit uns zu kommen.«

Umgehend erstarb seine Erheiterung, und zum ersten Mal, seit wir gemeinsam im Auto saßen, meinte ich, dem wahren Phoenix zu begegnen. Und dieser wirkte gar nicht so ätzend, wie ich anfangs geglaubt hatte.

»Das Traurige ist, dass du das wirklich glaubst, Lollipop. Aber es überrascht mich nicht, dass Ward dich trotz der Kürze eures Dates um den Finger gewickelt hat. Willensschwache Frauen zu hirnlosen Lemmingen zu machen, ist seine Spezialität.« Seine Stimme war beim Sprechen immer emotionsloser geworden, bis sie am Ende fast mechanisch klang. »Deswegen lass *mich* jetzt mal was klarstellen: Nicht jeder von uns fliegt dermaßen auf deinen Angebeteten wie du. Deswegen werde ich dir ganz bestimmt *nicht* vor Dankbarkeit die Füße küssen. Immerhin hast du mir genau die eine Person auf den Hals gehetzt, die als Letztes von meinem Vorhaben erfahren sollte.«

»Ich habe dir Jackson nicht auf den Hals gehetzt«, rief ich empört. Über den Rest – und vor allem über den Schmerz, den Phoenix' Vorwurf in mir ausgelöst hatte – musste ich erst einmal in Ruhe nachdenken. Gleichzeitig sprach ich extra leiser, weil mir ein lautes Ausatmen aus dem hinteren Teil des Wagens in Erinnerung rief, dass wir uns nicht allein im Auto aufhielten.

»Wie du es vorhin selbst erwähnt hast, war es Olly, die uns angerufen hat, kaum dass du zur Tür raus warst. Und dass du nach Mexiko unterwegs bist, hätte Jackson früher oder später sowieso herausgefunden, denn er hat das GPS deines Motorrads getrackt. Also bleib mal schön auf dem Teppich, okay?! Denn, wenn man es genau nimmt, hättest du selbst dann keinen Grund, sauer auf mich zu sein, auch wenn ich dich verraten hätte. Schließlich warst du bisher ebenfalls nicht vollkommen aufrichtig zu mir, *Partner.*«

Phoenix zuckte ertappt zusammen und besaß wenigstens genug Anstand, zu erröten.

Einen Moment lang genoss ich diesen kleinen Sieg, doch bereits wenige Sekunden darauf fühlte ich mich schlecht. Ich war niemand, der sich gern stritt. Und bei Phoenix verursachte es mir regelrecht Magenschmerzen.

»Außerdem«, ergriff ich nach einem tiefen Atemzug erneut das Wort, »meinte ich nicht, dass du mir dankbar sein sollst, weil ich Jackson dazu überredet habe, uns zu begleiten. Sondern weil wir nur *mit ihm* überhaupt die Gelegenheit haben, nach Mexiko zu fahren. Zwar kenne ich ihn nicht so gut wie du, dennoch hat er vorhin nicht so gewirkt, als hätte er dich einfach deines Weges ziehen lassen. Er hätte dich wohl eher k.o. geschlagen und ins Auto verfrachtet.«

»Das Mädchen hat recht«, klinkte sich nun wieder Drake in das Gespräch ein, und ich fragte mich, ob ich es wohl jemals erleben würde, dass einer der beiden mich bei meinem Namen nannte. »Lockenbubi ist steifer als ein Besenstil. Der hat keine Ahnung, was Spaß macht. Deswegen ist er auch so angefressen. Er hat gehofft, dass er das geplatzte Date inklusive ausgefallenem Gute-Nacht-Kuss nachholen kann.« Drake schnaubte abfällig. »Als ob ein Zungentango mit ihr«, er nickte in meine Richtung, »spaßiger sein könnte als dieser Trip hier.«

Empört wandte ich mich zu Drake herum – der Drache wusste ganz genau, was zwischen dem Löwen und mir vorgefallen war. Beziehungsweise was eben *nicht*.

»Ist das wahr, Lollipop? Du hast dich Wards vermeintlichem Charme entzogen und ihm nicht einmal ein Mitleidsküsschen gegönnt?« Er sah kurz in meine Richtung. »Wow. Ich bin beeindruckt. Soweit ich mich erinnere, hat ihn noch nie eine Frau abgewiesen.«

Ich weigerte mich, Phoenix' Schadenfreude mit einer Antwort zu honorieren. Dennoch konnte ich nicht leugnen, dass es in meiner Brust warm wurde. Da ich aber auf keinen Fall – nicht einmal vor mir selbst – zugeben wollte, wie sehr mich Phoenix' Anerkennung rührte, wechselte ich das Thema.

»Findet ihr nicht, dass ihr erschreckend viel über ein Thema redet, das euch überhaupt nichts angeht? Wäre es nicht klüger, sich auf das Wesentliche zu konzentrieren? Was wollen wir tun, wenn wir Mexiko erreichen? Immerhin weiß niemand von uns so genau, was uns dort erwartet.« Ich bedachte Drake mit einem vielsagenden Blick, den der Drache jedoch ignorierte. Stattdessen gähnte er herzhaft und rollte sich anschließend erneut zu einer Schnecke zusammen.

»Das könnten wir zwar tun«, sagte er träge und schloss genüsslich die Lider. »Aber das macht bei Weitem nicht so viel Spaß wie diese Unterhaltung.«

»Da muss ich dem Drachen zustimmen«, warf Phoenix ein. »Abgesehen davon, dass wir erst knapp drei von schätzungsweise vierzig Stunden Autofahrt hinter uns haben, und somit noch mehr als genug Zeit bleibt, um über Mexiko zu reden, kenne ich niemanden, der sich so leicht aus der Ruhe bringen lässt wie du. Das ist irgendwie niedlich.«

Hitze kroch meinen Hals empor und ich hatte größte Mühe, mein Pokerface zu bewahren. Hatte ich mich verhört, oder hatte Phoenix ernsthaft gesagt, dass ich *niedlich* war?

»Genau das meine ich«, sagte er und die Art, wie er mich dieses Mal ansah, wirkte erschreckend umgänglich. Fast schon *sympathisch*.

Unbeholfen räusperte ich mich. »Es freut mich, dass ich zu deiner Unterhaltung beitragen kann. Aber wie jeder Comedian brauche auch ich hin und wieder eine Pause. Deswegen wäre ich dir zutiefst zu Dank verpflichtet, wenn du bei nächster Gelegenheit anhalten könntest.« Ich schenkte Phoenix ein falsches Wimpernklimpern. »So eingekeilt zwischen deinem und Drakes Macho-Ego bekomme ich nicht so gut Luft.«

Phoenix' Lippen verzogen sich erneut zu diesem verblüffend

aufrichtigen Lächeln. Unwillkürlich fragte ich mich, ob das jener Mann war, den die anderen Lunaris kannten. Falls ja, wunderte es mich nicht, warum sie den Schützen mochten. Wenn Phoenix lächelte, war es, als würden einen die ersten warmen Sonnenstrahlen nach einem langen, harten Winter treffen.

Phoenix setzte den Blinker und steuerte die nächste Ausfahrt an. Diese führte uns zu einer Tankstelle samt Fast-Food-Restaurant – die perfekte Ausrede für mich, aus dem Wagen zu hüpfen.

Begleitet von Jacksons und Ollys verschlafenem Gähnen verschwand ich in Richtung Tankstellenshop.

Ich schlenderte zwischen den Regalen hindurch, sammelte Snacks und Getränke ein, und beobachtete dabei verstohlen, wie Phoenix den Wagen betankte. Ich hatte keine Ahnung, was sich zwischen dem Schützen und mir verändert hatte. Aber es fühlte sich gut an und verursachte mir ein warmes und wohliges Gefühl in der Brust.

Leider, so war ich mir sicher, konnte das unmöglich gut für mein Herz sein.

KAPITEL SECHSUNDZWANZIG

Versorgt mit genug Nahrungsmitteln – und einem extra großen Becher »Lebenselixier« für mich –, begab ich mich zurück zum Wagen. Phoenix war mit Tanken fertig und diskutierte gerade mit Jackson, wer als Nächstes das Steuer übernehmen sollte.

»Sorry, aber ich kann euch beim Fahren nicht ablösen«, antwortete ich auf Jacksons Vorschlag, ob ich weiterfahren wollte. »Ich bin noch nie Schaltwagen gefahren.«

»Dann bin ich jetzt an der Reihe!« Olly sprang strahlend auf den Fahrersitz und ließ mich mit den beiden Männern – und der Frage, neben wem ich die nächsten Stunden sitzen wollte – allein zurück.

Vermutlich wäre es das Beste gewesen, mich neben Olly auf den Beifahrersitz zu setzen. Aber aus offensichtlichen Gründen war es keine gute Idee, Phoenix und Jackson allein in den Fond steigen zu lassen.

»Komm, Lollipop«, erlöste mich Phoenix, und stibitzte sich einen Schokoriegel aus meinem Lebensmittelberg. »Machen wir es uns auf der Rückbank gemütlich.« Mit einem Zwinkern, das, so war ich mir sicher, nur Show für Jackson war, öffnete er die hintere Wagentür, damit ich einsteigen konnte. Drake thronte bereits auf dem Reisegepäck, das auf dem mittleren Sitz lag, als stände die Sitzplatzwahl überhaupt nicht zur Debatte.

Am liebsten hätte ich allein aus diesem Grund darauf bestanden, gemeinsam mit Jackson im Fond Platz zu nehmen. Da ich dem Löwen jedoch keine falschen Signale senden wollte, deponierte ich widerwillig die Lebensmittel und Getränke neben Drake, und ließ mich anschließend auf den Platz daneben sinken. Phoenix folgte meinem Beispiel, und nachdem auch Jackson mit sichtlichem Unmut auf der Beifahrerseite eingestiegen war, lenkte Olly den Wagen zurück auf die Interstate. Sofort stellte der Löwe einen Radiosender ein – offenbar war er nicht in Plauderlaune.

Mir sollte es recht sein. Jetzt, da sich ein Großteil meiner Bedenken Phoenix betreffend aufgelöst hatte, wurde mir erst bewusst, wie erschöpft ich eigentlich war. Die Aufregung der letzten Stunden hatte ihren Tribut gefordert und vor Hunger verdaute sich mein Magen bereits selbst.

Ich teilte meine Ausbeute unter uns auf, und sogar Drake bekam etwas ab – auch wenn ich ihm dabei leise ins Ohr wisperte, dass er das Schokoladencroissant eigentlich nicht verdient hatte.

Anschließend genoss ich mit den anderen unser schweigsames Mitternachtsmahl. Im Schein der Nacht und mit einem alten Rockklassiker im Ohr, konnte ich mir fast einbilden, dass es sich bei der Fahrt nur um einen Roadtrip unter Freunden, und nicht um ein Himmelsfahrtskommando handelte.

Doch leider änderte das nichts an meinem Sitzplatz-Dilemma. Die Fläche der Rückbank schien geschrumpft zu sein, denn egal wie ich mich auch hinsetzte, irgendein Körperteil von mir berührte unweigerlich Phoenix. Dabei hatte ich gehofft, dass es mir nun, da wir so etwas wie einen unausgesprochenen Waffenstillstand geschlossen hatten, leichter fallen würde, mich in seiner Nähe aufzuhalten. Doch das genaue Gegenteil war der Fall.

Schließlich fügte ich mich in mein Schicksal und ließ mein Knie gegen Phoenix' gelehnt. Diese Form der Berührung erschien mir unverfänglicher – und für mein noch immer gelegentlich schmerzendes Bein am bequemsten –, als Schulter an Schulter gemeinsam mit ihm über den Reisetaschen zu kuscheln.

Nachdem die Sandwiches und Schokocookies vertilgt waren, verstärkte sich meine Müdigkeit auf ein geradezu unbeschreibliches Maß und ich konnte kaum noch die Augen aufhalten. Drake und Phoenix schien es ähnlich zu gehen, denn während der Schütze den Kopf mit geschlossenen Lidern gegen seine Seitenscheibe gelehnt hatte, war der Drache in den zur Hälfte geöffneten Ausschnitt von Phoenix' Jacke geklettert und hatte sich dort auf seiner Brust zusammengerollt.

Ich bemerkte erst, dass sich bei diesem Bild ein Lächeln auf meine Lippen geschlichen hatte, als sich Phoenix' Mundwinkel trotz geschlossener Lider hoben.

Stöhnend warf ich den Kopf in den Nacken, musste jedoch erneut grinsen. Anschließend kuschelte auch ich mich tiefer in meinen Sitz und erlaubte mir zum ersten Mal seit einer gefühlten Ewigkeit, abzuschalten.

Leise Stimmen lotsten mich aus einem diffusen Traum, an dessen Details ich mich nicht erinnern konnte. Allein ein beengendes Gefühl in meinem Brustkorb und mein beschleunigter Herzschlag gaben eine Ahnung von seinem Inhalt. Und obwohl ich in den vergangenen Tagen ungewollt umfangreiche Erfahrungen in Sachen Albträume hatte sammeln können, fühlte sich das Aufwachen diesmal anders an. Schwerfälliger, als hätte sich ein Teil von mir noch immer nicht richtig davon gelöst.

»Sehen sie nicht süß zusammen aus?« Olly klang zum ersten Mal seit der Rückkehr von meinem Spaziergang mit Jackson wieder wie sie selbst. Zuvor war sie entweder ungewohnt ruhig gewesen, oder hatte sich merkwürdig verschnupft angehört.

Jackson gab lediglich ein Brummen von sich, und es schien, als säße er nun wieder hinter dem Steuer. Hatten die beiden die Plätze getauscht? Warum hatte ich das nicht mitbekommen? Und überhaupt, wie spät war es eigentlich?

Blinzelnd sah ich mich im Auto um. Mein Kopf fühlte sich wie ein in der Sonne vergessener Schwamm an, und meine Zunge war pelziger als ein Katzenpopo. Die aufgehende Sonne schien durch das Fenster und blendete mich trotz der getönten Scheiben, weshalb ich die Lider wieder senkte.

»Ach, komm schon, Jack.« Olly lachte nervös. »Du bist doch nicht eifersüchtig, oder?«

Erneut gab Jackson nur ein unbestimmtes Brummen von sich, was selbst dem dümmsten Idioten Antwort genug gewesen wäre.

Vermutlich wäre das die perfekte Gelegenheit gewesen, um mich bemerkbar zu machen. Doch abgesehen davon, dass es zwischen meinen Schläfen pochte, als würde ein hyperaktiver Urwaldeinwohner auf einer Buschtrommel seine DJ-Karriere starten, gab es da auch diesen winzigen Teil in mir, der unbedingt wissen wollte, wie diese Unterhaltung weiterging.

»Oh mein Gott, Jackson!« Wieder stieß Olly ein Lachen aus. Doch dieses Mal hörte es sich verbittert an. »Das kann doch nicht wahr sein! Was zur Hölle hast du nur ständig mit Frauen, die du nicht haben kannst? Wenn ich es nicht besser wüsste, würde ich fast meinen, dass du überhaupt nicht glücklich werden *willst.* Oder ist es das Sternzeichen? Hegst du ein krankhaftes Faible für Skorpione?«

Jackson schwieg und ich nahm an, dass das Thema beendet war. Doch ein Teil der Unterhaltung musste nonverbal stattgefunden haben, denn Jackson seufzte genervt.

»Sieh mich nicht so an, Olympia. Du weißt, dass die Sache mit Arizona kompliziert ist. Auch wenn ich keine romantischen Gefühle mehr für sie hege, ist sie mir nicht egal. Das habe ich dir inzwischen oft genug erklärt.«

»Dann erklär es mir noch einmal«, konterte Olly gereizt. »Scheinbar bin ich zu blöd, es zu begreifen. Denn ich habe gedacht, wenn jemand eine derart komplizierte Kiste hinter sich hat, dass er daraus lernt, anstatt sich gleich Hals über Kopf in die nächste Katastrophe zu stürzen!« Olly atmete schwer und schnell. »Verdammt, Jack! June ist kaum einen Tag hier und du stellst schon Besitzansprüche!«

»Ich stelle keine Besitzansprüche«, fiel ihr Jackson erregt ins Wort. »Und überhaupt kannst du die beiden Situationen nicht miteinander vergleichen. Zwischen June und mir läuft nichts. Ich habe mich schlichtweg in meiner Funktion als Anführer der Gruppe um sie gekümmert. Nicht mehr!«

»Ja, klar!« Olly schnaubte abfällig. »Und Phoenix ist nur nach Mexiko unterwegs, weil er so scharf auf das Essen dort ist. Wem willst du gerade etwas vormachen? Mir oder dir selbst? So wie ich das sehe, ähneln sich die Geschichten zwischen dir und Ari, und dir und June so stark, dass es fast schon peinlich ist. Aber du stehst ja darauf, erst ein Mädchen auszuführen und dann dabei zuzusehen, wie es in den Armen eines anderen landet. Wie es den anderen dabei geht, interessiert dich herzlich wenig.«

»Olympia«, knurrte Jackson und die Geschwindigkeit des Wagens reduzierte sich drastisch. Als es kurz darauf unter dem Auto knirschte, als würden die Reifen auf Sand halten, nahm ich an, dass Jackson auf einem unbefestigten Seitenstreifen angehalten hatte. »Du bewegst dich auf dünnem Eis. Dass Arizona mit Denver rumgemacht hat, um mich eifersüchtig zu machen, er jedoch glaubte, dass mehr daraus werden könnte, ist nicht meine Schuld. Ich habe *ihn* gewarnt, dass er nur ausgenutzt wird, und ich habe *ihr* gesagt, dass sie es lassen soll, weil es nichts gibt, was meine Gefühle für sie ändern wird. Sie ist und bleibt für mich eine Teamkollegin. Nicht mehr – und Gleiches gilt für dich! Es tut mir leid, dass du mehr von mir willst, als ich dir geben kann. Aber ich bin euer Captain, nicht euer Babysitter. Es ist meine Aufgabe, dafür zu sorgen, dass ihr am Leben bleibt. Nicht, dass ihr keine gebrochenen Herzen erleidet.« Der Motor erstarb und eine Autotür wurde geöffnet. Die frische Morgenluft, die ins Wageninnere strömte, half zwar gegen das Pochen in meinem Kopf, verursachte mir aber gleichzeitig eine Gänsehaut.

»Du weißt, ich liebe dich, Olly.« Jackson klang resigniert. »Aber ich bin nicht in dich verliebt. Deswegen hör bitte auf, mir ein schlechtes Gewissen einzureden, weil ich mit jemand anderem ausgegangen bin. Denn es ist völlig egal, ob es sich bei meinem Spaziergang mit June um ein Date gehandelt hat oder nicht. Am Ende läuft es aufs Selbe hinaus: Der einzige Grund, wieso sie mich auf eine vermeintlich romantische Weise angesehen hat, ist meine Gabe. Denn, das ist mir inzwischen klar geworden, nicht ich bin es, der drauf und dran ist, sich in ihr Herz zu schleichen.« Als kurz darauf seine Tür zufiel, öffnete sich Ollys und auch sie verließ das Auto. Ob sie

Jackson nacheilte? Ich wusste es nicht. Aber diese Frage war zurzeit auch nicht so spannend für mich.

Was meinte Jackson damit, dass jemand drauf und dran war, sich in mein Herz zu schleichen? Und was noch viel wichtiger war: Gab es noch jemanden, der dieser Meinung war?

Schlagartig waren alle körperlichen Unannehmlichkeiten vergessen. Ich brauchte dringend frische Luft und Bewegung, um den Kopf frei zu bekommen.

»Nicht so eilig, Lollipop.« Phoenix klang verschlafen, aber gleichzeitig hellwach – und überraschend nah. Sein Atem streifte meine Wange, als er die Worte raunte, und um meine Taille verstärkte sich der Druck. »Wenn du jetzt aus dem Wagen sprintest, als hättest du eine Tarantel in der Hose, wissen sie sofort, dass du sie belauscht hast.«

Trotz steifer Nackenmuskulatur drehte ich meinen Kopf mit geöffneten Augen zur Seite – und erstarrte.

Offenbar hatte ich im Schlaf sämtliches Reisegepäck in den Fußraum befördert und, quer über die Rückbank gestreckt, eingekuschelt in Phoenix' Arm geschlafen. Als unsere Blicke sich trafen, vergaß ich kurzzeitig zu atmen. Zwischen beneidenswert langen und dichten Wimpern schauten mir bernsteinfarbene Iriden entgegen, in denen sich winzige Sprenkel wie Sternenstaub in dem satten Goldbraun verteilten.

Mein Puls explodierte, aber gleichzeitig erfüllte mich eine Ruhe wie an einem verregneten Herbstnachmittag, wenn man zu Hause auf der Couch lag, eingekuschelt in eine warme Decke und mit einem guten Buch in der Hand.

»Jetzt weißt du, warum ich gegen's Lauschen bin«, sagte Phoenix im Flüsterton, doch die Worte dröhnten bis tief in meinen Bauch hinein und veranstalteten dort eine kleine

Zirkusshow. Wir waren einander so nah, dass ich buchstäblich seinen Herzschlag hören konnte. »Man weiß nie, ob man nicht Dinge erfährt, die lieber ungehört geblieben wären.«

KAPITEL SIEBENUNDZWANZIG

Zu meinem Leidwesen machte Phoenix' Erklärung so viel Sinn, dass ich mich gezwungen sah, gedanklich bis zwanzig zu zählen, ehe ich es nicht mehr aushielt und mich seiner Umarmung entwand.

Gleichzeitig angelte ich nach dem Türgriff. Doch kaum hatte ich diesen zwischen die Finger bekommen und die Tür einen Spaltbreit geöffnet, riss Olly die Tür auf Phoenix' Seite auf und ein erneuter Schwall frischer Luft wehte ins Fahrzeuginnere.

»Fahrerwechsel«, motzte sie und hievte Phoenix beinah eigenhändig aus dem Wagen. Drake, der zuvor tief und fest auf Phoenix' Brust geschlummert hatte, flog aufgeschreckt in die Höhe und ließ sich anschließend auf der Rückenlehne des Fahrersitzes nieder. Der Schütze folgte dem Drachen und klemmte sich wortlos hinter das Steuer.

Olly fiel schwer auf den frisch frei gewordenen Platz und zog wortlos das Reisegepäck zwischen uns. Als sie sich daraufhin mit vor der Brust verschränkten Armen der Seitenscheibe zuwandte, war die Message angekommen: Ansprechen auf eigene Gefahr.

Kurz überlegte ich, ebenfalls auszusteigen und Phoenix nach vorne in den Wagen zu folgen. Doch ich entschied mich dagegen. Ich wusste einfach nicht, wie ich seine letzten Worte einordnen sollte.

Welche Dinge wären lieber ungehört geblieben? Dass Jackson mehr oder weniger gestanden hatte, dass er sich mehr von mir erhoffte? Oder dass der Löwe der Meinung war, Phoenix würde mir mehr bedeuten? Der Schütze zog mich doch selbst die ganze Zeit damit auf, dass ich auf ihn stand. Und jetzt verursachte ihm diese vermeintliche Bestätigung Bauchschmerzen?

Dabei dachte ich überhaupt nicht auf diese Weise an Phoenix. Wieso auch? Abgesehen von dieser Partnersache verband uns nichts. Zudem kannte ich ihn kaum. Er war auch überhaupt nicht mein Typ, und sein Lachen war viel zu laut – von seinem überdimensional großen Ego ganz zu schweigen. Und erst die Art, wie er mich ansah, wenn er sich gedankenverloren mit den Fingern durch die Haare fuhr ... Das war einfach nur unbeschreiblich heiß – äh ätzend! Ich meinte *ätzend*!

Als wüsste Phoenix ganz genau, welche Gedanken gerade durch meinen Verstand rotierten, sah er mich über den Rückspiegel an.

Ungewollt hob auch ich den Kopf und begegnete seinem Blick. Fragend zog er die durchtrennte Braue in die Höhe. *Wieso sitzt du da hinten? Komm zu mir nach vorn!*

Mein Puls beschleunigte sich. Tat ich dem Schützen unrecht? War ich womöglich nicht die Einzige, die drauf und dran war, einzusehen, dass der jeweils andere doch nicht so furchtbar war, wie anfangs gedacht?

Oder wollte Phoenix nur Jackson ärgern?

Der Druck zwischen meinen Schläfen wurde stärker und da ich nicht wusste, wie ich auf Phoenix' unausgesprochene Frage antworten sollte, sah ich aus dem Fenster. Außer ein paar Parkbänken, einigen Büschen und jeder Menge Müll gab es wenig zu entdecken, nur der Löwe stand abseits und schien zu telefonieren.

Aus den Augenwinkeln bemerkte ich Phoenix' Irritation und sofort keimte ein schlechtes Gewissen in mir auf. Ich war keins dieser Mädchen, die alberne Spielchen spielten. Aber ich stand auch nicht auf komplizierte Männer-Kisten. Und gerade drohte ich genau in eine solche hineinzuschlittern.

Jackson beendete sein Telefonat und kehrte zurück zum Wagen. Als er automatisch die Beifahrerseite ansteuerte und nicht im Geringsten überrascht schien, Phoenix neben sich anzutreffen, atmete ich erleichtert auf.

Phoenix startete den Motor und fuhr los. Niemand sprach ein Wort, und obwohl ich es nicht für möglich gehalten hätte, war die Stimmung im Wagen noch unterkühlter als zuvor.

Irgendwann bemerkte ich, dass mein Fuß im Takt der Radiomusik wippte und Phoenix dasselbe mit seinen Fingern am Lenkrad tat. Als wir wie auf ein unsichtbares Kommando hin beide in den Rückspiegel schauten, konnte ich das Schmunzeln auf seinen Lippen nicht ignorieren. Ich musste es einfach erwidern.

Natürlich entging Jackson dieser kurze Moment nicht. Er räusperte sich verhalten und schlug vor, das nächste Diner aufzusuchen, um uns ein ordentliches Frühstück zu gönnen. Da niemand etwas dagegen hatte – und Drake diesen Vorschlag sogar lautstark unterstützte –, hielten wir eine halbe Stunde später an.

Auf diese Weise verbrachten wir einen Großteil des restlichen Tages. Entweder saßen wir angespannt schweigend im Wagen – wobei Olly sich stets größte Mühe gab, entweder neben Phoenix oder mir zu sitzen –, oder wir nahmen ein stilles Mahl zu uns – bei dem Olly ebenfalls alles daransetzte, möglichst großen Abstand zu Jackson zu halten. Drake pennte die meiste Zeit auf oder in unmittelbarer Nähe zu Phoenix, was mich im gleichen Maß erfreute und wurmte.

Am späten Nachmittag schmerzten meine Muskeln vom vielen Sitzen, in meinem Kopf pochte es vom andauernden Schweigen, und obwohl wir regelmäßige Pausen einlegten, erschwerte mir die Stimmung im Wagen das Atmen.

Glücklicherweise schien es nicht nur mir so zu gehen.

»Wie lange dauert es noch bis zur nächsten Rast?«, fragte Olly und warf stöhnend den Kopf in den Nacken. »Meine Beine sind wieder eingeschlafen.«

»Bis zur Landesgrenze sind es noch etwas über zwei Stunden«, sagte Phoenix, der wieder hinter dem Steuer saß. Es hatte sich so eingependelt, dass jeder der drei etwa vier Stunden fuhr, ehe gewechselt wurde. Ich persönlich fand diese Zeit viel zu lang, aber abgesehen davon, dass man als Lunaris eine sehr viel ausgeprägtere Konzentrationsfähigkeit besaß, stand es mir nicht zu, die anderen zu bevormunden. Schließlich konnte ich keine Etappe übernehmen.

»So lange halte ich nicht mehr durch!« Olly massierte sich die Oberschenkel. »Und überhaupt! Wann wollen wir uns endlich auf die Suche nach einer Übernachtungsmöglichkeit machen? Ich könnte echt eine Dusche und ein bequemes Bett gebrauchen.«

»Wir werden keine Zeit verschwenden, indem wir in einem Hotel übernachten. Wir fahren nach Aguascalientes, klären, was es dort zu klären gibt, und fahren sofort zurück nach New Haven.«

»Wie bitte?« Olly lehnte sich zwischen den Vordersitzen hindurch. »Du willst die gesamte Strecke in einem durchfahren? Bist du wahnsinnig geworden? Wir sind bereits seit über zwanzig Stunden unterwegs. Wir brauchen dringend eine Pause! Oder willst du, dass wir völlig erledigt in Mexiko ankommen? Dann können wir uns auch gleich den Shadows auf dem Silbertablett servieren.«

»Olly hat recht«, sagten Phoenix und ich in derselben Sekunde. Sofort sah ich wieder hoch zum Rückspiegel, wo mich bereits der amüsiert funkelnde Blick des Schützen erwartete.

»Wir liegen mehr als gut in der Zeit.« Dass Phoenix sich dabei nicht anhörte, als wollte er Jackson am liebsten an die Gurgel springen, wertete ich nach all der Zeit, die die beiden inzwischen auf engstem Raum zusammengepfercht waren, als gutes Zeichen. »Heute ist der Einunddreißigste. Das heißt, die Feierlichkeiten haben heute erst begonnen. Wenn wir morgen in aller Frühe losfahren und die letzten vierzehn, fünfzehn Stunden durchziehen, erreichen wir morgen Abend unser Ziel und haben noch genug Zeit, uns umzuhören.«

Jackson presste die Lippen fest aufeinander und ihm war anzusehen, dass er am liebsten an seinem Plan festhalten würde. Doch er war in der Unterzahl.

»Was meinst du, June?« Der Löwe sah mich fragend an. »Sollen wir eine Pause machen und die Nacht im Hotel verbringen, oder weiterfahren?«

Verdutzt darüber, dass offenbar mein Votum das Zünglein an der Waage sein sollte, antwortete ich spontan aus dem Bauch heraus. »Duschen und ein weiches Bett klingen verlockend.«

Olly stieß einen lautstarken Jubelschrei aus und warf sich zurück auf ihren Sitz. Noch während Jackson gequält lächelnd den Mund verzog und sich seinem Schicksal beugte, hatte sie bereits ihr Handy gezückt.

Doch egal, welches Hotel, Motel oder sogar B&B Olly auch kontaktierte, sie erhielt überall dieselbe unbefriedigende

Antwort: Aufgrund des Feiertages – und Halloween wurde in Amerika nun einmal wie ein Nationalfeiertag zelebriert – waren alle Zimmer belegt. Und es wurde, je näher wir der Landesgrenze kamen, nicht besser. Fast schien es, als hatte der halbe Kontinent beschlossen, dieses Jahr an den *Días de los Muertos* teilzunehmen.

Wir waren kurz davor, uns mit einer weiteren Nacht im Auto abzufinden, als ein Concierge, bei dem Olly ihren Charme besonders intensiv hatte spielen lassen, uns zurückrief. Soeben war eines der Zimmer aufgrund einer kurzfristigen Stornierung frei geworden.

Wir hatten sofort zugeschlagen, ohne nach Details zu fragen.

Und nun hatten wir den Salat.

»Zweihundert Dollar die Nacht für *das hier?*« Olly starrte auf das Queensize-Bett vor sich, das fast den gesamten Raum einnahm, sodass der dicke Teppich zu unseren Füßen beinah gänzlich verschwand. »Ist das ihr Ernst? Da passen doch kaum zwei von uns hinein.«

»Wir können noch immer zurück ins Auto«, schlug Jackson vor und stellte die zwei Reisetaschen, sowie mein Bündel, auf das kleine Sofa, das am Fußende des Bettes stand und den restlichen Platz des Zimmers ausfüllte. Falls es hier so etwas wie einen Kleiderschrank gab, hatte ich ihn bisher nicht entdeckt.

»Gute Idee!«, warf Drake gähnend von Phoenix' Schulter in den Raum. Der Schütze war mit seinem Rucksack im Türrahmen stehen geblieben, um sich nicht auch noch in das winzige Zimmer zu quetschen. »Geht ihr alle zurück ins Auto. Dann können der Schütze und ich es uns hier gemütlich machen.«

»Nichts da!« Olly schüttelte entschieden den Kopf und verschränkte die Arme der Brust. »Selbst das schmalste und unbequemste Bett ist immer noch besser als eine weitere Nacht im Auto.« Sie ließ sich auf die Kante der dicken Matratze sinken. »Wir müssen nur ausknobeln, wer wo schläft.«

»Was gibt's denn da zu knobeln?«, fragte Jackson. »Du und June teilt euch das Bett. Ich verrenke mir den Rücken auf der Couch, und Phoenix kann es sich in der Dusche, der Lobby oder von mir aus auch unter dem Wagen gemütlich machen. Schließlich sind wir nur seinetwegen hier.«

Phoenix kommentierte diese Worte mit einem Haifischgrinsen.

»Oder du, Jackson, teilst dir das Bett mit Olly«, schlug ich vor. »Phoenix kann die Couch haben, und ich schlafe unten im Auto.« Als beide Männer zu einem Protest ansetzten, hob ich die Hand, um sie zum Schweigen zu bringen. »Ehrlich, mir macht das überhaupt nichts aus. Und da ich euch drei schon nicht beim Fahren ablösen kann, finde ich es nur fair, wenn ihr zumindest einigermaßen bequem schlaft.«

»Verseuchte Drachenschuppe.« Drake schnaubte und eine kleine Rauchwolke entfloh seinen Nüstern. »Das ist ja komplizierter als das Rätsel mit dem Drachen, der Ziege und dem Käselaib. Dabei sollte man meinen, dass ihr größere Probleme habt als diesen Kinderkram.«

»Der Drache hat recht«, stimmte Phoenix zu, was Drake vor Stolz beinah platzen ließ. »Lasst uns einfach auslosen, wer wo schläft.«

Olly zuckte mit den Schultern, während Jackson mit sichtlichem Widerwillen eine Zustimmung grunzte.

Der Schütze griff in seine Jackentasche und holte einen zerknüllten Zettel hervor. Dieser stellte sich als Tankbeleg heraus. Er riss vier in etwa gleich große Teile davon ab und sagte: »Die zwei Unbeschrifteten bekommen das Bett, der Dollarbetrag die Couch, und wer das Datum erwischt, hat freie Schlafplatzwahl außerhalb dieses Zimmers. Alle einverstanden?«

Alle nickten und zogen, nachdem Phoenix die Zettelchen zu kleinen Kugeln geformt hatte, der Reihe nach.

Erleichterung durchflutete mich, als ich auf meinem Zettel das gestrige Datum entdeckte.

Jackson hingegen schien nicht sonderlich glücklich darüber zu sein, dass er, ebenso wie Olly, einen unbeschrifteten Zettel gezogen hatte.

»Lass uns tauschen, June.« Jackson reichte mir sein Bett-Los. »Ich schlafe unten im Wagen. Mir macht die Kälte nichts aus.«

Olly stöhnte genervt und warf die Arme in die Luft. Gestern hätte mich diese Reaktion vermutlich noch irritiert oder sogar vielleicht gekränkt. Doch inzwischen wusste ich, dass ihr Unmut nicht gegen mich persönlich gerichtet war.

»Jackson, wozu haben wir überhaupt Lose gezogen, wenn du jetzt wieder alles über den Haufen wirfst?« Sie gab dem Löwen keine Chance zu antworten. »Weißt du was, mach was du willst! Schlaft von mir aus *alle* im Auto. Ich werde jetzt jedenfalls nach unten gehen und mir ansehen, welche Annehmlichkeiten das Hotel zu bieten hat.« Sie stürmte aus dem Zimmer, ohne sich bei Phoenix zu entschuldigen, den sie fast umgerannt hatte.

»Geh ihr nach, Jackson. Klär, was auch immer gerade zwischen euch los ist. Und mach dir keine Gedanken. Ich bin nicht so lebensmüde und schlafe allein im Auto, während wer-weiß-wer oder wer-weiß-was dort draußen unterwegs ist. Ich mache es mir hier auf dem Boden gemütlich.« Mit einem Finger deutete ich auf den schmalen Spalt zwischen Bettende und Couch.

Jackson sah mich unsicher an, dann schienen jedoch Sorge und Schuldgefühle die Oberhand zu gewinnen.

»Das letzte Wort ist noch nicht gesprochen.« Er klang nicht ansatzweise so überzeugend, wie es vermutlich beabsichtigt gewesen war und folgte Olly aus dem Zimmer.

Erleichtert, dass endlich nicht mehr so viele Leute im Raum waren, atmete ich geräuschvoll auf. Ich konnte nur hoffen, dass Jackson und Olly ihre Probleme aus der Welt schafften. Sehr viel länger würde ich dieses Drama zwischen den beiden nicht ertragen.

»Da waren es nur noch zwei.« Phoenix ignorierte Drakes empörten Protest und durchquerte gemächlich die wenigen Meter zwischen uns. Der Ausdruck in seinem Gesicht hatte etwas Raubtierhaftes, und als er unmittelbar vor mir stehen blieb und einen Arm dicht an meiner Taille vorbei ausstreckte, spannte ich mich unweigerlich an. Nach allem, was seit unserem Reiseantritt passiert war, wusste ich nicht, wie ich mich ihm gegenüber verhalten sollte.

»Gehst du freiwillig einen Schritt zur Seite, oder muss ich dich auf die Couch werfen?« Seine Mundwinkel hoben sich zu diesem Grübchen-Grinsen, und ich brauchte ein paar Sekunden, bis ich begriff. Im Gegensatz zu mir hatte der Schütze den fehlenden Kleiderschrank entdeckt. Ich hatte genau davorgestanden.

Sofort trat ich zur Seite.

Phoenix öffnete die Schranktür und griff zielsicher hinein. Als er Extra-Kissen und eine Decke herauszog, lag noch immer ein amüsierter Zug um seine Lippen.

»Kannst du das bitte sein lassen?« Die Worte kamen mir harscher über die Lippen, als ich beabsichtigt hatte. Aber mein Innerstes war wegen der plötzlich zugänglichen Art des Schützen völlig durcheinander.

»Was soll ich sein lassen?« Phoenix trat mit seiner Beute an mir vorbei und warf die Decke auf den Boden zwischen Bett und Sofa.

»Mit mir zu flirten«, antwortete ich. »Jackson ist nicht da, du kannst dir die Show also sparen.«

»Das habe ich wohl verdient.« Er legte das Kissen auf die am Boden liegende Decke. Wenn ich es nicht besser wüsste, hätte ich glauben können, dass er mir gerade mein Nachtlager herrichtete. »Aber zu meiner Verteidigung muss ich einwenden, dass sich mir nicht oft die Gelegenheit bietet, Ward eifersüchtig zu machen. Normalerweise bekommt er jedes Mädchen, das er will.« Bei der zweiten Hälfte des Satzes war seine Stimme dunkel und rau geworden. Den Kopf zur Seite gedreht, räusperte er sich, ehe er mit neutraler Tonlage hinzufügte: »Und mach dir keinen Kopf, Lollipop. Ich flirte nicht mit dir. Wenn ich flirten würde, bestände daran kein Zweifel.« Er sah mich wieder an, den Schalk fest im Nacken sitzend. »Viel eher solltest du mir dafür dankbar sein, dass ich mir solche Mühe gebe, eine vertrauensvolle Basis zwischen uns aufzubauen – immerhin ist unser Kennenlernen eher suboptimal gelaufen.« Er zwinkerte mir zu, was meine Wangen warm werden und Phoenix leise schmunzeln ließ. »Ich meine, schließlich sind wir Partner. Wir sollten uns blind auf den anderen verlassen können und keine Geheimnisse voreinander haben. Im Kampf entscheidet so etwas über Leben und Tod.«

»Ach, ja?«, konterte ich und schob das widersprüchliche Gefühl von mir, gleichzeitig erleichtert und enttäuscht zu sein, dass Phoenix *nicht* mit mir flirtete. »Und du meinst, diese *vertrauensvolle* Basis mit dämlichen Spitznamen zu erreichen?«

»Keine Ahnung. Kann doch sein. Es gibt Frauen, die auf so etwas stehen. Und nur fürs Protokoll: Der Spitzname ist nicht dämlich. Er passt zu dir. Du bist süß und schmeckst sicherlich köstlich, wenn man an dir knabbert.«

Drake würgte lautstark, während ich Phoenix entgeistert anstarrte. Hatte er gerade ernsthaft …?

»Siehst du, Lollipop?! Ich sagte doch, wenn ich flirten würde, bestände daran kein Zweifel.« Sein Grinsen wurde einen Hauch verruchter und mein Körper erhitzte sich auf bisher unbekannte Weise. Also wenn das Phoenix' Art zu flirten war, konnte ich getrost darauf verzichten.

Ich zwang meine Gedanken durch ein sachtes Kopfschütteln wieder in geregelte Bahnen und reckte, ehe ich das Wort ergriff, selbstbewusst das Kinn.

»Es ist mir egal, ob du mit mir flirtest oder nicht. Aber eins sage ich dir: Ich bin nicht die Sorte Frau, die auf solche Spitznamen steht. Ich bevorzuge es, bei meinem richtigen Namen genannt zu werden. Das gilt übrigens für euch beide«, fügte ich in Drakes Richtung hinzu.

»Bestehst du darauf in allen Lebenslagen?«, hakte Phoenix mit vorgetäuschter Unschuldsmiene nach und mein Magen machte einen Salto, als mir bewusst wurde, in welche Richtung seine Frage abzielte.

Nur mühevoll gelang es mir, beim Weitersprechen ruhig zu bleiben. »Wenn du wirklich eine Basis zu mir aufbauen möchtest, solltest du damit beginnen, mich June zu nennen.«

»Ich weiß nicht so recht …« Phoenix verzog gequält das Gesicht, doch ein Lächeln zupfte an seinen Mundwinkeln und verriet ihn. »Ich bin nicht mehr der Jüngste, weißt du?

Mir fällt es schwer, alte Gewohnheiten abzulegen.« Er erlag dem Zucken und lachte so verschmitzt, dass ich nicht anders konnte, als es zu erwidern. Und mein Herz lächelte gleich mit.

Einen Moment lang standen Phoenix und ich uns auf diese Weise gegenüber und ich verstand zum ersten Mal, wieso ihn die anderen aus dem Team so mochten. Wenn es der Schütze darauf anlegte, konnte er wirklich nett sein.

»Bäh, ihr seid ja noch ekelhafter als Lockenbubi und Olympia.« Drake flog von Phoenix' Schulter in Richtung einer Glastür, die sich auf der anderen Seite des Raumes befand und zum Teil hinter einer dunklen Gardine verschwand. Mir war sie zuvor nicht aufgefallen, aber wie es schien, führte sie auf einen winzigen Balkon. »Hätte ich gewusst, dass dieser Trip zu einem Pärchen-Wettknutschen wird, wäre ich nicht mitgekommen.«

Gerade als ich Drake fragen wollte, was er vorhatte – schließlich war die Tür verschlossen –, flog der Drache einfach durch das Glas hindurch, als wäre er ein substanzloser Geist.

Mit großen Augen sah ich dem Drachen hinterher, während neben mir Phoenix das letzte Kissen auf der Decke drapierte.

»Was tust du da eigentlich?« Ich gestikulierte zum Nachtlager auf dem Boden.

»Wonach sieht es denn aus?« Phoenix ließ sich auf die Decke sinken. Mit an den Knöcheln gekreuzten Beinen verschränkte er die Arme hinter dem Kopf. »Ich habe meinen Schlafplatz vorbereitet.«

»*Deinen* Schlafplatz? Aber ich bin doch diejenige, die den Zettel mit dem Datum gezogen hat.«

»Das mag sein, aber«, unter sein Grinsen mischte sich eine Spur Traurigkeit, »nur weil du mich für einen Mistkerl hältst, bedeutet das nicht, dass ich auch einer bin. Und abgesehen davon, dass ich mir morgen nicht den ganzen Tag dein Gejammer anhören will, weil du Rückenschmerzen hast, hat Ward recht. Wir sind nur wegen mir hier. Daher ist es auch nur fair, wenn ich auf dem Boden schlafe.« Er schloss übertrieben genießerisch die Lider. »Außerdem dient das meinem eigenen Schutz. Wenn ich hier oben bei euch bleibe, muss ich zumindest nicht die ganze Nacht in Angst leben, dass du dich zu mir ins Auto schleichst, um mir an die Wäsche zu gehen. Olly und Ward sind sozusagen meine Leibwächter.«

Die Worte »Ich halte dich nicht für einen Mistkerl« hatten sich auf meiner Zunge gebildet, doch dank Phoenix' Nachtrag schmolzen sie wie Eis in der Sonne und ich schluckte sie unausgesprochen hinunter.

»Tja, wenn das so ist«, sagte ich stattdessen und schubste das Reisegepäck vom Sofa, sodass es auf Phoenix landete und ihm ein Ächzen entlockte. »Dann werde ich deinen Wunsch nach Schutz natürlich respektieren.« Ich schlüpfte aus meiner Jacke und warf sie auf das Gesicht des Schützen. So konnte er zumindest nicht den Rollkragenpullover mit dem Lutscher auf der Brust sehen.

Ein lautes Lachen erklang, ehe Phoenix das Kleidungsstück von seinem Kopf zog, zusammenknüllte und sich als zusätzliches Kissen unter den Nacken schob.

Um mir nicht anmerken zu lassen, was diese Geste in mir auslöste, machte ich es mir auf dem Sofa gemütlich.

Einige Minuten verharrten wir auf diese Weise und ich musste mir eingestehen, dass Phoenix' Gesellschaft tatsächlich angenehmer war, als ich es mir jemals hätte vorstellen können.

»Lollipop?« Die Stimme des Schützen durchdrang so unvermittelt die Stille, dass ich unweigerlich zusammenzuckte. Vielleicht lag es aber auch an ihrem leisen, fast schon zurückhaltenden Klang.

»Ja?«

»Vergiss, was ich gesagt habe. Dass ich nicht mit dir flirten würde, meine ich. Ich habe sehr wohl mit dir geflirtet.«

»Ach ja?« Mein Herz schlug plötzlich schneller. »Wie kommt's? Ich dachte, wenn du mit einem Mädchen flirtest, würde sie es zweifelsfrei merken.«

»So ist es normalerweise auch«, gestand Phoenix ohne das geringste Zögern. »Aber da sich mein Interesse an einem Mädchen für gewöhnlich auf eine Nacht beschränkt, gehe ich da sehr viel plumper vor. Bei dir fühlte sich das gerade aber falsch an.«

»Das liegt bestimmt daran, dass wir Partner sind«, hörte ich mich sagen, obwohl ich gar nicht wollte, dass diese Erklärung der Wahrheit entsprach. Die ekeligen Spinnen, die sich zuvor in Bezug auf Phoenix in meinem Magen ausgebreitet hatten, waren zu farbenfrohen Schmetterlingen geworden, und ich wollte, dass das so blieb.

»Denkst du das wirklich? Vergiss nicht, meine vorherige Partnerin war meine Schwester. Und unsere Beziehung hat sich durch unsere Berufung kaum verändert. Jedenfalls hatte ich nie das Bedürfnis, sie zu necken, bis sie rot wurde, weil der Anblick so niedlich war.«

»Oh«, sagte ich nur, weil ich nicht wusste, was ich sonst erwidern sollte. »Dann … ähm … Danke für deine Aufrichtigkeit.«

Wieder lachte Phoenix. Dieses Mal jedoch leiser und mit einer Nuance Nervosität. Mein Herzschlag reagierte mit einem kleinen Aussetzer auf diesen Klang.

»Gern geschehen«, sagte er und wir verfielen wieder in Schweigen.

Mit einem Mal erschien mir Phoenix' Gesellschaft noch angenehmer als zuvor.

Kapitel Achtundzwanzig

Phoenix und ich blieben noch ein paar Minuten allein, ehe Jackson und Olly zurück ins Zimmer kamen. Beide wirkten erleichtert und glücklich, weshalb ich annahm, dass sie sich ausgesprochen hatten.

Gemeinsam verließen wir das Hotelzimmer und gingen ins Restaurant im Erdgeschoss. Obwohl die Stimmung innerhalb unserer Gruppe deutlich besser geworden war, sprachen wir nicht viel, was vermutlich an unserer Müdigkeit lag. Daher war ich umso überraschter, als Olly, Jackson und Phoenix meinten, dass sie nach dem Essen noch in den Fitnessbereich des Hotels gehen wollten. Ich konnte es kaum erwarten, mir eine schöne heiße Dusche und anschließend ein ausgiebiges Schläfchen zu gönnen.

Nachdem die anderen ihre Sportsachen aus dem Hotelzimmer geholt hatten, tapste ich in das kleine, aber komfortabel eingerichtete Badezimmer. Ich putzte mir unter der Dusche die Zähne und rundete mein Wohlfühlprogramm mit der Nutzung der teuer wirkenden Duschgel- und Shampooproben ab, die auf dem Steinwaschbeckentisch gelegen hatten.

Meine Haare in einen Handtuchturban und meinen Körper in einen kuschelig weichen Hotelbademantel gewickelt, flätzte ich mich auf das Sofa. Zwar war ich hundemüde, aber in meinem Kopf war noch immer so viel los, dass ich unmöglich sofort einschlafen konnte. Also schaltete ich den riesigen Flachbildfernseher ein, der an der Wand neben dem Bett angebracht war, und blieb nach ein wenig Zappen bei einem Actionfilm mit Vin Diesel und Paul Walker hängen.

Ich schaute seit etwa zwanzig Minuten, als sich völlig unerwartet die Tür des Hotelzimmers öffnete und Phoenix, nass geschwitzt und in Sportklamotten, hereinkam. Seine Haare hatte er zu einem Men Bun zusammengebunden und Schweiß rann ihm über das Gesicht. Es sollte verboten sein, nach dem Sport so gut auszusehen.

»Was machst du hier?«, fragte ich und starrte Phoenix an, wie er so mit seiner Sweatshorts samt ärmellosem T-Shirt dastand. Der Silberanhänger um seinen Hals funkelte im Licht.

Laut Olly dauerte das Training bei den Lunaris normalerweise zwei bis drei Stunden. Daher war ich mir sicher gewesen, längst zu schlafen, wenn die drei zurückkehrten.

»Duschen gehen«, antwortete Phoenix und nahm schamlos und unnötig lange meine nackten Beine unter die Lupe, die unter dem Bademantel hervorblitzten. Während des Filmschauens hatte ich mich gemütlich in die Sofapolster gekuschelt und dabei meine Knie angezogen, sodass der weiße Baumwollstoff unterhalb des Gurts locker aufklaffte.

Mit heißen Ohren streckte ich meine Beine aus und drapierte den Bademantel so gut es ging darüber.

»Ich dachte, ihr trainiert länger.«

»Das tun wir normalerweise auch.« Phoenix trat ins Hotelzimmer und schloss die Tür hinter sich. Anschließend zog er sich das Shirt über den Kopf und wischte sich damit den Schweiß vom Gesicht. Obwohl ich den Schützen inzwischen öfter oben ohne gesehen hatte, war dieser Moment deutlich intimer. »Aber wenn es etwas gibt, was noch ätzender ist als Jackson und Olly, die miteinander streiten, sind es die beiden, wenn sie sich wieder versöhnt haben. Ihr ständiges Herumgealber und Gekicher ...« Er schüttelte sich wie ein nasser Hund.

Da ich nichts darauf zu erwidern wusste, nickte ich nur und wandte mich wieder dem Fernseher zu. Ich hatte vermutlich nur wenige Minuten verpasst, aber mit einem Mal wusste ich nicht einmal mehr, welcher Film überhaupt lief.

Phoenix griff sich seinen Rucksack vom Boden und verschwand damit im Badezimmer. Ich musste all meine Kraft dafür aufwenden, nicht darüber nachzudenken, dass der Schütze nur einen Raum weiter nackt unter der Dusche stand, in der ich keine halbe Stunde zuvor selbst gewesen war. Diese Vorstellung war eindeutig zu viel für mich.

Stattdessen nutzte ich die Gelegenheit und tauschte den kuscheligen Bademantel gegen meine Jogginghose und eins der T-Shirts, die ich mitgenommen hatte. Meine erst halbtrockenen Haare band ich locker zu einem Zopf zusammen.

Als Phoenix aus dem Bad kam, lag ich wieder auf dem Sofa und tat so, als hätte ich die ganze Zeit entspannt den Film verfolgt.

Kurz blitzte etwas in Phoenix' Iriden auf, das jedoch so schnell wieder verschwand, dass ich es nicht hätte erkennen können. Nur ein verrückter Teil von mir hoffte, dass es Enttäuschung gewesen war.

Den Fokus auf den Fernseher geheftet, trat der Schütze, ebenfalls in gemütliche Klamotten gehüllt, zu mir ans Sofa und ließ sich, ohne ein Wort der Warnung, auf die Polster fallen. Ich hatte gerade noch geistesgegenwärtig meine Füße wegziehen können, ehe sie unter ihm begraben wurden.

»Kein Wunder, dass du mit Ward ausgegangen bist«, sagte Phoenix und grinste ähnlich verschmitzt, wie es Paul Walker auf dem Bildschirm tat. »Offenbar stehst du auf diesen Typ Kerl.«

»Wer sagt denn, dass ich den Film wegen ihm sehe? Vielleicht stehe ich ja auf Vin Diesel. Oder auf die Autos.«

»Ach ja? Und welcher der Wagen gefällt dir besser? Der 1999er Nissan R34 Skyline GT-R oder der 1995er Toyota Supra Turbo MkIV? Oder bist du Fan des 1970er Dodge Challengers? Wie ein Charger-Girl kommst du mir jedenfalls nicht vor.«

Ich erwiderte Phoenix' Blick mit zusammengepressten Lippen. In meiner Kehle blubberte es, und ich hatte einige Mühe, mir ein Lachen zu verkneifen.

»Okay, du hast mich erwischt«, gestand ich lachend. »Ich habe keine Ahnung von Autos. Aber ich habe den Film nicht wegen der Schauspieler angemacht. Es lief einfach nichts Besseres.«

Phoenix stimmte in mein Lachen ein. »Schon gut, Lollipop. Ich hätte auch kein Problem damit gehabt, wenn es so gewesen wäre. Im Gegensatz zu Ward kann ich mit Konkurrenz umgehen.« Wie selbstverständlich griff er nach meinen Füßen und zog sie auf seinen Schoß. Den Blick nach vorne gerichtet, streichelte er sie zärtlich.

Zu verdutzt, um zu reagieren, entschied ich mich, nichts zu sagen, sondern den Moment, so verwirrend er auch sein mochte, einfach zu genießen.

Über dies musste ich irgendwann eingeschlafen sein. Anders konnte ich mir nicht erklären, wie ich gerade eben noch mit angesehen hatte, wie Eva Mendez ein Gewehr vors Gesicht gehalten wurde, mich aber in der nächsten Sekunde undurchdringliche Finsteris umgab. Wie schwarze Tinte ertränkte sie alles um mich herum, bis ich nicht einmal mehr meine eigene Hand vor Augen erkennen konnte.

Wo bin ich?

Auf diese Frage wusste ich keine Antwort, aber die Schwärze ging mit einer unnatürlichen Kälte einher, der ich nur allzu gern entfliehen wollte. Wie feuchter Nebel lag sie auf meiner Haut, als böte meine Kleidung keinerlei Schutz.

Ich muss von hier verschwinden.

Blindlings stolperte ich los. Der Boden unter meinen Füßen war uneben, weich und rutschig, als wäre ich in einem Wald. Der schwere Duft nach nasser Erde lag in der Luft.

Mit zitternden Beinen eilte ich vorwärts, blieb jedoch immer wieder irgendwo hängen. Mehr als einmal geriet ich ins Straucheln und meine Knie machten Bekanntschaft mit dem Untergrund. Doch der Schmerz blieb aus.

Noch während ich mich fragte, wie das sein konnte – meinen rasenden Herzschlag nahm ich überdeutlich wahr, ebenso wie das Blutrauschen in meinen Ohren –, hatte ich mich wieder aufgerappelt und war weitergelaufen.

Obwohl ich keinerlei Geräusche hörte, sah ich mich im Laufen immer wieder über meine Schulter um. Ich wurde einfach das Gefühl nicht los, als wäre jemand – oder etwas – hinter mir her.

Ich beschleunigte mein Tempo. Mein Puls vibrierte vor Anstrengung und jeder einzelne Muskel in meinem Körper pochte vor Schmerz. Bisher hatte ich mich eigentlich für einigermaßen fit gehalten. Aber vielleicht sollte ich doch noch einmal über ein Sportprogramm nachdenken.

Ich streckte meine Hände vor mir aus, um Hindernisse, die sich wie Äste oder Dornenbuschzweige anfühlten, zur Seite zu schieben, damit sie mir nicht länger ins Gesicht peitschten. Doch es waren einfach zu viele – und es schienen immer mehr zu werden.

Sie rissen an meiner Kleidung, verhakten sich in dem Stoff und erschwerten mir zunehmend das Vorankommen.

Ich kämpfte.

Zog und zerrte.

Doch es war nutzlos.

Als würden unsichtbare Hände nach mir greifen und mich festhalten, verlor ich schließlich das Gleichgewicht.

Ich fiel ein weiteres Mal zu Boden, und erneut blieb der Schmerz aus. Ich wunderte mich nicht mehr darüber. Doch etwas war nun anders. Mein Körper gehorchte mir nicht länger.

»Hilfe!«, hörte ich mich aus Leibeskräften schreien. Vermutlich war es das Adrenalin gewesen, das mir durch die Adern peitschte und meine Panik anschwellen ließ. »Hört mich jemand? Ich brauche Hilfe!«

Ein Knacken wie von einem Ast erklang unweit von mir und ich zuckte zusammen, als hätte mich ein Peitschenhieb getroffen. In Rekordzeit rotierte mein Kopf hin und her, doch ich sah niemanden.

Hatte ich mir das Geräusch nur eingebildet?

»Hallo?«, rief ich erneut. Dieses Mal leiser. Zögerlicher. »Ist da jemand?«

Keine Antwort. Stattdessen schien es, als würden sich die Finsternis und die damit einhergehende Kälte ausdehnen. Als würden sie *lebendig* werden.

Meine Kehle verengte sich und ein Schluchzen brach sich Bahn.

»Wer ist da? Ich weiß, dass da jemand ist!« Salzige Tränen entflohen meinen Augenwinkeln und gefroren sogleich zu Eiskristallen, die auf meiner Haut kleben blieben.

Was ist hier nur los?

Als hätte eine höhere Macht Mitleid mit mir, blitzte unmittelbar vor mir etwas auf. Es war nur ein Funkeln, doch es genügte.

»Steh auf.« Die Stimme, die ich urplötzlich in meinem Kopf vernahm, war mir so vertraut wie meine eigene, weshalb meine Furcht prompt erstarb. Ich konnte mich nicht einmal mehr daran erinnern, wieso ich zuvor derart ängstlich gewesen war.

»Steh auf, meine Schöne«, wiederholte die Stimme und ich gehorchte ohne die geringste Mühe.

»Hier. Der ist für dich.« Unsichtbare Hände reichten mir den funkelnden Gegenstand. Gierig griff ich danach. Kaum berührte ich das glatte und kühle Material, durchfuhr mich ein erregtes Schaudern.

»Bist du bereit?«

Ich nickte wie ein braver Soldat. Warum sollte ich auch nicht bereit sein? Plötzlich ergab alles einen Sinn. Dass ich hier war. Dass mein Gegenüber hier war. Dass ich den Dolch erhalten hatte.

»Gut. Denn es ist so weit.«

Erneut nickte ich und begab mich in Position. Dass meine Hände zitterten, als ich den Dolch herumdrehte und die messerscharfe Spitze auf meinen Bauch richtete, schob ich auf die Kälte, die sich mit jedem meiner Herzschläge zu intensivieren schien.

Ich schluckte die Nachwehen meines vorherigen Ausbruchs herunter, auch wenn Fetzen davon blieben.

Doch ich durfte jetzt keine Zweifel aufkommen lassen.

Ich musste das hier tun.

Es war mein Schicksal.

Nur dafür war ich auserkoren worden.

Ich nickte ein weiteres – und letztes – Mal. Dann verstärkte ich den Griff meiner Finger um den Dolch ...

... und stach mit einem kräftigen Ruck zu.

Kapitel Neunundzwanzig

Ein Ächzen drang an mein Ohr und verdrängte das Bild aus meinem Kopf. Gleichzeitig kehrten meine restlichen Sinne zurück, sodass ich mein rasendes Herz sowie den Stoff meiner Klamotten wahrnahm, der schweißgetränkt an meiner Haut klebte. Ich lag bäuchlings auf einem harten Untergrund, der sich sachte bewegte, fast so, als wäre ich Kate Winslet in der Abschlussszene des Titanic-Films.

»Scheiße! Lollipop!«, rief Phoenix mit einer Mischung aus Schmerz, Gereiztheit und unterschwelliger Sinnlichkeit aus, und ließ mich meinen vorherigen Gedanken umgehend vergessen. »Ich wusste doch, dass du dich auf mich stürzen würdest. Aber musst du dabei so rabiat vorgehen?« Phoenix' Arm schlang sich um meine Taille und vertrieb die Kälte aus meinem Rücken.

In meinem Kopf ratterte es. Doch bevor ich mich fragen konnte, was hier los war, kippte die Welt um mich herum und mit einem Schlag lag ich nicht länger auf dem Bauch, sondern auf der Seite.

»So ist es besser.« Phoenix atmete erleichtert auf. »Es gibt wirklich schlechtere Arten, als von einer Frau mit vollem Körpereinsatz geweckt zu werden. Nur deine Ellbogen hättest du mir nicht in den Magen rammen müssen.«

Der Redeschwall des Schützen ergab in meinem noch immer latent vernebelten Verstand keinerlei Sinn, weshalb ich die Lider hob. Es dauerte, bis ich trotz der Dunkelheit um uns herum etwas sah. Aber dann erkannte ich Phoenix, dessen Gesicht nah vor meinem schwebte. Er sah mich mit einem lasziven Lächeln an und zu meiner Überraschung musste ich zugeben, dass es sich verdammt gut anfühlte, auf diese Weise an ihn geschmiegt zu liegen. Allein unsere Beine zogen meine Missgunst auf sich. So ineinander verhakt, wie sie waren, presste sich mein Becken viel zu dicht an Phoenix' Schritt.

Ach du heilige Scheiße! Er trägt nur eine Boxershorts.

Und was ich da wahrnahm, war garantiert kein Traumgespinst.

»Also, Lollipop? Was war dein Plan, als du *zufällig* auf mich gefallen bist?«, fragte Phoenix und sein Grinsen wurde noch eine Spur verruchter. Obwohl er meine Gedanken nicht lesen konnte, schien er genau zu wissen, woran ich gerade gedacht hatte.

Anstatt Phoenix zu antworten, orientierte ich mich. Links von mir entdeckte ich das Fußende eines Bettes und auf der anderen Seite, hinter dem Rücken des Schützen, stand ein vertrautes Sofa.

Ich schälte mich aus Phoenix' Griff und setzte mich aufrecht hin. Mein Nacken war steif, in meinem Kopf pochte es und ich konnte dringend eine Dusche gebrauchen.

Seufzend rieb ich mir mit beiden Händen über das Gesicht.

»Ist alles okay?« Phoenix folgte meinem Beispiel und setzte sich ebenfalls hin. Er zog die Beine an die Brust und lehnte seine Unterarme locker auf die Knie.

Zu gern hätte ich Phoenix geantwortet, aber ich war nicht in der Lage dazu. Stattdessen sah ich auf sein Kissen. Drake ruhte dort und schien nichts von unserer Unterhaltung mitzubekommen. Jackson und Olly erging es im Bett ähnlich, und als mein Blick in Richtung des Sofas glitt, entdeckte ich eine weggestrampelte Wolldecke. Jemand – etwa Phoenix? – musste mich zugedeckt haben.

»Hey!« Der Schütze ergriff mit sanften Fingern mein Kinn und drehte meinen Kopf zu sich herum. Seine bernsteinfarbenen Iriden wirkten dunkel vor Sorge und über seiner Nase prangte eine steile Falte. »Entweder du sagst mir, was mit dir los ist, oder ich mache solchen Radau, dass Ward dich auf der Stelle zurück nach New Haven schleppt und ich allein weiterfahre. Denn in deinem aktuellen Zustand weiß ich nicht, ob ich länger das Risiko tragen will, dich mitzunehmen.«

Wow! Ich wusste nicht, ob ich den Schützen jemals so viele Worte am Stück hatte von sich geben hören. Vermutlich nicht. Ein warmes Gefühl breitete sich in meiner Brust aus, das der Kälte in meinem Inneren den Kampf ansagte. Auch mein Puls beruhigte sich ein wenig.

»Ich hatte einen Albtraum.« Ich folgte Phoenix' Beispiel und zog ebenfalls die Beine an die Brust und umschlang sie mit meinen Armen. Dabei verdrängte ich den Gedanken, dass ich keinen BH trug, der Stoff meines dunklen T-Shirts feucht an mir klebte, und ich bis gerade eben genau so auf Phoenix gelegen hatte.

»Du hattest einen Albtraum?« Die Sorgenfalten bei meinem Gegenüber vertieften sich. »Schon wieder?«

Ich zuckte mit den Schultern und wandte verlegen den Blick ab. Es war merkwürdig, gemeinsam mit Phoenix hier unten auf dem Boden zu sitzen, verborgen zwischen den Möbelstücken, als wären wir Kinder, die sich vor ihren Eltern versteckten. Es wirkte seltsam magisch und vertraut.

»Ich kann mich nicht erinnern«, gestand ich. »Aber welche Erklärung sollte es sonst dafür geben, dass ich nass geschwitzt bin, mein Puls rast und ich wortwörtlich vom Sofa gefallen bin?« Von dem Druckgefühl hinter meinen Rippenbögen ganz zu schweigen.

Anstatt mich mit einem anzüglichen Kommentar aufzuziehen – immerhin hatte ich dem Schützen eine Steilvorlage geliefert –, blieb er ernst.

»Als du im Auto eingeschlafen bist, hast du auch schon so komisch gezappelt. Ich dachte, du hättest keine bequeme Position gefunden und wärst zu feige, etwas zu sagen. Deswegen habe ich dich einfach an meine Seite gezogen. Aber wenn du jetzt schon wieder so schlecht geschlafen hast ... Hast du Jackson oder Olly davon erzählt?«

»Ich erzähle doch dir gerade davon, *Partner.*« Ich grinste Phoenix an, um die Stimmung zu lockern. Doch mein Plan ging nicht auf, deshalb schob ich mit einem leisen Seufzen nach: »Ich will die beiden nicht mit meinen Problemen belästigen. Außerdem ist doch nichts dabei. Jeder Mensch hat mal Albträume. Und ich denke, in Anbetracht dessen, was mir in den letzten Tagen widerfahren ist, wäre es bedenklicher, wenn ich *keine* Albträume hätte.«

Phoenix sah mich fest an, erwiderte jedoch nichts. Er drängte mich auch nicht, weiter über das Thema zu reden, wofür ich ihm aufrichtig dankbar war.

Lange saßen wir einfach so da und ließen einander nicht aus den Augen. So sicher und beschützt hatte ich mich, seit dem Moment, als mein Leben völlig aus den Fugen geraten war, nicht mehr gefühlt.

»Jetzt bereust du es vermutlich, mir das Sofa überlassen zu haben, nicht wahr?« Ich versuchte mich an einem vorsichtigen Lächeln. Sosehr ein Teil von mir diese Geborgenheit auch genoss, machte sie mir auch Angst. Der Schütze war mir in kurzer Zeit viel zu nah gekommen – und zwar auf die wohl gefährlichste Art. Emotional.

»Wieso sollte ich es bereuen, dir das Sofa überlassen zu haben?« Mein abrupter Themenwechsel hatte Phoenix sichtlich verwirrt.

»Na ja ... Weil ich auf dich gefallen bin und dich dadurch geweckt habe.«

»Mach dir mal deswegen keine Sorgen, Lollipop. Ich schlafe schon seit Tagen nicht mehr richtig. Die anderen vergessen es zwar gern, weil Arizona und ich nicht immer ein Herz und eine Seele waren. Aber sie ist und bleibt meine Zwillingsschwester.« Er zuckte mit den Schultern und senkte den Blick auf seine Arme. »Sie ist meine Familie und bedeutet mir die Welt. Ich würde alles tun, um sie zu retten.«

Mein Herz geriet ins Stolpern und ich wollte Phoenix am liebsten in den Arm nehmen. Niemals hätte ich mit so viel Aufrichtigkeit von ihm gerechnet. Aber wenn ich eine Sache über den Schützen gelernt hatte, dann, dass er selten das tat, was ich von ihm erwartete. Er war stets für eine Überraschung gut.

Da ich jedoch nicht wusste, wie viele solcher Phoenix-Wundertüten ich in dieser Nacht noch verkraften würde, lenkte ich unser Gespräch in hoffentlich weniger gefährliche Gefielde.

»Sag mal, wie kann es eigentlich sein, dass du und Arizona Zwillinge seid, aber unterschiedliche Sternzeichen besitzt?«

Phoenix sah auf und seine Lippen kräuselten sich. »Meinst du die Frage ernst?« Als ich nur hilflos mit den Schultern zuckte, lachte er. »Du kennst dich ja wirklich großartig mit Astrologie aus.« Er überging mein sarkastisches Grinsen und erklärte: »Arizona ist vier Minuten vor mir geboren. Und zwar am zweiundzwanzigsten November, kurz vor Mitternacht –

der letzte Tag des Skorpion-Sternzeichens. Ich bin am dreiundzwanzigsten November geboren. Kurz *nach* Mitternacht. Dem ersten Tag des Schützen-Sternzeichens.«

Verdutzt starrte ich ihn an. Einerseits fühlte ich mich blöd, weil ich nicht selbst auf diese Lösung gekommen war, andererseits wurde mir bewusst, wie willkürlich das ganze Leben war. Wäre Arizona nur wenige Minuten später, oder Phoenix wenige Minuten früher geboren worden, hätten sie auch dasselbe Sternzeichen erhalten. Dann wäre nur einer von ihnen – oder vielleicht auch gar keiner – zum Lunaris berufen worden und wir würden jetzt nicht gemeinsam in diesem Hotelzimmer sitzen.

Phoenix schien mein Schweigen zu missdeuten, denn er drehte sich mit einem Räuspern zur Seite, und ich konnte förmlich sehen, wie er seine Mauer aus Arroganz wieder aufbaute – Stein um Stein.

»Wie auch immer. Du solltest noch etwas schlafen. Ward wird uns auf keinen Fall länger als bis zum Morgengrauen in Ruhe lassen. Und dann heißt es, Sachen packen und weiter geht's.« Er klopfte ein wenig zu fest auf sein Kissen, was Drake aufwachen und protestieren ließ, ehe er sich wieder zusammenrollte.

»Danke für den Rat.« Ich erhob mich von dem Deckenlager. Meine Glieder waren hart wie Holzbalken, weshalb ich mich erst einmal ausgiebig reckte. »Aber ich kann jetzt auf keinen Fall wieder einschlafen. Ich werde mich wohl auf den Balkon verziehen und ein wenig frische Luft tanken. Du kannst also gern auf das Sofa wandern.« Im Vorbeigehen schnappte ich mir die Wolldecke. Normalerweise würde ich niemals derart durchgeschwitzt nach draußen gehen. Aber Anthony hatte gesagt, dass Lunaris immun gegen Krankheiten waren. Und selbst wenn ich eine Ausnahme bilden sollte, würde mich ein kleiner Schnupfen schon nicht gleich umbringen.

Ich hatte gerade den Griff der Balkontür umfasst, als mich ein Impuls innehalten ließ. Auf der anderen Seite lockte mich die himmlische Ruhe einer einsamen Nacht.

Doch das war es nicht, was ich wollte.

»Draußen stehen zwei Stühle«, hörte ich mich sagen, ohne mich herumzudrehen. »Wenn dich Drakes Schnarchen vom Einschlafen abhalten sollte, dann ... na ja ... du weißt schon.«

Schnell, ehe ich zu einer Pfütze zerfließen konnte, öffnete ich die Balkontür und schlüpfte in die kühle Oktobernacht.

KAPITEL DREISSIG

Ich konnte nicht fassen, dass ich Phoenix gerade eingeladen hatte, mich auf den Balkon zu begleiten. Warum hatte ich das getan? Und das ausgerechnet, nachdem es zwischen uns gerade wieder so merkwürdig gewesen war. Hatte ich mir nicht vorgenommen, komplizierten Männergeschichten aus dem Weg zu gehen?

Jedoch, und so ehrlich musste ich zu mir selbst sein, war es mit Phoenix nicht kompliziert. Ganz im Gegenteil. Noch nie war es mir leichter gefallen, in Gegenwart eines Mannes ich selbst zu sein.

Im Schein der Sterne, die am schwarzblauen Himmel wie verstreute Diamanten funkelten, warf ich mir die Wolldecke über die Schultern und peilte einen der zwei Metallstühle an, die um einen kleinen Gartentisch standen. Dank der zusätzlichen Stoffschicht drang die Kälte meiner Sitzgelegenheit kaum zu mir durch, als ich mich darauf niederließ.

Die hell erleuchtete Stadt vor mir, machte ich es mir gemütlich. Die Füße gegen das Balkongeländer gestemmt, kuschelte ich mich enger in die Decke, und genoss die Stille der Nacht. Das Meer aus farbenfrohen Lichtern zog mich in seinen Bann und es war ein Leichtes, sich in dem magischen Bild zu verlieren.

Die Zeit verrann, während ich gleichermaßen hoffte und fürchtete, dass Phoenix nicht mehr kommen würde.

Aber mal wieder schaffte es der Schütze, mich zu überraschen. Mit zwei Wasserflaschen in der Hand betrat er –komplett angezogen – schweigend den Balkon. Eine Flasche stellte er neben mir auf dem Tisch ab, die andere behielt er, als er sich auf den zweiten Stuhl setzte.

Ich verfolgte jede seiner Bewegungen, ohne mich zu ihm herumzudrehen. Das Mondlicht verlieh Phoenix' Locken einen zaghaften Glanz, was wiederum das Leuchten seiner bernsteinfarbenen Iriden betonte. Die Narbe auf seiner Braue brach mit dem Eindruck und verlieh dem Schützen etwas Raues, Gefährliches, während seine vollen Lippen beim Trinken einem Kussmund ähnelten.

Heilige Scheiße! Noch nie hatte ein Mann beim Wassertrinken so heiß ausgesehen.

Um nicht allzu auffällig zu wirken, tat ich es ihm nach und merkte erst jetzt, wie durstig ich eigentlich war. In wenigen Zügen leerte ich meine Flasche zur Hälfte.

»Darf ich dich etwas fragen?«, unterbrach ich die Stille nach einigen Minuten. Es gab da etwas, das mir schon die ganze Zeit auf der Seele brannte.

Phoenix drehte seinen Kopf zu mir herum, die Wasserflasche an den Lippen.

»Was hoffst du, in Mexiko zu finden? Glaubst du wirklich an den Mythos des Götterkindes?«

Phoenix' Miene erstarrte für den Bruchteil einer Sekunde, dann widmete er sich wieder den leuchtenden Häusern vor uns.

»Sie haben dir von diesem Märchen erzählt? Das überrascht mich. Ward ist ein bekennender Ungläubiger, und Olly würde nicht seinen Zorn auf sich ziehen, indem sie dir solche Flausen in den Kopf setzt. Aber da du bereits aufgeklärt bist ...« Er rollte seine Flasche zwischen den Händen hin und her. »Willst du eine ehrliche Antwort?«

Ich nickte.

»Ich weiß selbst nicht, wieso ich gefahren bin. Denn trotz allem, was ich im letzten Jahr erlebt habe, glaube ich nicht an die Existenz eines magischen Wesens, das die Kraft besitzt, mit einem einzigen Wimpernschlag die gesamte Welt in Schutt und Asche zu legen. Aber ich konnte auch nicht länger einfach nur herumsitzen und Däumchen drehen.« Er zuckte mit den Schultern und trank noch einen Schluck aus seiner Flasche. »Ich glaube, ich bin nur losgefahren, um Anthony und Jackson Druck zu machen. Damit sie endlich gezwungen sind zu handeln.«

Verblüfft sah ich Phoenix an. So verrückt seine Worte auch klangen, ich konnte sein Handeln sehr gut nachvollziehen. Wenn ich aufrichtig war, war ich ihm vermutlich aus ähnlichen Gründen gefolgt.

»Was ist mir dir?«, fragte der Schütze. »Warum bist du hier? Und erzähl mir jetzt bitte nicht erneut dieses Märchen, dass dir das Wohl meiner Schwester so sehr am Herzen liegt.« Sein Bernstein glomm auf. »Denn ich glaube dir zwar, dass du nicht willst, dass *ich* mich in Schwierigkeiten bringe – immerhin steht dir überdeutlich auf die Stirn geschrieben, wie tief traurig du wärst, wenn du nicht mehr in den Genuss meines unwiderstehlichen Charmes kommen würdest.« Er zwinkerte mir zu, was ich mit einem amüsierten Augenrollen abtat. Inzwischen hatte ich begriffen, dass Phoenix' Ego zwar tatsächlich der Größe des Mount Everest entsprach, jedoch stets mit einer Nuance Selbstironie einherging. Fast so, als wäre er sich seiner Wirkung auf andere bewusst, aber als interessierte ihn diese überhaupt nicht.

»Nur, wieso riskierst du deinen Arsch für Arizona?«

Ich schluckte gegen die Beklommenheit an. Der Schütze

machte seinem Sternzeichen wahrlich alle Ehre. Immer schaffte er es, genau die Worte von sich zu geben, die ich a) am wenigsten erwartete, und die ich b) am liebsten überhören würde.

Zu gern hätte ich Phoenix mit einer faulen Ausrede abgespeist. Aber ich brachte es nicht über mich. Abgesehen davon, dass er als mein Partner die Wahrheit verdiente, schuldete ich ihm diese Ehrlichkeit. Er war während unserer Reise auch ehrlich zu mir gewesen.

»Nachdem du den Wintergarten verlassen hast«, begann ich meine Ausführung, »erzählten mir Jackson und Anthony von einem anderen Lunaris-Nachzügler, aus einem Team aus New Mexico.« Knapp, aber ohne wichtige Details außen vor zu lassen, erzählte ich ihm von dem Gespräch.

Phoenix hörte mir aufmerksam zu, ohne mich zu unterbrechen. Dennoch ließ ihn mein Bericht nicht kalt. Seine Miene war mit jedem meiner Worte kälter geworden, während seine Iriden vor Zorn loderten.

»Dieser verfluchte Bastard!«, schimpfte er sogleich los, nachdem ich fertig war, und zerdrückte die Plastikflasche in seiner Hand. Glücklicherweise war diese bereits so gut wie leer. »Ich wusste, dass er mich absichtlich provoziert hat, damit ich abhaue! Aber dass er *das* vor mir verheimlichen wollte …« Er biss die Zähne aufeinander und die Muskeln an seinem Kiefer traten sichtbar hervor. »Dafür sollte ich ihm den Arsch aufreißen!«

»Das könntest du tun«, sagte ich gedehnt. Zwar hatte ich vermutet, dass meine Beichte Phoenix nicht gefallen würde, aber mit einer derartigen Reaktion hatte ich nicht gerechnet. »Oder du atmest ein paarmal tief durch, beruhigst dich und erklärst mir, wieso du denkst, dass Jackson den Streit mit dir absichtlich inszeniert hat.«

So, wie Phoenix mich anstarrte, hätte ich eine größere Geldsumme darauf verwettet, dass der Schütze mich überhaupt nicht gehört hatte. Doch zu meiner Überraschung zeigte mein Vorschlag Wirkung. Phoenix nahm ein paar tiefe Atemzüge.

»Im Gegensatz zu Arizona habe ich Ward erst hier kennengelernt«, erzählte er schließlich. »Aber da bald rauskam, was zwischen den beiden gelaufen ist, kannst du dir sicherlich vorstellen, dass Ward und ich nicht unbedingt die besten Freunde wurden. Dennoch kamen wir einigermaßen miteinander aus. Ich gebe es zwar nicht gern zu, aber er hat nie schlecht über meine Schwester oder ihre gemeinsame Vergangenheit gesprochen. Er hat sie auch nicht besser oder schlechter behandelt als uns. Ihm war Fairness immer besonders wichtig. Genau aus dem Grund hat mich sein Angriff im Wintergarten auch völlig unvorbereitet getroffen. Er hat noch nie unter die Gürtellinie gezielt. An diesem Abend jedoch ... Dabei wusste ich, dass er mich bei dem Gespräch nicht dabeihaben will. Aber ich war viel zu wütend, um nicht auf seine List reinzufallen.« Er schüttelte über sich selbst den Kopf. »Als ich später zurück zum Wintergarten wollte, wart ihr bereits weg.«

Ich nickte verstehend. Phoenix' Erklärung machte Sinn. Nur, wieso hatte Jackson den Schützen bei dem Gespräch nicht dabeihaben wollen? Ging es dabei nur darum, mich zu schützen und den Rest der Gruppe nicht zu verängstigen? Oder steckte mehr dahinter?

»Worüber haben Arizona und du euch eigentlich kurz vor ihrem Verschwinden gestritten?«

»Was glaubst du wohl, worum es ging?«, antwortete er und ließ sich seufzend auf seinen Stuhl zurückfallen. »Natürlich um Ward. In den letzten Wochen ging es bei uns ständig nur um ihn. Immer wieder hatten wir uns in den Haaren, weil Arizona nicht einsehen wollte, dass er ihr nur an die Wäsche wollte.« Er war beim Sprechen immer leiser geworden. »Bei unserem letzten Streit bin ich dann völlig ausgeflippt. Ich habe ihr echt heftige Dinge an den Kopf geworfen, obwohl ich stattdessen *ihm* hätte den Arsch aufreißen müssen. Denn ich weiß ziemlich sicher, dass die beiden sich ebenfalls kurz zuvor heftig in den Haaren gehabt hatten. Als ich abends auf dem Weg zur Patrouille gewesen war, habe ich sie in der Bibliothek miteinander streiten gehört.«

Ich schluckte hart. Davon hatte mir Jackson nichts erzählt.

»Bist du dir denn wirklich sicher, dass die beiden was miteinander hatten, seit sie zu Lunaris wurden? Vielleicht ist es nur ein Missverständnis.«

»Ein Missverständnis?« Phoenix lachte hohl. »Das bezweifle ich. Was ist daran misszuinterpretieren, dass Arizona und Jackson sich trotz Anthonys offizieller Anordnung ständig nachts im Wald getroffen haben, und meine Schwester jedes Mal am nächsten Morgen mit neuen Knutschflecken am Hals aufgetaucht ist?« Erneut schüttelte er den Kopf. »Sorry, Lollipop, aber falls dir Ward diese scheinheilige ›Arizona und ich sind nur Freunde‹-Scheiße aufgetischt hat, dann nur, weil er jetzt hinter dir her ist.«

»Welche offizielle Anordnung?«, fragte ich, um den bitteren Geschmack, der mir bei Phoenix' Worten auf der Zunge entstanden war, loszuwerden. Stimmte es, was er sagte? Hatte mich Jackson belogen, damit er mich rumbekam?

Mir lief ein eisiger Schauder den Rücken hinab. Sollte das tatsächlich der Wahrheit entsprechen – und mir fiel beim besten Willen nicht ein, wieso mich Phoenix belügen sollte –, würde das mein Bild von Jackson unwiderruflich verändern.

»Ach, bis zu Anthonys Regelkatalog seid ihr nicht mehr gekommen?« Phoenix warf mir einen knappen Seitenblick zu. Um seine Mundwinkel zuckte es vermeintlich amüsiert, doch in seinen Augen lag Traurigkeit – vielleicht war es aber auch Mitleid, weil ich beinah auf Jackson hereingefallen war. »Keine Sorge, Ward wird dich sicherlich noch in aller Ausführlichkeit darüber instruieren. Damit du es aber schon mal gehört hast, das Wichtigste in Kürze: Abgesehen davon, dass kein Außenstehender von unseren Fähigkeiten und unserem Auftrag erfahren, kein Lunaris einen Menschen willentlich verletzen, und kein Außenstehender unser Quartier betreten darf, sind romantische Beziehungen zwischen Mitgliedern der Gruppe strengstens untersagt. Anthony ist der Meinung, dass sie unseren Job nur zusätzlich erschweren würden.« Phoenix stieß ein bitteres Lachen aus. »Dabei hat er keine Ahnung, wie es ist, wenn du jemanden triffst und sofort weißt – einfach *spürst* –, dass diese Person für dich zu etwas ganz Besonderes werden kann, weil euch etwas ganz Besonderes miteinander verbindet.«

Er hatte sich beim Sprechen zu mir herumgedreht. Diese Situation erinnerte mich an die im Wohnzimmer, und in meiner Brust trommelte es. Meine Finger, die noch immer die Wasserflasche umklammerten, zitterten, als würden zarte Elektroschockwellen durch sie hindurchjagen.

»Wie auch immer«, sagte der Schütze plötzlich und räusperte sich übertrieben. Seine gesamte Haltung wirkte mit einem Mal seltsam abweisend.

Der Zauber verflog und ich fiel derart unsaft auf den Boden der Tatsachen zurück, dass es mir schwindelte. Die Hitze in meinem Inneren erlosch und mit einem Mal zitterten meine Finger aus einem völlig anderen Grund.

Ich war nicht so dumm, zu glauben, dass ich mir diesen wundersamen Moment zwischen uns eingebildet hatte. Ebenso wenig zweifelte ich daran, dass Phoenix exakt von diesem Kribbeln gesprochen hatte, das ich jedes Mal wahrnahm, wenn er in meiner Nähe war.

Aber warum tat er auf einmal so, als habe es zwischen uns gerade nicht heftig geknistert?

»Also, Lollipop?« Sein Tonfall klang heiter – und so unglaublich aufgesetzt, dass es mich amüsiert hätte, wenn der steinharte Knoten in meinem Magen nicht gewesen wäre. »Verrätst du mir jetzt auch den wahren Grund, wieso du darauf bestanden hast, dass Ward uns nach Mexiko begleitet? Zuerst dachte ich ja, du willst ihn zu einem romantischen Kurzurlaub verführen. Aber da du ihm ja nicht einmal ein Gute-Nacht-Küsschen gegönnt hast, bin ich mir nicht mehr so sicher.«

Sprachlos starrte ich Phoenix an. War das sein gottverdammter Ernst? Er schob Jackson vor, um von sich selbst abzulenken? *Schon wieder?*

»Willst du eine ehrliche Antwort?«, ahmte ich seine Frage von vorhin nach, auch wenn ich dabei sehr viel zickiger klang. Dass Phoenix zu feige war, um nach seiner kleinen Ansprache seinen Mann zu stehen, ließ mich vor Wut kochen. »Dann hör gut zu. Denn ich sag das nur ein Mal.« Mein Gesicht glühte, ebenso wie mein gesamter Körper. »Jackson hatte recht. Ich habe keinerlei romantisches Interesse an ihm. Wenn es *möglicherweise* so ausgesehen hat, als wäre es anders, war das allein seiner Gabe geschuldet. Aber in deiner Gegenwart bin ich immun gegen seine Anziehung, und je länger die Pause andauert, umso sicherer werde ich mir in meinen Gefühlen. Leider bedeutet das auch, dass ich mir eingestehen muss, dass du mir, seit wir uns das erste Mal begegnet sind, unentwegt durch den Kopf spukst. Denn ich weiß ganz genau, von welcher *besonderen* Verbindung du sprichst. Diese spüre ich nämlich ebenfalls, wenn du in der Nähe bist. Und nur aus diesem Grund habe ich Jackson überredet, mit uns zu kommen – weil ich nicht will, dass dir etwas zustößt! Das tue ich nicht für die Gruppe, nicht für deine Schwester, ja nicht einmal für mich selbst. Ich tue das nur für *dich*, weil du dämlicher Idiot mir bereits mehr bedeutest, als es unter normalen Umständen möglich sein sollte!«

Beim Sprechen hatte ich mich immer mehr in Rage geredet, bis meine Atmung ganz hektisch ging und das Zittern in meinen Fingern meinen gesamten Körper erfasst hatte. Ich strotzte nur so vor Energie.

Phoenix, der mich während meines Ausbruchs auf eine Art und Weise angesehen hatte, die ich unmöglich deuten konnte, stand so abrupt von seinem Stuhl auf, dass ich zusammenzuckte.

Was sollte das denn jetzt? Wollte er einfach abhauen und mich hier sitzen lassen?

Doch Phoenix wäre nicht Phoenix, wenn er das tun würde, was von ihm erwartet wurde. Stattdessen verharrte er unmittelbar vor mir und stellte seine Wasserflasche auf den Tisch neben uns.

»Komm mit«, sagte er, entwand mir meine Flasche und stellte sie neben seine. Anschließend ergriff er wie selbstverständlich meine Hand und zog mich auf die Beine. All das, während ich noch damit beschäftigt war, meinen eigenen Ausbruch sacken zu lassen.

»Was hast du vor?«, fragte ich verdattert.

Phoenix grinste mich auf eine Weise an, wie ich sie noch

nie bei ihm gesehen hatte. In seinem Blick schwang eine Leichtigkeit und Nervosität mit, die meinen Puls in einen Presslufthammer verwandelte.

»Vertraust du mir, Lollipop? Dann bringe ich dich an einen Ort, an dem du gewiss noch nie gewesen bist.«

KAPITEL EINUNDDREISSIG

»Als du fragtest, ob ich dir vertraue, hätte ich Nein sagen sollen.«

»Hast du aber nicht. Und weißt du, wieso du das nicht getan hast? Weil du tief in deinem Inneren weißt, dass du mir vertrauen kannst. Du brauchst keine Angst zu haben, Lollipop. Ich bin bei dir.«

»Ich hab keine Angst«, motzte ich und verschränkte bockig die Arme vor der Brust, gleichwohl mir seine letzten Worte einen wohligen Schauder über den Rücken jagten.

Wie hatte es der Schütze geschafft, mich zu diesem Blödsinn zu überreden. Und das ausgerechnet nach meinem Gefühlsausbruch. Denn anstatt sich zurückzuziehen und mir aus dem Weg zu gehen, wie ich es insgeheim erwartet hatte, benahm sich Phoenix auf einmal seltsam gelöst, ja, fast schon *befreit*, als hätten meine Worte ein Schloss in seinem Inneren geknackt.

»Komm schon, das wird lustig.« Im Schein der Straßenlaterne, unter der wir standen, leuchteten seine Zähne auf. »Oder bist du noch nicht bereit für dein erstes Mal?« Seine Worte trieben mir die Röte ins Gesicht. Idiot!

»Ich enttäusche dich ja nur ungern«, erwiderte ich mit einem übertriebenen Augenaufschlag. »Aber für mein erstes Mal bist du ein wenig zu spät dran.«

»Ach, ja? Erzähl mir gern ein paar Details. Hattest du damals auch schon mit einem so großen Gerät zu tun?« Phoenix senkte die Stimme zu einem sinnlichen Raunen, was das

Klopfen in meiner Brust und das Sirren in meinem Kopf intensivierte. Verdammt – sein Plan ging auf.

Ein Teil von mir sehnte sich tatsächlich danach, endlich loszulegen, um es hinter mich zu bringen. Doch der Rest stand kurz vor einem Nervenzusammenbruch.

»Komm schon, Lollipop«, lockte mich Phoenix weiter und beugte sich dabei ein Stück in meine Richtung. Sein Duft nach regenfeuchtem Waldboden stieg mir zu Kopf. Das hier war nicht gut. Ganz und gar nicht. »Ich seh dir doch an, dass du es kaum erwarten kannst. Trau dich. Fass ihn an und sag mir, wie es sich für dich anfühlt.«

Ich funkelte ihn an.

»Mir ist bewusst, dass du jede Sekunde hiervon genießt und mich am liebsten vor Scham im Erdboden versinken sehen möchtest. Aber diesen Gefallen werde ich dir nicht tun.« Mit einem zuckersüßen Lächeln schoss meine Hand zielstrebig hervor und packte grob den zwischen dem Schützen und mir stramm in die Höhe aufragenden Stab. Wäre ich nicht derart angespannt, hätte ich vielleicht das warme und weiche Material unter meinen Fingerspitzen zu würdigen gewusst. Doch so war mein gesamter Körper stocksteif.

»Oh, Lollipop!« Phoenix biss sich auf die Unterlippe und stöhnte sinnlich. »Wenn du willst, dass dieser Spaß hier länger als nur wenige Sekunden andauert, musst du sehr viel feinfühliger werden.«

»Lass die blöden Sprüche und sag mir lieber, was ich jetzt tun soll«, grollte ich mit zusammengebissenen Zähnen. Schweiß rann mir den Nacken hinab und das Zittern meiner Finger breitete sich langsam auf meine Arme und Beine aus. »Immerhin will ich nicht schuld sein, dass der Wagen explodiert und wir für alle Ewigkeit hier feststecken.«

Phoenix' Grinsen wich einem herzlichen Lachen, ehe er sich pflichtbewusst zurück auf den Beifahrersitz sinken ließ.

»Keine Sorge. Das Schlimmste, was du dem Wagen antun kannst, ist, den Motor abzuwürgen. Aber versprochen, ich werde mich ab sofort benehmen.«

Ich nickte dankbar, wenn auch wenig überzeugt, und machte es mir ebenfalls auf meinem Sitz bequem. Nachdem Phoenix mich auf dem Balkon herausgefordert hatte, ihm zu folgen, hatten wir uns Schuhe und Jacken angezogen und waren zum Auto gegangen. Zu diesem Zeitpunkt hatte ich noch keine Ahnung gehabt, was der Schütze plante. Doch als er nach einer kurzen Fahrt auf einem verlassenen Supermarktparkplatz zum Stehen gekommen war und mir befohlen hatte, mit ihm die Plätze zu tauschen, hatte es mir gedämmert. Leider war es für einen Rückzieher zu spät gewesen. Phoenix hatte urplötzlich über heftige Kopfschmerzen geklagt, die es ihm unmöglich machten, den Wagen zurück zum Hotel zu steuern. Wenn ich also nicht die restliche Nacht mit ihm auf diesem gruselig verlassenen Parkplatz verbringen wollte, blieb mir nichts anderes übrig, als den Wagen selbst zurückzufahren.

»Atme erst einmal tief durch«, sagte Phoenix ruhig. »Du kannst das. Ich weiß es. Du hast schon sehr viel größere Gegner in die Knie gezwungen. Da sollte ein Schaltwagen ein Klacks für dich sein.« Sein linker Mundwinkel hob sich leicht, der rechte folgte. »Ich glaube an dich«, schob er leise nach und mein Herz setzte einen Schlag aus.

Obwohl ich diese Worte nicht zum ersten Mal hörte, bedeuteten sie mir aus Phoenix' Mund besonders viel. Vermutlich sogar mehr, als ich mir selbst eingestehen wollte.

Ich folgte der Anweisung meines temporären Fahrlehrers und holte tief Luft. Der Duft nach feuchter Erde umhüllte mich, und ich würde lügen, wenn ich behauptete, dass mich dieser Umstand nicht zusätzlich nervös machte.

»Okay, was muss ich tun?« Geräuschvoll stieß ich die Luft wieder aus. Ich musste mich konzentrieren – und zwar nicht auf den Schützen!

»Das Einzige, worin sich Autos mit Automatikgetriebe von Schaltwagen unterscheiden, ist, dass du allein entscheidest, wann du in den nächsten Gang schaltest. Dir obliegt die volle Kontrolle.«

Ich schluckte hart. Um nicht all zu gründlich darüber nachzudenken, auf wie viele nicht-jugendfreie Art und Weisen ich Phoenix' Worte auslegen konnte, umklammerte ich mit den Fingern meiner freien Hand das Lenkrad und sah gebannt auf die Windschutzscheibe vor mir.

»Gut«, sagte Phoenix. »Dann drück jetzt mit dem linken Pedal die Kupplung durch, stell den Schalthebel in den Leerlauf und starte den Motor.«

Ich tat wie mir geheißen und der Wagen sprang schnurrend an. Mir entfloh ein Schrei.

»Was ist los, Lollipop? Du tust ja gerade so, als säßest du zum ersten Mal hinter dem Steuer. Dabei dachte ich, du hättest einen Führerschein.«

»Den habe ich auch«, merkte ich an. »Trotzdem war ich nicht darauf vorbereitet, dass es so schnell geht.«

»Wenn ich jetzt sage ›That's what she said‹, wirst du mich dann schlagen?«

Gegen meinen Willen zuckten meine Mundwinkel. »Riskiere es und finde es heraus.«

»Ein anderes Mal vielleicht. Jetzt habe ich versprochen, mich zu benehmen. Also, zurück zum Thema. Das Vorspiel hast du mit Bravour gemeistert. Jetzt musst du das Schätzchen nur noch auf Touren bringen. Als Erstes löst du die Handbremse und schaltest in den ersten Gang.« Er zeigte mir in einer knappen Handbewegung, wie das ging, dann war ich an der Reihe.

»Gut. Nun hebst du deinen Fuß langsam von der Kupplung und gibst gleichzeitig sanft Ga–«

Der Schütze hatte seinen Satz noch nicht beendet, da hatte mein Bein bereits gezuckt und ich war viel zu schnell von der Kupplung gegangen. Das Gaspedal hatte ich völlig vernachlässigt.

Der Wagen machte einen kläglichen Sprung vorwärts, dann erstarb der Motor mit einem Gurgeln. Überall im Cockpit leuchteten Symbole auf, und meine vorherige Freude war wie weggeblasen.

»Wow, jetzt verstehe ich, wieso du ständig so rot wirst, wenn man dich mal ein wenig neckt. Du bist steifer als ein Besenstil. Du musst dich entspannen.« Er legte mir behutsam eine Hand auf den Oberschenkel. Vermutlich war es eine unbewusste Geste. Doch ich zuckte so heftig zusammen, als hätte man mich geohrfeigt.

Sofort ließ Phoenix mich los. Doch sein Blick bohrte sich weiter in meinen.

»Du sagtest, das hier ist nicht deine erste Fahrstunde mit einem Schaltwagen. Erzähl mir davon.« Es war keine Bitte. Es war eine Aufforderung, die keinen Widerspruch duldete.

Meine Lippen teilten sich, doch nicht, um dem Schützen eine rüde Bemerkung entgegenzuschleudern, sondern um ihm jenes Geheimnis anzuvertrauen, das ich bisher nicht einmal meinen Eltern verraten hatte. Es war die Sorge und das Mitgefühl in seinem Gesicht, die mich dazu verleiteten.

»Wegen der Arbeit meiner Eltern mussten wir früher oft

umziehen, was es mir nicht gerade leicht gemacht hat, meinen Führerschein zu machen. In jedem Bundesstaat wechselten die Voraussetzungen, und ich musste einige Zeit warten, bis ich mich endlich zur praktischen Fahrprüfung anmelden konnte. Als es dann so weit war, wurde mir ausgerechnet ein Schaltwagen zugeteilt, den ich zuvor noch nie gefahren hatte. Ich bat darum, mit einem Automatikwagen fahren zu dürfen, aber das war nicht möglich. Mein Prüfer bot mir an, mich die Prüfung bestehen zu lassen, ohne dass ich dafür vom Parkplatz herunterfahren müsse. Ich sollte ihm nur beweisen, wie *dringend* ich meinen Führerschein wollte.«

Phoenix, der während meiner Erzählung eisern geschwiegen hatte, stieß ein Knurren aus. Seine Hände waren zu Fäusten geballt und die Zähne so fest aufeinandergebissen, dass sein Kiefer hervortrat.

»Es ist nichts passiert«, beeilte ich mich zu sagen. »Ich bin ohne Führerschein nach Hause gegangen und habe es später noch mal versucht. Es ist echt halb so wild gewesen. Nur hatte ich seitdem eben nicht das Bedürfnis, mich erneut hinter das Steuer eines Schaltwagens zu setzen.«

»*Halb so wild?*«, knurrte Phoenix und stieß einen so derben Fluch aus, dass ich zusammenzuckte.

Es dauerte ein paar Sekunden, bis er sich wieder im Griff hatte. Doch in seinen Iriden blitzte es zornig.

»Nichts an dem, was du mir gerade gesagt hast, ist *halb so wild!* Aber ich bin froh, dass du dich mir anvertraut hast. Jetzt will ich umso dringender, dass du lernst, wie man mit einem Schaltwagen fährt. Dieses Arschloch soll dir nicht für alle Zeit die Freude an neuen Erfahrungen nehmen. Denn wirklich verloren hat man erst dann, wenn der letzte Atemzug ausgehaucht ist.«

Perplex starrte ich Phoenix an. Ich hatte damit gerechnet, dass er verlegen wirken und sich entschuldigen würde, ehe er vorschlug, zurück zum Hotel zu fahren. Doch natürlich wusste mich Phoenix abermals zu überraschen.

»Du meinst das ernst, oder?«, hakte ich nach, als mich der Schütze einige Sekunden lang entschlossen ansah. Nicht der geringste Zweifel war seinem Gesicht abzulesen.

Phoenix antwortete nicht, aber das war auch nicht nötig. Er hatte seinen Standpunkt deutlich gemacht.

Ich schluckte gegen den Kloß in meiner Kehle an, doch er wollte nicht weichen. Stattdessen prickelte es, als das Eis in meinen Adern taute. »Okay«, hörte ich mich sagen. »Lass es uns tun.«

Dass Phoenix bei diesen Worten auf einen anzüglichen Kommentar verzichtete, zeigte, dass er mehr war als seine arrogante Fassade.

Und – *Verdammt!* – das war verflucht heiß.

Kapitel Zweiunddreissig

Ich wusste nicht, wie oft ich übte, bis ich schließlich den Dreh mit der Kupplung raushatte. Aber es dämmerte bereits, als ich den Pick-up zurück zum Hotel fuhr. Die Straßen waren verwaist und im Schein der aufgehenden Sonne durchströmte mich Stolz und Zufriedenheit, weshalb ich ziemlich traurig war, als ich unser Ziel erreichte und den Wagen in eine freie Parklücke manövrierte.

»Ich wusste, dass du es schaffen würdest«, sagte Phoenix stolz, als ich in den ersten Gang schaltete, die Handbremse anzog und den Motor ausschaltete. Der hartnäckige Rest Anspannug wich aus meinen Muskeln und ich seufzte erleichtert. Es würde noch einige Fahrten brauchen, bis ich mich vollkommen sicher auf diesem Sitz fühlen würde. Aber dank Phoenix war ich auf einem guten Weg. Er hatte mir Mut gemacht.

»Ich bin stolz auf dich, Lollipop.«

Seine Worte rührten mich. Noch vor dieser Nacht wäre ich jede Wette eingegangen, dass der Schütze das nur sagte, um mich in Verlegenheit zu bringen. Doch inzwischen glaubte ich ihm, dass er es ernst meinte.

»Danke. Aber ohne dich hätte ich das niemals geschafft.« Ich sah Phoenix fest an. Mein Dank bezog sich nicht allein darauf, dass er mir das Fahren beigebracht hatte. Während andere vermutlich komisch auf meine Geschichte reagiert hätten, war Phoenix ganz er selbst geblieben. Er war einfach an meiner Seite gewesen und hatte mir Sicherheit gegeben, während ich das Tempo hatte vorgeben dürfen.

Er war schlichtweg der perfekte Partner.

Phoenix' Lippen kräuselten sich, als wüsste er genau, was ich dachte. Das war mein Signal, mich abzuschnallen. Jetzt, da wir unser Ziel erreicht hatten, gab es keinen Grund mehr, länger im Wagen sitzen zu bleiben – obwohl sich ein Teil von mir genau das wünschte.

»Das habe ich gern gemacht, Lollipop.« Er löste ebenfalls seinen Gurt. »Sieh es als verspätetes Geburtstagsgeschenk.«

Ich hielt mitten in der Bewegung inne und wagte nicht einmal zu atmen. Ein verspätetes Geburtstagsgeschenk? Von Phoenix? Das war eindeutig zu viel für mich. Dass der Schütze an meinen Geburtstag dachte, obwohl dieser gefühlt ein halbes Leben zurücklag, war bereits mehr, als ich jemals von ihm erwartet hätte. Aber dass er auch noch das Bedürfnis verspürt hatte, mich mit dieser Fahrstunde zu überraschen …

Ich verdrängte das Gefühl von flatternden Schmetterlingen aus meinem Bauch und setzte mich stattdessen wieder aufrecht hin. Als mein Blick wie von selbst Phoenix' fand, drohte ich in seinen bernsteinfarbenen Iriden zu versinken, die in aller Seelenruhe über mein Gesicht glitten, einer hauchfeinen Berührung gleich. Am Ende kamen sie auf meinen Lippen zur Ruhe.

»Du bist ja wieder nervös«, sagte der Schütze leise. Ob er sich der Melancholie in seiner Stimme bewusst war?

»Ich bin nicht nervös. Ich versuche nur herauszufinden, wieso ich mich derart dagegen sträube, dieses Auto zu verlassen.«

»Du willst nicht aussteigen?« Als ich den Kopf schüttelte, lachte Phoenix und beugte sich ein Stück zu mir vor.

»Vielleicht sträubst du dich aus demselben Grund wie ich?«

»Und welcher sollte das sein?« Meine Worte waren kaum mehr als ein Raunen.

Phoenix lachte. Leise. Rau. Unbeschreiblich sexy.

»Muss ich das wirklich aussprechen, Lollipop?« Er kam noch ein winziges Stück näher. Seine Lippen waren leicht geöffnet und ich konnte mich nicht dazu bewegen, wegzusehen. »Denn wenn du darauf bestehst, kann ich dir nicht garantieren, dass ich meinen Worten nicht Taten folgen lasse. Dabei habe ich mir fest vorgenommen, die Situation nicht auszunutzen. Du sollst nicht eine negative Erinnerung durch eine andere ersetzen.«

Mein gesamtes Inneres prickelte, als würde Sekt durch meine Adern fließen. Zumindest würde das erklären, wieso ich mich wie betrunken fühlte. Betrunken von den Gefühlen, die Phoenix in mir entfachte, und die ich auf diese Art und Weise – und vor allem in dieser Intensität – noch nie erlebt hatte.

»Du willst nicht, dass ich eine negative Erfahrung durch eine andere ersetzen? Hat da etwa jemand Versagensängste?«

Phoenix erwiderte mein Grinsen und in seinen Augen blitzte es schakalhaft. »Ganz im Gegenteil. Ich weiß, was ich draufhabe.« Er hob eine Hand und strich mir zärtlich eine Haarsträhne aus dem Gesicht. Dabei berührten seine Fingerspitzen wie zufällig meine Wange und ich erschauderte. »Aber genau deshalb zögere ich. Wir haben beide im Moment genug um die Ohren, und ich weiß nicht, ob es eine gute Idee ist, das hier zwischen uns zu vertiefen. Ich kann mir bei der Suche nach meiner Schwester keine Ablenkungen leisten. Aber die Sorge, dich auf meiner Mission zu verletzen, lenkt mich ab.«

Diese Worte, so überraschend aufrichtig und gleichzeitig unbeschreiblich zärtlich, drangen tief in mein Innerstes, streichelten und liebkosten es, bis die leise Stimme, die daran verzweifelte, mir etwas mitzuteilen, endgültig verstummte.

»Was du als Ablenkung bezeichnest, ist für mich ein weiterer Anreiz, mein Bestes zu geben, damit niemand verletzt wird. Nicht ich. Nicht du. *Niemand.*«

Phoenix erstarrte für den Bruchteil einer Sekunde, dann loderte sein Blick leidenschaftlich auf. In einer geschickten Bewegung überbrückte er die letzten Zentimeter zwischen uns. Seine Hand, die zuvor auf Höhe meiner Wange geruht hatte, glitt zielsicher in meinen Nacken und er zog mich näher an sich heran.

Seine Lippen begegneten meinen mit einem solchen Hunger, dass es mir den Atem raubte. Als wäre ich auf einer dieser Partydrogen, nahm ich alles wie durch Nebel und gleichzeitig mit unbeschreiblicher Präzision wahr. Die Zeit schien in Wellen zu fließen – mal im Zeitraffer und dann wieder in Slow Motion –, und in meinem Kopf explodierten mit jeder noch so hauchfeinen Bewegung von Phoenix grell leuchtende Farben zwischen meinen Schläfen, hinter meinen Rippenbögen, einfach überall.

Rot. Orange. Gelb. Grün. Blau. Violett.

Das indische Fest Holi war im Vergleich dazu die reinste Tristesse.

Mein Herz hämmerte mir in der Brust und ich verlor mich in Empfindungen. Ich hatte keine Ahnung, wo wir waren, ob wir saßen, standen oder lagen. Ich wusste nur, dass Phoenix bei mir war, und dass ich mich zum ersten Mal in meinem Leben vollständig fühlte.

Der Schütze lockerte den Druck seiner Finger um meinen Nacken und lenkte meine Aufmerksamkeit damit zurück auf seinen Mund – und heilige Scheiße! Phoenix wusste wirklich, was er tat.

Während seine Finger mit meinen Haarsträhnen spielten, umschlossen seine Lippen neckend meine Unterlippe. Sie schmeichelten und flirteten mit ihr, bis ich mich ihnen schließlich ergab und auch den letzten Rest Kontrolle in die fähigen Hände des Schützen übergab.

Phoenix grinste zufrieden, und ich seufzte begierlich auf. Wie gern hätte ich seinem Ego einen verbalen Dämpfer verpasst – hätte ich dafür nur nicht diesen Kuss unterbrechen müssen.

Dieser Kuss ...

Dieser Kuss?

Sämtliche Warnsirenen, die ich zuvor sträflich vernachlässigt hatte, schrillten los und ich schaltete instinktiv in den Abwehrmodus. Ich löste meine Hände von Phoenix' Körper, die sich auf eine eindeutig nicht jugendfreie Erkundungstour begeben hatten, und stieß sie dem Schützen grob gegen die Brust. Wir stoben so heftig auseinander, dass mein Hinterkopf unangenehme Bekanntschaft mit dem Seitenfenster machte.

»Was ist los?« Eine Irritation, die zum Niederknien niedlich war, zeichnete Phoenix' Miene. Sein Atem ging ähnlich hektisch wie meiner, und seine Hände hingen in der Luft, als hätte jemand die Pausetaste bei einem Film gedrückt. »Habe ich dir wehgetan?« Er klang ernsthaft besorgt und mein viel zu schnell schlagendes Herz wurde schwer.

Was hatte ich nur angerichtet? Dieser Fehler würde alles, was sich gerade zwischen Phoenix und mir angebahnt hatte, unwiderruflich zerstören.

»Geht es dir gut?«, konterte ich mit einer Gegenfrage. Sofort unterzog ich den Schützen einer eingehenden Prüfung.

Oberflächlich betrachtet machte er einen quietschfidelen Eindruck. Aber der Schein konnte trügen. Nur weil er ein Lunaris war und ihn deswegen nichts so leicht aus den Socken hauen sollte, bedeutete das nicht, dass ihm mein Gift nichts anhaben würde.

Mein Gift, das bereits Matt getötet hat.

Durch einen Kuss!

Einen Kuss, genau wie diesen!

Am liebsten hätte ich mich für meine Dummheit geohrfeigt. Wie konnte man nur so verantwortungslos sein?

»Fühlst du dich irgendwie merkwürdig?«, hakte ich nach, als Phoenix mich nur schweigend ansah. War es das? Hatte ich ihn paralysiert? »Ist dir schlecht oder hast du das Gefühl, als würdest du Fieber bekommen?« Panik schraubte meine Stimme um gleich mehrere Oktaven höher, und ich konnte nur mühsam gegen den Drang ankämpfen, den Schützen bei den Schultern zu packen und ihn so lange zu schütteln, bis er endlich antwortete.

»Ist das irgendeine verrückte Art des Flirtens?« Phoenix versuchte sich an einem unsicheren Lächeln, und seine Hände sanken in seinen Schoß. »Getreu dem Motto, dass der Kuss so gut war, dass er mir hätte den Verstand rauben müssen? Falls das der Fall ist, dann musst du mich vorwarnen, Lollipop – oder zumindest warten, bis mein Blut wieder in meinem Kopf angekommen ist.«

»Ich flirte nicht!« Mit beiden Händen strich ich mir über das Gesicht. Sämtliche Leidenschaft war erloschen und hatte eine Kälte hinterlassen, die mich von innen heraus zum Frösteln brachte. Gleichzeitig wallte die Erleichterung, dass es Phoenix offenbar gut ging, wie eine Tsunamiwelle durch mein Innerstes. »Beantworte bitte einfach meine Fragen.«

Das Lächeln auf Phoenix' weichen, sinnlichen Lippen wurde von einer gerunzelten Stirn abgelöst.

»Abgesehen davon, dass ich nicht verstehe, was hier plötzlich los ist und wieso du auf einmal so gestresst wirkst, geht es mir gut.« Er streckte seinen Arm aus, vermutlich um meine Hand in seine zu nehmen.

»Nein! Lass das bitte!« Ich drückte mich noch weiter von Phoenix zurück. Schuld und Scham mischten sich unter die Erleichterung, dass ich rechtzeitig die Notbremse gezogen hatte, und Tränen verschleierten meine Sicht.

»Scheiße, Lollipop! Weinst du etwa?« Die Überforderung, die Phoenix überdeutlich ins Gesicht geschrieben stand, brach mir das Herz. »Was ist denn auf einmal los? Ich dachte, du wolltest den Kuss auch? Hast du nicht selbst gesagt, dass –«

»Es ist nicht deine Schuld. *Ich* habe einen Fehler gemacht. Ich hätte diesen Kuss niemals zulassen dürfen. Es war ... es war ...« Mir fehlten die Worte, weswegen ich nur abermals den Kopf schüttelte.

Phoenix starrte mich an. Doch er hatte sich beneidenswert schnell wieder unter Kontrolle.

»Willst du mich verarschen? Es ist nicht *meine* Schuld? Du hättest den Kuss gar nicht erst *zulassen* dürfen? Aus welcher verfluchten Telenovela hast du diesen Scheiß? Fuck! Wie hatte ich nur so blöd sein können? Natürlich bist du eins dieser Mädchen, die gar nicht genug Drama in ihrem Leben haben können. Deswegen hast du Jackson auch erst heiß gemacht, nur ihm kurz darauf abblitzen zu lassen.« Er warf den Kopf in den Nacken und stieß seinen Schädel gegen die Seitenscheibe hinter sich. »Scheiße! Jetzt habe ich fast Mitleid mit dem Arsch.«

Obwohl mir bewusst war, dass Phoenix' Reaktion gerechtfertigt war, verletzten mich seine Worte ungemein. Traute er mir so etwas wirklich zu? Dass ich ihn aus reinem Spaß geküsst hatte?

»Ich bin keine Drama-Queen«, verteidigte ich mich. »Ich wollte diesen Kuss – genauso wie ich dich will! Aber es ändert nichts daran, dass es ein Fehler war. Denn das letzte Mal, als ich einen Jungen geküsst habe, ist er ...« Ich schluckte gegen den Kloß in meiner Kehle an. Ich hatte diese Worte noch nie laut ausgesprochen. »Er ist gestorben. Und zwar buchstäblich. Vergiftet durch Skorpiongift.«

Phoenix erstarrte in der Bewegung. Doch das hielt mich nicht davon ab, weiterzureden.

»Ich muss dir nicht erzählen, dass sämtliche Lunaris-Skorpione ein Faible für Gifte besitzen. Tja, dieser Trend ist an mir vorbeigegangen. Stattdessen bin *ich* das Gift.« In knappen Sätzen erzählte ich ihm von Matt, wie er mich gegen meinen Willen geküsst, und wie ich am nächsten Tag von seinem Tod erfahren hatte. Kurz überlegte ich, ob ich Phoenix auch erzählen sollte, dass ich die wahre Gestalt der Shadows sehen konnte, doch ich entschied mich dagegen. Abgesehen davon, dass er mir vermutlich ohnehin nicht glauben würde, musste er gerade genug anderes verarbeiten.

Die Augen meines Gegenübers verengten sich weiter. Und obwohl es mich quälte, hielt ich der Prüfung tapfer stand.

»Fuck! Du meinst das ernst, oder?«

»Ich wünschte, es wäre nicht so.«

Phoenix sah mich sprachlos an und ich erwiderte die Geste schweigend. Was sollte ich auch sagen? Die Erinnerungen an Matt, die ich während unseres Trips erfolgreich hatte verdrängen können, waren mit Wucht zurückgekehrt.

»Scheiße!«, fluchte Phoenix irgendwann und er strich sich

mit den Fingern durch die Haare. »Darüber haben Ward und Montgomery die ganze Zeit miteinander getuschelt.« Ich konnte ihm förmlich ansehen, wie er Puzzleteil für Puzzleteil zusammensetzte und begriff, dass ich ihm die Wahrheit gesagt hatte. »Deswegen hat Jackson bei eurem *Nicht*-Date auch nicht auf einem Gute-Nacht-Kuss beharrt. Weil der Mistkerl wusste, dass ihn dieser teuer zu stehen kommen könnte.« Er lachte hohl auf und sah mich wieder an. Neben Unglauben schwang auch die Wut über Jacksons Geheimnistuerei mit.

»Es tut mir leid, Phoenix! Ich wollte dich wirklich nicht in Gefahr bringen! Du warst heute nur so unglaublich lieb zu mir, dass ich …« Betroffen senkte ich den Kopf. Meine Erklärung klang so erbärmlich und nichtssagend, dass ich mich für sie schämte. »Es tut mir leid. Ganz ehrlich.«

Am liebsten wäre ich aus dem Wagen gesprungen, doch Phoenix, der seine Hand unbemerkt auf meinen Oberschenkel gelegt hatte, hinderte mich daran.

»Denk gar nicht erst daran, Lollipop!« Phoenix klang streng, gleichzeitig milderte das Lächeln, das an seinen Mundwinkeln zupfte, die Schärfe seiner Worte. »Wenn du mich jetzt wie einen am Straßenrand ausgesetzten Hund zurücklässt, dann muss ich meine Entscheidung, dir zu glauben, doch noch revideren.«

»Du … du glaubst mir?« Vor Freude fiel mir ein solcher Stein vom Herzen, dass ich handelte, ohne nachzudenken. Ungestüm sprang ich Phoenix in die Arme. Sein Kopf donnerte gegen das Glas und als ich meine Arme um seinen Oberkörper schlang, entwich ihm ein Ächzen. Doch anstatt mich von sich zu schieben, erwiderte der Schütze meine Umarmung.

»Ja, ich glaube dir«, wisperte er mir ins Ohr, meine Wange an seine Brust gelehnt. Sein Herzschlag pochte rhythmisch gegen meine Schläfe. »Trotzdem hätte Ward seiner Scheiß-Pflicht als Scheiß-Captain nachkommen und mich vorwarnen müssen. Immerhin weiß er genau, dass ich dich mag.« Er verstärkte den Druck seiner Arme, als sorgte er sich, ich könnte mich zurückziehen, ehe er gesagt hatte, was ihm noch auf der Zunge lag. »Aber, wenn ich ehrlich bin«, fügte er im Flüsterton hinzu, »bin ich auch ein wenig froh, erst jetzt vom Ausmaß deiner Gabe zu erfahren.« Zart streichelte er mir über den Rücken, was mich zu weichem Wachs in seinen Armen machte. »Sonst wäre ich vermutlich niemals in den Genuss gekommen, dich zu küssen. Dabei gehört dieser Moment eindeutig in die Kategorie ›Unvergessliche Augenblicke‹.«

Mein Herz machte einen Sprung und die Leichtigkeit, die ich bei diesen Worten verspürte, ließ mich in völlig andere Sphären abdriften.

Ja, vielleicht war dieser Kuss ein Fehler gewesen, aber er hatte etwas erschaffen, was sonst vermutlich niemals zustande gekommen wäre.

Wie lange Phoenix und ich auf diese Weise eng umschlungen im Wagen saßen, gemeinsam schwiegen und einfach nur dem Herzschlag des jeweils anderen lauschten, konnte ich nicht sagen. Doch für meinen Geschmack dauerte es nicht annähernd lange genug, ehe er von einer hektisch aufgerissenen Wagentür hinter mir unterbrochen wurde.

KAPITEL DREIUNDDREISSIG

June! Phoenix! Himmel Sakrament! Da seid ihr ja endlich!« Ollys Stimme drang in solch einer Lautstärke in das Wageninnere, dass ich von Phoenix wegsprang, als wäre ich an einem Gummiseil zurückgezogen worden. Mein Gesicht glühte und mein Herz raste, als ich mich zu Olly herumdrehte, die uns mit Schreckensmiene ansah. »Wo wart ihr? Ist bei euch alles okay? Seid ihr verletzt?« Musternd nahm sie uns unter die Lupe und ich war mir sicher, was auch immer sie annahm, was wir getan hatten, es lag meilenweit von der Wahrheit entfernt. Damit das jedoch so blieb, rutschte ich aus der Wagentür und strich mir unauffällig meine schweißfeuchten Handflächen an meiner Kleidung trocken.

»Was ist denn los, Olly? Wieso bist du so aufgebracht?«

»Wieso ich so aufgebracht bin?« Die Stier-Dame sah mich an, als sprächen wir nicht dieselbe Sprache. »Weil wir euch seit einer Stunde suchen! Ihr wart nicht im Zimmer, seid nicht ans Handy gegangen und habt keine Nachricht hinterlassen, wo ihr hinwollt! Und die einzige Info, die wir dem Drachen entlocken konnten, war, dass ihr beiden wie von der Tarantel gestochen aus dem Zimmer geflüchtet seid, nachdem ihr einige Zeit auf dem Balkon verbracht habt.« Erst jetzt bemerkte ich, dass Olly nicht mehr am Leib trug als eine kurze Seidenshorts mit einem dazu passenden Trägerhemdchen. »Wir dachten, ihr wärt von Shadows angegriffen worden.«

»Sind wir aber nicht«, kommentierte Phoenix, der sich

ebenfalls aus dem Auto begeben hatte, und sich mit locker vor der Brust verschränkten Armen gegen den Kotflügel des Trucks lehnte. Er hielt den Wagenschlüssel in der Hand, den ich vor Schreck völlig vergessen hatte. »Wir hatten Hunger und sind los, um uns was zu essen zu holen.«

»Ihr hattet *Hunger?*« Olly sah Phoenix an, als hätte er gebeichtet, an einem satanistischen Ritual teilgenommen zu haben. Doch dann schien es in ihrem Kopf klick zu machen, denn ihre Miene entspannte sich und auch sie verschränkte die Arme vor der Brust, ehe sie eine Braue in die Höhe zog. »Ach, ist das so? Und wieso saß dann June hinter dem Steuer? Ich dachte, sie fährt keine Schaltwagen?«

Phoenix setzte zu einer Erwiderung an, doch Olly schüttelte lachend den Kopf und warf die Hände in die Höhe.

»Spar's dir, Phoenix. Ich will keine Details darüber hören, was ihr beiden im Wagen getrieben habt. Hauptsache, ihr seid wohlauf. Dann kann Jack damit aufhören, das gesamte Lunaris-Netzwerk in den Wahnsinn zu treiben.« Sie machte auf dem Absatz kehrt und stiefelte in Richtung Hotel davon. Zumindest war sie geistesgegenwärtig genug gewesen, sich Schuhe anzuziehen.

Mit hängenden Schultern sah ich Olly nach. Abgesehen davon, dass sie der Wahrheit gefährlich nahegekommen war, quälte mich das schlechte Gewissen, dass wir ohne jegliche Nachricht einfach abgehauen waren. So etwas sah mir überhaupt nicht ähnlich! Allerdings sah es mir auch nicht ähnlich, mit einem Typen zu knutschen, den ich erst wenige Tage kannte und auch noch die meiste Zeit davon verabscheut hatte.

Phoenix, dem mein Gedankenkarussell nicht entgangen zu sein schien, stellte sich neben mich und ergriff wie selbstverständlich meine Hand. Die Berührung unserer Finger jagte wie ein Blitz durch meinen Körper, und meine Nervenenden kribbelten elektrisiert. Als ich mich zu ihm herumdrehte, lag ein Lächeln auf seinen Lippen, das ich automatisch erwiderte.

»Bist du bereit, dich in die Höhle des Löwen zu wagen?«

»Habe ich eine Wahl? Wir können ja schlecht den Truck klauen und ohne Olly und Jackson nach Mexiko weiterfahren?«

»*Können* wir das nicht, oder *traust* du dich das nicht?« Phoenix funkelte mich herausfordernd an. Zumindest musste ich mir keine Gedanken darüber machen, dass der Kuss etwas von der Leichtigkeit zwischen uns zerstört hatte.

»Sowohl als auch!« Ich zog Phoenix bestimmt in Richtung Hotel. »Für eine Nacht habe ich mehr als genug Abenteuer erlebt.«

Oben im Hotelzimmer stießen wir auf Jackson, der hektisch durch den Raum lief und dabei in sein Handy sprach. Ollys Anwesenheit schien er überhaupt nicht bemerkt zu haben. Auch unsere Ankunft registrierte er erst, als er mehr oder weniger in uns hineinrannte. Perplex hob er den Kopf und es dauerte ein paar Sekunden, bis sein Verstand unseren Anblick verarbeitet hatte. Doch dann legte Jackson mit einem »Hat sich erledigt« auf und ließ sein Telefon sinken.

»Wo zur Hölle wart ihr?«, fuhr er uns sogleich an, nachdem er sich davon überzeugt hatte, dass es uns gut genug für eine Standpauke ging. »Olly und ich waren krank vor Sorge! Ich hoffe, ihr habt eine *verdammt* gute Erklärung für euer Verhalten!«

Phoenix, der noch immer meine Finger in seinen hielt, schob sich wenig subtil vor mich, als wollte er mich vor Jacksons Wut schützen.

»Jetzt reg dich mal nicht künstlich auf, Ward. Wir waren nur ein wenig an der frischen Luft. Oder hast du ein Problem damit, dass June und ich Zeit miteinander verbringen?« Der scharfe Unterton war kaum zu überhören. Gleichzeitig wäre ich am liebsten bei dem Klang, als Phoenix zum ersten Mal meinen Namen ausgesprochen hatte, vor Wonne zerflossen.

Jackson wollte bereits zu einer Antwort ansetzen, doch ich kam ihm zuvor.

»Es tut uns leid, dass wir ohne Nachricht verschwunden sind und ihr euch Sorgen gemacht habt.« Ich stellte mich neben Phoenix. Das Letzte, was ich nach der zurückliegenden Nacht gebrauchen konnte, war ein Eifersuchtsstreit zwischen den beiden. »Kommt nicht erneut vor, versprochen.«

Jackson sah von Phoenix zu mir und seine Augen verengten sich. Doch Ärger war nicht das Einzige, was ich in ihnen las. Es war Bedauern, gepaart mit einer Spur Enttäuschung.

»Packt eure Sachen und macht euch für die Abreise fertig.« Jackson kehrte uns den Rücken. »In einer halben Stunde fahren wir los.« Mit diesen Worten verließ er mit dem Telefon in seiner Hand das Hotelzimmer. Vermutlich wollte er seinen Anführerpflichten nachkommen und ein paar zuvor aufgescheuchte Lunaris besänftigen. Doch ich wurde den Verdacht nicht los, dass es eine Ausrede war, um Abstand zu gewinnen.

Sollte ich Jackson nachgehen und ihm alles erklären? Doch was hätte es gebracht? Abgesehen davon, dass ich nichts sagen konnte, um die Sache für ihn leichter zu machen, wollte ich das, was sich gerade zwischen Phoenix und mir anbahnte, nicht kleinreden, nur um Jacksons Gefühle nicht zu verletzen. Das wäre nicht fair gewesen. Weder Phoenix noch Jackson gegenüber.

Nachdem Olly, Phoenix und ich unsere Sachen zusammengeräumt und diese zum Truck gebracht hatten – inklusive Drake, der gar nicht verstand, wieso ich ihn derart böse anschaute, sich aber dennoch sicherheitshalber zu Phoenix verzog –, gönnten wir uns in dem Hotelrestaurant ein schnelles Frühstück to go und fanden uns schließlich pünktlich im Wageninneren wieder. Jackson erwartete uns, wenig überraschend, hinter dem Steuer. Und da es dieses Mal ausnahmsweise keine Diskussion darüber gab, wer wo saß, fuhren wir kurz darauf über die Interstate in Richtung Landesgrenze. Ich schätzte, dass wir noch rund vierzehn Stunden Fahrt vor uns hatten, sodass ich bezweifelte, dass wir Aguascalientes vor Einbruch der Nacht erreichen würden. Gleichzeitig näherten wir uns mit so großen Schritten unserem Ziel, dass ich die Gefährlichkeit unserer Mission nicht länger ausblenden konnte.

»Wie sieht eigentlich unser Plan aus, wenn wir unser Ziel erreichen?«, fragte ich.

»Aguascalientes ist vor allem für seine große Schädelparade auf der Avenida Madero bekannt«, erklärte Phoenix. »Das ist jedes Jahr der Höhepunkt des *Festival de Calaveras.*«

»Und wie soll uns diese Parade bei der Klärung unserer Fragen helfen? Oder glaubst du, dass das Götterkind dort mitwandert und wir nur nett zu fragen brauchen, ob es uns ein kleines Interview gibt?« Es sollte scherzhaft klingen, doch selbst mir entging der nervöse Unterton nicht. Seit mir Drake anvertraut hatte, dass das Götterkind tatsächlich existierte, hatte ich es vermieden, darüber nachzudenken. Doch das war nicht länger möglich – vor allem, da meine Zweifel, dieses Geheimnis für mich zu behalten, immer stärker wurden. Immerhin bestand die Möglichkeit, dass dieses übermächtige Wesen unsere einzige Chance war, die Menschheit vor den Shadows zu retten.

Phoenix unterbrach meine Überlegungen: »Ich weiß nicht, ob wir auf der Parade dem Götterkind begegnen, Lollipop. Aber die Shadows werden sich eine solche Ballung von Emotionen auf keinen Fall entgehen lassen. Wir müssen also nur eines dieser Viecher schnappen und es zum Reden bringen.«

»*Das* ist dein Plan? Einen Shadow fangen und ihn zum Reden bringen? Wie willst du das anstellen? Ich dachte, Shadows sind körperlose Wesen und Lunaris können sie nicht verstehen, sondern bestenfalls Grunzlaute hören.« Meine Worte verstärkten meine Bauchschmerzen. Wenn es jemanden gab, der mit *Sicherheit* sagen konnte, dass Shadows sehr wohl Körper besaßen und sich bestens auf unsere Sprache verstanden, dann ich. Aber genau aus diesem Grund konnte ich Phoenix' Strategie unmöglich unterstützen. Die Gefahr, die damit einherhing, war viel zu groß.

»Und überhaupt«, führte ich mein sinnfreies Geblubber fort. »Woher wollen wir wissen, ob der Shadow, den wir fangen, uns auch helfen kann? Vielleicht weiß er gar nichts über die verschwundenen Lunaris? Anthony sagt, dass die Shadows womöglich gar nichts damit zu tun haben. Ist das Risiko, dass wir nur unsere Zeit verschwenden, nicht viel zu groß?«

»Hast du eine bessere Idee?« Phoenix' Miene war hart. Vermutlich hatte er nicht damit gerechnet, dass ich ihm nach letzter Nacht so vehement in den Rücken fallen würde. Dabei war das gar nicht meine Absicht. Doch in Anbetracht der Umstände blieb mir nichts anderes übrig.

»Ich weiß nicht, ob die Idee besser ist, aber sie ist jedenfalls eine Alternative, die wir *alle*«, ich sah Drake bedeutsam an, »diskutieren sollten.«

Der Drache schaute träge blinzelnd hoch, ehe er, gemütlich auf Phoenix' Schoß zusammengerollt, herzhaft gähnte.

Warum auch immer, er schien an seinem Schweigegelübde festzuhalten.

»Aus zuverlässiger Quelle habe ich erfahren«, fuhr ich fort, »dass es durchaus wahrscheinlich ist, dass das Götterkind mehr als nur ein Mythos ist und es tatsächlich auf der Schwelle zwischen Leben und Tod gefangen gehalten wird.«

»*Das* willst du aus zuverlässiger Quelle erfahren haben?« Phoenix' Verwirrung dämpfte seinen Groll.

Als ich nickte, stieß er ein heiseres Lachen aus.

»Wow. Okay. Damit hätte ich jetzt nicht gerechnet.« Er beugte sich vor, sodass er zwischen dem Fahrer- und Beifahrersitz hindurchschauen konnte. Ein amüsiertes Zucken spielte an seinen Mundwinkeln. »Sag schon, Olly. Wie betrunken warst du, als du unserem Skorpion dieses Märchen aufgetischt hast?«

»Was? Ich war das nicht!« Olly drehte sich empört zu Phoenix herum. »Jackson hat ihr die Geschichte erzählt. Aber er hat klargemacht, dass es eben nicht mehr ist als das. Eine Geschichte.«

Phoenix drehte seinen Kopf langsam über die Schulter zu mir herum, die Braue fragend in die Höhe gezogen.

Ich schaute nicht weg. Allmählich begriff ich, dass Drake den anderen nicht von dem Götterkind hatte erzählen wollen, weil er wusste, dass sie ihm ohnehin nicht glauben würden.

Doch so einfach würde ich nicht aufgeben.

»Bist du fertig? Gut. Dann hör mir einfach zu. Im Grunde ist es nämlich völlig egal, von wem ich die Info habe. Fakt ist, dass ich der Meinung bin, dass wir bei diesem Wesen sehr viel höhere Chancen haben, Antworten auf unsere Fragen zu erhalten, als wenn wir willkülich Shadows einfangen und sie so lange foltern, bis sie uns etwas verraten.«

»Das wäre vielleicht der Fall, wenn das Götterkind existieren würde«, warf Phoenix ein. »Aber –«

»Aber ihr glaubt nicht, dass das der Fall ist. Schon klar. Da wir jedoch noch einige Stunden Fahrt vor uns haben und es sonst nichts Wichtigeres zu klären gibt, lass uns so tun, als gäbe es das Götterkind, und uns der Frage widmen, wie wir es finden können.«

Phoenix sah mich weiterhin an, als zweifelte er an meiner Zurechnungsfähigkeit. Aber davon durfte ich mich nicht irritieren lassen. Wenn ich diesen Kampf schon ohne Unterstützung angehen musste – wobei ich mir fest vornahm, Drake bei passender Gelegenheit auf sein beharrliches Schweigen zu diesem Thema anzusprechen –, brauchte ich Klarheit.

»Jackson«, wandte ich mich an den wortkargen Löwen. Mir war natürlich bewusst, dass er noch immer sauer war, aber ich traute ihm durchaus zu, sich trotz verletzten Stolzes professionell zu verhalten. »Du meintest, dass die Grenze zwischen Leben und Tod während der Feierlichkeiten der *Días de los Muertos* so dünn wird, dass die Verstorbenen die Möglichkeit erhalten, den Schleier zu passieren, um für eine Nacht mit ihren Familien und Freunden zusammen zu sein. Wie soll ich mir das vorstellen? Gibt es einen speziellen Ort, an dem dieser Übergang vonstattengeht? Oder ist das an Bedingungen geknüpft?«

Jackson warf mir über den Rückspiegel einen knappen Blick zu. Zwischen Erheiterung, Verdruss und Genervtheit konnte alles gemeint sein.

»Ich sagte dir doch bereits, dass es sich um ein Ammenmärchen handelt, das Menschen helfen soll, mit dem Verlust geliebter Personen umzugehen. Es gibt keinen Schleier oder eine geografische Grenze, die es zu passieren gilt.«

»Ja, ich weiß, dass du das bereits sagtest. Aber ich bitte auch dich, mal kurz so zu tun, als würdest du daran glauben. Wie würdest du die Suche nach jenem Ort beginnen, an dem die Verstorbenen den Weg ins Reich der Lebenden finden?«

Jackson antwortete nicht sofort und ich kaute nervös auf meiner Unterlippe. Wenn er mich jetzt abblitzen ließ, würde ich in einer Sackgasse landen. Phoenix brauchte ich auf dieses Thema gar nicht erst anzusprechen, und wenn Drake etwas Hilfreiches beizutragen gewusst hätte, hätte er es mir längst gesagt. Allein Olly könnte mir vielleicht noch weiterhelfen. Doch ich bezweifelte, dass sie sich dazu gegen Jackson stellte.

»Wenn ich tatsächlich an diesen *Verstorbene-kehren-für-eine-Nacht-ins-Reich-der-Lebenden-zurück*-Mythos glauben würde, hätte ich dennoch Schwierigkeiten, mir den Übergang als eine Grenze vorzustellen. Denn wo sollte diese verlaufen? Jeden Tag sterben Menschen auf der ganzen Welt. Es wäre ziemlich unlogisch, dass sie erst eine mehrtägige Reise hinter sich bringen müssten, um die Grenze ins Land der Toten zu passieren.« Jackson schüttelte sachte den Kopf. »Nein, ich denke, wenn es so wäre, würde die Welt der Verstorbenen eher einer Art Paralleluniversum gleichen, das identisch zu unserer Erde verläuft.«

»Du meinst, die Seelen der Verstorbenen leben unsichtbar unter uns?«, hakte ich interessiert nach. »Aber wieso streuen die Mexikaner dann einen Pfad aus Blumenblüten von dem jeweiligen Grab des Verstorbenen zu dem Altar im Haus? Heißt es nicht, dass die Seelen nur auf diese Weise den Weg zurück zu ihren Familien finden?«

»Wie gesagt«, meinte Jackson mit einem Schulterzucken, »es ist ein Ammenmärchen und soll den Menschen Trost spenden.«

Ich nickte gedankenversunken. Zwar hatte mich Jackson nicht abblitzen lassen, dennoch war ich keinen Deut schlauer, was den Aufenthaltsort des Götterkindes anging.

»Es könnte an den Gebeinen liegen«, merkte Olly an. »Vielleicht stellen die sterblichen Überreste der Verstorbenen in den Gräbern eine Art Anker zwischen unserer Welt und dem Reich der Toten dar, der es den Seelen ermöglich, die letzte Hürde des geschwächten Schleiers zu durchdringen?«

»Klingt genauso logisch beziehungsweise unlogisch wie jede andere Erklärung auch«, mischte sich Phoenix in das Gespräch ein und ich konnte nicht anders, als ihn verblüfft anzusehen. Ich hatte nicht damit gerechnet, dass er der Unterhaltung ernsthaft folgte. »Aber wenn wir diesem Hirngespinst nachjagen wollen, bringt uns diese Erklärung nicht weiter. Immerhin ist das Götterkind weder verstorben noch besaß es jemals menschliche Gebeine, die irgendwo in einem Grab vor sich hin rotten.«

Darauf wusste niemand von uns etwas zu erwidern, weshalb wir wieder in Schweigen verfielen. Meile um Meile zog indes an uns vorbei und der Festtagsschmuck, den wir dabei passierten, erinnerte mich daran, dass die *Días de los Muertos* hier ein ebenso wichtiger Feiertag waren, wie für uns der Unabhängigkeitstag. Überall waren Häuser mit Tagetesblüten dekoriert, Menschen liefen fröhlich umher, plauderten miteinander, zeigten sich Fotos oder überreichten einander Platten voller Essen. Gekleidet waren sie dabei entweder in traditionelle Trachten in den Farben der mexikanischen Flagge, oder in schwarze Gewänder, die mit Blumen oder Totenköpfen bestickt waren. Auch konnte ich einige Leute entdecken, die ihre Gesichter passend dazu als Totenschädel mit farbigen Verzierungen geschminkt hatten.

Fasziniert sog ich jedes Detail in mich auf. Zwar hatte ich in der Vergangenheit des Öfteren von diesen Feierlichkeiten gehört, aber es war etwas völlig anderes, dies zum ersten Mal live mitzuerleben. Fast fühlte ich mich, als wäre ich selbst ein Teil davon.

»Heilige Scheiße!«, entfloh es mir und ich schlug mir erschrocken die Hand vor den Mund, ehe ich mich von der Fensterscheibe ab und den anderen im Wagen wieder zuwandte.

Umgehend lag sämtliche Aufmerksamkeit auf mir.

Phoenix reagierte als Erster.

»Was ist los?« Er legte mir eine Hand auf den Oberschenkel. Der zarte Druck, den seine Finger dabei ausübten, wirkte sowohl besänftigend als auch elektrisierend, was meinen ohnehin beschleunigten Puls regelrecht ins Stolpern brachte. »Hast du einen Shadow gesehen oder ist dir eingefallen, dass du in Mexiko strafrechtlich verfolgt wirst und dir bei einer Verhaftung die Todesstrafe droht?«

»Weder noch«, gab ich knapp zurück. Mir stand gerade nicht der Sinn nach blöden Kommentaren. »Ich glaube, ich weiß jetzt, wie wir das Götterkind finden können!«

KAPITEL VIERUNDDREISSIG

Was?«, spien Phoenix und Olly unisono hervor, während Jackson erneut über den Rückspiegel zu mir nach hinten sah.

»Was meinst du damit? Ich dachte, wir wären uns einig, dass es das Götterkind nicht gibt und wir nur rein hypothetisch über das Thema sprechen.«

»Hypothetisch oder nicht, aber du und Olly habt mich auf eine Idee gebracht!« Aufgeregt setzte ich mich gerader hin. In meinen Fingerspitzen kribbelte es und als sich eine Gänsehaut über meine Arme zog, fühlte es sich an, als würde eine ganze Schar Ameisen durch meine Adern krabbeln. »Wenn wir davon ausgehen, dass das Jenseits ein Paralelluniversum ist, das neben unserer Welt existiert, und die Seelen der Verstorbenen den Weg vom Jenseits in das Diesseits nur finden, weil ihre Gebeine noch Teil dieser Welt sind, dann müsste es mit dem Götterkind ebenso funktionieren. Schließlich ist es laut der Geschichte buchstäblich ein Teil der gesamten Welt.«

Als niemand etwas widersprach, fühlte ich mich bestärkt, meine Überlegung weiterzuspinnen.

»Jetzt könnte man natürlich argumentieren, dass sich das Götterkind innerhalb des Schleiers überall auf der Welt befinden könnte. Aber in Anbetracht des Umstandes, dass die Grenze zwischen dem Reich der Toten und unserer Welt während der *Días de los Muertos* hier besonders dünn wird, wäre es ja nur logisch, wenn sich das Götterkind in Mexiko einfindet, um einen Weg zu finden, seiner Gefangenschaft zu entkommen.«

»Das klingt zwar plausibel«, gab Jackson zu bedenken, »aber –«

»Aber das beantwortet nicht die Frage, *wo* sich das Götterkind genau aufhält«, mischte sich Phoenix mit nachdenklicher Miene ein. Entweder arrangierte er sich mit dem Gedanken, dass ich recht haben und das Götterkind tatsächlich existieren könnte, oder er war aus Prinzip anderer Meinung als Jackson. »Mexiko ist groß. Woher sollen wir wissen, in welcher Ecke sich das Götterkind aufhält?«

Damit hatte Phoenix nicht unrecht, und ich wünschte, ich hätte eine Antwort auf seine Frage.

»Es sei denn«, sagte Olly gedehnt, »es gäbe einen Ort, der das Leben, den Tod und zerrüttete Familienverhältnisse miteinander vereint.«

Gespannte Stille breitete sich im Wagen aus, als Olly nicht sofort weitersprach.

»Habt ihr schon mal von der *Capilla de Santa Catrina* gehört«, fragte sie und sah drehte sich zu uns nach hinten. Als niemand von uns antwortete, fuhr sie fort. »Die Kapelle der heiligen Catrina war einst eine Familienkirche. Vor rund zweihundert Jahren ist sie während einer Taufe bis auf die Grundmauern niedergebrannt. Die Familienmitglieder konnten sich retten, doch das Baby kam in den Flammen ums Leben. Es heißt, dass die Familie stark zerstritten gewesen war und das Feuer während eines Wortgefechtes ausgelöst wurde. Seitdem wachsen auf dem Grab des Babys die schönsten und unbekanntesten Blumen, die die Menschen jemals zu Gesicht bekommen haben – es gibt keine wissenschaftliche Erklärung, woher sie kommen oder wie sie dort gedeihen können.« Olly zuckte mit den Schultern. »Niemand kann sich dieses Phänomen erklären, weshalb die Leute immer wieder von ›Magie‹ sprechen.«

»Und du glaubst, es ist ein Hinweis auf die Existenz des Götterkindes?« Jackson war seine Skepsis deutlich anzuhören.

»Nun ja, wenn man bedenkt, dass an dem Tag des Feuers eine Taufe stattgefunden haben soll, die sinnbildlich für das Leben steht, und kurz darauf ein unschuldiges Wesen für den Hass seiner Familie bezahlen musste, sind die Parallelen zur Geschichte des Götterkindes schon verblüffend.«

Jackson schien nicht sonderlich überzeugt zu sein, und auch ich empfand bei dieser These ein unangenehmes Gefühl in der Magengegend. Da ich dieses jedoch nicht genauer benennen konnte, war ich dankbar für Phoenix' Unterbrechung.

»Ich sag es ja nur ungern, aber ich muss Ward recht geben. Das ist ein verdammt dünner Strohhalm, an den wir uns da klammern. Wo befindet sich diese Kapelle überhaupt? Nicht, dass wir jetzt die ganze Zeit nach Aguascalientes fahren, aber eigentlich an einen völlig anderen Ort müssten.«

»Aguascalientes passt schon«, antwortete Olly. »Die Kapelle befindet sich in der Nähe des *Museo Nacional de la Muerte*, dem nationalen Museum des Todes.«

Phoenix verzog skeptisch die Mundwinkel und auch ich konnte eine gewisse Verwunderung über diesen Zufall nicht leugnen – was das unangenehme Gefühl in meinem Magen weiter verstärkte. Dass Olly einen Ort vorschlug, der genau in dieser Stadt lag, machte natürlich auch Sinn. Trotzdem … irgendetwas passte hier nicht so recht ins Bild.

»Vergesst, dass ich was gesagt habe.« Olly war anzuhören, dass wir sie mit unserem Argwohn gekränkt hatten. »Ich habe mich nur auf euer Spielchen eingelassen. Mir ist es völlig egal, wo wir mit unserer Suche starten. Ich bin ohnehin nur mitgekommen, um aufzupassen, dass ihr Sturköpfe euch nicht gegenseitig den Hals umdreht.«

»Jetzt sei nicht gleich beleidigt, Olympia.« Jackson legte Olly eine Hand auf die Schulter und drückte diese. »Du weißt, wie ich diesen ganzen Mythen und Legenden gegenüberstehe. Aber wenn wir ohnehin in Aguascalientes sind, können wir dieser Kapelle auch einen Besuch abstatten. Irgendwo müssen wir ja beginnen.«

Olly sah Jackson von der Seite an, dann bildete sich ein zartes Lächeln auf ihren Lippen.

Einen Moment beobachtete ich die beiden. Dann konnte ich dem nagenden Druck nicht länger standhalten.

»Jackson? Könntest du bei der nächsten Gelegenheit bitte anhalten? Ich glaube, mir bekommt das Frühstück nicht so gut.« Ich schlang mir den Arm um die Taille. Egal wie viel Angst ich vor den Antworten hatte, es war Zeit, Drake ein paar Fragen zu stellen.

»Natürlich«, sagte Jackson, während Phoenix mich besorgt musterte.

»Hältst du noch etwas durch, oder soll ich gleich anhalten? Die nächste Raststätte kommt in etwa zehn Meilen.«

»Das genügt«, antwortete ich und sah aus dem Fenster, um Phoenix' Blick zu entkommen. Vermutlich übertrieb ich und blies etwas eigentlich völlig Harmloses zu einer riesigen Katastrophe auf. Doch Ollys Erzählung hatte in mir ein ungutes Gefühl erweckt, das ich nicht länger ignorieren konnte.

Nachdem wir die Raststätte erreichten, sprintete ich aus dem Wagen, als wäre der Leibhaftige hinter mir her. Den zuvor ahnungslos auf Phoenix' Schoß schlafenden Drake schnappte ich mir dabei in einer schnellen Bewegung, sodass sein Protest erst erklang, als ich bereits auf halben Weg hinter die Raststätte war.

»Hey! Was hast du vor? Lass mich los! Ich will zurück in den Wagen! Hilfe! Ich werde entführt!« Seine Stimme hatte einen piepsenden Ton angenommen.

»Warum schreist du so herum?«, fragte ich und bog um eine Hausecke ab. »Menschen können dich weder sehen noch hören. Und von den anderen Lunaris wird dir niemand zu Hilfe eilen.«

»Klasse! Dann ist mein Schicksal also besiegelt?« Er drehte seinen Kopf mit einem Schmollmund zur Seite, und ich war mir sicher, wenn ich seine Hände und Flügel nicht unter meinen Fingern festgehalten hätte, hätte er die Arme vor der Brust verschränkt. »Was für eine Erniedrigung! Ein Lichtwesen, das dazu verdammt ist, den unappetitlichen Toilettengeräuschen eines Lunaris mit Reizdarmsyndrom zu lauschen.«

»Wovon zum Henker redest du da? Ich leide weder unter dem Reizdarmsyndrom noch habe ich vor, dich mit auf die Toilette zu nehmen! Ich will nur unter vier Augen mit dir reden!«

Drake schielte skeptisch zu mir herüber. »Und wieso sagst du das nicht einfach? Wozu diese ›Fahr rechts ran oder ich kotz euch allen auf die Schuhe‹-Show?«

»Gute Frage«, ahmte ich seinen genervt-vorwurfsvollen Ton nach. »Vermutlich aus demselben Grund, aus dem du den Mund nicht aufbekommst, wenn wir über das Götterkind reden. Dabei bist du der Einzige, der den anderen klarmachen kann, dass es dieses Wesen wirklich gibt.«

Sofort presste Drake die Kiefer wieder zusammen und krauste die lange Nase.

»Tja, wenn das der Fall ist, haben wir wohl ein Problem.« Er zappelte unter meinen Fingern, bis er seine Arme befreit hatte und diese nun doch vor seiner Brust verschränken konnte. Wie ein beleidigtes Kleinkind kehrte er mir den Rücken zu. »Wir können also genauso gut wieder zurück zum Auto gehen.«

»Vergiss es, Drache!« Ich ging mit Drake in der Hand ein paar Schritte vor, bis wir vor einem Kasten standen, der wohl Teil einer Kühlungsanlage war. Ich setzte das Lichtwesen auf das ergraute Viereck ab und beugte mich vor, um mit ihm auf einer Höhe zu sein. »Wir gehen erst zurück, wenn du mir ein paar Fragen beantwortet hast. Ansonsten sehe ich mich gezwungen, den anderen zu verraten, dass du nur vorgibst, ständig zu pennen, obwohl du in Wahrheit Ohren wie ein Luchs hast und einfach *alles* mitkriegst. Vielleicht können sie mir dieses Verhalten erklären.«

Der Drache starrte mich an, die Schuppen in seinem Gesicht neonpink. »Das würdest du nicht tun«, fauchte er, doch seine Sorge war unüberhörbar. Zwar tat es mir leid, Drake derart unter Druck zu setzen, aber mir lief die Zeit davon. Und mein Bauchgefühl verriet mir, dass mir noch ein paar wesentliche Puzzleteile fehlten, um das Gesamtbild zu erkennen.

»Bist du dir sicher?« Mit kühlem Blick sah ich auf Drake herab. »Willst du es wirklich riskieren, deine dir ach so wichtige Tarnung auffliegen zu lassen?«

Drakes Gesichtsfarbe intensivierte sich und weißer Rauch stieg aus seinen Nüstern.

»Du bist eine grauenhafte Nervensäge, Mädchen!«

»Tja, vermutlich wurdest du mir aus diesem Grund zugeteilt, *Drache* – weil du nämlich selbst eine bist!«

Drake und ich starrten einander erbost an.

»Ich weiß nicht, was du von mir hören willst. Ich habe dir bereits alles gesagt, was ich weiß.«

»Was?« Ich lachte spottend auf. »Du hast mir gar nichts erzählt! Nur dass es das Götterkind gibt, und dass ihr Lichtwesen es eingesperrt habt.«

»Und damit habe ich dir bereits mehr verraten, als mir erlaubt ist.«

»Was heißt das? Dass du nicht über das Götterkind reden darfst?« Verdutzt sah ich Drake an. Mit dieser Begründung hatte ich nicht gerechnet. Aber zumindest war es eine plausible Begründung für Drakes beharrliches Schweigen. »Warum darfst du nicht darüber reden? Wer verbietet es dir?«

Anstatt zu antworten, musterte mich Drake skeptisch.

»Du bringst mich mit deiner Fragerei in Teufelsküche – und dich selbst auch, Mädchen! Du hast keine Vorstellung davon, welche Konsequenzen uns drohen, wenn du von der Sache erfährst.«

»Natürlich habe ich keine Vorstellung davon«, konterte ich und warf die Arme in die Luft. »Weil mir hier niemand irgendetwas erzählt! Mir werden nur irgendwelche Happen zugeworfen, und ich darf dann zusehen, was ich damit anfange. Also? Ich höre! Warum darfst du nicht über das Götterkind reden und wieso hast du mir dennoch anvertraut, dass es existiert?«

Drake funkelte mich noch einen Moment lang an, dann schien er akzeptiert zu haben, dass ich nicht so einfach lockerlassen würde.

»Als wir Lichtwesen den Auftrag erhielten, das Götterkind im Schleier einzusperren, wurde uns das Gelübde abgenommen, niemals einen Lunaris über unser Handeln in Kenntnis zu setzen. Auf diese Weise soll verhindert werden, dass das Götterkind – egal ob absichtlich oder unverschuldet – befreit wird. Bei dir ist es mir irgendwie … rausgerutscht. Es war keine Absicht.«

»Es ist dir *rausgerutscht*? Ist das dein Ernst?« Ich schüttelte sprachlos den Kopf. »Entweder bist du der mieseste Berater, den man sich vorstellen kann, oder du lügst mich an. Und was meinst du überhaupt damit, dass verhindert werden soll, dass das Götterkind befreit wird? Ist das etwa tatsächlich möglich?« Sorge mischte sich unter meinen Ärger. Sollte wirklich die Chance bestehen, dieses Wesen zu entfesseln, wären die Konsequenzen für die Menschheit verheerend. »Wie?«, hakte ich nach, als der Drache demonstrativ die Lippen aufeinanderpresste. »Wie kann das Götterkind befreit werden?«

»Das darf ich dir nicht verraten, Mädchen. Wenn herauskäme, dass dein Blut der Schlüssel zur Befreiung ist –« Drakes Gesichtszüge entglitten ihm. Doch es war zu spät.

»*Mein* Blut soll der Schlüssel zur Befreiung des Götterkindes sein? Wie ist das möglich?«

Drake presste die Lippen noch etwas fester aufeinander, und seine Schuppen glühten wie lodernde Kohlen. Es war offensichtlich, dass er sich große Mühe gab, die Worte, die ihm auf der Zunge brannten, für sich zu behalten. Vergebens.

»Weil du der Skorpion-Nachfolger bist«, spie er schließlich hervor und das Glühen seiner Schuppen ließ nach. Erschöpft sackten seine Schultern und sein Kopf herab. »Verseuchte Drachenkrätze! Wie machst du das, Mädchen? Wie entlockst du mir immer wieder Antworten, die ich dir nicht geben will?«

»Ich mache gar nichts«, verteidigte ich mich. Gleichzeitig arbeitete es in meinem Hirn. Was hatte die Tastsache, dass ich der Skorpion-Nachfolger war, mit der Freilassung des

Götterkindes zu tun? Je mehr ich erfuhr, umso weniger Sinn machte das Ganze.

»Außerdem, was kann ich dafür, dass du deine Klappe nicht halten kannst? Aber wenn du schon mal in Redelaune bist, können wir meine Fragenliste abarbeiten. Und am besten starten wir mit dem Punkt, wer oder was ihr Lichtwesen eigentlich seid. Denn einerseits verspüren alle Lunaris große Ehrfurcht vor euch, aber andererseits ...« Ich wedelte mit einer Hand vor ihm herum. »Na ja, du weißt schon.«

Drake zog die Lefzen hoch, was wohl das Drachen-Äquivalent zu einem sarkastischen Grinsen darstellen sollte. Doch er antwortete brav.

»Wir Lichtwesen wurden aus Seelensplittern des Sonnengottes geschaffen. Sozusagen als Antwort auf euch Lunaris. Unser Boss beauftragte uns, die Mondkrieger zu verfolgen und ihnen nicht von der Seite zu weichen, also tarnten wir uns als ihre Unterstützer. Doch in Wahrheit behielten wir sie im Auge, um herauszufinden, ob sie ihrer Aufgabe, die Shadows zu jagen und zu töten, auch wirklich gewachsen waren.«

»Ihr habt die Lunaris ausspioniert?« Mir klappte der Mund auf.

Drake nickte mit hängendem Kopf. »Ich bin nicht stolz darauf. Aber damals wurde uns eingetrichtert, dass die Lunaris eine Gefahr für die Menschen darstellten und es uns oblag, die Erde vor dem Untergang zu schützen.«

»Was hat sich geändert?«

»Na ja ...« Drake sah weg. »Nachdem wir erkannten, dass wir falsch informiert worden waren, und die Lunaris die Menschen vor den Shadows beschützten, weigerten wir uns, sie länger zu bespitzeln. Kurz darauf erhielten wir dann den Befehl, das Götterkind wegzusperren.«

»Ich weiß. Die Mondgöttin und der Sonnengott beschlossen, ihr Kind wegzusperren, weil es zu einer Gefahr für die Menschheit geworden war.«

»Das ist zumindest die offizielle Version«, gestand Drake sichtlich widerwillig. »In Wahrheit wusste die Mondgöttin nichts von unserem Auftrag.«

»Dein Ernst?« Diese Geschichte wurde ja immer verrückter. »Und was ist passiert, nachdem die Mondgöttin davon erfuhr?«

»Was denkst du wohl?« In Drakes Miene lag ein Schmerz, den ich dem kleinen Drachen niemals zugetraut hätte. Er wirkte Jahrtausende alt. »Sie war außer sich vor Zorn und eilte ihrem Kind zu Hilfe, während wir es in magische Fesseln legten. Es kam zum Kampf, an dem sich sogar der Sonnengott beiteiligte. Es war das reinste Massaker, Mädchen! Ein Großteil der Lichtwesen wurde dabei vernichtet.«

»Aber es ist euch dennoch gelungen, das Götterkind wegzusperren«, stellte ich fest und Drake nickte.

»Jedoch waren unsere Verluste immens. Der Mondgöttin ist es sogar gelungen, einige von uns gefangen zu nehmen. Sie verlangte die Freilassung ihres Kindes im Gegenzug für unsere eigene Freiheit.«

»Aber der Sonnengott weigerte sich?«

»Der Sonnengott hatte gute Gründe, sein Kind wegzusperren. Gründe, die ihm so richtig erschienen, dass er den Verlust weiterer Teile seiner Seele in Kauf nahm, nur um sein Kind von der Erde fernzuhalten.«

»Du klingst wie ein fanatischer Cheerleader«, entfuhr es mir, ehe ich die Worte überdenken konnte. Es war nicht fair, Drake Vorwürfe zu machen. Immerhin war er buchstäblich ein Teil des Sonnengottes und somit verständlicherweise auf dessen Seite. Die Lunaris hielten es mit der Mondgöttin auch nicht anders. Jedoch half mir das bei der Frage, welcher Version der Story ich nun Glauben schenken sollte, kein bisschen weiter. Glasklar war nur eins: Weder der Sonnengott noch die Mondgötting waren Unschuldslämmer.

»Was passierte als Nächstes?«, forderte ich Drake zum Weiterreden auf.

»Die Mondgöttin verfolgte verschiedene Strategien, um die Meinung ihres Ex-Mannes zu ändern. Mal entließ sie einige Lichtwesen aus ihren Fängen, um ihren guten Willen zu demonstrieren, dann wiederum tötete sie ein paar von uns, um Druck aufzubauen – was die Seele des Sonnengottes irreparabel schädigte und somit seine Macht denunzierte. Mich und wenige andere schickte sie, als keiner ihrer Pläne aufging, in einen magischen Schlaf.«

»Wenn das der Wahrheit entspricht, wieso hat sie dich dann jetzt aufgeweckt? Nur um dich an meine Seite zu schicken? Das macht keinen Sinn. Schließlich könntest du dich jederzeit aus dem Staub machen, um dich wieder mit dem Sonnengott zu vereinen.«

»Das könnte ich in der Tat«, stimmte Drake zu. »Aber nachdem die Mondgöttin mich und meine Kumpels aufgeweckt hat, hat sie uns erzählt, dass die Shadows mit dem Sonnengott gemeinsame Sache machen. Sie wollen das Leben auf der Erde für immer verändern. Die Shadows sollen die Herrschaft über die Menschen erlangen, damit der Sonnengott allein für die Seelen verantwortlich wird. Die Lunaris – und damit auch die Mondgöttin – sollen ausgelöscht werden.«

»Und das glaubst du wirklich?« Ich wusste nicht wieso, aber mir kam diese Geschichte faul vor. Dennoch kaufte ich Drake ab, dass er dahinterstand.

Der Drache nickte. »Die Mondgöttin hat uns erklärt, *warum* die Shadows die Lunaris entführen. Wenn sich nämlich ein Lunaris das Leben nimmt, zerbricht der Lumen in zwei Teile. Die eine Hälfte stirbt mit dem einen Lunaris, während sich die andere Hälfte wandelt und zum nächsten weiterwandert. Deswegen kannst du auch als erste Lunaris überhaupt die wahre Gestalt der Shadows erkennen. Du trägst die weiterentwickelte Hälfte von Arizonas Lumen in dir.«

»Okay, das klingt zwar logisch, aber würde das im Umkehrschluss nicht bedeuten, dass Arizona bereits Selbstmord begangen haben muss?«

»Du bist ja gar nicht so blöd, wie ich anfangs dachte, Mädchen.« Drake grinste mich an und seine Vampirzähnchen blitzten auf. »Aber du hast recht. Arizona hat sich bereits das Leben genommen – die Bestätigung habe ich letzte Nacht erhalten, weshalb ich dich und Loverboy bei eurem Ausflug nicht begleiten konnte.«

Arizona hat sich bereits das Leben genommen.

Entsetzt starrte ich Drake an. Der Drache hingegen plapperte munter weiter.

»Aber das ist nicht alles. Denn um die Mondgöttin ausreichend zu schwächen, damit der Sonnengott sie vernichten kann, müssen alle ihre im Umlauf befindlichen Seelensplitter verenden. Und ein Seelensplitter löst sich erst dann endgültig auf, wenn auch der Lunaris-Nachfolger stirbt.«

Sämtliches Blut wich aus meinem Gesicht. Es zog sich aus meinen Fingerspitzen zurück, aus meinen Füßen und sammelte sich geballt in meiner Körpermitte, bis mir kotzübel war. Am liebsten hätte ich mich auf der Stelle übergeben. Doch ich musste mich zusammenreißen.

»Das meinst du nicht wortwörtlich, oder? Ich meine, Arizona

kann nicht *tot* sein. Anthony meinte, dass wir noch über zwei Wochen Zeit haben, sie zu finden. Die Leichen der anderen Lunaris tauchten erst exakt einen Mondzyklus nach ihrem Verschwinden wieder auf.«

»So ist es ja auch«, antwortete Drake geduldig. »Aber wie ich dir bereits auf der Krankenstation sagte, ist die aktuelle Sachlage mit nichts zu vergleichen. Wie sich nämlich herausgestellt hat, bedeutet der Selbstmord eines Lunaris nicht seinen endgültigen Tod. Zumindest nicht sofort. Seine Seele gleitet für die Dauer eines Mondzyklus in eine Art Schwebezustand über, aus dem sie noch gerettet werden kann.«

Ein Funken Hoffnung erfüllte mich. Dass Arizona trotz ihres Selbstmordes nicht tot-tot war, war die beste Nachricht des Tages.

»Okay. Also, wenn ich dich richtig verstehe, arbeiten der Sonnengott und die Shadows zusammen, um die Mondgöttin zu vernichten. Dafür entführen sie Lunaris, um diese zum Selbstmord zu bewegen, weil dadurch die Seele der Mondgöttin geschwächt wird. Weil ihnen das aber nicht schnell genug geht, wollen sie das Götterkind befreien, was – welche Überraschung – nur mit meinem Blut geht. Habe ich jetzt alles richtig zusammengefasst?«

»Mehr oder weniger«, gestand Drake.

»Verfluchte Scheiße! Wieso zum Henker hast du niemandem davon erzählt? Wir müssen umgehend das Team informieren. Anthony muss davon erfahren, damit er die anderen Archivare warnen kann!«

»Bist du verrückt, Mädchen?« Drake flog aufgeregt in die Luft und seine kleinen Flügel schlugen heftig hin und her. »Du darfst auf keinen Fall jemandem davon erzählen! Selbst du hättest das alles niemals erfahren dürfen. Aber das muss

Teil deiner Lumen-Kraft sein. Abgesehen von deiner Fähigkeit, die wahre Gestalt der Shadows zu sehen, kann ich mich auch nicht weigern, dir deine Fragen zu beantworten. Deswegen hör mir jetzt bloß gut zu, verstanden? Zurzeit darfst du niemandem außer mir trauen. Denn es gibt Hinweise darauf, dass die Teams, die Lunaris verloren haben, infiltriert wurden. Es gibt Maulwürfe unter ihnen. Mondkrieger, die zu den Shadows übergelaufen sind.«

»Du verarschst mich!« Das war meine einzige Erwiderung. Zu etwas anderem war ich nicht in der Lage. Stattdessen ploppten alle Lunaris-Mitglieder, die ich vor wenigen Tagen kennengelernt hatte, in meinem Kopf auf. Einer von ihnen sollte mit den Shadows unter einer Decke stecken? Das war unmöglich! Klar, im Grunde kannte ich die Leute überhaupt nicht. Dennoch konnte ich mir nicht vorstellen, dass einer von ihnen ein Verräter sein sollte.

»Habt ihr einen Verdacht, wer es sein könnte?«, hakte ich vorsichtig nach, als mir Drakes merkwürdiges Verhalten während unseres Trips in den Sinn kam.

»Nein, bisher nicht. Deshalb ist es umso wichtiger, dass meine Tarnung nicht auffliegt. Wenn die anderen mich für harmlos halten, kann ich sie leichter ausspionieren.«

Ich nickte, sowohl als Zeichen, dass ich verstanden hatte, als auch, um mich selbst davon zu überzeugen, dass das gute Nachrichten waren. Solange es keinen konkreten Verdacht gab, bedeutete das, dass Jackson, Olly und Phoenix unschuldig waren. Vorerst. Dennoch wusste ich nicht, wie ich mich den anderen gegenüber ab sofort verhalten sollte.

Als hätte ich meine Gedanken laut ausgesprochen, ließ mich eine vertraute Stimme herumfahren.

»Ich wusste zwar von Anfang an, dass du ein Geheimnis

vor uns verbirgst, Lollipop.« Phoenix, der mit vor der Brust verschränkten Armen und gespreizten Beinen an der Hausecke stand, bedachte mich mit einem derart frostigen Blick, dass ich keinen Zweifel hatte, wie viel er von unserer Unterhaltung mitbekommen hatte. »Aber dass du die wahre Gestalt der Shadows sehen kannst und darüber hinaus auch noch das Zünglein an der Waage bist, das die ganze Welt in Schutt und Asche legen kann, hatte ich nicht erwartet.«

KAPITEL FÜNFUNDDREISSIG

Phoenix! Was machst du hier?«

»Ich Idiot habe mir Sorgen um dich gemacht, weil du so lange weg warst. Und als ich dich auf der Toilette nicht finden konnte, habe ich mich auf die Suche nach dir begeben. Ich hatte ja nicht ahnen können, dass ich dich bei einer geheimen Besprechung mit deinem Spionage-Kollegen störe. Sorry, mein Fehler! Ich dachte, ich könnte dir vertrauen.« Er wandte sich zum Gehen, das Gesicht vor Wut verzerrt.

»Phoenix, warte!« Ich eilte ihm nach und ergriff seine Hand. »Es –«

»Wenn du mir jetzt mit dieser ›Es ist nicht so, wie es aussieht‹-Scheiße kommst«, fiel er mir zischend ins Wort, den Kopf über die Schulter zu mir herumgedreht. »Dann garantiere ich dir, wirst du das bereuen!« Er riss sich los und ging ein paar Schritte weiter, ehe er erneut stehen blieb und sich ruckartig zu mir herumdrehte. »Ich muss zugeben, du hast deinen Job wirklich gut gemacht! Mich hast du jedenfalls ordentlich hinters Licht geführt! Die ganze Zeit dachte ich, der Drang, mich dir anzuvertrauen, rührt von unserer Partnerverbindung her. Dabei war das in Wahrheit deine Gabe. In dem Punkt bist du kein bisschen besser als Ward. Und erst dieser Kuss ... Wow! Ich glaubte wirklich, dass da was zwischen uns wäre.« Er ballte die Hände zu Fäusten, die Lippen zu einer schmalen Linie zusammengepresst. »Verrat mir nur eins: War auch nur ein Satz, den du seit deiner Ankunft bei uns von dir gegeben hast, echt, oder war alles Teil deiner Performance?« Er gab mir keine Chance, etwas zu erwidern. »Ach vergiss es! Ich will es gar nicht wissen. Ich komme mir auch so wie der größte Vollidiot vor.«

»Ich weiß, wie die Sache auf dich wirken muss. Aber bitte gib mir die Gelegenheit, um dir alles zu erklären.«

»Wozu? Damit du mir noch mehr Lügenmärchen auftischen kannst? Danke, aber ich verzichte!«

Panik stieg in mir auf. Olly und Jackson waren fast in Hörweite. Wenn ich jetzt nichts unternahm, würde Phoenix die beiden einweihen, und sämtliche Mühen, die sich Drake mit seiner Tarnung gegeben hatte, wären vergebens gewesen – egal, ob die beiden etwas mit dem Maulwurf zu tun hatten oder nicht.

Ich nahm all meinen Mut zusammen und sprintete an Phoenix vorbei, um mich vor ihn zu stellen. Er war stinksauer, keine Frage. Aber noch hatte er mich nicht gänzlich abgeschrieben. Und an diesen winzigen Funken musste ich nun appelieren.

»Ja, ich war nicht zu einhundert Prozent ehrlich zu euch, das gebe ich zu.« Ich hielt die Arme demonstrativ vor mir ausgestreckt, um den Schützen am Weitergehen zu hindern. »Aber das liegt nicht daran, dass ich eine verkappte Spionin bin oder mit irgendeiner Mission zu euch geschickt wurde. Ich war schlichtweg überfordert und wusste nicht, wem ich trauen konnte. Ich musste mich erst einmal zurechtfinden.«

»Dann ist es *unsere* Schuld, dass *du* uns belogen hast?«

»Das habe ich nicht gesagt und das meine ich auch nicht. Aber ...« Ich wusste nicht, was ich sagen konnte, um ihn zu überzeugen. »Du rühmst dich doch immer damit, dass du immer ins Schwarze triffst. Also, los!« Ich streckte meine Arme zu beiden Seiten aus, ohne den Blick abzuwenden. »Prüfe mich, Phoenix! Schau mir bis tief in meine Seele und sag mir, was du siehst! Vielleicht glaubst du mir dann, dass ich euch nichts vorgespielt habe. Denn ich war die ganze Zeit ich selbst. Latent verstört, sarkastisch und bis auf die Knochen von dir genervt.«

Obwohl ich es nicht beabsichtigt hatte, entlockte ich dem Schützen ein widerwilliges Zucken seiner Mundwinkel.

»Ich meine es ernst«, sprach ich nach einigen hektischen Atemzügen weiter, bemüht, meinen rasenden Herzschlag unter Kontrolle zu bringen. »Alles, was ich zu dir gesagt habe – insbesondere seit wir dich am Straßenrand aufgegabelt haben –, war die Wahrheit. Das musst du mir glauben! Mir hat der Kuss ebenfalls etwas bedeutet. *Du* bedeutest mir etwas.«

Phoenix sah mich an. Lange. Vermutlich erwartete er, dass ich einknickte. Doch das tat ich nicht.

»Entweder bist du eine verflucht gute Schauspielerin und kannst sogar meine Gabe umgehen, oder ...« Er musterte mich prüfend. »Oder du sagst wirklich die Wahrheit.«

Eine gefühlte Ewigkeit dauerte es, bis er seine Entscheidung traf.

»Waren das wenigstens alle Überraschungen, oder muss ich mich auf noch mehr gefasst machen – wobei ich ehrlich gesagt nicht wüsste, wie du das noch toppen willst?«

»Heißt das, du glaubst mir?« Wie in der Nacht zuvor überkam mich eine Erleichterung, die mich schwindeln ließ. Am liebsten wäre ich dem Schützen erneut um den Hals gefallen, aber ich unterdrückte den Drang. Ich wollte mein Glück nicht überstrapazieren.

»Im Zweifel für den Angeklagten, Lollipop. Aber freu dich nicht zu früh. Ich behalte dich im Auge! Solltest du mir auch nur den geringsten Grund geben, erneut an deiner Aufrichtigkeit zu zweifeln, werde ich die Samthandschuhe gegen Boxhandschuhe tauschen. Deswegen überleg gut, ob es noch etwas gibt, von dem ich wissen sollte. Denn das ist deine letzte Chance.«

In meiner Brust klopfte es vor Aufregung. Dass Phoenix mir tatsächlich eine weitere Chance gab, ließ in meinem Magen Schmetterlinge flattern. Vielleicht lag das aber auch an seinem Geständnis, dass unser Kuss auch ihm etwas bedeutet hatte.

»Drake hat mir gerade ein paar echt heftige Dinge um die Ohren gehauen, die ich erst einmal verarbeiten muss.« Ich ließ die Arme sinken. »Das Ding ist nur, dass ein Großteil davon mich nicht persönlich betrifft. Deshalb kann ich dir nicht alles anvertrauen. Aber ich verspreche dir, dass sich nichts an dem geändert hat, was ich im Auto zu dir gesagt habe. Es ist immer noch meine oberste Priorität, uns *alle* mit heiler Haut aus dieser Nummer zu bringen.« Leider hatte sich die Umsetzung in Arizonas Fall durch Drakes Beichte drastisch verkompliziert. Aber solange Phoenix nichts von dem bereits begangenen Selbstmord seiner Schwester wusste – sonst würde er nicht derart ruhig hier stehen –, würde ich es ihm auch nicht auf die Nase binden. Diesen Schmerz wollte ich ihm so lange wie möglich ersparen.

Phoenix sah mich zweifelnd an, nickte jedoch schließlich. »Gut, wenn du mir meine Fragen nicht beantworten kannst, frage ich eben den Drachen.« Er kehrte mir den Rücken und stiefelte auf direktem Weg zurück hinter das Gebäude.

Unentschlossen sah ich über meine Schulter. Jackson und Olly standen am Wagen und schauten in unsere Richtung. Sie schienen nichts von unserem hitzigen Streit gehört zu haben, fragten sich aber zweifelsfrei, worum es gegangen war.

Seufzend folgte ich dem Schützen zurück zu Drake. Ich hatte die beiden noch nicht ganz erreicht, da flog der Drache bereits auf mich zu.

»Du hast es ihm erzählt?«, fauchte er, die Schuppen grell Pink leuchtend. »Hast du mir denn überhaupt nicht zugehört, Mädchen? Ich sagte dir –«

»Ich habe ihm gar nichts erzählt! Wie dir entgangen ist, hat Phoenix unser Gespräch belauscht. Und wenn du nicht willst, dass die anderen auch noch Wind von der Sache bekommen, solltest du leiser sein.«

In Drakes verengten Augen stürmte es.

»Du«, begann er, wurde jedoch von Phoenix unterbrochen, der sich soeben zu uns gesellt hatte.

»Lollipop hat recht. Sie hat keinen Ton gesagt. Und jetzt hör auf, unsere Zeit zu verschwenden und erzählt mir stattdessen im Schnelldurchlauf, was ich wissen muss. Dass das Götterkind tatsächlich existiert und gemeinsam mit jemandem aus unserem Team mit den Shadows in Verbindung steht, habe ich mitbekommen. Ich kann es zwar noch immer nicht begreifen, geschweige denn glauben, dass ein Verräter unter uns ist, aber das ist ein anderes Thema.«

»Du willst, dass ich noch einmal alles wiederhole, was ich dem Mädchen hier erzählt habe?« Drake, der seine kurzen Ärmchen ähnlich wie Phoenix vor der Brust verschränkt hatte, deutete mit dem Kopf in meine Richtung. »Was glaubst du, was ich bin? Eine Anrufbeantworteransage? Du kannst nicht einfach fünf-fünf-fünf-Drache wählen und dir den Text so oft anhören, wie du willst.« Er schnaubte und seine Flügel schlugen vor Aufregung schneller. »Sorry, Loverboy. Ich mag dich zwar, aber nur weil der Skorpion deinem Charme nicht widerstehen kann und dir jedes Detail aus ihrem Tagebuch verrät, bedeutet das ni– Argh! Was machst du da?« Drake zappelte wie wild. Phoenix hatte seine Flügel mit Daumen und Zeigefinger gepackt und den Drachen somit flug- und kampfunfähig gemacht. Ich hatte den Schützen seine Gabe noch nie einsetzen sehen, doch nun verstand ich, was er meinte, wenn er sagte, dass er stets ins Schwarze traf. Vermutlich würde es ihm sogar gelingen, einen Floh mit einer Nähnadel genau zwischen die Augen zu treffen.

»Was ich mache? Ich zeige dir, wer hier die Ansagen macht.« Phoenix klang so ruhig, dass mich schauderte. »Und jetzt noch einmal, um jegliches Missverständnis auszuräumen: Ich frage dich nicht, ob du mir liebenswürdigerweise verraten würdest, worüber du und Lollipop bei eurem Kaffeekränzchen getratscht habt. Ich *fordere* von dir, mir zu erzählen, was du über das Verschwinden meiner Schwester weißt. Ansonsten sorge ich dafür, dass du für mindestens weitere fünfhundert Jahre von der Bildfläche verschwindest.«

Die Farbe um Drakes Nase verblasste, bis nur noch ein zartes Rosé zurückblieb. Das Lichtwesen mochte vielleicht so tun, als wäre es mutig, aber die Wahrheit sah anders aus. Doch egal, wie nervig Drake machmal auch war, eine solche Behandlung hatte er nicht verdient.

»Genug ihr zwei!« Ich stemmte die Arme in die Hüften. »Jetzt ist wirklich nicht der richtige Zeitpunkt, um euch gegenseitig das Leben schwer zu machen.« Ich sah Phoenix an. »Lass ihn los. Drake weiß auch so, dass du ihm hauchhoch überlegen bist. Und wenn du mir wirklich vertraust, dann bitte ich dich zu akzeptieren, dass es Dinge gibt, die du zum aktuellen Zeitpunkt nicht erfahren kannst.« Mein Blick glitt weiter zu Drake. »Und du …« Ich schüttelte den Kopf. »Ernsthaft, was stimmt nicht mit dir? Glaubst du etwa, das hier ist so eine David-gegen-Goliath-Begegnung? Du hast keine Chance gegen Phoenix. Also hör bitte auf, ihn zu provozieren. Und überhaupt: Ich verstehe zwar, wieso es dir wichtig ist, dass die Wahrheit nicht in falsche Hände gerät. Aber selbst dir muss klar sein, dass diese Mission für dich – für uns – allein viel zu groß ist. Die Shadows laufen zielstrebig auf das Ziel zu, während du noch überlegst, mit welchem Fuß du das Rennen starten willst. Du kannst also jede Hilfe gebrauchen, die du kriegen kannst. Und da wir alle im selben Boot sitzen – denn ich vertraue Phoenix und weiß tief in meinem Herzen, dass er nicht der Maulwurf ist –, sollten wir zusammenarbeiten, anstatt uns gegenseitig fertigzumachen.«

Meine kleine Ansprache hatte die beiden zumindest insoweit beeindruckt, dass sie kurz innehielten, ehe Phoenix Drake abrupt losließ. Dieser sackte ein ganzes Stück dem Boden entgegen, ehe er sich fing und mit der Kraft seiner Flügel zurück auf eine Höhe mit uns stieg. Demonstrativ strich er sich mit den Pfoten über die Brustschuppen.

»Danke«, sagte ich an Phoenix gewandt und atmete tief durch. »Jetzt sollten wir besprechen, wie es weitergeht. Bisher hatte ich nämlich nicht die Gelegenheit, Drake zu fragen, ob wir mit unserer Reise nach Aguascalientes überhaupt in die richtige Richtung unterwegs sind.«

Der Drache hob den Kopf, als wäre ihm ein unangenehmer Geruch in die Nase gestiegen.

»Du willst hören, wo sich das Götterkind in Aguascalientes befindet? Woher zur heiligen Drachenkralle soll ich das wissen? Glaubst du, wir telefonieren jede Woche miteinander und tauschen den neuesten Tratsch aus?« Drake zog eine Schnute. »Vor fünfhundert Jahren wurde es in der Nähe von Thailand eingesperrt. Aber glaub bloß nicht, dass es sich noch immer dort befindet. Lockenbubi hat die Sache mit dem Schleier erstaunlich gut auf den Punkt gebracht. Das Jenseits gleicht tatsächlich einem Paralleluniversum, das neben unserer Welt existiert. Das heißt, das Götterkind kann sich binnen eines Wimpernschlages von einem Ende der Erde zum anderen bewegen.«

»Klasse!« Ich stöhnte frustriert. »Das heißt, wir fahren nach Aguascalientes, ohne zu wissen, was wir dort machen sollen. Wenn das mal nicht der Inbegriff von Ressourcenverschwendung ist.«

»Egal, ob sich das Götterkind dort befindet oder nicht, wir fahren nach Aguascalientes«, entschied Phoenix. Als er zu einer Erklärung ansetzte, lag erneut dieses grimmige Lächeln auf seinen Lippen. »Offenbar will jemand unbedingt, dass ich dorthinkomme. Und ich bin verdammt neugierig, wer das ist und wieso das sein Wunsch ist.«

Kapitel Sechsunddreissig

»Was meinst du damit?«, fragten Drake und ich wie aus einem Mund. Wobei … das stimmte so nicht ganz. Der Drache sagte so etwas wie »Wovon zum pestilenzialischen Dracheneiter sprichst du?«. Aber im Grunde meinten wir dasselbe.

»Wie es scheint, habe ich ebenfalls ein Geheimnis gehütet – auch wenn ich es erst jetzt begreife.« Phoenix wirkte betroffen, was mich nicht unbedingt beruhigte. »Nach der Auseinandersetzung im Wintergarten habe ich meinen Frust erst einmal am Sandsack auslassen müssen. Als ich mich dann so weit beruhigt hatte, um zu euch zurückzugehen, wart ihr schon weg. Also wollte ich hoch in mein Zimmer. Unterwegs bin ich auf Ward und Montgomery gestoßen, die sich miteinander unterhielten. Charleston fragte Jackson, ob er einen Blick auf mich haben sollte, damit ich nichts Dummes anstelle. Jackson meinte, dass das nicht nötig sei und ich schon nicht so verrückt wäre und nach Aguascalientes abhauen würde, um dort Shadows zu foltern.«

»Aber genau das hattest du doch vorgehabt«, warf ich ein.

»Exakt. Aber als ich die Entscheidung dazu traf, hatte ich nicht das Gefühl, manipuliert worden zu sein.«

»Du meinst …?« Ich wagte es nicht, den Satz zu beenden. Doch das war auch nicht nötig. Jeder von uns dachte dasselbe.

Jackson hat Phoenix dazu gebracht, nach Aguascalientes zu fahren? Aber wieso?

Die Antwort darauf war erschreckend einfach. Er musste wissen, dass sich das Götterkind dort aufhält. Sicherlich hatte er auch dafür gesorgt, dass Phoenix mir von seinen Plänen erzählte, damit ich, zum passenden Zeitpunkt, wiederum ihm und Olly davon erzählen konnte. So ließ sich das Ganze nur schwer zu Jackson zurückverfolgen.

Der ganze Abend ... der mit Phoenix angezettelte Streit im Wintergarten ... unser Date ... Jacksons Aufregung, als Olly ihm von Phoenix' Verschwinden erzählte ... all das ist nur Show gewesen!

Der Schock traf mich hart und unvorbereitet, weshalb ich kurz ins Straucheln geriet. Niemals hätte ich es für möglich gehalten, dass Jackson der Maulwurf sein könnte. Doch die Hinweise sprachen für sich.

Das Herz rutschte mir in die Kniekehlen und ich fühlte mich grauenhaft naiv. Ich hatte von Anfang an gemerkt, dass mich Jackson mit seiner Gabe zu manipulieren versucht hatte. Nur war ich blöd genug gewesen, auf ihn hereinzufallen.

Weil er angeblich keine Kontrolle über seine Fähigkeit besitzt.

Von wegen! Der Typ war der reinste Copperfield auf seinem Gebiet – was vermutlich auch der Grund war, wieso ich ihm seine Geschichte abgekauft hatte. Er musste auch mich manipuliert haben.

»Wir sollten langsam zurück zum Auto, ehe die anderen noch Verdacht schöpfen.« Phoenix machte sich bereits auf den Rückweg.

»Was? Das meinst du doch nicht ernst?!« Entsetzt starrte ich ihm hinterher. »Du willst zurück zum Auto? Hast du sie nicht mehr alle? Wir können jetzt unmöglich zurückgehen und so tun, als wären wir weiterhin anhnungslos.«

»Das können wir nicht nur, Lollipop, das tun wir auch«, erwiderte Phoenix, nachdem er sich zu mir herumgedreht hatte. »Denn, damit uns jemand glaubt, dass Jackson mit den Shadows zusammenarbeitet, brauchen wir Beweise. Sonst steht sein Wort gegen unseres. Und gegen Jackson, der die Gedanken anderer manipulieren kann, haben wir keine Chance.«

Mist! Phoenix hatte recht. Dennoch konnten wir unmöglich einfach lustig weiterfahren, wohlwissend, dass wir mitten auf eine Falle zu steuerten.

»Drake, sag doch auch mal was!«

»Glaub mir, Mädchen, ich wünschte, ich könnte dir beistehen. Aber es stimmt, was Loverboy sagt – und das meine ich nicht nur, weil mich der Grobian sonst erneut drangsaliert.« Er funkelte Phoenix erbost an, was der Schütze an sich abprallen ließ. Phoenix schien sein Handeln nicht im Geringsten zu bereuen.

»Um den Maulwurf auffliegen zu lassen«, sprach der Drache an mich gerichtet weiter, »müssen wir den Plan der Shadows sabotieren. Und solange du nicht über weitere, bisher ungekannte Fähigkeiten verfügst, wie beispielsweise die Zukunft voraussagen oder Gedanken lesen, bleibt uns nichts anderes übrig, als der Spur aus Brotkrumen zu folgen, die ausgelegt wurde.«

Entgeistert sah ich zwischen Drake und Phoenix hin und her. Ihre Bromance schien Geschichte, dennoch schwammen sie auf einer Wellenlänge. Ich hingegen war nicht einmal in der Nähe ihres verfluchten Strandes.

»Ihr wisst aber schon, wie unfassbar dämmlich das ist, oder? Immerhin verfügt mein Blut über die Macht, das Götterkind zu befreien. Demnach sollte ich mich so weit wie möglich von der offensichtlichen Falle fernhalten, in die ihr mich hineinmanövrieren wollt.«

»Das mag stimmen.« Phoenix zuckte unbeeindruckt mit den Schultern. »Aber woher willst du wissen, dass die Shadows nicht genau mit dieser Reaktion rechnen? Vielleicht erwarten sie dich bereits in New Haven? Schließlich kann das Götterkind überall auf der Welt befreit werden.«

Ich stierte Phoenix böse an. Natürlich hatte der Schütze erneut mitten ins Schwarze getroffen.

»Gut, ihr habt gewonnen. Lasst uns fahren.« Meine Schultern fielen kraftlos herab und ich folgte Phoenix in Richtung Wagen. Ich fühlte mich, als hätte ich soeben mein Todesurteil unterschrieben – was vermutlich auch so war.

Phoenix wirkte zufrieden – und vielleicht auch eine Spur stolz? – als ich ihn erreichte und er mir locker einen Arm um die Taille schlang.

»Keine Sorge, Lollipop. In Aguascalientes wimmelt es nur so von Shadows. Wir werden vermutlich schneller getötet, als Ward die Gelegenheit hat, seinen Plan in die Tat umzusetzen.«

»Ach, und das soll mich beruhigen?«

»Vielleicht ein wenig? Und wenn nicht, dann tröstet dich das vielleicht.« Er zog mich enger an seine Seite und auf seinen Lippen bildete sich ein warmes Lächeln, das ich nach unserem Disput vor wenigen Minuten nicht so schnell wiederzusehen erwartet hätte. »Ich lasse nicht zu, dass dir auch nur eine deiner feuerroten Strähnen gekrümmt wird. Versprochen.« Er zwinkerte mir zu und mein Herz machte einen kleinen Hüpfer.

»Ihr. Seid. Ekelhaft!« Drake würgte geräuschvoll. »Sagt Bescheid, wenn ihr mit dem Rumgeschnulze fertig seid. Ich fliege solange voraus und warne die anderen vor, dass es noch etwas dauert, bis wir weiterfahren können.«

Phoenix knurrte den Drachen an, ohne seinen Arm von mir zu nehmen.

Bei Jackson und Olly angekommen, musterte der Löwe uns misstrauisch, doch im Gegensatz zu Olly kommentierte er unsere Abwesenheit nicht, sondern setzte sich schweigend auf die Rückbank.

»Ist bei euch alles klar?« Olly sah Phoenix und mich ungeniert an. Normalerweise wäre es mir unangenehm gewesen, meine Gefühle für den Schützen so offen zur Schau zu stellen. Aber da ich annahm, dass Phoenix dies nur tat, um von dem wahren Grund unseres Streits abzulenken, ließ ich es ihm durchgehen.

»Ja, alles bestens.« Ich setzte mein authentischstes Lächeln auf, das hoffentlich über das Krächzen in meiner Stimme hinwegtäuschte.

Olly schien nicht sonderlich überzeugt, hakte jedoch nicht weiter nach. Stattdessen setzte sie sich neben Jackson in den Fond des Wagens.

Phoenix und ich folgten ihrem Beispiel und machten es uns im vorderen Bereich gemütlich. Drake hatte sich verzogen, ohne dass ich sagen konnte, wohin. Da ich jedoch vermutete, dass er sich schmollend zurückgezogen hatte und gleichzeitig den Löwen im Blick behielt, sparte ich mir die Suche nach ihm. Früher oder später würde er wieder auftauchen.

Die nächsten Stunden verbrachten wir schweigend, was in meinem Fall vor allem daran lag, dass zu viele Gedanken in meinem Kopf herumschwirrten. Ich konnte einfach nicht glauben, dass Jackson der Maulwurf sein sollte. Doch je länger ich über alles nachdachte, was mir bisher zu Ohren gekommen war, umso deutlicher wurde das Bild. Wenn

Jackson wirklich für die Shadows arbeitete, war er mit hoher Wahrscheinlichkeit auch für Arizonas Verschwinden und ihren Selbstmord verantwortlich. Er musste sie mit seiner Gabe dazu gebracht haben. Vermutlich war sie auch gar nicht wirklich in ihn verliebt gewesen.

Bei der Vorstellung drehte sich mein Magen auf links und ich war unbeschreiblich erleichtert, als Phoenix mir anbot, ein Stück des Weges zu fahren. Auf diese Weise war ich gezwungen, meine Konzentration auf den Straßenverkehr zu lenken und nicht länger darüber nachzudenken, dass der Countdown der vermutlich letzten Stunden meines Lebens lief.

Jackson und Olly bedachten mich mit neugierigen Blicken, als ich mich hinters Steuer setzte. Doch es gelang mir, sie auszublenden und auf diese Weise meinen Teil dazu beizutragen, dass wir weit nach Sonnenuntergang endlich Aguascalientes erreichten.

Die Stadt entsprach genau dem, was ich mir vorgestellt hatte. Gleichzeitig kam ich aus dem Staunen nicht mehr heraus, als ich Jacksons Anweisung befolgte und den Wagen durch die schmalen Straßen lenkte, die von schlichten, teils in die Jahre gekommenen und renovierungsbedürftigen Häusern gesäumt wurden. Aus einfachen Holzpaletten gezimmerte Marktstände reihten sich aneinander und waren mit so vielen grellorange leuchtenden Blumenbuketts bestückt, dass man die eigentliche Ware kaum noch ausmachen konnte. Brennende Kerzen verteilten sich auf herumstehenden Schubkarren, Blumentöpfen und Bänken, und verströmten ein so warmes Licht, dass sogar die lila, orangen, rosafarbenen und giftgrünen Scherenschnittbilder, die zwischen den roten Dächern an langen Ketten hingen, trotz der Dunkelheit zu erkennen waren.

»Halte da vorne an.« Jackson deutete auf einen Marktstand,

der zwischen zwei Palmen stand und Bastkörbe, sowie Skelettmarionettenpuppen verkaufte. »Laut Google Maps befindet sich die Kapelle der heiligen Catrina westlich des Totenmuseums. Dafür müssen wir in Richtung der *Plaza de la Patria.*«

Ich nickte, sah jedoch über den Rückspiegel nach hinten. Jackson hielt tatsächlich sein Handy in der Hand, aber ich bezweifelte, dass er dort unseren Weg studierte. Und selbst wenn, diente das allein dem Zweck, keinen Verdacht zu erregen. Inzwischen war ich mir sicher, dass *alles,* was der Löwe tat oder sagte, nur dazu diente, seinen Plan in die Tat umzusetzen – wie auch immer dieser im Detail aussah.

Nachdem ich den Wagen zum Stillstand gebracht hatte, stiegen wir geschlossen aus. Die Luft war angenehm mild und erfüllt von unterschiedlichen Gerüchen, die mich latent überforderten. Süße vermischte sich mit Schärfe, wurde von einer schweren Erdigkeit angereichert und von einer schneidenden Frische begleitet.

Als Jackson seine Sporttasche von der Ladefläche des Trucks hievte und diese mit einem klirrenden Geräusch zu seinen Füßen abstellte, handelten wir uns umgehend die Aufmerksamkeit des Bastkorbverkäufers ein. Mit skeptischer Miene, die durch seinen imposanten Schnäuzer noch verstärkt wurde, verfolgte er jede unserer Bewegungen.

»Ich gehe davon aus, dass du ausgerüstet bist, Phoenix?«, Jackson sah bei seiner Frage nicht auf, während er sich am Reißverschluss der Tasche zu schaffen machte. Gebettet auf zusammengeknüllten Textilien kamen schätzungsweise ein Dutzend Waffen zum Vorschein, von dessen Existenz ich keine Ahnung gehabt hatte.

Mit großen Augen starrte ich auf das Arsenal aus Kurzschwertern, Messern und Dolchen. Ihre Klingen waren lang, schmal und blitzten gefährlich scharf. Bei richtiger Anwendung würden sie bestimmt fluoreszierend leuchten, so wie es die zwei Lumi-Dolche getan hatten, die Jackson in New York bei sich getragen hatte.

Am liebsten hätte ich über meine eigene Dummheit gelacht. Dass ich mir bisher keinerlei Gedanken darüber gemacht hatte, wie wir uns in einer Shadow-Hochburg zur Wehr setzen wollten, war schon ziemlich peinlich. Zum Glück hatten die anderen vorausgedacht.

Phoenix antwortete mit einem Grunzen auf Jacksons Frage und zauberte eine schmale Ledertasche aus seinem Rucksack hervor. Darin steckte etwas, das sich nach wenigen geschickten Handgriffen als erstaunlich stabil wirkender Bogen herausstellte. Diesen hängte sich Phoenix über die Schulter. Ein Gurt mit goldglänzenden Pfeilen folgte.

»Hier.« Jackson reichte mir zwei Dolche. »Du weißt ja sicherlich noch, wie man sie benutzt, nicht wahr?« Er lächelte mich zögerlich an, was ich mit einer ähnlichen Geste kommentierte, ehe ich die Waffen entgegennahm. Natürlich blieb Jackson nichts anderes übrig, als sein Waffenarsenal mit uns zu teilen – alles andere wäre zu auffällig gewesen. Dennoch verschlug es mir aufs Neue die Sprache, wie unfassbar überzeugend er war. Allein sein kurzes Lächeln eben hatte so aufrichtig unsicher gewirkt, dass ich darauf hereingefallen wäre.

»Komm, ich helf dir.« Phoenix schob sich zwischen Jackson und mich. Gleichzeitig nahm er mir die Dolche aus der Hand und beugte sich vor, als wollte er mich umarmen. Doch stattdessen schob er zärtlich den Saum meiner Jacke und meines Pullovers nach oben, sodass ein Teil meines Rückens entblößt wurde.

Ich erschauderte. Dabei konnte ich unmöglich sagen, ob es an der kühlen Brise lag, die meine nackte Haut streifte, oder an Phoenix' Nähe, die mir in Kombination mit seinem Duft sämtliche Sinne vernebelte.

»Regel Nummer eins: Lass deine Gegner nie wissen, welche Waffen du bei dir trägst und wo du sie verbirgst«, wisperte er mir ins Ohr und die Gänsehaut auf meinen Armen breitete sich über meinen gesamten Körper aus. »Regel Nummer zwei: Hab immer ein Ass im Ärmel.« Er richtete sich auf, ein geheimnisvolles Lächeln auf den Lippen, als er diskret an meinem Jackenärmel zupfte.

Verdutzt sah ich ihn an – zumindest bis ich den sachten Widerstand im Innenfutter meiner Jacke bemerkte und begriff, dass mir Phoenix einen seiner Pfeile dorthinein geschoben hatte.

Mit einem letzten Zwinkern in meine Richtung wandte sich Phoenix, nachdem er sich eins von Jacksons Schwertern genommen und dieses am Bund seiner Hose befestigt hatte, mit ernster Miene den anderen zu.

»Können wir dann los?«, fragte er. »Es wird Zeit, ein paar Überraschungen auffliegen zu lassen.«

KAPITEL SIEBENUNDDREISSIG

Da niemand etwas einzuwenden hatte, machten wir uns auf den Weg. Kurz überlegte ich, ob ich Drake hätte mitnehmen sollen. Aber da der Drache offenkundig ein noch schlechterer Kämpfer war als ich, entschied ich mich dagegen. Ich wollte ihn nicht unnötig in Gefahr bringen und sein unentwegtes Geblubber würde mich nur ablenken, was in einer Nacht wie dieser tödliche Folgen haben könnte.

Je näher wir der Plaza kamen, desto voller wurden die Wege. Menschen in farbenfroher Kleidung tanzten und sangen auf den Straßen oder schlenderten gemütlich durch die Gegend, ihre Gesichter zu Skelettschädeln geschminkt. Kinder rannten mit brennenden Wunderkerzen in den Händen umher und wurden dabei von streunenden Hunden umtollt. Lautstarke Musik dröhnte von überallher.

Nicht zum ersten Mal in den letzten Minuten fragte ich mich, ob meine Fähigkeit, hinter die Fassade der Shadows sehen zu können in diesem Fall wirklich von Vorteil war. Formlose schwarze Schatten wären aktuell sicherlich leichter auszumachen gewesen als Kreaturen, die mit bleichen Gesichtern, schwarzen Augen und grauen Lippen herumliefen. Denn zurzeit traf diese Beschreibung auf etwa fünfundneunzig Prozent aller Menschen um mich herum zu.

»Und jetzt?«, fragte Olly, als wir den Rand der Plaza erreichten. Viel konnte ich von unserem Standort aus nicht erkennen. Nur eine Steinstatue auf einem hoch in die Luft ragenden Sockel, eine unter einem gigantischen Pavillon aufgebaute Bühne, auf der gerade eine Mariachiband spielte, und einige mit Lichterketten geschmückte Bäume, die aussahen, als würden Glühwürmchen zwischen den Blättern sitzen. Die Parade, von der Phoenix erzählt hatte, würde vermutlich erst morgen – zum großen Finale der Feierlichkeiten – stattfinden. Zum Glück. Ich wollte mir nicht vorstellen, wie viele Menschen dann unterwegs sein würden.

»Wo müssen wir hin?« Olly musste regelrecht schreien, damit wir sie verstehen konnten. Dass sie, nachdem sie die letzten Minuten ungewohnt still gewesen war, nun nervös klang, war wenig überraschend.

»Keine Ahnung.« Jackson hielt den Fokus stur auf sein Telefon gerichtet und hob die Schultern. »Entweder hat sich mein Handy aufgehängt oder ich habe kein Netz mehr. Jedenfalls reagiert die App nicht.«

»Klasse! Mein Handy liegt mit plattem Akku im Auto.« Olly sah Phoenix an. »Was ist mit dir?«

Der Schütze schüttelte den Kopf, ehe er ein »Muss es irgendwo im Hotel verloren haben« von sich gab.

Das war gelogen, das wusste ich. Es steckte in seiner Jackentasche. Aber offenbar wollte er dieses kleine Geheimnis für sich behalten.

»Prima. Das heißt, wir befinden uns ohne jegliche Möglichkeit, Hilfe zu rufen, in einer der größten Shadow-Hochburgen westlich des Atlantischen Ozeans. Das kann ja nur gut werden.«

Würde ich nicht wachsam unsere Umgebung nach Gefahren absuchen, hätte ich Ollys Zynismus geteilt. Doch eine junge Frau lenkte mich ab, die mit einem Typen in Lederjacke und blondem Undercut unterwegs war. Ihr platinblondes

Haar reichte ihr bis zum Kinn und ihr Gesicht war ebenfalls zu einem Totenschädel geschminkt. Da ihre Iriden blaugrün schimmerten und keine schwarzen, zum Leben erwachten Schatten sie umwaberten, ging ich nicht davon aus, dass sie ein Shadow war. Dennoch konnte ich meine Aufmerksamkeit nicht von ihr lösen. Da war dieses schwache Flackern. Als würden wir ein ähnliches Schicksal miteinander teilen. Und so verrückt dieser Gedanke auch war, gab er mir merkwürdigerweise Kraft. Fast so, als würde mir eine unsichtbare Macht leise Hoffnung zuflüstern.

»Los, kommt!«, rief Jackson und riss mich damit aus meinen Gedanken. »Ich weiß nun, wo wir hinmüssen.«

Gemeinsam mit den anderen folgte ich dem Löwen, der sich zielstrebig einen Weg durch die Menschenmasse am Rand der Plaza bahnte. Dabei passierten wir einige Personen, die mir verdächtig vorkamen. Doch da niemand der anderen die potenziellen Shadows wahrzunehmen schien – oder wahrnehmen *wollte* – hielt auch ich den Mund. Da wir haushoch in der Unterzahl waren, war es vermutlich das Schlauste, sich bedeckt zu halten.

Unser Weg führte uns immer weiter von der Plaza weg, sodass sich die Menschenmassen nach und nach lichteten. Eigentlich sollte es mir deswegen leichter fallen, Luft zu holen, doch das Gegenteil war der Fall. Mein Puls hämmerte mir in den Ohren, meine Brust war wie versteinert und dass mich meine Beine überhaupt noch trugen, war bei den Pudding-Knien wahrlich ein Wunder.

Phoenix, der dank seiner Gabe natürlich genau wusste, wie nah ich einer Panikattacke war, griff nach meiner Hand und verschränkte seine Finger mit meinen. Im Gegensatz zu meiner Haut fühlte sich seine warm an, und die Frequenz meines Herzschlages normalisierte sich.

Dankbar lächelnd legte ich den Rest unseres Marsches selbstbewusster zurück.

Nach einer kleinen Ewigkeit erreichten wir unser Ziel: Eine Ruine inmitten eines Parks voller Laubbäume. Die ergrauten Steinbrocken lagen verteilt auf dem Boden und ließen nur vage erahnen, wie die Kapelle früher ausgesehen haben musste. Der Torbogen bestand nur noch aus zwei in die Luft ragenden Säulen, der hintere Bereich der Familienkirche war kaum noch existent, und die kläglichen Reste der Mosaikfliesen wurden von Sand und Unkraut begraben.

Beklommen dachte ich an die Geschichte über die Kapelle. Bereits zuvor hatte mich ihr Schicksal betroffen gemacht. Doch nun, da wir tatsächlich davorstanden, wurde mir erst bewusst, wie tragisch das Ganze wirklich war.

Jackson stieg über eine kleine Steinmauer und begab sich ins Innere der Kapelle – beziehungsweise in das, was davon noch übrig war. Dabei schaute er sich um, als suchte er etwas.

Phoenix verstärkte den Druck seiner Finger. Die Augen zu schmalen Schlitzen verengt, lag seine freie Hand auf dem Griff seines Schwertes und jeder Muskel seines Körpers war angespannt. Die Wachsamkeit, die der Schütze ausstrahlte, bewies, dass er auf alles vorbereitet war.

Olly hatte sich unterdessen zum Kirchhof vorgearbeitet und verharrte vor einem Grabmal, das in dem von Moos und Dornenranken überwucherten Bereich aufragte.

Doch Unkraut war nicht das Einzige, was es dort zu entdecken gab. Trotz der Entfernung, die mich von der Ruhestätte trennte, konnte ich das prachtvolle Farbenmeer ausmachen, das sich inmitten der grünen Wüste erstreckte. Pflanzen, die vage an Sonnenblumen erinnerten, jedoch nicht so hoch, aber dafür mit sehr viel größeren Blüten wuchsen, erstrahlten in einem so intensiven Rubinrot, als wären sie frisch mit Blut übergossen worden. Kobaltblaue Lilien von der Größe meiner Faust schimmerten wie mit Silberpuder überzogen, und der zuckersüße Geruch der Rosen, deren Blüten in der Dunkelheit fluoreszierend leuchteten, war so intensiv, dass er selbst Phoenix' Duft aus meiner Nase verdrängte.

»Wunderschön, nicht wahr?«, erklang es hinter uns, und Phoenix und ich wirbelten auf dem Absatz herum. Unsere Finger lösten sich dabei voneinander und sofort kroch unangenehme Kälte meine Fingerspitzen empor.

»Zu eurem Glück seid ihr früher gekommen, als ihr erwartet wurdet. So konntet ihr diesen Ort genießen, ehe er in Blut ertrinkt und zur heiligen Stätte der Wiedergeburt des Götterkindes wird.«

Eine junge Frau trat hinter einem Baum hervor. Sie trug einen schwarz-weiß karierten Faltenrock, eine weiße Bluse mit einem schwarzen Blazer sowie kniehohe Strümpfe samt schwarzen Lackschuhen. Ihre dunklen Haare hatte sie wie bei unserer letzten Begegnung zu einem hohen Pferdeschwanz gebunden, und auch die schwarzen Schatten schlängelten sich wieder wie lebendige Wesen um sie.

»Hast du gesagt, dass wir bereits erwartet wurden?«, hakte Phoenix mit arroganter Miene nach und griff in aller Seelenruhe nach seinem Bogen und einem Pfeil. »Falls ja, solltest du dringend an deiner Aussprache arbeiten. Dein Akzent ist noch ätzender als der deiner stinkenden Freunde. Und überhaupt! Was soll das für eine Party sein? Ein einzelner Shadow für vier Lunaris? Geht's noch erbärmlicher?«

Pferdeschwanz-Barbie legte den Kopf leicht schräg, wobei ihre silbernen Schlangenpupillen gefährlich aufblitzten.

»Ich muss sagen, deine scharfzüngigen Sprüche waren auch

schon mal weniger nervig gewesen.« Sie verzog die Lippen zu einem Grinsen und schnippte mit den Fingern. Auf ihr Kommando lösten sich weitere Shadows aus den Schatten. Sie traten hinter den Bäumen hervor, die Bewegungen fließend wie Wasser und still wie der Tod, und waren dabei allesamt ähnlich gekleidet wie ihre Anführerin. Fast schien es, als trügen sie eine Art Uniform.

»Deinen Wunsch nach einer Party erfülle ich dir jedoch herzlich gern.« Ihr Grinsen ähnelte immer mehr dem eines Serienkillers, und ich musste mich nicht umdrehen, um zu wissen, dass wir umzingelt waren. Wir hatten geahnt, dass es sich hierbei um einen Hinterhalt handelte, und waren dennoch hergekommen. Nun war die Falle zugeschnappt, und wir hatten kein Recht uns zu beschweren.

Mein Kopf ruckte hin und her, und obwohl ich kaum Gelegenheit hatte, mir jedes Detail einzuprägen, registrierte ich zwei Dinge: Zum einen trugen die Shadows keine sichtbaren Waffen bei sich, was mich zu gleichen Teilen beruhigte wie verunsicherte. Zum anderen war Pferdeschwanz-Barbie nicht das einzige vertraute Gesicht. Unmittelbar neben ihr standen – wenig überraschend – Zombie-Matt, der sich mittlerweile deutlich zivilisierter benahm als bei unserem letzten Wiedersehen, sowie Christina und Nate.

Das Bild meiner Kommilitonen, die mich mit hasserfüllten Mienen fixierten, als könnten sie es kaum erwarten, sich auf mich zu stürzen, traf mich schmerzhaft. Denn obwohl ich bereits damit gerechnet hatte, dass Matt ihnen ihre Seelen ausgesaugt und sie dadurch in emotionslose Hüllen verwandelt hatte, deren Existenz allein darin bestand, wahllos Menschen zu töten, hatte ein winziger Teil von mir auf ein Wunder gehofft.

Doch es war nicht dieser Anblick, der mich zurücktaumeln ließ, als hätte mich eine Abrissbirne getroffen. Es waren die Gestalten meiner Eltern, die mich aus schwarz-silbernen Schlangenpupillen anschauten und dabei nicht den geringsten Funken des Erkennens zeigten.

Ich geriet in Luftnot und in meiner Brust bildete sich ein Druck, als steckte eine Faust zwischen meinen Rippenbögen fest und zerquetschte langsam, aber sicher mein Herz. Meine Knie drohten nachzugeben, und die Erkenntnis, dass meine Eltern ebenfalls zu Shadows geworden waren, explodierte zwischen meinen Schläfen.

»Nun, das Ganze wird jetzt wie folgt ablaufen.« Pferdeschwanz-Barbie verschräkte locker die Arme vor der Brust, was mir erneut irrwitzig vertraut erschien. Fast glaubte ich mich in einem Déjà-vu. »Wir opfern den Skorpion und töten euch anschließend. Kurz waren wir versucht, euch die Wahl zu lassen, unserem König ebenfalls ewige Treue zu schwören, aber wir haben uns dagegen entschieden – ich hoffe, ihr versteht das. Das Risiko, dass ihr uns früher oder später in den Rücken fallt, ist einfach zu groß.« Ein Schmunzeln zierte ihr Gesicht und brachte ein Grübchen zum Vorschein, das mich wie ein Stromschlag traf.

Mit einem Mal wusste ich verflucht genau, wieso sie mir so vertraut erschien. Die Form ihrer Augen, die vollen Lippen, dieses Grübchen.

Trotzdem weigerte sich mein Bewusstsein, das mehr als Offensichtliche wahrhaben zu wollen.

Denn, *das* konnte unmöglich wahr sein.

Ich musste mich täuschen.

Ich musste einfach!

Doch dann blitzte etwas auf, als das Licht des Mondes sie

erfasste. An ihrer Hand prangte, in einer goldenen Fassung, ein protziger dunkelgrüner Edelstein.

Ich kannte mich nicht sonderlich gut aus, doch diesen Stein erkannte ich auf Anhieb wieder.

Es war ein Malachit.

Der Geburtsstein der Skorpione.

KAPITEL ACHTUNDDREISSIG

»Nein, das ist unmöglich!« Zitternd flog meine Hand zu meinem Mund. »Das kann nicht sein!«

»Du hast es herausgefunden?« Pferdeschwanz-Barbie – nein, *Phoenix' Zwillingsschwester Arizona* – legte den Kopf schief und betrachtete mich mit einem schmallippigen Lächeln. »Ich gratuliere. Du bist der erste Nachfolger, der das Rätsel gelöst hat. Wobei ich ja sagen muss, dass ich ein wenig enttäuscht bin, dass es so lange gedauert hat. Nach den Lobeshymnen, die unser König auf dich singt, hätte ich erwartet, dass du schneller dahinterkommst.« Sie zuckte mit den Schultern und wirkte ihrem Bruder dabei so ähnlich, dass ich mich dafür ohrfeigen wollte, nicht sofort darauf gekommen zu sein. Die Verbindung war unmöglich zu übersehen.

»Wie ist das möglich?«, brachte ich hervor. »Ich dachte, ein Shadow kann einem Lunaris nicht die Seele aussaugen?«

Arizona öffnete den Mund, doch es war Phoenix, der das Wort ergriff und sich mir damit wieder in Erinnerung rief. Tatsächlich hatte ich seine Anwesenheit kurzzeitig vergessen.

»Was zur Hölle treibst du da, Lollipop? *Plauderst* du mit dem Shadow?« Er klang verwirrt und angeekelt. »Kannst du die Mistviecher nicht nur sehen, sondern auch verstehen? Wie kann das sein? Und wieso hörst du nicht dieses nervtötende Rauschen?« Phoenix stand mit gespanntem Bogen abschussbereit neben mir. Er wirkte hoch konzentriert, aber gleichzeitig flackerte sein Blick immer wieder, als müsse er all seine

Konzentration dafür aufwenden, um bei der Sache zu bleiben. Jackson und Olly, die sich Rücken an Rücken neben uns postiert hatten, erging es ähnlich. Auch sie wirkten krampfhaft konzentriert, obwohl Jacksons fragende Miene immer wieder für Sekundenbruchteile in meine Richtung wanderte.

Warum stand Jackson noch immer bei uns? Wieso gab er seine Tarnung nicht einfach auf? Er hatte uns doch genau dort, wo er uns hatte haben wollen.

»Armer Phoenix«, sagte Arizona mit hörbar falschem Mitgefühl. »Er ist es nicht gewohnt, zu verlieren. Dabei sollte er sich allmählich daran gewöhnen. Denn mit dem heutigen Tag beginnt ein völlig neues Zeitalter, in dem die neue Generation der Shadows regieren wird. Und unsere Energie lässt die Körper von euch Lunaris verrücktspielen.« Ihre silbrigen Schlangenpupillen weiteten sich erfreut. »Was jedoch deine Frage angeht: Eigentlich hatte ich nicht vorgehabt, meine Zeit damit zu verschwenden, dir etwas zu erklären. Aber aus irgendeinem Grund juckt es mich in den Fingern, dich einzuweihen. Sei's drum.« Sie machte eine wegwerfende Handbewegung. »So viel Zeit haben wir noch. Also, erstens, mir hat *niemand* irgendetwas ausgesaugt. Das wäre in der Tat nicht möglich gewesen. Mein Selbstmord war es, der die Verbindung zwischen mir und meinem Lumen getrennt hat, sodass ich wieder zu einem Menschen wurde – wenngleich nur für kurze Zeit«, fügte sie erheitert hinzu.

Sprachlos starrte ich Arizona an. Wenn ihr Freitod sie wieder zu einem Menschen gemacht hatte, war es kein Wunder, dass sie zu einem Shadow geworden war.

»Aber wieso hast du das getan?«, wagte ich eine weitere Frage. Einerseits lenkte ich mich auf diese Weise von der erdrückenden Angst um meine Eltern ab, andererseits hegte ich den Verdacht, dass unsere Feinde allein auf Arizonas Befehl hin agierten. *Als wäre sie ihre Königin oder so.*

Wenn es mir also gelang, Arizona zum Weiterreden zu animieren, blieb mir vielleicht genug Zeit, einen Weg aus dieser Misere zu finden.

»Wieso hast du die Mondgöttin und dein Team verraten und dich dem Feind angeschlossen?«, plapperte ich weiter. »Etwa aus Liebe? Ist dir nie der Gedanke gekommen, dass du manipuliert worden bist? Er hat dich nie wirklich geliebt, ganz gleich, was er dir erzählt haben mag.«

Erneut öffnete Arizona den Mund, aber wieder war es ihr Bruder, der die Stille durchbrach.

»Ich meine es ernst. Mit wem zur Hölle redest du da?« Er klang gequält. Auch wenn er Arizona nicht erkennen konnte, musste es ihm allmählich dämmern, wer uns gegenüberstand.

Arizona lächelte süffisant. Ich konnte nicht fassen, wie kaltherzig dieses Miststück war. Entweder labte sie sich am Schmerz ihres Zwillingsbruders, oder sie frohlockte wegen Jackson, der auf meiner anderen Seite stand und mich mit einem Ausdruck im Gesicht bedachte, der mir durch Mark und Bein ging. Auch er schien langsam die Puzzleteile der aktuellen Lage zusammenzubringen.

»Du glaubst, ich habe es wegen *Jackson* getan? Ausgerechnet wegem ihm?« Sie lachte hohl. »Offenbar bist du doch nicht so klug, wie unser König behauptet. Aber da ihr heute Nacht ohnehin alle sterben werdet, kann es dir ja egal sein, wie dein Ersatz-Lover darauf reagiert, dass du ihn des Hochverrates beschuldigst.«

Mir entglitten die Gesichtszüge und meine Gliedmaßen bebten. Ich wusste nicht, was mich mehr entsetzte. Dass

Phoenix' Schwester Geheimnisse besaß, die über das bisher Bekannte hinausgingen, oder dass ich ihr tatsächlich abnahm, dass Jackson nicht der Maulwurf war.

Ich schob mein schlechtes Gewissen beiseite. Dass ich den Löwen zu Unrecht des Verrates beschuldigt hatte, war nichts, worüber ich jetzt nachdenken konnte oder wollte. Das musste bis später warten – sofern es ein Später gab.

»Wenn Jackson dich nicht zu deinem Selbstmord angetrieben hat«, sagte ich und ballte die Hände zu Fäusten. Ich brauchte mehr Informationen! Und da mir spürbar die Zeit davonlief, konnte ich nicht länger Rücksicht auf die anderen nehmen und um den heißen Brei herumreden. »Wer war es dann, Arizona? Wer ist der Maulwurf in unserem Team?«

Jacksons autoritär ausgerufenes »June! Was verdammt noch mal ist hier los?« vermischte sich mit einem entsetzten Keuchen, das ich Olly zuschrieb. Denn Phoenix war nicht in der Verfassung, auch nur irgendeine Reaktion von sich zu geben. Das Gesicht kreidebleich, wirkten seine Augen unnatürlich groß.

»Du kleines Biest«, lachte Arizona leise und deutete anerkennend mit ihrem Zeigefinger auf mich. »Ich muss gestehen, es fällt mir wirklich nicht leicht, mich der Beantwortung deiner Fragen zu widersetzen. Aber da du die Überraschung meiner Anwesenheit hier soeben verdorben hast, gibt es für mich keinen Grund mehr, dieses Treffen unnöt–« Sie unterbrach sich selbst und ein nervöses Lächeln stahl sich auf ihre Lippen. »Du bist wirklich stärker, als ich erwartet habe. Ich kann mich kaum gegen den Drang wehren, dir deine Frage zu beantworten. Aber da ihr alle sowieso so gut wie tot seid, macht es keinen Unterschied.«

Sie wedelte mit den Fingern, als winkte sie jemanden zu

sich heran. »Los, komm her und zeig dich. Die Show ist vorbei.«

Der spätabendliche Wind frischte auf und wehte in einer starken Böe über uns hinweg, sodass ich gezwungen war, die Lider zu senken.

Als ich sie wieder hob, sah ich, wer soeben zu uns gestoßen war.

Mein Kiefer sackte herab.

»Du?«, keuchte ich. »Du bist der Maulwurf?«

Kapitel Neununddreissig

»Du bist der Maulwurf?«, wiederholte ich wie eine kaputte Schallplatte. Eigentlich hätte mich nach den Erlebnissen der letzten Tage nichts mehr überraschen dürfen – und doch war ich wie gelähmt.

»Es tut mir leid«, sagte Drake mit hängendem Kopf. Seine sonst fuchsiafarbenen Schuppen hatten einen Graustich angenommen und seine kleinen Flügel zitterten bei jedem Schlag.

Es tut mir leid.

Seine Worte echoten in meinem Kopf, drehten unzählige Kreise und dennoch war ich nicht in der Lage, ihre Bedeutung zu greifen. Es war, als entstammten sie einer völlig anderen Sprache.

»Es tut dir leid?« Ein Teil von mir, der sich meiner Kontrolle entzog, hatte die Führung übernommen.

»*Es tut dir leid?*«, fauchte ich, als brannte in meinem Inneren ein loderndes Feuer. In Wahrheit jedoch war jede Faser meines Körpers von tintenartiger Finsternis und Eiseskälte erfüllt. Noch nie in meinem Leben hatte ich mich einsamer gefühlt – niemals so verraten.

»*Was* tut dir leid, Drake? Dass du uns belogen hast, oder dass du dabei erwischt wurdest?«

»Was? Der Drache hat uns verraten?«, kam es unisono von Jackson und Olly, die ihre Köpfe herumdrehen wollten. Doch sie wagten es nicht, den Shadows den Rücken zu kehren.

Drake sah zögerlich auf und seine großen goldenen Augen schwammen. Eine dicke Krokodilsträne rollte ihm über die Pausbacke. Unter anderen Umständen wäre das Bild herzerweichend gewesen. Doch gerade fühlte ich mich ähnlich betäubt wie damals, als ich auf der Krankenstation im Lunaris-Hauptquartiert erwacht war.

Da, wo mich Drake besucht und in die Welt der Lunaris eingeführt hat. Weil er bereits zu diesem Zeitpunkt ein falsches Spiel spielte, um sich mein Vertrauen zu erschleichen.

Der Riss in meinem Herzen wuchs und Tränen verschleierten meine Sicht. Mein Puls raste, Blut rauschte mir in den Ohren und mir war abwechselnd heiß und kalt.

»Ich habe dir vertraut, Drake! Ich habe geglaubt, dass wir Freunde sind!« Am liebsten hätte ich geschrien, doch mehr als ein kraftloses Wispern brachte ich nicht zustande.

Das Lichtwesen öffnete den Mund, aber Arizona ließ ihn nicht zu Wort kommen. Und obwohl ich es niemals zugeben würde, war ich ihr dankbar für die Unterbrechung. Ich wollte keine weiteren Lügen aufgetischt bekommen, wollte nie wieder Drakes näselnde Stimme hören oder den Anblick seiner großen Kulleraugen ertragen müssen.

Für mich war Dracolus Ruberum der Erste gestorben – auch wenn es schmerzte, als hätte ich einen Teil meiner selbst verloren.

»So, genug der Sentimentalität.« Arizona fuchtelte mit ihrer Hand, als wäre der Drache ein lästiges Insckt, das verscheucht werden müsste. Und tatsächlich löste sich das Lichtwesen in Luft auf. Ich wusste nicht, ob es wirklich weg-weg war, oder sich nur unsichtbar gemacht hatte. Aber Drakes Verschwinden ermöglichte es mir, mich wieder auf meine Umgebung – und im Speziellen auf Arizona – zu konzentrieren.

»Und genug der Fragerei. Dein kleiner Partytrick ist ja ganz amüsant, aber ich habe wirklich Wichtigeres zu tun, als dir Rede und Antwort zu stehen. Also …« In einer fließenden Bewegung zog sie einen goldenen Dolch hinter ihrem Rücken hervor und trat auf mich zu. Bei dem Anblick der Waffe blitzten Bild- und Gesprächsfragmente durch meine Gedanken, ohne dass ich sagen konnte, woher sie kamen.

Der ist für dich … Es ist so weit …

Widersprüchliche Empfindungen zuckten durch meinen Geist, als wollten sie mich entzweireißen. Einerseits war da dieses Gefühl von Sicherheit, von Vertrauen, aber gleichzeitig wuchs ein nie zuvor gekannter Widerwille in mir heran.

Eine Armlänge vor mir verharrte Arizona. Der Dolch in ihrer Hand funkelte kalt im Licht des Mondes, der seinen silbrigen Strahl ähnlich einem Scheinwerfer über die Kapellenruine warf. Die Schatten, die wie aufgeregte Schlangen um sie herumwaberten, näherten sich mir drohend, jedoch ohne mir wirklich gefährlich zu werden.

Und dieser winzig kleine Umstand, dass Arizona zwar ständig von meinem bevorstehenden Tod sprach, jedoch keine Anstalten machte, eigenhändig für diesen zu sorgen, brachte einen Gedanken zum Vorschein, der zuvor unter der Last der jüngsten Offenbarungen begraben worden war.

»Bist du bereit zu sterben, kleiner Skorpion?«, fragte Arizona mit einem Zähnefletschen.

»Die Frage musst du mir beantworten«, konterte ich, während mein Magen um seine eigene Achse rotierte. »Immerhin bist du diejenige von uns, die in einer Traumwelt lebt und denkt, die heutige Nacht würde nach ihren Vorstellungen verlaufen.«

»Natürlich wird sie das«, lachte Arizona kalt. Doch in ihren

Iriden blitzte es verräterisch. So sicher, wie sie sich hier gab, war sie nicht. »Wer sollte mir in die Quere kommen? Etwa du und deine Freunde? So naiv, zu glauben, dass ihr auch nur die geringste Chance hättet, kannst du gar nicht sein. Abgesehen davon, dass du vollkommen untrainiert bist und deine Begleiter schon fast bewegungsunfähig sind, seid ihr in der Unterzahl.« Sie näherte sich mir noch ein winziges Stück. »Sieh es ein, Juneau. Ihr habt verloren.«

Ich zuckte nicht mit der Wimper angesichts ihrer Drohung. Zu behaupten, dass mir gerade der Hintern nicht auf Grundeis ging, wäre gelogen. Mir schlug das Herz bis zum Hals, ich schwitzte wie niemals zuvor und ich musste all meine Selbstbeherrschung aufwenden, um mich nicht auf der Stelle zu übergeben.

Doch da war dieser winzige Hoffnungsschimmer, der wie ein hilfloses Glühwürmchen durch die finstere Nacht irrte und mir verbot, kampflos aufzugeben.

»Das mag sein«, gab ich zu und schluckte gegen den Kloß in meiner Kehle an. »Aber das bedeutet nicht zwangsweise, dass *ihr* auch gewonnen habt. Denn ich seh die Sache so.« Ich beugte mich Arizona minimal entgegen, erleichtert, dass sich ihre Schatten-Schlangen zurückzogen. Offenbar hatte ich mit meinem Verdacht recht. Sie hatten nicht vor, mich anzugreifen. »Um das Götterkind zu befreien, braucht ihr das Blut eines *Skorpions* – das einzige Sternzeichen, das eine Affinität zum Tod besitzt. Aber dein Selbstmord hat die Fesseln des Kindes nicht gesprengt. Und zwar, weil du nur ein x-beliebiger Skorpion warst. Dein Lumen – deine Verbindung zur Mondgöttin – war zu stark. Aber bei mir sieht die Sache anders aus. Ich bin buchstäblich der Beweis, dass aus einem geschwächten Lumen neue Kräfte entstehen. Und diese ermöglichen es mir nicht nur, eure wahre Gestalt zu sehen, sondern auch durch mein toxisches Blut das Götterkind zu befreien. Deswegen brauchtet ihr mich. Hier. Und jetzt.«

Arizona sah mich schweigend an, doch ihr Blick sprach Bände. Ich hatte recht. Mit jedem meiner Worte.

»Ich habe dich unterschätzt.« Sie lächelte schmallippig. »Du hast das Rätsel gelöst – mit einem einzigen Schwachpunkt. Denn wir *haben* dich. Hier. Und jetzt.« Sie strich provokant mit der Spitze des Dolches über mein Brustbein. »Wieso also nimmst du weiterhin an, dass wir nicht gewinnen werden?«

Meine Kehle schnürte sich zu, doch ich hielt tapfer an meinem Pokerface fest. Arizona erinnerte mich an einen Bluthund. Wenn sie meine Furcht witterte, wäre ich verloren.

»Aus zwei Gründen. Zum einen, weil ich noch immer atme.« Ich deutete mit einer demonstrativen Kopfbewegung auf die goldene Spitze, die gegen meine Brust gerichtet war. »Wenn es nur darum ginge, mein Blut zu vergießen, wäre ich längst tot. Die ganze Sache muss also ein wenig komplexer sein. Und zweitens ...« Nun war ich es, die überheblich grinste. »Weil du, wie bereits von dir selbst erwähnt, mich unterschätzt hast.« Mit aller Kraft riss ich meinen Kopf zurück und schleuderte ihn kurz darauf wieder nach vorn. Zeitgleich drehte ich meinen Oberkörper zur Seite, um der funkelnden Klinge zu entkommen.

Mein Schädel prallte gegen Arizonas Nasenbein und ich hörte es knacken. Es folgte ein lautstarker Schmerzensschrei, von dem ich nicht sagen konnte, wer ihn ausgestoßen hatte. In meinem Kopf pochte es schmerzhaft und die Pein raubte mir die Sinne. Sterne tanzten vor meiner Sicht.

»Du verfluchtes Miststück!« Arizona war, die Hände vors Gesicht geschlagen, zurückgetaumelt, und stierte mich so voller Abscheu an, dass ihr Antlitz – vor allem in Kombination mit der schwarzen, teerartigen Flüssigkeit, die ihr zwischen den Fingern hervorquoll – von einem durchgeknallten Psychopathen hätte stammen können.

Zu gern hätte ich mich über meinen kleinen Sieg gefreut, doch Arizonas Schrei hatte den Startschuss für die anderen Shadows gegeben, die sich auf uns stürzten. Mir blieb gerade noch genug Zeit, um die beiden Lumi-Dolche hinter meinem Rücken hervorzuholen, da waren meine Eltern, Christina und Nate bereits vor mir.

Man musste kein Genie sein, um zu erkennen, dass ihre Anwesenheit mich aus dem Konzept bringen sollte. Und der Plan ging auf – teilweise. Noch immer fiel es mir schwer, das Schicksal jener Personen, die mir einst sehr nahegestanden hatten, zu akzeptieren.

Nur hatte Arizona nicht miteinkalkuliert, dass mich der Lumen in eine Kriegerprinzessin verwandelte, sobald ich eine Lunaris-Waffe berührte.

Genau wie in der Gasse in New York erwachten erst die Klingen in meinen Händen fluoreszierend zum Leben, ehe mein Verstand auf Autopilot schaltete. Zwar war das Gefühl, als der Lumen die Kontrolle übernahm, noch immer verrückt und ein wenig beängstigend, aber ich war bereit, diese Unterstützung dankend anzunehmen.

»Achtet auf eure Kräfte«, rief Jackson über den Lärm des Kampfes hinweg, und trotz der vernehmbaren Entschlossenheit, war ihm deutlich anzuhören, wie stark ihm die Shadow-Energie zusetzte. »Das Ziel lautet, lebend von hier zu verschwinden, nicht möglichst viele von ihnen zu vernichten!«

»Ich gehe nicht ohne meine Schwester!« Phoenix feuerte seine Pfeile im Akkord ab. Er schien wie im Rausch. Die goldschimmernden Spitzen flogen einem Hagelsturm gleich durch die Luft und bohrten sich treffsicher in die Leiber der Shadows. Nur beeindruckte diese das herzlich wenig. Als wären die Geschosse nicht mehr als nervige Zahnstocher, ließen unsere Gegner die Pfeile stecken und drängten weiter auf uns zu.

Als Phoenix klar wurde, dass er auf diese Weise kein Land gewinnen würde, warf er seinen Bogen achtlos zu Boden und zückte ebenfalls sein Schwert.

»Phoenix!«, knurrte Jackson und parierte den Angriff eines Shadows, indem er die Schatten-Schlangen, die gierig nach ihm schnappten, mit einem gezielten Schwerthieb von ihrem Wirt trennte. Leider hielt die Wirkung nicht lange an, wie ich seit meinem Kampf in der New Yorker Gasse wusste. Die aus schwarzem Rauch bestehenden Schlangen bildeten sich einfach neu, sodass man gezwungen war, den Shadow selbst zu vernichten. »Jetzt ist nicht der richtige Moment, um meine Befeh–«

»Ich. Gehe. Nicht. Ohne. Meine. Schwester!« Jedes seiner Worte untermalte Phoenix mit einem gezielten Schwerthieb, was die Shadows ihm gegenüber zumindest für kurze Zeit zurückdrängte. »Hast du mich gehört, Arizona?!«, schrie er in die Nacht. »Ich gehe nicht ohne dich! Es ist mir scheißegal, was passiert ist oder wieso du getan hast, was du getan hast. Ich will nur, dass du mit mir nach Hause kommst. Gemeinsam finden wir einen Weg, dich zu retten. Es ist noch nicht vorbei! Wir haben noch nicht verloren!«

Ich war gerade damit beschäftigt, meine Eltern, sowie Nate und Christina mit Kombinationen aus Tritten und Schlägen auf Abstand zu halten, um ihnen keinen ersthaften Schaden zufügen zu müssen, doch Phoenix' Worte lenkten mich ab. Sein Gesicht war bleich, Schweißtropfen rannen ihm über die Stirn, wodurch die tiefdunklen Ringe unter seinen Augen besonders hervorstachen. Der Schock über das Schicksal seiner Zwillingsschwester mochte ihn zwar mit brennender Energie erfüllen und damit die Auswirkungen der Shadows kaschieren, aber lange würde dieser Zustand nicht anhalten. Und was dann geschah, war unausweichlich. Phoenix' Emotionen, die von Selbstvorwürfen und Hass angetrieben waren, würden ihn von innen heraus auffressen. Wir mussten Arizona also unbedingt davon überzeugen, mit uns zu kommen. Zuvor jedoch mussten wir sicherstellen, dass ihr auf keinen Fall etwas geschah – was einfacher gesagt als getan war. Schließlich konnte ich sie als Einzige von den anderen Shadows unterscheiden.

»Wie lautet ihre Antwort?«, fragte Olly, nachdem niemand auf Phoenix' Ausruf reagierte. Im Gegensatz zu den beiden Männern kämpfte sie ohne Waffen, und nutzte stattdessn ihre Lunaris-Kraft, mit der sie den Shadows tödliche Stromschläge versetzte. Jedoch blieb diese Art der Verteidigung nicht ohne Konsequenzen. Auch Olly war inzwischen gespenstisch blass, schweißüberströmt, und ihre Bewegungen zunehmend fahrig.

Hypnotisiert vom Aussehen der anderen war ich für einen Wimpernschlag abgelenkt. Und diese Torheit rächte sich. Wie auf einen unsichtbaren Befehl hin, waren meine Eltern und meine Kommilitonen in den Hintergrund gerückt und hatten Matt den Kampfring überlassen. Und dieser gierte nach Rache.

Auch Ollys Frage blieb unbeantwortet, denn in dieser Sekunde stürzte sich Matt blindwütig auf mich und riss mich von den Beinen. Reflexartig griff ich um mich, doch ich bekam nichts zu fassen. Hart landete ich auf dem Boden und der Aufprall presste mir den Sauerstoff aus den Lungen. Die Lumi-Dolche entglitten mir und helle Lichter vernebelten meine

Sicht. Matt kniete mit seinem ganzen Gewicht auf meinem Körper.

»Jetzt bist du fällig«, knurrte er und sein nach faulen Eiern stinkender Atem schlug mir ins Gesicht. Meine Arme hatte er unter seinen Beinen eingeklemmt, sodass ich von der Hüfte aufwärts keinen Muskel rühren konnte. »Wir erhielten zwar die Order, dir keins deiner schönen roten Haare zu krümmen, aber ...« Er gab einen Grunzlaut von sich und verzog missbilligend die Lippen. »Für das, was du mir angetan hast, wirst du bezahlen!«

Kurz war ich versucht, Matt unter die Nase zu reiben, dass er an seinem Schicksal nicht unschuldig war – schließlich hatte er mich gegen meinen Willen geküsst. Doch zurzeit hatte ich wichtigere Probleme.

»Wenn das so ist«, sagte ich mit dumpfer Stimme. »Hoffe ich für dich, dass dir deine Rache das wert ist. Denn ich bezweifle, dass euer König erfreut sein wird, ein ganzes Jahr auf eine neue Chance warten zu müssen, das Götterkind zu befreien.«

»Unser König?« Matt lachte spottend, und seine Schatten-Schlangen waberten gefährlich nah an mich heran. »Du meinst diese ominöse Figur, über die alle ständig reden, aber die bisher noch nie jemand zu Gesicht bekommen hat? Ja, klar! Ich bibbere vor Angst.« Er verzog erheitert das Gesicht, was mir die Gelegenheit gab, mich für seinen vorherigen Tackle zu revanchieren. Ohne zu zögern, spannte ich meinen gesamten Körper an und zog die Beine an den Po. Ruckartig stemmte ich mein Becken in die Höhe, was Matt kurz aus dem Gleichgewicht brachte. Er kippte nach vorne und wäre bäuchlings auf mein Gesicht gefallen, wenn er sich nicht vorher mit einem Arm abgefangen hätte.

»Was zum Teufel treibst du da?«, fauchte er und richtete sich, wie ich gehofft hatte, wieder auf, um ein paar Zentimeter nach hinten zu rutschen.

Ich konnte nur hoffen, dass das genügte, ich hatte nur diese eine Chance.

Blitzschnell schlang ich meine Beine um seinen Hals und beförderte sie nach hinten. Matt wurde von mir heruntergerissen, sein Kopf schlug dumpf auf dem Boden auf. Sein »Du miese Schlampe!« klang, als wäre sein Kehlkopf ziemlich lädiert worden.

Ich nutzte meine Chance, löste geschickt die Beine von Matt, um auf die Füße zu springen. Ein paar Minuten hatte ich mir erkämpft. Wenn ich Glück hatte, würde das genügen, um Arizona zu finden und gemeinsam mit ihr und meinen Freunden von hier zu verschwinden.

Gerade mal zwei Schritte weit war ich gekommen, da schlang sich Hitze um meinen Fußknöchel und brachte mich ins Straucheln. Es fühlte sich wie ein glühendes Lasso an, das sich in meine Haut brannte.

Ich stieß ein gequältes Zischen aus, als sich die Hitze in unerträgliche Kälte wandelte und sich so weit ausdehnte, bis jede Faser zwischen meinen Zehen und meinem Knie erfasst war.

Obwohl ich genau wusste, was geschehen war, sah ich panisch zurück. Matt lag noch immer an Ort und Stelle, die Hände gequält um seinen Hals geschlungen. Doch eine seiner Schatten-Schlangen hatte mich erwischt.

Verdammt! Ich hatte mich erneut mit einem Schattenbrand infiziert.

Hektisch sah ich mich nach meinen Freunden um. Phoenix kämpfte trotz blutüberströmtem Gesicht, sichtlich schwerer

Gliedmaßen und schwindender Konzentration unerbitterlich gegen die Shadows. Jedoch lag seine Trefferquote inzwischen derart niedrig, dass mehr Schwerthiebe ins Leere gingen, als dass sie trafen.

Jackson und Olly konnte ich von meiner aktuellen Position aus gar nicht entdecken.

»Was ist los, June? Wird dir gerade bewusst, dass du verloren hast – erneut?« Matt lachte krächzend und seine schwarzen Augen funkelten boshaft. Er hatte nichts mehr mit dem jungen Mann gemein, für den ich früher mal geschwärmt hatte. Vermutlich sollte ich kurzen Prozess mit diesem Monster aus einem schlechten Horrorstreifen machen. Umgekehrt hatte Matt auch keine Skrupel gezeigt.

Doch ich brachte es nicht über mich – ich war keine kaltherzige Mörderin! – und sah mich stattdessen nach einer Möglichkeit um, mich zu befreien. Meine Lumi-Dolche lagen außerhalb meiner Reichweite und auch sonst konnte ich nichts erreichen, das mir helfen würde.

Panik schnürte mir die Kehle zu, während das Blut in meinen Adern aufgrund des Schattenbrandes immer heißer wurde und der Schüttelfrost einsetzte. Mein Puls holperte wie ein Rad über Kies, und Schweiß verklebte meine Haare mit meiner Haut.

Ich brauchte einen Plan. Und zwar dringend!

Die Erinnerung an Phoenix' Pfeil jagte wie ein rettender Komet durch meinen Verstand und am liebsten hätte ich vor Erleichterung aufgeschluchzt. Zwar hatte ich miterlebt, dass die goldenen Spitzen herzlich wenig gegen die Shadows oder ihre rauchigen Schatten-Schlangen ausrichteten, aber da ich keine Alternative hatte, musste ich mich damit begnügen.

»Weißt du denn nicht, dass man erst dann wirklich verloren hat, wenn der letzte Atemzug ausgehaucht ist?«, lieh ich mir Phoenix' Worte und zog den Pfeil aus seinem Versteck. Eine Idee nahm langsam Gestalt in meinem Kopf an. Matt verfolgte jede meiner Bewegungen mit Argusaugen, wirkte aufgrund des Pfeils jedoch nicht sonderlich beeindruckt.

»Du musst es ja wissen«, höhnte er weiter und ließ seine Hände langsam von seinem Hals sinken. »So oft, wie du in deinem Leben bereits verloren hast.«

Ich ignorierte Matts Worte, nicht zuletzt, weil sich mein Zustand zusehends verschlechterte, und ich all meine Kraft brauchte, um das Rauschen in meinen Ohren und die schwarzen Flecken vor meinen Augen auszublenden. Die Zeit lief mir davon.

Den Pfeil in der Hand führte ich ihn zu meinem Mund. Ich hatte nicht den blassesten Schimmer, ob das, was ich hier tat, auch nur im Entferntesten funktionieren konnte, aber ich musste es versuchen.

Mit der Zunge fuhr ich über das goldene Material, bis dieses großflächig mit meinem Speichel benetzt war. Ehe Matt begriff, was ich vorhatte, hockte ich mich hin und rammte die messerscharfe Spitze mit aller Kraft in die Schatten-Schlange an meinem Fußknöchel.

Widerstandslos glitt die Mondwaffe hindurch und in mir keimte Panik auf, dass mein Plan gescheitert war. Doch dann zerriss ein schriller Schrei die Atmosphäre, und sowohl Matt als auch seine Schatten-Schlangen zerstoben in nachtschwarzen, nach Schwefel stinkenden Rauch.

»Na, endlich! Ich dachte schon, ihr beiden werdet nie fertig mit eurem Vorspiel.« Arizona klang belustigt, was mich von meinem Emotionscocktail ablenkte. Neben der Erleichterung, Matt losgeworden zu sein, pochte die Gewissheit, ihn erneut – und dieses Mal endgültig – umgebracht zu haben, in meinem Kopf, was die Auswirkungen des Schattenbrands zusätzlich anfachte. Meine Sicht verschwamm zunehmend und alles wurde unscharf. Ich meinte, einen einzelnen, reglosen Körper unweit von mir liegen zu sehen. Dieser ruhte bäuchlings auf dem Boden, die dunklen Locken wie bei einem Fächer um den Kopf ausgebreitet, seine Lederjacke hing nur noch in Fetzen an seiner breiten Statur herab.

Mich erfasste ein Gefühl des Fallens.

Tiefer und tiefer jagte ich auf einen bodenlosen Abgrund zu, bis sich alles um mich herum und in meinem Inneren drehte. Ich fühlte mich wie betäubt. Nicht ein einziger Gedanke schaffte es zu existieren. Doch mein Herz pochte stetig, als wollte es mich verhöhnen.

Sieh her! Du bist noch am Leben – im Gegensatz zu ...

Arizonas Stimme riss mich wie ein Magnet des Grauens aus meiner Starre.

Ein ganzes Stück von meinem Standort entfernt, entdeckte ich sie – gemeinsam mit Olly und Jackson.

»Nun, kleiner Skorpion«, rief sie hörbar erregt, »bist du bereit für das große Finale?«

KAPITEL VIERZIG

Phoenix' Schwester stand, den goldenen Dolch in der Hand und ein überhebliches Grinsen im Gesicht, hinter dem Grabstein des mit Blumen übersäten Babygrabes. Reste von getrocknetem Blut klebten ihr schwarz an Mund und Wange.

Zu ihrer Rechten stand ein Koloss von Shadow und hielt eine blutüberströmte und durch Schatten-Schlangen an seine breite Statur gebundene Olympia gefangen. Ollys Lider waren gesenkt und sie machte nicht den Eindruck, als bekäme sie irgendetwas von dem mit, was um sie herum geschah. Doch ihre Brust hob sich leicht, was mir einen Felsbrocken vom Herzen rollen ließ.

»Tu auf keinen Fall, was sie von dir verlangt!«, hörte ich Jackson undeutlich rufen. »Du darfst das Götterkind nicht befreien! Ganz egal –«

»Genug!«, bellte Arizona in Jacksons Richtung. Sein Gesicht war von Schlägen völlig verschwollen, sein Körper mit blutenden Wunden überzogen und von Arizonas Schlangen bewegungsunfähig gemacht. »Wir wissen alle, dass du dich und dein gesamtes Team, ohne mit der Wimper zu zucken, opfern würdest, um das deiner Meinung nach Richtige zu tun. Aber heute geht es nicht darum, wie *du* entscheiden würdest, sondern, welche Wahl unser kleiner Skorpion hier treffen wird.« In ihren Augen blitzte es aufgeregt. »Du hast die Wahl: Wie du bereits richtig erkannt hast, reicht es nicht, dein Blut zu vergießen. Du musst es *freiwillig* tun. Und damit du einen Anreiz hast, mache ich dir ein Angebot. Sowohl du als auch deine Freunde habt euch mindestens einen Schattenbrand zugezogen. Was das bedeutet, weißt du. Unbehandelt werdet ihr alle binnen weniger Stunden sterben – die einen früher als die anderen.« Zwinkernd deutete sie auf Olly.

»Lass mich raten«, hörte ich mich sagen und zwang mich zitternd auf die Beine. Ich durfte jetzt auf keinen Fall an Phoenix denken, sondern musste mich auf Arizona konzentrieren. »Du bietest mir an, die anderen freizulassen, wenn ich mich dafür im Gegenzug selbst umbringe.«

Arizonas Grinsen wurde breiter, jedoch kein Grad wärmer. »Wir wissen beide, dass ich das niemals tun würde, selbst wenn ich es sage. Stattdessen biete ich dir an, deine Freunde schnell und schmerzlos zu töten. Das ist doch auch etwas, nicht wahr?! Also? Wie entscheidest du dich? Bedenke jedoch, kleiner Skorpion: Solltest du mit dem Gedanken spielen, mein Angebot auszuschlagen, wirst du den Zorn des Schattenkönigs auf dich ziehen. Und dann wirst du nicht einmal mehr im Tod sicher sein.«

»Oh Mann, Schwesterchen! Ich wusste ja, dass du einen Hang zum Dramatischen hast. Aber findest du nicht, dass du dieses Mal übertreibst?« Der tiefe samtig-weiche Bariton durchfuhr mich wie ein Elektroschock und brachte mein Herz völlig aus dem Rhythmus. Holpernd purzelte es durch meine Brust, bis ich mich zu der Quelle herumdrehte.

Und erstarrte.

Die Arme locker vor der Brust verschränkt, stand der Mann, der mir in kürzester Zeit tiefer unter die Haut gegangen war als jeder andere zuvor, ein paar Schritte von uns entfernt. Seine Lederjacke war intakt, die Haare fielen ihm lockig um das Gesicht, und seine Wunden waren verschwunden. Sogar das vertraute amüsierte Lächeln lag auf seinen vollen Lippen, das mich normalerweise Luftsprünge machen ließ.

Doch Luftsprünge waren gerade das Letzte, woran ich denken konnte.

»Phoenix ... was hast du getan?«, presste ich tonlos hervor, den Blick entsetzt auf sein farbloses Gesicht geheftet. Silberfarbige zu Schlitzen verzogene Pupillen starrten mich an. Dunkler Rauch umwaberte ihn und erstickte selbst den allerletzten Funken Zweifel.

»Was hast du getan?«, wiederholte Arizona meine Frage kreischend.

Dabei war die Antwort mehr als offensichtlich.

Phoenix hatte sich selbst getötet und war zu dem Monster geworden, das er einst gejagt hatte.

Er war ein Shadow.

GLOSSAR*

Widder: *Lincoln Vermont*
Geburtsstein: *roter Japsis*
Fähigkeit: *Menschliche Abrissbirne (kann buchstäblich mit seinen Fäusten Mauern einreißen)*

Stier: *Olympia Walker*
Geburtsstein: *Bernstein*
Fähigkeit: *Kann Blitze/Strom über ihre Haut erzeugen*

Zwilling: *Annapolis Green*
Geburtsstein: *Gold*
Fähigkeit: *Besonders empathisch, kann Gedanken und Gefühle spüren bzw. »lesen«*

Krebs: *Raleigh Avens*
Geburtsstein: *Rutilquarz*
Fähigkeit: *Menschlicher Schutzschild (selbst eine Handgranate kann sie nicht zerstören)*

Löwe: *Jackson Ward*
Geburtsstein: *Citrin*
Fähigkeit: *Besonders verführerisch/hypnotisierend*

Jungfrau: *Tallahassee Young*
Geburtsstein: *Brasilianit*
Fähigkeit: *Adlerblick (entgeht kein noch so kleines, gut verborgenes Detail)*

Waage: *Providence Davis*
Geburtsstein: *grasgrüner Jade*
Fähigkeit: *Menschlicher Lügendetektor*

Skorpion: *Juneau Jenkins*
Geburtsstein: *Malachit*
Fähigkeit: *Gift (ihr Kuss ist tödlich)*

Schütze: *Phoenix Lewis*
Geburtsstein: *Larimar*
Fähigkeit: *100%ige Treffsicherheit (verfehlt nie sein Ziel)*

Steinbock: *Austin James*
Geburtsstein: *Amethyst*
Fähigkeit: *Kann sich in jedes beliebige Tier verwandeln*

Wassermann: *Charleston Montgomery*
Geburtsstein: *Aquamarin*
Fähigkeit: *Kann Wasser manipulieren*

Fische: *Denver Hartford*
Geburtsstein: *Morganit*
Fähigkeit: *»Schillernd«/Kann andere blenden bzw. sich für deren Augen unsichtbar machen*

* *Quelle für die Geburtssteine: https://www.edelsteine.net/sternzeichen/*

DANKSAGUNG

Ein Buch zu beenden, ist jedes Mals aufs Neue ein besonderer Moment. Nach Monaten des einsamen Vor-sich-hin-Schreibens ist die Geschichte endlich so weit, auf die Leser*innen losgelassen zu werden.

Doch so einsam, wie man denkt, ist das Schreiben gar nicht. Abgesehen von den Charakteren, die man die ganze Zeit um sich hat, gibt es auch immer wieder reale Leute, die einen in so einem Prozess begleiten. Einigen von ihnen möchte ich an dieser Stelle für ihre Unterstützung danken.

Da wäre einmal Ute Scholer, die vom ersten Wort an an diese Geschichte geglaubt hat – und zwar trotz eines peinlich lückenhaften Exposés xD. Leider hatte unsere Zusammenarbeit nicht sehr lange gedauert, aber ihr Vertrauen in mich und meine Geschichte rührt mich sehr.

Meiner lieben Valentina Fast ist es zu verdanken, dass ich beim Plotten der Geschichte nicht völlig durchgedreht bin, weil ich mich immer wieder in meinen eigenen Gedanken verrannt habe. Danke, dass du immer ein offenes Ohr für mich hast und meine halbstündigen Whatsapp Nachrichten mal mit Verständnis, mal mit kreativen Einfällen, aber immer mit ganz viel Charme und Herzlichkeit beantwortest. Du bist einfach die Beste!

Ein ganz besonderer Dank gilt auch meiner wundervollen Lektorin Stefanie Liske, die diese Geschichte gemeinsam mit mir im Rekordtempo auf Hochglanz poliert hat. Deine Anmerkungen, liebe Steffi, haben mich des Öfteren herzlich zum Lachen gebracht, oder mir warme Wangen beschert ;) Vielen

Dank für die grandiose Zusammenarbeit, deine lieben Mails und das herzliche Willkommen im Team!

Apropos Team …

Ich möchte mich auch von Herzen bei dem ultra lieben Loomlight-Team, vor allem bei Sabrina Schäfer und Svenja Dohl bedanken, das mich und meine Geschichte so enthusiastisch und mit so vielen kreativen Ideen unterstützt.

Mein letzter Dank gilt jedoch, wie immer, dir, meinem Leser, meiner Leserin. Denn ohne dich und deine Liebe für meine Geschichten würde mir der Antrieb für weitere fantastische und romantische Romane fehlen.

Wenn du mir ebenfalls danken willst, kannst du das gern tun, indem du meine Geschichten anderen weiterempfiehlst und/oder deine Meinung zu dem Buch in ein paar knappen Sätzen auf Amazon, Thalia oder einem anderen Portal hinterlässt. So verhilfst du dieser Geschichte zu mehr Sichtbarkeit und unterstützt gleichzeitig andere Leser*innen bei der Entscheidung, ob ihnen das Buch ebenfalls gefallen könnte.

Und wenn du nicht genug von mir und meinen Büchern bekommen kannst, folg mir gern auf Instagram (@lana.rotaru.autorin) und Tiktok (@lanarotaru). Dort gibt es regelmäßig neuen und unterhaltsamen Input ☺

Bis hoffentlich bald,
Xoxo Lana

Rotaru, Lana
Servants of the Moon
ISBN 978-3-522-50792-9
Umschlaggestaltung: Giessel Design
unter Verwendung von Bildern von Shutterstock.com:
Bukhavets Mikhail / tomertu / Lyudmyla Kharlamova / Rawpixel.com / detchana wangkheeree / Vasya Kobelev
Symbole der Sternzeichen by macrovector_official on Freepik
Druck und Bindung: CPI buchbücher.de GmbH

FSC www.fsc.org
MIX
Papier | Fördert gute Waldnutzung
FSC® C083411